HEYNE <

Zum Buch

Spätsommer in Stockholm. In wenigen Tagen finden die schwedischen Reichstagswahlen statt. Justizministerin Catarina Björk will um jeden Preis ihr Amt behalten. Um dieses Ziel zu erreichen, ist ihr jede Ränke und Intrige recht. Eine spektakuläre Geiselnahme im Reichstag schlachtet sie schamlos für ihre Zwecke aus. Prompt steigen ihre Umfragewerte, sie gibt zahlreiche Interviews und spricht vom effektiven Kampf gegen den Terrorismus. Kommissarin Susanne Dahlgren allerdings weiß um die wahren Hintergründe der Geiselnahme. Doch Björk winkt ab. Unter keinen Umständen darf dies an die Öffentlichkeit gelangen. Könnte sie die Wahrheit doch einige Wählerstimmen kosten. Eine Entscheidung, die sie bald bereuen wird.

Zum Autor

Thomas Bodström, ehemaliger Fußballprofi, Anwalt und Vater von vier Kindern war von 2000 bis 2006 schwedischer Justizminister. Er ist heute in der Opposition aktiv und zählt zu den bekanntesten Politikern Schwedens. Bodström lebt mit seiner Familie in Stockholm.

THOMAS BODSTRÖM

IM ZEICHEN DER MACHT

Thriller

Aus dem Schwedischen
von Knut Krüger

WILHELM HEYNE VERLAG
MÜNCHEN

Die Originalausgabe *Lobbyisten* erschien 2010
bei Norstedts, Stockholm

MIX
Papier aus verantwortungsvollen Quellen
FSC® C014496

Verlagsgruppe Random House FSC®N001967
Das für dieses Buch verwendete
FSC®-zertifizierte Papier *Holmen*
liefert Holmen Paper, Hallstavik, Schweden.

Vollständige deutsche Erstausgabe 10/2013

Printed in Germany 2013
Redaktion: Isabella Kortz
Umschlagfoto: © Chad Ehlers / Photographers Choice / GettyImages
Umschlaggestaltung: Eisele Grafik Design, München
Satz: Greiner & Reichel, Köln
Druck und Bindung: GGP Media GmbH, Pößneck

ISBN: 978-3-453-26671-1

www.heyne.de

Für meine Tochter Maria

MITTWOCH, 3. SEPTEMBER
18 TAGE VOR DER WAHL*

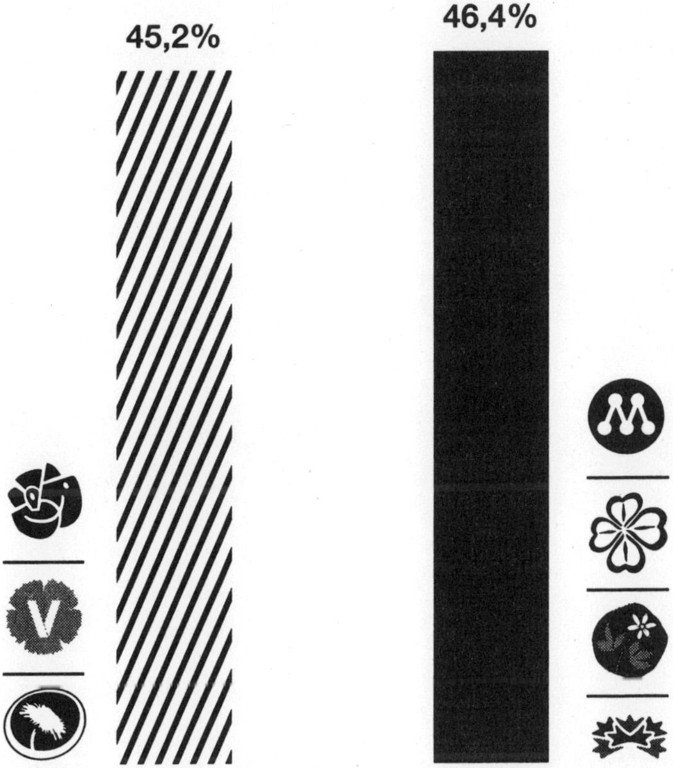

* Zum Balken mit der Prozentzahl 45,2 gehören folgende Parteien. Symbole von oben: Sozialdemokratische Arbeiterpartei, Linkspartei, Die Grünen
Zum Balken mit der Prozentzahl 46,4 gehören folgende Parteien. Symbole von oben: Die Moderaten, Zentrumspartei, Christdemokratische Volkspartei, Die Liberalen

1

Justizministerin Catarina Björk saß in ihrem Büro im Regierungsgebäude Rosenbad und überflog das jüngste Rundschreiben aus der Parteizentrale, das alle führenden Sozialdemokraten erhalten hatten. Ein weiteres Mal wurden sie dazu aufgerufen, auf Essenseinladungen zu verzichten und sich von PR-Veranstaltungen prominenter Persönlichkeiten fernzuhalten. Allen Reichstagsabgeordneten wurde in Erinnerung gerufen, sich an das *Kvittnings*-System des Parlaments zu halten, eine Sonderform des Abstimmungsverhaltens der Parlamentarier in Schweden, und eine exakte Reisekostenabrechnung vorzulegen sowie die Nähe zu Lobbyisten aller Art zu meiden.

Das Rundschreiben zeugte von einer gewissen Nervosität angesichts der Tatsache, dass vereinzelte Affären schon allzu oft die öffentliche politische Debatte dominiert hatten.

Catarina wusste, dass allmählich die entscheidende Phase des Wahlkampfs begonnen hatte. Davon zeugte nicht zuletzt die akribische Suche nach persönlichen Verfehlungen, seien es Verkehrsdelikte oder unbeglichene Rechnungen, die man dem politischen Gegner zur Last legen konnte.

Seufzend stand sie von ihrem Stuhl auf. Sie trat ans Fenster und ließ ihren Blick über die Bucht Riddarfjärden schweifen, die in der Sonne glitzerte. Der Sommer dauerte an, ein paar Segelboote schaukelten bei der Västerbrücke im Wasser.

Es war einfach unbegreiflich, dass manche das Risiko eingingen, bei der Reisekostenabrechnung zu tricksen, obwohl doch alle wussten, wie die Medien funktionierten. Aber das war nicht Catarinas Problem. Sie hatte andere Sorgen. Vor allem fragte sie sich, ob sie Ministerin bleiben konnte oder nicht. In den Gedankenspielen politischer Kommentatoren, die über die Zusammensetzung des zukünftigen Kabinetts spekulierten, wurde sie selten berücksichtigt. Der allgemeinen Auffassung nach besaß sie zu wenig Charisma. Bei Meinungsumfragen erhielt sie von den Wählern meist schlechte Noten, und erstaunlich viele Bürger konnten ihren Namen mit keiner bestimmten Funktion in Verbindung bringen. Politiker haben es schwer, dachte Catarina. Was man auch tat, es war immer das Falsche. Wenn man an Unterhaltungssendungen im Fernsehen teilnahm, Fußballspiele besuchte und mit Prominenten Umgang pflegte, wurde einem Populismus unterstellt. Und falls man – wie sie – versuchte, seriös zu sein, galt man als langweilig.

Doch unabhängig von dem falschen Bild, das man sich von ihr machte, wollte sie um jeden Preis im Kabinett bleiben. Das war es, worum sie gekämpft hatte, seit sie als 14-Jährige in die Jugendorganisation der Sozialdemokraten eingetreten war. All die Versammlungen, Flugblattaktionen und Schulvorträge, all die Sitzungen im Gemeinderat und später im Reichstag, all die Demonstrationen und Diskussionsbeiträge. Alles, worauf sie verzichtet hatte, um ihr Ziel zu erreichen. Die Möglichkeit, die Zukunft des Landes aktiv zu gestalten, ließ sie vieles ertragen.

Fast alles.

»Härtere Strafen sind der beste Vorschlag, den wir machen können«, stellte Gerda Lundin fest und blickte in die Runde. Die übrigen Mitglieder des Justizausschusses nickten. Sie waren im Reichstag zusammengekommen, um die Taktik für den Endspurt des Wahlkampfs zu besprechen. Der Fraktionsvorsitzende hatte sie aufgefordert, ein griffiges Thema zu formulieren, mit dem der Parteivorsitzende in der verbleibenden Zeit des Wahlkampfs punkten könnte.

»Härtere Strafen für sämtliche Straftaten?«, fragte ein schlaksiger Abgeordneter aus Vellinge.

»Nein, nur für Gewaltverbrechen«, antwortete Gerda.

»Bei härteren Strafen für Wirtschaftsverbrechen würde es ja vielen unserer eigenen Wähler an den Kragen gehen«, schaltete sich das andere weibliche Mitglied des Justizausschusses ein.

Gerda warf den Kopf in den Nacken und enthielt sich eines Kommentars. Als Ausschussvorsitzende hatte sie im Grunde eine leichte Aufgabe. Man musste nur immer gegen die Regierung sein, ganz gleich was diese vorschlug. Die jüngeren Mitglieder zogen stets mit. Durch ständige Angriffe in Internetblogs, Zeitungsartikeln und Pressemitteilungen hielten sie die politische Opposition auf dem Feld der Kriminalpolitik in Gang.

Die Einzige, die sich in diesem politischen Spiel schwertat, war Gerda selbst. Im Laufe der Zeit war sie der ständigen Scharmützel beider politischer Lager müde geworden. Als seien sie ausschließlich damit beschäftigt, der anderen Seite möglichst viele Knüppel zwischen die Beine zu werfen. Es war schwer vorstellbar, dass es sich bei jeder Initiative der rot-grünen Regierung um blanken Unsinn handelte. Sobald irgendwo in Schweden ein schweres Verbrechen geschah, versuchte die Opposition sogleich, dies für ihre eigenen Zwecke zu instrumentalisieren. Als wäre sie froh darüber, dass ihnen dieses Verbrechen in die Karten spielte.

»Dann machen wir jetzt Mittagspause«, verkündete Gerda. Durch die staubigen Fenster blickte sie in den blauen Himmel.

Sie nahmen den Aufzug in den fünften Stock hinunter und überquerten die kleine Brücke, die beide Reichstagsgebäude miteinander verband. Die Gänge waren wie leergefegt. Alle übrigen Abgeordneten schienen sich auf Wahlkampfveranstaltungen zu befinden. Die feierliche Parlamentseröffnung, die den Beginn der neuen Sitzungsperiode markierte, würde erst nach den Wahlen stattfinden.

Die Stimmung in der eigenen Fraktion war ausgezeichnet. Den letzten Meinungsumfragen zufolge hatte die Partei beste Wahlchancen, obwohl beide politische Lager immer noch eng beieinander lagen. Sie gingen die Treppe hinunter und betraten die Lobby.

»Hätten wir uns ja denken können, dass die Kantine geschlossen ist«, sagte Gerda enttäuscht, als sie das Schild vor der geschlossenen Tür sah.

Sie beschlossen, irgendein Restaurant in der Nähe aufzusuchen, und schlenderten dem Ausgang entgegen. In diesem Moment kamen ihnen drei Männer und eine Frau entgegen. Gerda kannte keinen von ihnen. Als sie gerade an ihnen vorbeigehen wollte, zückte einer der Männer eine Pistole.

Gerda versuchte, ihre Gedanken zu ordnen.

»Können Sie die Waffe nicht in eine andere Richtung halten«, war das Einzige, was ihr über die Lippen kam, als sie die Pistole erblickte.

Sie spürte, wie es ihr die Kehle zuschnürte, als sich die Pistole direkt auf sie richtete. Wie gebannt starrte sie auf das furchterregende schwarze Loch der Mündung.

Auch die übrigen drei Personen zogen nun ihre Pistolen und richteten sie auf die kleine Abordnung des Justizausschusses.

»Komm her!«, schrie einer von ihnen in akzentfreiem Schwedisch, was Gerda verwunderte.

Sie hatte die Geiselnehmer für Ausländer gehalten.

Sie wurden zusammengetrieben, an einem Geldautomaten vorbei- und die Rolltreppe hinaufgeführt. Die Frau und die bewaffneten Männer befanden sich vor und hinter Gerda, die vor Schreck wie gelähmt war und Mühe hatte, sich auf den Beinen zu halten.

Die Geiselnehmer, die sich im Reichstag gut auszukennen schienen, dirigierten die Gruppe entschlossen eine weitere Rolltreppe hinauf, bis sie das Foyer vor dem Plenarsaal erreichten – die Herzkammer des schwedischen Parlaments.

Einer der Männer riss die Glastür mit den drei Kronen auf. Gerda spürte einen Stoß in ihrem Rücken und stolperte in den großen Saal.

Ihre Gedanken wirbelten in alle Richtungen. Was in aller Welt geschah hier gerade? Eine Geiselnahme am helllichten Tag, bei der sie selbst eine der Gefangenen war? Das Atmen fiel ihr immer schwerer.

Sie wurden aufgefordert, sich in der Mitte des Saales hinzusetzen. Zufällig befanden sich dort die Plätze für die Abgeordneten aus Västra Götaland, ihrem eigenen Wahlkreis. Ihr angestammter Platz war ein paar Stuhlreihen weiter unten. Fast hätte sie gefragt, ob sie auch dort sitzen könne.

Für eine Weile, die ihr wie eine Ewigkeit vorkam, saßen sie schweigend zwischen zweien der Männer, während die Frau im Saal umherging. Die Pistolen aller Geiselnehmer, die miteinander flüsterten, waren deutlich sichtbar. Gerda beobachtete sie heimlich. Registrierte einen Schweißtropfen, der einem Geiselnehmer auf der Stirn stand. Der Mann war übergewichtig und schien sich alles andere als wohlzufühlen.

Gerda versuchte so gut es ging, Ruhe zu bewahren. Den anderen Mitgliedern der Gruppe, vor allem den ganz jungen, als

Vorbild zu dienen. Manche hatten die Jugendorganisation der Partei erst kürzlich verlassen, um ihr Reichstagsmandat wahrzunehmen.

Doch sah sie rasch ein, dass sie ihrer Vorbildfunktion nicht gerecht werden konnte. Sie hatte ganz einfach Todesangst und war nicht in der Lage, für irgendjemanden sonst Verantwortung zu übernehmen als für sich selbst. Die anderen Mitglieder ihrer Gruppe zogen schweigend die Köpfe ein und versuchten, sich unsichtbar zu machen.

Was Gerda am meisten beunruhigte, war die Unsicherheit und Nervosität der Geiselnehmer. Ein ums andere Mal entfernte sich ihr Anführer ein wenig und sprach in sein Handy. Wenn er zu seinen Komplizen zurückkehrte, schüttelte er den Kopf oder murmelte etwas, das Gerda nicht verstand.

Von draußen hörte man das Knattern eines Polizeihubschraubers. Sicherlich war inzwischen der ganze Reichstag von Einsatzkräften umstellt, dachte sie. Was konnte das für Folgen haben? Würde der Reichstag gestürmt werden? Dann würden sie vielleicht alle sterben, schoss es ihr panisch durch den Kopf.

Der Kollege aus Vellinge, der um die dreißig war, hob den Blick und wandte sich an den Geiselnehmer, der ihm am nächsten stand.

»Denken Sie daran, dass wir Kinder haben«, begann er.

Und Enkel, dachte Gerda.

Der korpulente Mann rammte ihm mit voller Wucht seine Pistole ins Gesicht.

Er stieß einen gequälten Schrei aus und hielt sich die Hände vors Gesicht, um sich vor weiteren Schlägen zu schützen.

Gerda glaubte, sich übergeben zu müssen, als sie das Blut sah, das zwischen seinen Fingern hindurchlief.

2 Die gesamte Helgelandsinsel war abgesperrt. Überall Polizisten. Auf dem Wasser lagen ein paar Polizeiboote, während ein Hubschrauber über der Insel Riddarholmen schwebte. Zwanzig Minuten zuvor war ein Staatssekretär atemlos in den Blauen Raum – den Konferenzraum des Justizministeriums – gestürzt und hatte von der Geiselnahme im Reichstagsgebäude berichtet. Der allgemeinen Panik zum Trotz stellte Catarina Björk fest, dass sich das Ministerium den Vorschriften gemäß in höchster Alarmbereitschaft befand. Die jährlichen Übungen zahlten sich aus. Jeder wusste, was er zu tun hatte.

Catarina tat alles, um ihre wahren Gefühle zu verbergen. Sie drehte eine Runde durch den Raum und blieb vor dem Fenster stehen. Dann wandte sie sich an ihre Mitarbeiter, die sich am runden Tisch versammelt hatten: Es waren die Leiter der Abteilungen für Sicherheit und Kriminalpolitik. Alle sahen sehr blass aus.

Reichstagsabgeordnete als Geiseln im Reichstag!

Catarina setzte sich neben Staatssekretär Leo Holmberg, der seine Unterlagen vor sich ausgebreitet hatte. Sie hatte keine Ahnung, was sie jetzt tun sollte.

»Wie ist die Lage?«

Die Beamten wechselten Blicke, bis der Leiter der Polizeiabteilung den Stand der Dinge zusammenfasste.

»Soweit wir wissen sind sechs Männer um kurz nach eins in den Reichstag eingedrungen. Da wir uns in den Sommerferien befinden, waren nur sehr wenige Abgeordnete anwesend. Mehrere Mitglieder des Justizausschusses, der dort zuvor getagt hatte, wurden als Geiseln genommen und werden derzeit im Plenarsaal festgehalten.«

»Ist etwas über die Identität der Geiselnehmer bekannt?«, fragte Leo.

»Sie konnten mithilfe der Fernsehkameras identifiziert werden. Es handelt sich ausschließlich um schwedische Staatsbürger.«

Catarina stieß erleichtert die Luft aus. Bei ausländischen Geiselnehmern wäre die Sache durch Sprachschwierigkeiten und diplomatische Verwicklungen womöglich zusätzlich erschwert worden.

»Wird bereits verhandelt?«

»Die Vermittler haben mehrmals Kontakt zu den Geiselnehmern aufgenommen. Diese bestehen auf einer einzigen Forderung, die an Sie persönlich gerichtet ist.«

»Und wie lautet die Forderung?«, fragte Catarina, obwohl Leo sie schon darüber informiert hatte.

»Dass zwölf Personen vorzeitig aus der Haft entlassen werden. Die Gnadengesuche liegen bereits vor«, sagte der zuständige Beamte und hielt einen Stoß Papiere hoch.

»Und eine Bewilligung wäre unwiderruflich?«, fragte Catarina.

»Positive Entscheidungen, die einzelne Personen betreffen, können in der Regel nicht zurückgenommen werden. In diesem Fall träte eine Strafminderung laut Kapitel 11 Paragraf 13 in Kraft, die besagt …«

Catarina winkte irritiert ab. Sie war Politikerin, keine Juristin. Wann begriffen die Beamten das endlich? Ihr Gegenüber widmete sich wieder seinen Unterlagen.

»Gnadengesuche werden von der Regierung erlassen, nicht von einzelnen Ministern«, schaltete sich Leo Holmberg ein.

Im Unterschied zu anderen Ministerien arbeitete sie mit ihrem Staatssekretär Hand in Hand, ohne eine exakte Aufteilung der Aufgabenfelder.

»Die Geiselnehmer scheinen aber zu glauben, dass die Entscheidung vor allem in den Händen der Justizministerin liegt und dass sie sich nur mit ein paar Kollegen abstimmen muss, um so einen Beschluss herbeizuführen«, entgegnete der Leiter der Polizeiabteilung.

Im Raum wurde es still.

»Was sind das für Personen?«, fragte Catarina schließlich.

»Alle wurden wegen schwerer Straftaten verurteilt, darunter Mord, Vergewaltigung und Steuerbetrug. Doch es gibt auch eine Gemeinsamkeit«, antwortete der Chef der Kriminalabteilung.

»Und die wäre?«, fragte Catarina.

»Alle wurden im Laufe des letzten Jahres aus dem Gefängnis entlassen.«

»Was darauf hinweist, dass sie alles gemeinsam geplant haben«, fügte Leo Holmberg hinzu.

3 Susanne Dahlgren saß in der Kommandozentrale am Tisch und ließ sich kontinuierlich mit den neuesten Informationen versorgen.

Der Einsatzleiter der Polizei, einer der neun Kommissare, die im Regierungsbezirk stets ihren Dienst taten, übernahm die operative Arbeit nahe am Reichstagsgebäude.

Der gebildete Krisenstab bestand aus Susanne, die das Kommando innehatte, sowie aus je einem Vertreter des Nachrichtendienstes *Säpo*, der Reichskriminalbehörde sowie des Kriminalnachrichtendienstes *Kuten*. Ein weiterer Polizist hielt den Kontakt zur Kommunikationszentrale aufrecht, die wiederum Zugriff auf alle Polizeidienststellen des Regierungsbezirks hatte. Eine Kollegin verantwortete die Logistik und die Zuteilung des Personals. Im Falle eines gewaltsamen Zugriffs würde das Sonderkommando um weitere Kräfte verstärkt werden.

Den Vorschriften gemäß waren zunächst alle Personen evakuiert worden, die sich im Reichstagsgebäude oder in dessen unmittelbarer Nähe befunden hatten. Danach war das gesamte Gebiet abgesperrt worden, damit man nicht von unbefugten Personen gestört wurde. Ein mit Kameras ausgestatteter Polizeihubschrauber schwebte über dem Reichstag, um womöglich von oben ein genaueres Bild von der Lage zu gewinnen. Boote auf dem Wasser schnitten eventuelle Fluchtwege ab. Ein Spezialeinsatzkommando hielt sich bereit, um der Geiselnahme notfalls ein gewaltsames Ende zu bereiten. Doch sollte natürlich zunächst versucht werden, dies auf friedlichem Wege zu erreichen.

Die Vermittlungsgruppe bestand aus drei Personen. Eine von ihnen hielt die Kommunikation mit den Geiselnehmern aufrecht, die zweite hörte aufmerksam zu und coachte in den Pausen, während die dritte mit der Kommandozentrale in Verbindung stand. Susanne war äußerst dankbar darüber, dass die frühere Rivalität zwischen Sonderkommando und den Einsatzkräften der Polizei der Vergangenheit angehörte.

Was umso wichtiger war, wenn es, wie jetzt, um Leben und Tod ging.

Das Ultimatum der Geiselnehmer endete um fünfzehn Uhr. Falls sie bis dahin keine Zusage über die Freilassung der zwölf Gefangenen erhielten, wollten sie damit anfangen, eine Geisel nach der anderen zu erschießen.

Noch anderthalb Stunden.

»Woher beziehen wir unsere Anweisungen?«, fragte der Mitarbeiter von Kuten.

»Ich stimme mich mit dem Ministerium ab und gebe die Informationen an die Vermittlungsgruppe weiter«, antwortete Susanne.

»Können die Scharfschützen sie nicht ausschalten?«, fragte die Kollegin, die für das Personal zuständig war. Neben Susanne war sie die einzige Frau des Krisenstabs.

»Das Risiko ist anscheinend zu hoch. Soweit ich verstanden habe, befinden sie sich im Plenarsaal. Eine einzige Handgranate reicht aus, um alle zu töten.«

»Was sagen wir den Medien?«, fragte Petra Holm, die Pressesprecherin des Landeskriminalamts.

Für Susanne war es eine neue Erfahrung, dass sich die Politik in den Ablauf eines Geiseldramas einschaltete. Die Geiselnehmer ihrerseits schienen mit den verwaltungstechnischen Abläufen in Schweden vertraut zu sein.

Trotz der ernsten Lage war Susanne relativ gelassen. Seit mehreren Jahren arbeitete sie nun schon als Einsatzleiterin für das Landeskriminalamt und hatte im Laufe der Zeit eine gewisse Routine in der Handhabung von Krisensituationen erworben. Vor allem spürte sie selbst, dass ihre Autorität in dieser Zeit gewachsen war und die Kollegen ihr aufmerksam zuhörten.

»In den nächsten zwanzig Minuten wird nichts unternommen. Ich werde zunächst Rücksprache mit dem Ministerium halten.«

»Darf ich auf die Toilette gehen?«, fragte Gerda vorsichtig.

Die Geiselnehmer wechselten Blicke.

»Okay«, antwortete ein Mann, der etwa um die fünfzig zu sein schien. »Aber keine Tricks, sonst werdet ihr alle sofort erschossen.«

Mit seinem grau gescheckten Bart und dem kahlen Schädel schien er der Älteste der Gruppe und ihr inoffizieller Anführer zu sein. Er trug ein abgetragenes Sakko mit Fischgrätenmuster über einem dunkelgrünen Hemd sowie eine verbeulte Baumwollhose.

»Ich verstehe«, sagte Gerda und schluckte.

Zusammen mit einem anderen der Männer ging sie durch eine der Glastüren, die sich an der Seite des Plenarsaals befanden. Der Vorraum war menschenleer. Die Sitzgruppen waren verwaist, die Kaffeemaschine und die Obstkörbe wurden von niemandem in Anspruch genommen. Die Sonne schien durch die Fenster des Reichstags. Für einen Moment spielte sie mit dem Gedanken, sich einem der Fenster zu nähern, um hinauszusehen, doch der warnende Blick ihres Begleiters erstickte diese Idee im Keim.

Sie betrat einen der vier Toilettenräume, der Mann war dicht hinter ihr.

Er machte einen angespannten Eindruck. Sein enges T-Shirt spannte sich über den muskulösen Brustkorb eines Bodybuilders. Gerda tippte auf anabole Steroide.

»Eine Minute. Und vergiss nicht, dass ich auch durch die Tür schießen kann.«

Sobald Gerda die Tür hinter sich geschlossen hatte, ließ sie sich auf den Toilettendeckel sinken. Sie war so nervös, dass sie nichts anderes tun konnte, als dort unbeweglich sitzen zu bleiben. Allein mit ihren Gedanken und einem bewaffneten Mann vor der Tür.

Es war ihr kaum möglich, einen klaren Gedanken zu fassen. Alles geschah wie in Zeitlupe.

Nie zuvor war sie von einer Pistole bedroht worden, und wie groß diese war! So schwarz und beängstigend. Sie fühlte sich total hilflos, die Gedanken wirbelten durch ihren Kopf. Was für ein Gefühl mag es sein, erschossen zu werden? Wie groß sind die Schmerzen? Ist man sofort tot, oder begreift man zuvor, dass man sterben wird? Spürt man, wie die Kugel in den Körper eindringt? Wie sie sich durch Fleisch und Blut gräbt, lebenswichtige Organe durchschlägt und alles zerstört, was der menschliche Körper aufgebaut hat?

Es klopfte an der Tür. Gerda zuckte zusammen.

»Ich komme«, krächzte sie und stand auf. Sofort wurde sie von einem Schwindel erfasst und musste sich am Waschbecken festhalten, um nicht umzufallen. Sie erschrak, als sie in den

Spiegel sah. Ihre Haare standen in alle Richtungen ab, sie sah blass und mitgenommen aus.

Wenige Minuten später waren sie wieder bei den anderen. Gerda setzte sich auf denselben Platz wie zuvor.

Was für ein unglaubliches Pech sie doch hatten!

Der Reichstag machte im Sommer eine dreimonatige Pause, und die kleine Gruppe ihres Ausschusses hatte sich nur ein einziges Mal getroffen – genau am heutigen Tag, an dem sich drei Männer und eine Frau unbefugt Einlass in den Reichstag verschafft hatten. Vermutlich mit falschen Pressepapieren.

Oder hatten es die Geiselnehmer auf sie persönlich abgesehen? Sie war immerhin die ehemalige Justizministerin und Vorsitzende des Justizausschusses.

Gerda versuchte, ruhig und regelmäßig zu atmen, was ihr nicht leichtfiel. Mehrmals war sie kurz davor zu hyperventilieren. Sie sah sich um und versuchte, Kontakt mit dem weiblichen Geiselnehmer aufzunehmen. Sie war jung und schlank, knapp dreißig Jahre alt, trug schwarze Kleider und hatte dunkle Haare. Gerda fand es merkwürdig, dass sie ebenfalls zu der Gruppe gehörte. Nicht allein weil sie eine Frau war, sondern weil sie irgendwie nicht zu den anderen passte. Doch es war unmöglich, einen Blickkontakt zu ihr herzustellen. Ihre Augen huschten nervös hin und her, während sie krampfhaft ihre Pistole umfasst hielt.

Gerda ließ ihren Blick durch den leeren Plenarsaal schweifen. Über dem Platz des Parlamentssprechers hing der gigantische graue Wandteppich, der angeblich über hundert Kilo wog. Er war zwanzig Meter lang und acht Meter hoch. Daneben hing die schwedische Fahne. Sonst gab es nicht viel, das die hellen Wände schmückte.

Sie schaute zur kleinen Empore hinauf, wo sonst die Fotografen mit ihren langen Objektiven saßen. Würden sich die Scharfschützen der Polizei dort vielleicht Zutritt verschaffen? Mit welchen Folgen? Die Geiselnehmer hatten Pistolen und Handgranaten. Das Ganze konnte in einer Katastrophe enden.

Gerda hatte sich im Reichstag immer sehr wohl gefühlt. Das würde sich in Zukunft ändern.

Falls es überhaupt eine Zukunft gab, zweifelte sie.

Als sie an ihren Mann, ihre Kinder und vor allem an ihre Enkel dachte, verkrampfte sich ihr Magen.

Es konnte doch nicht sein, dass bald alles vorbei war! Dass sie keinen von ihnen jemals wiedersehen würde!

Aber den Geiselnehmern war offenbar alles zuzutrauen, obwohl sie sich äußerlich nicht von den Menschen unterschieden, denen man draußen auf der Straße begegnete. Sie warf dem übergewichtigen Mann, der in seinem karierten Flanellhemd vor sich hin schwitzte, einen verstohlenen Blick zu.

Der einzige Name, den sie hatte aufschnappen können, war Henry. So hieß der Ältere mit dem Bart.

Sie versuchte, alle ihre Sinne optimal zu nutzen, sich kein Detail entgehen zu lassen.

Der Anführer der Gruppe kehrte zurück, nachdem er ein Telefongespräch geführt hatte.

»Fünfzig Minuten, keine Sekunde länger«, teilte er den anderen mit verkniffener Miene mit.

Keiner entgegnete etwas.

Nur das unterdrückte Schluchzen der jüngsten Frau ihrer Gruppe, die mit gesenktem Kopf auf ihrem Platz saß, war zu hören.

Vor Schreck wie gelähmt, beobachtete Gerda die Geiselnehmer. Offensichtlich warteten sie auf eine bestimmte Nachricht. Ihr Anführer ging unaufhörlich zum Rednerpult und wieder zurück. Die letzten Male hatte er nicht mehr in sein Handy gesprochen, sondern wartete vermutlich auf einen Anruf.

Gerda fragte sich, welche Forderungen die Geiselnehmer wohl gestellt hatten.

Vermutlich wollten sie Geld, so wie üblich. Doch wie sollte ihnen danach die Flucht gelingen? Und wohin wollten sie fliehen? Es musste ein Land sein, das sie nicht sogleich ausliefern würde, vielleicht irgendwo in Südamerika. Gerda hatte mitbekommen, dass viele Geiselnehmer dort Zuflucht suchten. Doch in Anbetracht der Tatsache, dass sie zwei Jahre lang Justizministerin gewesen und inzwischen Vorsitzende des Justizausschusses war, wusste sie erstaunlich wenig darüber, wie es um die Auslieferungsabkommen mit anderen Ländern bestellt war. Im Grunde waren ihre juristischen Kenntnisse ohnehin sehr begrenzt. Für die Details waren ihre Mitarbeiter zuständig. Sie selbst konzentrierte sich auf die eigentliche politische Arbeit, ohne allzu sehr ins Rampenlicht zu treten. Auf diese Weise hatte man die besten Chancen, im Haifischbecken der Innenpolitik zu überleben. Das hatte sie sich stets gesagt. Nie im Leben wäre ihr auch nur die Möglichkeit in den Sinn gekommen, dass sie selbst in ein Geiseldrama verwickelt werden würde.

Die Geiselnehmer schienen nach wie vor unsicher zu sein, was sie als Nächstes tun sollten. Einmal ließen sie sogar alle ihre Geiseln aus den Augen und sprachen leise miteinander. Doch eine Flucht war ausgeschlossen, dachte Gerda. Sie würde vermutlich nur wenige Meter weit kommen, ehe sie erschossen wurde.

»Dann eben jede Stunde einen«, flüsterte der Bodybuilder, der bisher die Ruhe bewahrt hatte, nun aber immer aggressiver wurde.

Die Frau, die bislang geschwiegen hatte, fragte, ob sie das Foyer kontrollieren sollte.

Der Anführer nickte, woraufhin sie den Saal verließ. Wenige Minuten später kam sie mit besorgter Miene zurück.

»Da sind überall Polizisten«, sagte sie.

»Auch schon im Gebäude?«, fragte der Anführer.

»Weiß nicht«, antwortete sie. »Aber es würde mich nicht wundern.«

»Ist es nicht besser, wenn Sie uns freilassen?«, fragte die andere weibliche Abgeordnete so freundlich wie möglich.

Der Bodybuilder packte sie am Arm und schleuderte sie zu Boden. Nach ein paar gezielten Tritten in ihre Körperseite blieb sie stöhnend liegen. Niemand traute sich, ihr zu helfen. Sie lag ganz still da, nur ihr Oberkörper bewegte sich leicht.

»Wie konnte das nur geschehen? Und jetzt haben wir hier den Schwarzen Peter zugeschoben bekommen!«, ereiferte sich Justizministerin Catarina Björk, während sie von dem großen Schreibtisch aufstand, auf dem sich Aktennotizen, Regierungsvorlagen und andere Unterlagen häuften.

Sie ließ sich auf das Sofa der Sitzgruppe sinken. Ihr gegenüber saß Leo Holmberg mit bedrückter Miene.

»Ja, die Situation ist zum Verzweifeln«, entgegnete er und kratzte sich am Kinn.

Catarina sprang hektisch auf und drehte eine Runde durch den Raum, ehe sie wieder Platz nahm.

Leo war sensibel genug, um sich eine Bemerkung über ihre Nervosität zu verkneifen. Abgesehen von der Tatsache, dass er ihr engster Mitarbeiter war.

»Wenn sie die Geiseln erschießen, werde ich dafür verantwortlich gemacht werden.«

Ihre Worte blieben in der Luft hängen. Minutenlang schwiegen sie beide.

»Wie bei der Geiselnahme am Norrmalmstorg«, sagte Leo nach einer Weile.

Catarina zuckte zusammen.

»Wie meinst du das?«

»Damals trug Olof Palme die Verantwortung«, antwortete Leo, »und befand sich ebenfalls hier in Rosenbad.«

»Wann war das noch mal?«

»Im August 1973.«

»Da war ich noch nicht mal geboren«, murmelte Catarina.

Erneut wurde es still zwischen ihnen.

»Wie viel Zeit haben wir noch?«, fragte sie schließlich und warf einen Blick aus dem Fenster, vor dem ein Hubschrauber knatterte. Außerdem waren die Sirenen der eintreffenden Polizeiautos zu hören.

»Noch fünfundzwanzig Minuten. Dann müssen wir ihnen Bescheid geben.«

Catarina wurde bleich. Die Lage war ernst. Und die ganze Verantwortung lastete auf ihr. Für solche Situationen war sie nicht geeignet. Hier brauchte es jemanden mit größerer Erfahrung. Jemanden, der es gewohnt war, unter enormem Druck zu handeln. Catarinas größte Stärke war ihre Loyalität der Partei gegenüber. Sie fragte sich stets, was das Beste für die Partei war. Doch damit kam sie jetzt nicht weiter.

Catarina war sich ihrer begrenzten politischen Fähigkeiten nur allzu bewusst. Sie war ehrgeizig und engagiert, doch sie besaß absolut kein herausragendes politisches Talent. Ihren Mangel an Intuition – die wichtigste Eigenschaft eines jeden Politikers – kompensierte sie mit exakter Aktenkenntnis. Sie war den gesamten langen Weg gegangen, hatte sich zunächst in der

Jugendorganisation der Partei, später im Studentenbund engagiert. Wie so viele ihrer Kollegen hatte sie ihr Studium zugunsten ihres politischen Engagements vernachlässigt und sich nicht die Abschlüsse erworben, die sie ursprünglich angestrebt hatte. Nachdem es ihr gelungen war, einen Job im Wirtschaftsministerium zu ergattern, hatte sie ihr Politologiestudium endgültig an den Nagel gehängt. In den folgenden Jahren hatte sie sich in der Parteihierarchie immer weiter nach oben gearbeitet und schließlich ein Reichstagsmandat erlangt. Während der Oppositionszeit ihrer Partei war sie Vorsitzende des Justizausschusses geworden, was ihr beim Wahlsieg ihrer Partei vor vier Jahren einen Ministerposten eingebracht hatte.

Es war eine exponierte Position. Doch mit einer Mischung aus Geschicklichkeit und geringer Risikobereitschaft war es ihr gelungen, sich gut zu behaupten. Sie gehörte zwar nicht zu den Lieblingen der Wähler, doch dies war ohnehin nur wenigen vergönnt. Nun befand sie sich zum ersten Mal überhaupt in einer äußerst heiklen Situation.

»Sollte das nicht der Ministerpräsident entscheiden?«, fragte sie nach langem Schweigen.

Leo Holmberg schüttelte den Kopf.

»Du weißt doch, wie das ist. Der Ministerpräsident will da nicht involviert werden, aber ich habe mit dem Regierungsbüro Kontakt aufgenommen.«

»Also wird man es mir in die Schuhe schieben, wenn die Sache schiefgeht«, entgegnete Catarina. Womit sie natürlich recht hatte. Sie war bereit, sich für ihren Ministerpräsidenten zu opfern. Das war die beste Art, ihrer Partei zu dienen. Nun ging es darum, die Verantwortung möglichst unbemerkt auf mehrere Schultern zu verteilen, ohne dass man ihr deshalb Illoyalität vorwerfen konnte.

»Sollten wir nicht auch das Außenministerium kontaktieren, falls die Geiselnehmer sich ins Ausland absetzen wollen?«

»Nein, das erhöht nur das Risiko, dass Informationen durchsickern. Besser, wir halten die Sache hier im Justizministerium in einem kleinen Kreis.«

Catarina nickte.

»Dann müssen wir also irgendeinen Beschluss fassen.«

Leo Holmberg bemühte sich um ein Lächeln, brachte aber nur eine Grimasse zustande.

»Ich wünschte, ich könnte dir einen guten Rat geben«, sagte er.

Auf dem Schreibtisch standen drei Telefone.

Eines davon sollte nur in absoluten Notfällen benutzt werden, beispielsweise wenn Schweden in kriegerische Handlungen verwickelt würde. Catarina fragte sich, ob die jetzige Situation die Benutzung dieses Telefons rechtfertigte.

Schließlich würde sie sehr bald ein Gespräch führen müssen, das über das Leben von sechs Reichstagsmitgliedern entschied. Die Alternative bestand darin, gewisse Sträflinge, sicher Schwerkriminelle, aus dem Gefängnis zu entlassen, was ebenfalls unschuldige Menschen das Leben kosten konnte.

Catarina seufzte auf.

»Es gibt nur eine Möglichkeit.«

Leo schaute sie an.

»Ich kann nicht das Leben unschuldiger Menschen aufs Spiel setzen. Wir teilen ihnen mit, dass wir die Gnadengesuche bewilligen«, fuhr sie fort.

»Solltest du nicht die Gesamtsituation berücksichtigen?«, wandte Holmberg ein.

»Selbstverständlich. Aber ich fühle mich außerstande, die Verantwortung für den Tod der sechs Geiseln zu tragen.«

»Bist du sicher?«

Catarina nickte.

»Okay, wir werden vier Ministerien hinzuziehen«, sagte Leo. »Den Ministerpräsidenten lassen wir außen vor, wie verabredet. Das macht es der Opposition schwerer, später Kapital aus der Sache zu schlagen.«

»Okay, dann telefoniere ich jetzt«, sagte Catarina und nahm hinter ihrem Schreibtisch Platz.

»Ich kann das machen, dann kannst du später mir die Schuld geben«, entgegnete Leo und stand auf.

»Aber das ist nicht richtig. Ich muss doch selbst die Verantwortung …«

Leo schlug mit den Händen aus.

»Schon möglich, aber so besteht zumindest eine theoretische Chance, dass du heil aus der Sache herauskommst.«

Catarina sah ein, dass er recht hatte. So, wie sie bereit war, sich für den Ministerpräsidenten zu opfern, opferte Leo sich für sie. Außerdem konnte sie ihre Erleichterung darüber, dass er ihr das entscheidende Telefongespräch abnahm, nicht verhehlen.

»Okay, dann ruf du an«, sagte sie, ohne ihn anzusehen. »Und vielleicht ist es besser, dass ich bei dem Gespräch gar nicht dabei bin.«

Ohne ein weiteres Wort zu verlieren, stand Leo vom Sofa auf und verließ den Raum.

4

»Hier ist Staatssekretär Leo Holmberg.«

Susanne atmete tief durch, dann griff sie zu Papier und Kugelschreiber. Als frühere Staatsanwältin war sie es seit Langem gewohnt, sich beim Telefonieren Notizen zu machen. Und selten war dies so wichtig wie heute.

»Wie hat sich die Ministerin entschieden?«, fragte sie.

»Die Regierung wird die Forderungen der Geiselnehmer nicht erfüllen.«

In der Leitung wurde es still.

Susanne legte den Stift hin.

»Es steht mir nicht zu, den Beschluss der Regierung zu kommentieren, doch möchte ich darauf hinweisen, dass wir dann mit der Erschießung der Geiseln rechnen müssen.«

»Die Ministerin ist der Ansicht, dass die schnelle Bewilligung der Gnadengesuche neue Forderungen zur Folge haben wird. Wir brauchen zuerst eine Garantie, dass die Geiseln freigelassen werden. Da die Geiselnehmer nur zu viert sind, gehen wir davon aus, den längeren Atem zu haben. Außerdem hält die Ministerin die Wahrscheinlichkeit, dass die Geiselnehmer ihre Drohung wahrmachen, für ziemlich gering.«

Susanne fand die Argumentation des Staatssekretärs nicht besonders überzeugend. Auch wenn sich die Entscheidung außerhalb ihres Kompetenzbereichs befand, standen doch mehrere Menschenleben auf dem Spiel. Sie durfte also nicht einfach nachgeben.

»Was spricht dafür?«, fragte sie.

»In Schweden wurden bisher noch nie Geiseln tatsächlich getötet. In anderen Ländern schon, aber nicht bei uns.«

»Ich nehme das zur Kenntnis«, entgegnete Susanne. »Und werde Ihre Anweisung umsetzen.«

Nachdem sie das Gespräch beendet hatte, blieb Susanne mit dem Hörer in der Hand sitzen.

Der Anführer hatte den Anruf erhalten, auf den er gewartet hatte. Langsam schritt er den Gang entlang und fuhr sich durch den grau melierten Bart.

»Wer von euch ist der Vorsitzende?«, fragte er.

Gerda spürte, wie sie zu Eis gefror.

Plötzlich sah der Anführer erbost aus. Seine Unschlüssigkeit schien einer finsteren Entschlossenheit gewichen zu sein, die ihr noch mehr Angst machte.

Gerda sah, dass ihr die anderen Ausschussmitglieder verstohlene Blicke zuwarfen. Als warteten sie darauf, dass sie sich zu erkennen gab, dass sie sich opferte.

Das Atmen fiel ihr so schwer, dass sie kaum einen Ton herausbrachte.

»Das bin ich«, hauchte sie schließlich.

Der Anführer schaute sie lange an, ehe er sagte: »Dann warten wir mit dir bis zum Schluss, denn du bist die Wertvollste.«

Gerda wunderte sich darüber, dass er so tat, als kenne er sie nicht. Denn das musste er doch wohl tun, dachte sie. Seit ihrer Zeit als Ministerin wurde sie fast überall erkannt.

Der korpulente Mann packte die junge Frau, die wieder ihren Platz eingenommen hatte, am Arm und riss sie hoch. Sie stieß einen Schrei aus, als sie aus der Bankreihe herausgezerrt und zu Boden gestoßen wurde. Auf dem Flanellhemd des Mannes zeichneten sich dunkle Schweißflecken ab.

Der Anführer zog eine Handgranate hervor. Gerda hatte nie zuvor eine Handgranate mit eigenen Augen gesehen. Der Mann zog den Stift heraus und warf ihn zwischen die Bänke. »Wenn ich die hier wegwerfe, dann explodiert sie innerhalb von drei Sekunden.«

Der Bodybuilder und der dicke Mann beugten sich über die Frau, die sich in Fötusstellung auf dem Boden zusammengerollt hatte. Ihr Körper zitterte. Nur ihr Schluchzen war zu hören.

Gerda wollte protestieren, brachte aber keinen Ton über die Lippen.

Der junge Abgeordnete aus Schonen, der mit der Pistole niedergeschlagen worden war, fuchtelte mit den Armen und brach in Tränen aus.

»Sei still, sonst knallen wir dich auch gleich ab!«

Er hörte sofort auf zu schluchzen, kauerte sich auf der Bank zusammen und hielt sich die Ohren zu.

»Die Justizministerin ist schuld, weil sie sich weigert, unschuldige Häftlinge zu begnadigen!«, schrie der Anführer.

War das wirklich möglich?, dachte Gerda verzweifelt. Eine Ministerin sollte doch wohl alles unternehmen, was in ihrer Macht stand, um Menschenleben zu retten. Was machte es da schon, dass ein paar Häftlinge begnadigt wurden.

Der Bodybuilder drückte der Frau, die regungslos dalag, die Mündung gegen die Schläfe.

Sein Arm zitterte, während er die Pistole an ihren Kopf hielt. Die schweißnassen Haare klebten ihr am Kopf.

»Komm schon!«, rief der Dicke mit Verzweiflung in der Stimme.

Der Mann drückte der Frau die Pistole noch härter gegen den Kopf.

Dann ließ er plötzlich von ihr ab.

»Ich schaff das nicht!«, stieß er aus und sank neben ihr zu Boden.

»Verdammte Scheiße!«, schrie der Anführer und schleuderte die Handgranate in einem weiten Bogen in Richtung Rednerpult.

Die folgende Explosion zerschmetterte die umliegenden Bankreihen.

Gerda hatte das Gefühl, der ganze Plenarsaal würde in Stücke gerissen, als sie nach hinten geschleudert und ihr Kopf zurückgeworfen wurde.

Sekunden später war der ganze Saal voller Polizisten, die schwarze Masken vor den Gesichtern trugen.

Detonationen und Schüsse kamen aus allen Richtungen. Sie spürte, dass sie von jemandem gepackt und weggeschleift wurde. Kurz darauf lag sie außerhalb des Plenarsaals auf dem Boden, während die Schreie der anderen in ihren Ohren gellten.

In der Ferne heulte eine Sirene.

Dann wurde ihr schwarz vor Augen.

5 »Hier ist mein Abschiedsgesuch«, sagte Leo Holmberg und hielt ihr ein Schreiben entgegen.

Catarina saß in ihrem Büro vor dem Fernseher und verfolgte das Ende des Geiseldramas. Ihre Pressesprecherin diskutierte derweil mit dem Regierungsbüro, welche Strategie man den Medien gegenüber einschlagen sollte.

Sie hatte erst vor wenigen Minuten erfahren, dass alle Geiseln überlebt hatten. Ihr war immer noch nicht klar, warum die Geiselnehmer aufgegeben hatten. Ihre Forderungen waren doch erfüllt worden. Obwohl sie über den Ablauf der Ereignisse erleichtert war, fühlte sie sich verwirrt.

Sie schaltete den Fernseher aus und warf die Fernbedienung auf den Glastisch.

»Ich glaube, du bist mir eine Erklärung schuldig.«

»Zunächst einmal muss ich von meiner Position als Staatssekretär zurücktreten.«

Catarina winkte irritiert ab.

»Erzähl erst mal, was überhaupt passiert ist.«

Leo Holmberg starrte auf die Tischplatte, ehe er widerstrebend aufblickte.

»Ich habe mich nicht an deine Anweisung gehalten. Im letzten Moment bekam ich die Eingebung, ihnen mitzuteilen, dass die Regierung mehr Zeit braucht.«

Stille kehrte ein.

»Und … und wenn sie nun alle getötet worden wären?«, fragte Catarina schließlich.

»Ich war so gut wie sicher, dass dies nicht passieren würde.«

Catarina sah ihn zweifelnd an.

»Wenn es sich nicht um vier Schweden, sondern um Al Kaida gehandelt hätte, wäre die Sache vielleicht eine andere gewesen«, fuhr Leo ein wenig bemüht fort.

»Und wenn es trotzdem schiefgegangen wäre?«

»Dann hätten natürlich alle von meinem eigenmächtigen Verhalten erfahren, was weder deine Position noch den Bestand der Regierung gefährdet hätte. Hätten wir hingegen die Gefangenen begnadigt, wäre eine Regierungskrise die zwingende Konsequenz gewesen. Und das gut zwei Wochen vor der Wahl«, sagte Leo mit einem Seufzen.

»Du hast dich also geopfert?«, fragte Catarina.

Leo kehrte die Handflächen nach oben.

»Ein einzelner Staatssekretär ist doch nicht so wichtig. Ich wäre schon klargekommen, zur Not hätte ich eben wieder als Unternehmensberater gearbeitet.«

Leo hielt erneut sein Abschiedsgesuch in die Höhe.

»Dabei warst du es doch, der die Situation richtig eingeschätzt hat. Außerdem hast du meine Karriere gerettet und der Partei vielleicht den Weg zu einem neuerlichen Wahlsieg geebnet«, wandte Catarina ein.

»Du sollst jedenfalls wissen, dass ich gegen meine Entlassung nichts einzuwenden hätte.«

»Davon kann überhaupt nicht die Rede sein. Fragt sich nur, was wir der Presse sagen. Jetzt haben wir es ja schwarz auf weiß, dass meine Entscheidung, die Gefangenen zu begnadigen, ein großer Fehler war.«

Leo Holmberg schaute sie lange an, ehe er entgegnete: »Davon braucht doch niemand Wind zu bekommen.«

»Du meinst ...«

»Aber natürlich. Außer uns beiden weiß schließlich niemand, wie die Dinge wirklich verlaufen sind.«

Mattias Berglund stieg in ein Taxi und entfernte sich vom Saltvik-Gefängnis, das einen schroffen Gegensatz zur malerischen Härnosand-Bucht darstellte. Der Bottnische Meerbusen durchbrach das sanfte Hügelland. Mattias fühlte sich unwohl, was er immer tat, nachdem er ein Gefängnis besucht hatte. Doch dieses Gefängnis, das einem amerikanischen Superbunker glich, kam ihm besonders bedrückend vor. Er erinnerte sich daran, dass es dieser Bodström gewesen war, der den Bau angeregt hatte, nachdem es vor ungefähr zehn Jahren zu mehreren Ausbrüchen aus der alten Vollzugsanstalt gekommen war. Wenn es irgendeinen Politiker gab, den Mattias partout nicht ausstehen konnte, dann war es dieser Bodström. Glücklicherweise war er in den USA geblieben, obwohl er dort eigentlich nur zwischenzeitlich hatte bleiben wollen, und das war auch gut so. Die jetzige Justizministerin war zwar auch kein großes Licht, doch immer noch besser als jemand, der die persönliche Integrität anderer Leute mit Füßen trat.

Der Plan, eine vollkommen sichere Anstalt zu bauen, war ohnehin fehlgeschlagen. Mattias wusste, dass hier – ebenso wie in anderen Gefängnissen – Nachrichten hinein- und herausgeschmuggelt wurden. Im Saltvik-Gefängnis geschah dies durch die Übermittlung von Basketball-Resultaten. Es handelte sich um die Ergebnisse von Spielen, die jeden Tag auf dem kleinen Gefangenenhof im Hochsicherheitstrakt stattfanden. Diese Ergebnisse durften etwaigen Besuchern mitgeteilt oder in Briefen erwähnt werden. Und obwohl die Wärter bei den Besuchen zugegen waren und den Inhalt der Briefe kontrollierten, schöpften sie nicht den leisesten Verdacht. Mithilfe der Basketballergebnisse hatten die Insassen ein System entwickelt, das ihnen die Planung weiterer Straftaten ermöglichte.

Mattias' Mandant war in dieser Hinsicht keine Ausnahme. Marco hatte in vielen Dingen seine Hände im Spiel. Unter anderem wurde er verdächtigt, der eigentliche Drahtzieher des Helikopterraubes in Liljeholmen gewesen zu sein, der sich vor ein paar Jahren ereignet hatte. Einige Personen waren verurteilt worden, andere Beteiligte befanden sich immer noch auf freiem Fuß. Marco wurde der Planung des Verbrechens verdächtigt, obwohl er bereits zum Zeitpunkt des Überfalls hinter Gittern gesessen hatte. Von seiner ehemaligen Gefängniszelle in Hall aus hatte er eine ganze kriminelle Organisation geleitet.

Normalerweise war Marco darauf bedacht, eine undurchdringliche Miene zu bewahren und sich nicht in die Karten schauen zu lassen, doch an diesem Tag war er bester Laune, geradezu ausgelassen gewesen. Zwar kannte Mattias den Grund dafür nicht, doch hatte er auch nicht fragen wollen. Vermutlich hatte es mit einem gelungenen Geschäft zu tun, und so war es für ihn das Beste, sich aus der Sache herauszuhalten. Schließlich tat er sich leichter mit Mandanten, die gut gelaunt waren, aus welchem Grund auch immer.

Mattias verdrängte diesen Gedanken und rief seine Kanzlei an.

»Ich hab mit Lotta nachher noch einen Termin und fahre direkt von Bromma aus«, erklärte er seiner Sekretärin.

»Es ist doch wohl nicht weiterer Nachwuchs unterwegs?«, fragte sie neugierig.

»Nein, nein, zwei Kinder sind genug«, antwortete er.

»Vergiss nicht, dass du um sechs bei Securitas sein musst«, erinnerte sie ihn. »Hast du eigentlich schon was von dem Geiseldrama im Reichstag gehört?«

Susanne betrat den Aufenthaltsraum. Die allgemeine Erleichterung sorgte für eine fast übermütige Stimmung. Polizisten in Uniform und Zivil hatten sich unter die Mitglieder des Krisenstabs gemischt. Alle redeten durcheinander. Selbst Polizisten, die nicht unmittelbar an dem Einsatz beteiligt gewesen waren, reihten sich in die lange Schlange vor dem Kaffeeautomaten ein. Nach dem glücklichen Ende im Reichstag hatte Susanne das spontane Treffen im Aufenthaltsraum angeregt, in dem sie normalerweise nur am Morgen zusammenkamen. Spontane Einfälle waren sonst eigentlich nicht ihre Sache.

»Lasst mich ein paar Worte sagen«, begann Susanne und hob die Stimme.

Das allgemeine Geschnatter legte sich langsam, alle Blicke richteten sich auf sie.

»Aber zunächst einmal, was sind die letzten Informationen?«, fragte sie einen Polizisten, der in direktem Kontakt zum Einsatzkommando gestanden hatte.

Der Mann stand auf, damit ihn alle sehen konnten.

»Vier Personen wurden festgenommen und sitzen in Untersuchungshaft. Die Geiseln sind auf dem Weg ins Söder-Krankenhaus. Vom erlittenen Schock abgesehen, geht es ihnen den Umständen entsprechend gut. Auch der materielle Schaden hält sich in Grenzen. Das Rednerpult, vier Stühle und ein paar Bankreihen sind durch die Handgranate zerstört worden. Die näheren Umstände sind bisher ungeklärt. Das Vorgehen des Einsatzkommandos kann als vorbildlich bezeichnet werden.«

Susanne nickte und erteilte dem Mann das Wort, der als Erster mit der Staatsanwaltschaft kommunizieren würde.

»Einer der Geiselnehmer hat leichte Verletzungen davongetragen. Eine Privatperson hat davon im Internet gelesen und daraufhin Anzeige beim Ombudsmann erstattet.«

Einige Polizisten seufzten auf und verdrehten demonstrativ die Augen.

»Auch die Internationale Anklagekammer ist bereits eingeschaltet«, fuhr Susanne fort. »Vermutlich wird Magnus Granath die Ermittlungen leiten.«

»War ja zu befürchten«, kommentierte jemand.

Susanne behielt ihre Gedanken für sich. Im Grunde hatte sie keine Probleme damit, mit der Staatsanwaltschaft zusammenzuarbeiten, vielleicht weil sie selbst früher einmal Staatsanwältin war, doch mit Magnus Granath war jede Kooperation unmöglich. Es ist, wie es ist, dachte sie. Eine Formulierung, die ihr immer häufiger durch den Kopf ging.

»Dann machen wir Schluss für heute«, sagte sie und ließ ihren Blick durch den Raum schweifen. »Die Anklage ergibt sich ja von allein, dennoch haben wir ein hartes Stück Arbeit vor uns. Auf die Zusammensetzung der Ermittlungsgruppe werde ich später zurückkommen. Es kann aber Wochen, wenn nicht sogar Monate dauern kann, bis Anklage erhoben wird. Fragt sich, wer die Hintermänner dieser Aktion sind. Ich hoffe, dass uns die Vernehmungen hier einen Schritt weiterbringen.«

Alle nickten zustimmend. Es war eine Seltenheit, dass ein Fall so schnell und reibungslos gelöst werden konnte. Jetzt galt es nur noch, eventuelle Komplizen aufzuspüren.

»Man soll ja den Tag nicht vor dem Abend loben, aber eine bessere Beweislage kann ich mir gar nicht vorstellen«, fuhr Susanne mit zufriedener Miene fort.

Die Gespräche kamen wieder in Gang, während die Polizisten von ihren Stühlen aufstanden und gemächlich den Raum verließen.

Pressesprecherin Petra Holm gesellte sich auf dem Flur an Susannes Seite.

»Viele fragen nach dir«, sagte sie.

»Muss ich denn wirklich eine Stellungnahme abgeben?«, fragte Susanne, die mit den Medien nicht die besten Erfahrungen gemacht hatte.

»Mach dir keine Sorgen«, entgegnete Petra lachend. »Jetzt, nachdem alles gut ausgegangen ist, stehen die Leute Schlange, um sich öffentlich zu äußern. Außerdem habe ich Quelle gespielt.«

»Was soll denn das heißen?«, fragte Susanne.

»Dass ich mich nicht nur in meiner Funktion als Pressesprecherin äußere, sondern vorgebe, selbst auch nähere Auskünfte zu geben. Dann glauben die Journalisten, sie hätten erstklassige Informationen bekommen und geben schneller Ruhe.«

Susanne schüttelte den Kopf und bog in ihr Büro ab.

Himmel, was für ein Tag, dachte sie, als sie sich stöhnend auf ihren Schreibtischstuhl sinken ließ. Nach dem Mittagessen war der große Alarm ausgelöst worden, und nach zwanzig Minuten war das Einsatzkommando zur Stelle gewesen. Nach ein paar Stunden hatte alles ein glückliches Ende gefunden, und nun saß sie wieder hier an ihrem Platz. Ermittlungstechnisch war die Sache eigentlich erledigt. Das Einzige, was sie verwunderte, war die Tatsache, dass sich die Justizministerin so unnachgiebig gezeigt hatte. Es passte einfach nicht zur schwedischen Mentalität, das Leben von Geiseln zu riskieren. Außerdem hatte sie Catarina Björk stets als sehr vorsichtige Politikerin erlebt, die niemals ein unnötiges Risiko einging. Aber vielleicht hatte sie sich bei ihrer Entscheidung auch von den anstehenden Wahlen beeinflussen lassen.

Sie schob diesen Gedanken von sich und konzentrierte sich auf einen Ermittlungsbericht über ein Gewaltverbrechen mit Waffengebrauch, das sie seit Ostern in Atem hielt und dem sie bereits den heutigen Vormittag gewidmet hatte. Es ging um eine Motorradgang, die in einem Versteck außerhalb von Södertälje Militärwaffen gehortet hatte, darunter Sturmgewehre, Maschinenpistolen und Granatwerfer. Alles Waffen, mit denen man ein Hochhaus dem Erdboden gleichmachen konnte. Obwohl Susanne nach zahlreichen Dienstjahren bei der Polizei ein wenig abgehärtet war, schauderte sie noch immer bei dem Gedanken, wie viele Waffen unter der schwedischen Zivilbevölkerung in Umlauf waren.

Eigentlich sollte sie diesen Fall an einen Kollegen delegieren, da sie sich ja nun auch mit der Geiselname beschäftigen musste. Aber sie fand, es passe einfach nicht zu ihr, die Verantwortung auf jemand anderen abzuwälzen. Als Chefin wollte sie mit gutem Beispiel vorangehen und die zusätzliche Arbeit klaglos erledigen.

Zwanzig Minuten später stand sie von ihrem Schreibtisch auf. Nachdem die Sache ein glückliches Ende gefunden hatte, war es nicht nötig, den Krisenstab vor morgen früh erneut zusammenzurufen. Um Viertel nach fünf verließ Susanne das Polizeipräsidium auf Kungsholmen, um zu ihrer Wohnung in Reimersholme zu fahren.

6 Der Mann und die Frau, die zur Tür herauskamen, sahen niedergeschlagen aus. Die Augen der Frau waren vom Weinen gerötet.

Da Mattias ihren Blicken nicht begegnen wollte, griff er sich rasch eine der ausliegenden Zeitschriften und begann, darin zu blättern.

Getrennte Ein- und Ausgänge gab es nicht, die Paare begegneten einander im Wartezimmer. Alle wussten, warum man gekommen war, und allen war dies gleichermaßen unangenehm.

Ein letzter verzweifelter Versuch, die eigene Ehe zu retten. Oder wie es auf der Homepage der Familienberatung hieß: »Um Paaren zu helfen, Krisen zu überwinden und Probleme im Zusammenleben der erwachsenen Familienmitglieder zu lösen.«

Jetzt waren Mattias und Lotta an der Reihe. Nach fünfzehn Ehejahren und zwei Kindern war ihre Beziehung ausgelaugt. Wo sie früher geschwiegen hatten, stritten sie sich nun aus geringstem Anlass. Ansonsten sprachen sie fast nur noch über praktische Dinge: wer Johan vom Kindergarten abholte, wer Rebekka zum Fußball- oder Schwimmtraining brachte, wer einkaufen ging. Die kleinsten Meinungsverschiedenheiten wuchsen sich zu lautstarken Auseinandersetzungen aus und schufen eine Atmosphäre ständiger Anspannung.

Die Abende, an denen sie nicht arbeiteten, verbrachten sie immer häufiger vor dem Fernseher. Allerdings gab es für Mattias ständig etwas zu erledigen. Bei Lotta, die sich als freiberufliche Journalistin einer stets härter werdenden Konkurrenz erwehren musste und nur hin und wieder einen Auftrag an Land zog, war dies nicht der Fall.

Eine Frau öffnete die Tür.

»Herzlich willkommen!«

Sie bat die beiden, an verschiedenen Seiten des Tisches Platz zu nehmen, und setzte sich genau zwischen sie an die Schmalseite. Mattias bemerkte, dass eine Schachtel mit Papiertaschentüchern auf dem Tisch stand.

»Ich heiße Ulrike und will zunächst versuchen, dem, was in Ihrer Ehe schiefläuft, auf den Grund zu gehen.«

Mattias rutschte unbehaglich hin und her.

»Vielleicht berichten Sie mir erst einmal, wie Sie die gegenwärtige Situation empfinden«, schlug Ulrike vor und legte den Kopf auf die Seite.

»Es fällt uns schwer, miteinander zu kommunizieren«, sagte Lotta leise.

»Finden Sie das auch, Mattias?«

»Ja, das stimmt schon«, bestätigte er.

»Matthias hemmt mich in meiner Entwicklung«, sagte Lotta.

Mattias spürte Zorn in sich aufsteigen.

»Das sehe ich absolut anders«, erwiderte er, ohne Lotta anzusehen.

»Aber wenn es Lotta nun mal so empfindet, sollten Sie sich vielleicht fragen, was Sie tun können, um das zu ändern?«, fragte Ulrike.

Mattias fühlte sich bereits in die Ecke gedrängt. Warum hatte Ulrike sofort für Lotta Partei ergriffen?

»Lotta kann tun und lassen, was sie will. Ihre Arbeitszeiten sind sehr unregelmäßig, worüber ich mich nie beklagt habe, und …«

»Du weißt genau, wie schwer ich es als freiberufliche Journalistin habe, an Aufträge heranzukommen«, gab sie gereizt zurück. »Außerdem bist du mit den Gedanken meist woanders, wenn du zu Hause bist. Du redest ja kaum noch mit mir.«

»Beruhigen Sie sich, Lotta. Lassen Sie Mattias erst mal weitererzählen«, bat Ulrike und legte ihr die Hand auf den Unterarm.

Mattias warf ihr einen dankbaren Blick zu.

»Du bist zum Tennis und zum Lesekreis gegangen und hast dir neuerdings sogar einen privaten Fitnesstrainer zugelegt, ohne dass ich je etwas dazu gesagt hätte.«

»Das ist es ja eben, du hast mich nie unterstützt. Außerdem bekomme ich ständig zu hören, dass du der Verdiener in der Familie bist.«

»Einen Moment mal …«, protestierte Mattias.

»Als du wegen Johan Vaterschaftsurlaub hättest beantragen können, hast du nur davon geredet, was für eine gewaltige Gehaltseinbuße das für uns bedeuten würde.«

»Du hast aber auch nie den Wunsch geäußert, dass ich Vaterschaftsurlaub nehmen soll. Wir waren uns über die Rollenverteilung doch immer vollkommen einig.«

»Du hättest wissen müssen, dass ich eigentlich etwas ganz anderes wollte«, erwiderte Lotta und brach in Tränen aus.

Ulrike beugte sich vor und reichte ihr ein Papiertaschentuch.

Viel weiter kamen sie nicht. Schließlich vereinbarten sie einen neuen Termin für die nächste Woche.

Vor dem Eingang stiegen sie in ihr Auto, in dem es warm und ein wenig stickig war, da es die ganze Zeit über in der Sonne gestanden hatte. Eine Fliege surrte am Fenster entlang, bis Mattias die Scheibe hinunterfuhr und sie hinausließ. Ohne ein Wort miteinander zu wechseln, fuhren sie zu ihrem Haus in Mälarhöjden. Lotta stieg schweigend aus.

»Ich hab noch einen Termin bei einer Wachgesellschaft«, murmelte Mattias.

Doch statt zu Securitas aufzubrechen, fuhr er auf direktem Weg nach Reimersholme.

»Wir verhandeln nicht mit Terroristen«, erklärte Catarina gegenüber der Radiomoderatorin. Es handelte sich um eine Live-Sendung von *Studio 1*. Zwar hätte die Rundfunkstation einen Schlagabtausch zwischen Catarina und einem Oppositionspolitiker bevorzugt, doch hatte Catarinas Pressechefin klargemacht, dass die Justizministerin für so etwas nicht zur Verfügung stünde.

In der jetzigen Situation war es leicht, die eigenen Bedingungen durchzusetzen, weil der Sender fast alles dafür tat, um die Ministerin zwei Stunden nach Beendigung des Geiseldramas vor das Mikrofon zu bekommen.

Und allen Politikern war es natürlich am liebsten, ein Radio- oder Fernsehstudio ganz für sich zu haben. Auch ein exzellent vorbereiteter Journalist war einem Politiker, der ein ganzes Ministerium hinter sich hatte, hinsichtlich der Faktenlage zwangsläufig unterlegen. Mit der Sprengkraft des brisanten Ereignisses im Rücken konnte die Regierung die Opposition also leicht auf Distanz halten und die Live-Sendung zu einer Propaganda-Veranstaltung umfunktionieren.

»Und wenn die Geiseln nun doch getötet worden wären?«, hakte die Moderatorin nach. »Sie haben sie schließlich einem hohen Risiko ausgesetzt.«

»Wir waren davon überzeugt, dass ihnen nichts passieren würde, was sich ja auch als richtig erwiesen hat. Wären wir den Terroristen entgegengekommen, hätten sie schon bald neue Forderungen gestellt.«

»Was bedeutet das für die Zukunft?«

»Wir haben ein klares Zeichen gesetzt. Wir lassen uns nicht erpressen. Die rot-grüne Regierung wird sich auch in Zukunft jeder Form der organisierten Kriminalität mit größter Entschlossenheit entgegenstellen.«

»Wie beurteilen Sie den Polizeieinsatz?«

»Darüber lässt sich nur Positives sagen. Daran sieht man auch, dass es richtig war, in unsere eigenen Ressourcen zu investieren.«

»Dann danke ich Ihnen für dieses Gespräch.«

»Ich danke *Ihnen*«, entgegnete Catarina und nahm den Kopfhörer ab. Lief ja wie geschmiert, dachte sie. Warum war es während der letzten Legislaturperiode nicht auch einmal so einfach gewesen? Stattdessen hatten sie sich auf zahlreichen Pressekonferenzen und bei anderen Begegnungen mit Journalisten meist nutzlos abgemüht. Die Presseagentur *TT* setzte pflichtschuldig ihre Meldungen ab, die hin und wieder im Fernsehen oder von den Zeitungen zitiert wurden – so lief es meistens. Sie gewann damals den Eindruck, als sei das, was sie zu sagen hatte, einfach nicht interessant genug. Und obwohl sie manchmal für ihr Aussehen gelobt wurde, kam sie sich wie eine graue Maus vor, deren Statements sich in Luft auflösten, sobald sie ihren Mund verlassen hatten.

Bis zum heutigen Tag, an dem plötzlich jede ihrer Äußerungen auf größtes Interesse stieß.

Vor dem Studio wurde sie von der Pressesprecherin in Empfang genommen.

»Wir müssen uns beeilen«, sagte sie. »Die Live-Sendung auf *SVT24* beginnt bald.«

»Wann?«, fragte Catarina, als sie an einer Wachperson vorbeieilten und dem Ausgang entgegenstrebten.

»In siebzehn Minuten. Aber ich habe dafür gesorgt, dass du auch dort allein im Studio bist.«

»Die Opposition wird bald behaupten, dass wir die Medien fest im Griff haben.«

»Ganz bestimmt, aber solche Diskussionen sind den meisten Menschen doch völlig egal«, entgegnete die Pressesprecherin. »Und das Wort Terrorist kannst du gerne wiederholen.«

»So kann es einfach nicht weitergehen«, sagte Susanne.

Aus ihrem Mund klang dies wie eine Feststellung.

Mattias rollte auf den Rücken und starrte an die Decke.

»Es ist nicht so leicht, wenn man zwei Kinder zu Hause hat.«

»Du kannst nicht länger anderen die Schuld in die Schuhe schieben«, sagte Susanne. Ihre langen blonden Haare kitzelten ihn im Gesicht, als sie sich über ihn beugte.

Sie lagen in ihrem Bett. Ihre seit Jahren beendete Affäre hatten sie seit einem knappen Jahr wieder aufleben lassen. Seitdem trafen sie sich einmal pro Woche, meistens am Dienstag, falls ihnen kein beruflicher Termin dazwischenkam oder Mattias sich um seine Kinder kümmern musste. Da früher einmal Sicherheitspersonal von Securitas zu Mattias' Mandanten gehört hatte, trug er weiterhin ein wöchentliches Treffen bei der Firma in seinen Terminkalender ein. Wenn Lotta in dieser Zeit in der Kanzlei anrief, teilte seine Sekretärin ihr mit, er befinde sich gerade in einer Besprechung bei Securitas. Angesichts der Tatsache, dass viele der Sicherheitsleute mit der Justiz in Berührung kamen, war dies ein durchaus realistisches Szenario.

»Nein, da hast du recht«, entgegnete Mattias seufzend. »Es ist nur ... wie soll ich sagen ... schwer, eine endgültige Entscheidung zu treffen.«

»Das verstehe ich ja«, entgegnete Susanne und setzte sich auf. »Aber ich will nicht die ewige Geliebte sein. Ich möchte eine richtige Beziehung mit dir haben. Du hast doch gesagt, dass du das auch willst.«

Mattias schwieg.

Sie hatte natürlich recht. Er konnte nicht immer weiter lügen. Früher oder später würde ihm Lotta auf die Schliche kommen. Dass er mit seiner Frau zur Familienberatung ging und sie gleichzeitig betrog, war schon ein starkes Stück. Auch Susanne hatte er davon nichts erzählt.

Frau und Kinder zu verlassen war eigentlich das Letzte, was er wollte. In seinem Heimatort Örnsköldsvik ließ man sich nicht scheiden. Es kam schon mal vor, dass der Mann das Geld versoff und seine Frau grün und blau schlug, dennoch blieben sie zusammen, bis der Tod sie schied.

Mattias wollte seine Kinder nicht nur jede zweite Woche zu Gesicht bekommen.

Außerdem hatte Lotta bereits angedeutet, dass kleine Kinder ihre Mutter mehr brauchten als nur die Hälfte der Zeit. Was sie damit meinte, lag auf der Hand. Im Fall einer Trennung wollte sie mit den Kindern zusammenwohnen und ihm ein Besuchsrecht einräumen.

Doch wollte er beim besten Willen nicht zu jenen Mc Donald's-Vätern gehören, die am Wochenende mit ihren Kindern Hamburger futterten und krampfhaft nach Gesprächsthemen suchten, weil ihnen ihr Alltagsleben fremd geworden war. Nein, da würde er schon lieber eine miese Ehe in Kauf nehmen.

Zugleich wuchs seine Sehnsucht, Susanne mehr als einmal in

der Woche für wenige Stunden sehen zu können. Sie hatten so viele Gemeinsamkeiten, und die Gesprächsthemen gingen ihnen niemals aus. Allerdings hatten sie auch nicht besonders viel Zeit füreinander – die wenigen Stunden vergingen jedes Mal wie im Flug – und wenn sie sich sahen, landeten sie fast jedes Mal miteinander im Bett.

»Ich werde mich scheiden lassen«, sagte er schließlich.

»Stopp!«, entgegnete Susanne und legte ihm die Hand auf den Mund. »Du sollst es nicht gegen deinen Willen tun. Doch jetzt sprichst du schon seit einem Jahr darüber, und ich muss einfach wissen, woran ich bin.«

»Okay, noch zwei Wochen und keinen Tag mehr – versprochen!«

»Es ist deine Entscheidung«, sagte sie und strich ihm zärtlich über die Brust.

»Erzähl mir von dem Geiseldrama«, bat er.

»Nein, dazu haben wir keine Zeit mehr, du musst doch bald wieder los«, entgegnete sie und begann, ihn auf seine Brust zu küssen.

DONNERSTAG, 4. SEPTEMBER
17 TAGE VOR DER WAHL

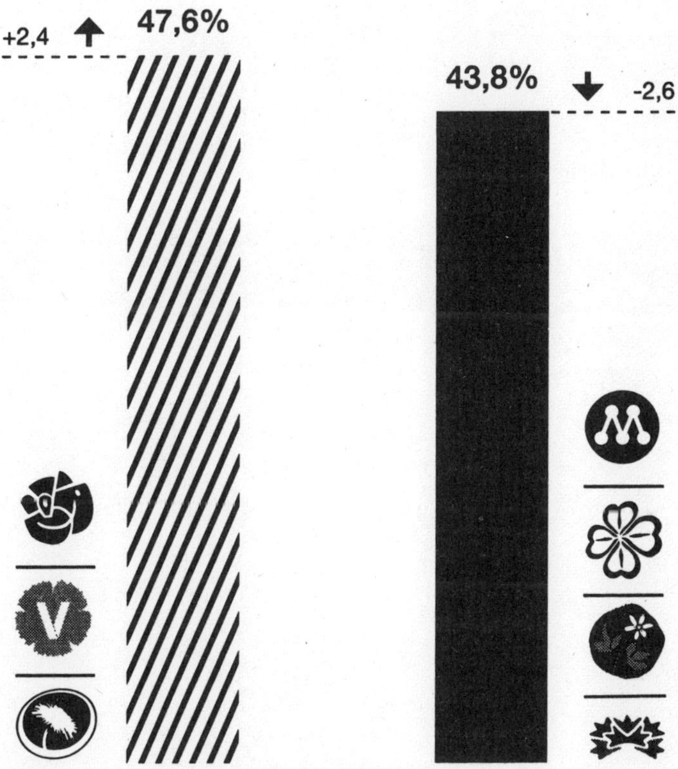

7

»Das ist eine totale Katastrophe!«, rief Hjalle.

Er war Vorsitzender einer Denkfabrik, die engagiert daran arbeitete, dass nach den nächsten Wahlen eine bürgerliche Regierung das Ruder übernahm. Hjalmar Fritzén hatte diese Gruppe, die sich *Wahlallianz 2.0* nannte, gegründet.

Um ihre Botschaft unter die Leute zu bringen, hatte sich die *Wahlallianz 2.0* ein Netzwerk von Bloggern und anderen Personen geschaffen, die via Facebook und Twitter eine wahre Informationslawine ins Rollen bringen konnten.

Die *Wahlallianz 2.0* bestand aus zwei erfahrenen Wirtschaftsmanagern: Fredrik Rosenqvist, einem Anwalt, der einer namhaften Kanzlei angehörte, Teilhaber einer Risikokapitalgesellschaft und Fraktionsvorsitzender der Moderaten im Reichstag war, sowie Hjalle als Vorsitzendem. Es gab da einen Zeitungsjournalisten namens Linus Wiberg, der früher einmal, vor der Journalistenschule, Mitglied der Jungmoderaten war. Inzwischen hatte er einen eigenen Blog, den er für eine Zeitungskolumne bei der *Kvällspressen* ausschlachtete. Da er mit allen Parteien gleichermaßen ins Gericht ging, gelang es ihm glänzend, seine eigene politische Überzeugung zu verbergen.

Doch im Grunde hatte sich daran nichts geändert. Er hegte eine eingefleischte Antipathie gegenüber den Sozialdemokraten, deren Steuerpolitik er als Zumutung betrachtete.

Zur Führungsriege der *Wahlallianz 2.0* gehörte außerdem Petra Holm, die der ehemaligen Justizministerin Gerda Lundin als Pressesprecherin gedient hatte. Sie hatte zunächst gezweifelt, ob sie der neuen Vereinigung beitreten solle, da sie der Meinung war, dies passe schlecht zu ihrer derzeitigen Position bei der Polizei. Aber die Sehnsucht nach einer Rückkehr ins Regierungsgebäude hatte sie schließlich dazu gebracht, Hjalles Angebot anzunehmen. Nicht dass sie ungern bei der Polizei gewesen wäre, vor allem gefiel ihr die Zusammenarbeit mit Susanne. Doch was den täglichen Nervenkitzel anbelangte, ging nichts über die Regierungskanzlei. Wer dort arbeitete, befand sich automatisch im Zentrum der Ereignisse.

Ihre erste Begegnung mit Hjalle lag schon einige Jahre zurück. Doch von Anfang an hatte sie den Eindruck gehabt, dass er jemand war, mit dem man sich lieber gut stellte. Zum einen füllte sein Vater stets Hjalles Konto auf, sodass er der König in jeder Bar war. Auch auf der riesigen Jacht, die sein Vater gemietet hatte, floss der Champagner in Strömen. Und wenn der Sommer in Schweden zur Neige ging, lud Hjalle ausgesuchte Freunde in das Ferienhaus der Familie an der Côte d'Azur ein.

Doch war es nicht nur das Geld, das junge Menschen dazu brachte, sich um Hjalle zu scharen. Alle begriffen sehr schnell, dass er eine Person von großem Einfluss war. Wie Petra hatte auch er sich schon früh bei den Jungmoderaten engagiert. Eine Führungsposition hatte er nie angestrebt, wohl wissend, dass er ohnehin so etwas wie ein inoffizieller Vorsitzender war.

Im Gegensatz zu anderen jungen Schnöseln, die teure Kaschmirpullover, gegelte Haare und Ray-Ban-Sonnenbrillen zur Schau trugen, hatte er stets anderes im Sinn gehabt. Ehe er fünfundzwanzig war, hatte er durch den Kauf und Verkauf von

IT-Unternehmen den Grundstein zu seinem Vermögen gelegt, wodurch auch sein Einfluss auf die Landespolitik wuchs.

Im Vorfeld der letzten Wahl hatte er die *Wahlallianz 2.0* ins Leben gerufen. Und da er sowohl geschäftsführender Vorsitzender war als auch das operative Geschäft leitete, hatte er die gesamte Organisation fest im Griff. Die Einbindung von Linus Wiberg war zudem ein geschickter Schachzug gewesen. Auf diese Weise bekam er einen guten Einblick in die Welt der Medien und der Blogger. Petra hatte Linus noch nie gemocht. Er war ein schmieriger Typ, der ständig um Hjalle herumscharwenzelte.

Petra wusste um Hjalles Einfluss, wenn es um die Besetzung von Minister- und Staatssekretärsposten ging. Außerdem arbeitete die Gruppe im Verborgenen und lief kaum Gefahr aufzufliegen.

»In den Meinungsumfragen lagen wir gestern noch vorne und haben heute einen Rückstand von fast vier Prozent. Wie kann das sein?«, wollte Hjalle wissen.

»Bis zur Wahl werden jeden Abend neue Ergebnisse verkündet. Da werden die Leute eben stark von tagespolitischen Ereignissen beeinflusst«, antwortete Petra. »Und unsere Justizministerin ist nun mal die Frau der Stunde.«

»In diesem Land ist doch jeder Journalist ein verkappter Kommunist«, entgegnete Hjalle. »Da braucht man sich ja nur die *Kvällspressen* anzusehen.«

Linus wand sich auf seinem Stuhl.

»Stimmt schon. Unsere gesamte Redaktion frisst der Ministerin gerade aus der Hand«, entgegnete er seufzend.

»Kennt ihr denn gar keine journalistische Unabhängigkeit?«, fragte Petra.

Linus schüttelte den Kopf.

»Eine junge Ministerin, die bis an die Zähne bewaffneten Schwerkriminellen die Stirn bietet, ist eben eine fantastische Story.«

»Das darf doch nicht wahr sein. Wir haben 86 Millionen von allen möglichen Organisationen eingesammelt«, sagte Hjalle erregt und rührte in seiner Espressotasse.

»Welche sind das?«

»Stockholms Immobilienbesitzer, *Kernenergie für eine gesündere Umwelt*, *Stoppt die Hochsteuergesellschaft*, *Der Turm*, ein Zusammenschluss von Unternehmern sowie ein paar andere Interessengemeinschaften, die weniger bekannt sein dürften.«

Sie waren in Hjalles Mansardenwohnung am Odenplan zusammengekommen, wo sich auch sein privates Büro befand. Das hatte vor allem den Vorteil, sich in aller Verschwiegenheit versammeln zu können. Am Stureplan besaß er noch eine Unternehmensberatung. Aber dort wäre ein Treffen zu auffällig gewesen, und im *Riche* oder im *Café Opera*, meinte Hjalle, träfen sich nur Amateure.

Die Mansardenwohnung war im Besitz einer den schwedischen Behörden unbekannten Offshore-Firma, in die ein Großteil der Gewinne floss, die Hjalles Unternehmensberatung abwarf.

Hjalle war bereits reich wie ein Troll und würde im Falle eines Wahlsiegs der bürgerlichen Parteien noch viel reicher werden.

»Was ist mit der Opposition?«, fragte Hjalle. »Es wäre doch ein Leichtes herauszustellen, dass die Ministerin durch ihr Handeln das Leben der Geiseln riskiert hat.«

Linus zuckte die Schultern.

»Das interessiert jetzt niemanden mehr. The winner takes it all.«

»Dann haben wir nur noch eine Möglichkeit«, schaltete sich Petra ein.

Die beiden anderen warfen ihr skeptische Blicke zu.

»Und was sollte das sein?«, fragte Linus.

»Wir brauchen einen richtig fetten Skandal, damit der frisch erworbene Heiligenschein der Justizministerin sofort wieder zertrümmert wird. Denkt daran, dass der Wähler ein kurzes Gedächtnis hat – falls er überhaupt in der Lage ist, sich zu erinnern.«

Die Kugel drang direkt in den Kopf ein, obwohl der Schuss aus einer Entfernung von über hundert Metern abgegeben worden war.

Mit dieser Übung wurde ein Geiseldrama simuliert. Der Täter hielt einer Geisel auf dem Rücksitz eines Autos die Pistole an den Kopf. Der Scharfschütze hatte in einem Straßengraben gelegen und der Puppe von hinten in den Kopf geschossen. Die Windschutzscheibe war zuvor entfernt worden, damit das Einsatzkommando die Übung mehrfach wiederholen konnte.

Catarina war ebenso beeindruckt wie die etwa zwanzig Journalisten, die vor Ort waren. Normalerweise hatten die Medien kein gesteigertes Interesse daran, wenn die Justizministerin solch eine Übung besuchte. Doch angesichts der gestrigen Ereignisse sowie der Notwendigkeit, mehrere Seiten der morgigen Ausgabe mit Berichten über die Geiselnahme zu füllen, war dies ein willkommener Anlass. Ihre Pressesprecherin hatte schon früh am Morgen eine entsprechende Meldung in Umlauf gebracht, sodass alle wichtigen Zeitungen, Radio- und Fernsehender informiert waren, bevor sie zu ihren Programmsitzungen zusammenkamen. Sicherheitshalber hatte sie darüber hinaus einige Nachrichtenredaktionen persönlich angerufen.

Seit dem gestrigen Tag hatte sich das Justizministerium zudem einen zweiten Pressesprecher zugelegt.

Beide arbeiteten nun Hand in Hand, und die Idee, dem Sondereinsatzkommando einen offiziellen Besuch abzustatten, war ihre Idee gewesen. Das Programm ihres Besuchs hatten sie natürlich auch selbst ausgearbeitet.

In der Vergangenheit war Catarina schon mehrmals dorthin eingeladen worden, um sich ein persönliches Bild von der Arbeit der Spezialeinheit machen zu können, doch jedes Mal waren ihr andere Termine wichtiger gewesen.

Die heutige Besichtigung war erst gestern am späten Abend ausgemacht worden, und seitens des Justizministeriums hatte man in Anbetracht der aktuellen Ereignisse ausdrücklich darum gebeten, eine Geiselbefreiung zu simulieren.

Zufällig waren auch einige hochrangige Beamte aus Polizeikreisen zugegen. Der Leiter der Spezialeinheit führte Catarina sowie die Journalisten von einer Übung zu nächsten.

Neben der Schießübung wurde die Geiselbefreiung aus einem geschlossenen Gebäude trainiert.

Sie betraten dieses Gebäude gemeinsam und blieben vor einer geschlossenen Tür stehen. Nun sollte Catarina selbst erfahren, wie es war, in einen Raum einzudringen, in dem eine Geisel gefangen gehalten wurde.

»Können wir Ihnen das zumuten nach dem, was Sie gestern erlebt haben?«, erkundigte sich der Einsatzleiter.

»Kein Problem«, antwortete Catarina und ließ sich beim Anlegen der schusssicheren Weste helfen.

Danach setzte sie sich den Helm auf und bekam ein Maschinengewehr in die Hand gedrückt.

»So, jetzt sind Sie vollständig ausgerüstet«, sagte der Polizist, der ihr beim Anlegen der Schutzkleidung geholfen hatte.

»Hauptsache, ich verletze niemand von den anderen«, sagte Catarina.

Die umstehenden Journalisten lachten. Zwischen ihnen und den Beamten des Justizministeriums herrschte ohnehin eine gelöste Stimmung.

Nachdem die Sprengladung an der Tür deponiert worden war, gingen alle hinter einer Wand in Deckung. Mit ohrenbetäubendem Krach flog die Tür auf. Der Polizist, der ihr am nächsten stand, warf eine Blendgranate hinein, die alle im Raum paralysieren sollte.

So schnell wie das mit ihrer zwanzig Kilogramm schweren Ausrüstung möglich war, stürzte Catarina hinterher.

Wie bei den Dreharbeiten zu einem Spielfilm schoss sie mit den Platzpatronen wild um sich.

Nach wenigen Sekunden war alles vorbei.

Das Maschinengewehr lässig in einer Hand und mit rußgeschwärztem Gesicht verließ Catarina den Raum, aus dem schwarzer Rauch quoll.

»Einen Moment!«, riefen die Fotografen, worauf sie stehen blieb und ihnen ihr Gesicht zuwandte. Das Blitzlichtgewitter, das auf Catarina niederging, erinnerte an die Blendgranate, die zuvor in den Raum geworfen worden war. Danach wurde sie gebeten, noch einmal hineinzugehen und wieder herauszukommen, damit weitere Fotos gemacht werden konnten – eine Prozedur, die mehrmals wiederholt wurde. Auch die Pressesprecherin war sofort zur Stelle gewesen und hatte den Ruß in Catarinas Gesicht verschmiert.

Nach dem Ende der Übung hielt Catarina eine improvisierte Pressekonferenz ab. Völlig ungeplant war sie allerdings nicht, da die ganze Veranstaltung darauf ausgerichtet war, den Lauf aufrechtzuerhalten, den sie derzeit bei den Medien hatte. Es galt, das Bild der unbeugsamen Justizministerin zu verstärken, die sich auch von einem Terrorangriff auf die schwedische Gesellschaft nicht einschüchtern ließ.

Dass immer wieder das Wort Terrorismus fiel, verschaffte den Journalisten genau die Überschriften, die sie haben wollten. Die Pressechefin schnurrte wie eine Katze, als Catarina betonte, sie habe genug Zeit, um sämtliche Fragen zu beantworten. »Wir werden dem Terrorismus gegenüber keinen Millimeter zurückweichen«, wiederholte sie.

»Gilt dies auch für Terrorangriffe, die außerhalb von Schweden stattfinden?«, fragte eine Reporterin von *SVT*.

Catarina machte eine rhetorische Pause, ehe sie antwortete – so, wie sie es im Medientraining gelernt hatte. In ihren ersten Interviews als Ministerin hatte sie außerdem den Fehler begangen, direkt in die Kamera zu blicken, wenn sie gefragt wurde. Und am allerwichtigsten war es natürlich, nicht zu schnell zu sprechen.

»Wir in Schweden müssen endlich aufwachen. Bis jetzt haben wir doch immer geglaubt, Terrorismus gäbe es nur in anderen Ländern. Doch glaube ich, dass es an der Zeit ist, die Anzahl unserer Sondereinsatzkräfte von sechzig auf hundertzwanzig zu erhöhen.«

»Eine Verdoppelung?«, fragte die Reporterin beeindruckt.

»Niemand kann ausschließen, ob sie das nächste Mal nicht gleichzeitig an zwei verschiedenen Orten zuschlagen. Sollten uns die Wähler erneut ihr Vertrauen schenken, werde ich mich dafür einsetzen, dass diese Verstärkung der Einsatzkräfte Realität wird.«

An einem Tag wie diesem dachte niemand daran, dass sich Catarina bei früheren Reichstagsdebatten gegen eine Verstärkung der Terrorabwehr ausgesprochen hatte.

Sie wusste, dass die Medien kein Interesse daran hatten, eine frischgebackene Heldin so schnell von ihrem Sockel zu stoßen.

Catarina Björk genoss einen ihrer besseren Tage als Ministerin. Fast hätte sie vergessen, dass sie bereit gewesen war, die Forderung der Geiselnehmer zu erfüllen.

Mattias hatte schlechte Laune. So wie immer, wenn sich die Teilhaber der Kanzlei zu einer internen Sitzung trafen. Vor ein paar Jahren hatte ein Anwalt namens Douglas Malm in ihrer Kanzlei gearbeitet. Doch nachdem ein Gericht ihn schuldig gesprochen hatte, Geld von der serbischen Mafia entgegengenommen zu haben, war er aus der Anwaltskammer ausgeschlossen worden und hatte die Kanzlei verlassen müssen. Sein Nachfolger Erik Olivecrona hatte anfangs einen guten Eindruck gemacht. Doch mit der Zeit war Mattias klar geworden, dass sein neuer Kollege nichts als Geld im Kopf hatte. Natürlich wusste Mattias ebenso gut wie die anderen Mitglieder ihrer Sozietät, dass die Einnahmen stimmen mussten. Doch durfte dies seiner Meinung nach nicht das einzige Kriterium sein.

Und wie so viele andere Menschen, die aufs Geld fixiert waren, fiel auch Erik Olivecrona durch seinen ausgeprägten Geiz auf. Auf jeder ihrer Sitzungen stritten sie sich inzwischen, wie die Kosten der Anwaltssozietät auf die einzelnen Teilhaber verteilt werden sollten.

Jeder von ihnen zahlte 32 000 Kronen im Monat auf das Gemeinschaftskonto der Kanzlei ein – zumindest bis Erik Olivecrona auf der Bildfläche erschien und sogleich Einwände gegen diese Regelung vorbrachte.

»Die Höhe des Beitrags muss sich doch wohl am Umsatz des Einzelnen orientieren«, argumentierte er und ließ seinen Blick in die Runde schweifen.

»Warum das?«, fragte Mattias.

»Weil diejenigen mit größerem Umsatz auch unsere Sekretärinnen mehr in Anspruch nehmen.«

Den anderen Anwälten schien dieses Argument nicht einzuleuchten.

»Der Umsatz ist keine gute Vergleichsgrundlage«, wandte Mattias ein. »Wer von uns große Fälle hat, beansprucht das Büro nicht so häufig, weil er die meiste Zeit im Gericht ist.«

Erik Olivecrona sah ihn missmutig an und startete einen zweiten Versuch.

»Dann finde ich, dass sich der monatliche Beitrag an der Größe unserer Büros orientieren sollte.«

»Warum das denn?«, fragte ein anderer Anwalt und runzelte die Stirn.

»Wir haben doch unterschiedlich große Büros, und da ist es nur gerecht, dass sich dies in unseren Beitragszahlungen niederschlägt.«

Die übrigen Anwälte seufzten auf und tauschten entnervte Blicke. Wie waren sie nur auf die Schnapsidee gekommen, diese Nervensäge in ihre Sozietät aufzunehmen?

»Meinst du das mit der Größe der Büros etwa im Ernst?«, wollte einer der Anwälte wissen.

»Aber natürlich«, antwortete Erik Olivecrona.

Als Mattias gerade protestieren wollte, klopfte es an der Tür, und seine Sekretärin kam herein.

»Die haben einen Untersuchungsgefangenen, Mattias.«

Sie sah besorgt aus, was sie immer tat, wenn die Anwälte zusammenkamen. Es war ja nicht ausgeschlossen, dass hinter verschlossenen Türen auch über ihre Zukunft beraten wurde. Gemeinschaftskanzleien wurden oft wieder aufgelöst, und dann mussten die Angestellten sich nach neuen Jobs umsehen.

»Worum geht's?«, fragte Mattias.

»Um das Geiseldrama von gestern«, antwortete sie und sah schon ein wenig hoffnungsvoller aus. Sie wusste, wie wichtig es für einen Anwalt war, prestigeträchtige Fälle zu ergattern. Das war nicht nur eine ökonomische Frage, sondern auch eine des Ansehens.

Den gesamten Vormittag hindurch hatten sämtliche Strafanwälte Stockholms gehofft, einen Anruf vom Amtsgericht zu erhalten.

Erik Olivecrona konnte seine Verärgerung nicht verbergen und auch den beiden anderen Kollegen stand die Enttäuschung im Gesicht geschrieben.

»Hat das Gericht sich direkt gemeldet?«, fragte Mattias.

»Nein, es war ein früherer Mandant von Ihnen«, antwortete die Sekretärin.

»Wer sollte das sein?«, fragte er und durchforstete sein Gedächtnis nach ehemaligen Mandanten, die brutal genug waren, in den Reichstag einzudringen und dort Geiseln zu nehmen. Die Namen der Festgenommenen waren von den Medien noch nicht veröffentlicht worden.

»Henry Molander, den Sie einmal in einer Steuerangelegenheit vertreten haben«, erklärte die Sekretärin.

»Diese Firma, die Pleite gemacht hat?«

Sie nickte.

»Das darf doch nicht wahr sein«, entgegnete Mattias und stand auf. »Der ist echt der Letzte, dem ich so etwas zugetraut hätte.«

8

Susanne saß in ihrem Büro und überlegte, wie viele Köpfe die Gruppe zählen musste, die das Geiseldrama aufarbeiten würde. Die Sache mit dem Waffenlager hatte sie bis auf Weiteres auf die Seite gelegt. Vom Kriminalnachrichtendienst *Kuten* hatte sie Informationen über die Festgenommenen erhalten, die nun in Untersuchungshaft saßen. Irgendwas stimmte da nicht. Zwar waren sie alle bereits vorbestraft und hatten zum Teil langjährige Gefängnisstrafen verbüßt, doch niemand war in etwas verwickelt gewesen, das sich auch nur annähernd mit einer Geiselnahme in Verbindung bringen ließ. Stattdessen ging es um Vergewaltigung, Drogendelikte, sogar Steuerhinterziehung. Sie blätterte in den Urteilsbegründungen, die allesamt Jahre zurücklagen. Und sie alle waren im Laufe des letzten Jahres aus der Haft entlassen worden. Die einzige Frau der Gruppe, die bedeutend jünger war als ihre männlichen Komplizen, war wegen grober Körperverletzung eines Mitglieds der Schwedendemokraten verurteilt worden.

Es war höchst selten der Fall, dass Menschen, die wegen Gewalt-, Sexual- und Steuerdelikten verurteilt worden waren, etwas gemeinsam hatten. Sexualstraftäter verbüßten ihre Haft zudem in besonderen Gefängnissen, um nicht Gefahr zu laufen, von anderen misshandelt zu werden. Während ihrer Zeit als Staatsanwältin war ein Mann, der einer Vergewaltigung verdächtigt wurde, in Untersuchungshaft fast getötet worden. Leute, die Wirtschaftsverbrechen begingen, betrachteten ihre Straftaten hingegen oft als Kavaliersdelikte, die mit schwerer Kriminalität nichts zu tun hatten. Da sie zudem rhetorisch versierter waren als das Personal im Strafvollzug, gelang es ihnen häufig, sich dort Vorteile zu verschaffen.

Susanne stellte fest, dass die Angeklagten von der ersten polizeilichen Vernehmung an bis zur Hauptverhandlung stets ihre Schuld geleugnet hatten, was an sich nichts Ungewöhnliches war. Als frühere Staatsanwältin durchforstete sie kundig die Unterlagen der jeweiligen Urteilsbegründungen. Auffallend war, dass wenig handfeste Beweise angeführt wurden. Manche Urteile waren nur aufgrund einer technischen Beweisführung zustande gekommen. Auch fanden sich bloß vereinzelte Zeugenaussagen, und in einem Fall stützte sich das Urteil einzig und allein auf die Aussagen anderer Angeklagter.

Zum Tatverlauf im Reichstag lagen gesicherte Erkenntnisse vor. Viel schwieriger würde es sein, Komplizen und Mitwisser zu finden, die nicht unmittelbar an der Geiselnahme beteiligt gewesen waren. Susanne war der Meinung, dass sich die Staatsanwaltschaft generell zu wenig um die Hintermänner eines Verbrechens kümmerte, sondern sich vorschnell damit zufriedengab, ein rechtskräftiges Urteil zu verkünden. Dass womöglich Drahtzieher existierten, die weiterhin auf freiem Fuß waren und neue Verbrechen planten, schien sie nicht zu interessieren. Den Anklägern ging es vor allem um die Aufklärungsquote. Und dass sie für abgeschlossene Fälle eine Art Provision kassierten, machte die Sache natürlich nicht besser. Susanne war davon überzeugt, dass jemand das Geiseldrama – einschließlich der missglückten Hinrichtung einer Geisel – von außen gesteuert hatte. Die ganze Aktion musste von Leuten geplant worden sein, die eine logistische Begabung besaßen. Wenn man diese Leute nicht aufspürte, bestand eine erhebliche Gefahr, dass sie früher oder später weitere Verbrechen begingen – zumal sie mit dieser Aktion gescheitert waren.

Und jetzt sollte also Magnus Granath die Voruntersuchung leiten. Susanne stöhnte bei dem Gedanken, sich von diesem selbstherrlichen Typen herumkommandieren zu lassen.

Die Vernehmungen der Geiseln hatten nicht viel erbracht. Auffällig war allerdings die Vermutung von Gerda Lundin, die Entführung habe sich in erster Linie gegen sie selbst gerichtet. Doch abgesehen von ihrer persönlichen Einschätzung deutete nichts darauf hin, dass sie damit recht hatte.

Susannes Handy gab ein Signal von sich. Eine SMS von Mattias: *Bin Pflichtverteidiger eines der Angeklagten in der Reichstagssache. Hoffe, das ist kein Problem für dich. M*

Verdammt, dachte Susanne. Das gefiel ihr überhaupt nicht. Obwohl es keine formalen Einwände gab, bereitete ihr diese Konstellation Unbehagen. Susanne wollte in einer Strafsache absolut unbefangen agieren können. Und obwohl sie Mattias natürlich jeden beruflichen Erfolg gönnte, wurde die Sache damit komplizierter als angenommen.

Sie zögerte mit einer Antwort. Und was ging es sie überhaupt an, welche Mandanten er vertrat?

Da haben wir nächstes Mal noch ein Gesprächsthema weniger. Aber wir müssen ja nicht unbedingt reden. Umarmung S.

Susanne fragte sich, wie er ihre Nachricht auffassen würde. Wie so oft war sie unsicher, ob sie sich ihm gegenüber richtig verhielt. Hatte sie ihn gestern zu sehr gedrängt, eine Entscheidung zu treffen? Andererseits sprach er schon seit einem halben Jahr davon, sich endlich entscheiden zu wollen. Natürlich fiel es ihm schwer, vor allem der Kinder wegen, aber auf Dauer konnte sie so nicht weiterleben. Wie es weiterging, wenn er sich entschloss, bei seiner Familie zu bleiben, daran wollte sie gar nicht erst denken. Diese Möglichkeit hatte sie bis jetzt geflissentlich verdrängt.

Susanne ließ die Unterlagen sinken und schaute aus dem Fenster.

Sie wollte Mattias nicht verlieren, nicht mehr – sie waren doch schon so weit gekommen.

Gerda saß im Zug und ließ sich ihr Mittagessen schmecken.

Vor dem Fenster zog die Landschaft mit ihren Feldern und blühenden Wiesen und in der Sonne glitzernden Seen an ihr vorüber. Es würde noch ein paar Wochen dauern, bis die Laubbäume ihre Farbe wechselten und der Spätsommer in den Herbst überging. Der Schock des Geiseldramas steckte ihr immer noch in den Knochen. Beim kleinsten Geräusch zuckte sie zusammen. Sobald sie einnickte, sah sie den Lauf einer Pistole vor sich. Ein ums andere Mal überlegte sie, was alles hätte passieren können.

Das Schlimmste war die Starrsinnigkeit des Vernehmungsleiters gewesen, der behauptete, die Geiselnahme hätte nichts mit ihr zu tun gehabt.

Der Journalist von der Presseagentur TT, der sie am Vormittag interviewt hatte, war hingegen sehr zuvorkommend gewesen. Und dieses eine Mal hatte sie sich sogar dazu durchgerungen, etwas Positives über ihre Konkurrentin Catarina Björk zu sagen, die ihrer Meinung nach exemplarisch gehandelt hatte.

Sie versuchte sich abzulenken, indem sie an die kommende Wahl dachte. Bis dahin waren es noch knapp drei Wochen. Falls die Moderaten über 24 Prozent der Stimmen bekamen, würde sie auch in der nächsten Legislaturperiode im Reichstag sitzen.

Im Moment waren die Werte für die Partei auf gut 25 Prozent gesunken, aber dies war sicher nur eine Momentaufnahme. Ein weiteres Reichstagsmandat war ihr im Grunde wichtiger als der Wahlsieg ihrer Partei. Wenn ihr nur nicht irgendein verdammter Emporkömmling den Platz wegnahm. Gerda machte die allgemeine Entwicklung zunehmend Sorgen. Die Leute wurden immer egoistischer und vertraten nur noch ihre eigenen Interessen.

Gerda schüttelte unwillkürlich den Kopf, als sie an einen jungen Mann dachte, mit dem sie kürzlich eine Auseinandersetzung gehabt hatte. Dem war es einzig und allein um Filesharing im Internet gegangen. Außerdem hatte er offen für jemanden Partei ergriffen, der gegen das Urheberrecht verstoßen hatte. Zudem war er permanent gegen die angebliche staatliche Überwachung der Bürger zu Felde gezogen. Sie fragte sich, warum er nicht der Piratenpartei beitrat, wenn ihm so viel an der Datenfreiheit im Internet lag.

Kurz vor Mittsommer hatte sie mit ihm in einem Café in Partille ein öffentliches Streitgespräch ausgetragen. Und obwohl sie lange Zeit versucht hatte, es auf die Themen Schule und Krankenversorgung zu lenken, so war sie permanent gezwungen gewesen, einen Staat zu verteidigen, der illegale Lauschangriffe durchführte und die persönliche Integrität seiner Bürger mit Füßen trat.

Gerda hatte sich in weitschweifige Erklärungen verstrickt, die niemand verstand, nicht einmal sie selbst. Schließlich hatte sie sich zu der Aussage hinreißen lassen, dass niemand etwas befürchten müsse, der ein reines Gewissen habe. Zu diesem Zeitpunkt waren vereinzelte Buhrufe in lautes Gelächter übergegangen. Auch vom Kritiker der *Göteborgs-Posten*, der unglückseligerweise vor Ort gewesen war, konnte man am nächsten Tag eine beißende Kritik lesen. *Exministerin von Jungpolitiker vorgeführt*, hatte die Überschrift gelautet.

»Sind Sie nicht die ehemalige Justizministerin?«

Gerda schaute erstaunt auf. Der Mann mochte etwa Mitte fünfzig sein und hatte eine ungesund rote Gesichtsfarbe. Als Gerda noch Mitglied des Kabinetts gewesen war, hatte sie es ermüdend gefunden, dass ständig irgendwelche Leute mit ihr diskutieren wollten. Inzwischen geschah dies so selten, dass sie sich beinahe geschmeichelt fühlte.

»Ja, das stimmt, aber inzwischen sitze ich im Justizausschuss des Reichstags«, antwortete sie.

Vorhin hatte eine ältere Dame bereits ihr Mitgefühl wegen der Geiselnahmen zum Ausdruck gebracht. Vermutlich wollte dieser Mann dasselbe tun, dachte sie. Solche Störungen konnte sie den Leuten natürlich nicht verdenken.

»Fahren Sie etwa gratis?«, wollte der Mann wissen.

»Also, ich wohne in Stockholm, und so wie viele andere Kollegen nehme ich die Möglichkeit in Anspruch ...«

»Dann, finde ich, sollten Sie zweiter Klasse reisen«, fuhr der Mann fort, dessen Gesicht nun dunkelrot war. »Der Steuerzahler muss doch wohl nicht für Ihre Bequemlichkeit aufkommen. Außerdem drücken Sie sich oft vor Abstimmungen, habe ich gelesen.«

Ehe Gerda erklären konnte, dass sie öfter an Abstimmungen teilnahm als die Mehrzahl ihrer Kollegen, war der Mann wieder verschwunden.

Gerda blickte aus dem Fenster, aber die Aussagen des Unbekannten hatten ihr einen Stich versetzt, sodass sie die vorbeiziehende malerische Landschaft nicht länger genießen konnte.

Was war das eigentlich für eine seltsame Existenz? Da riskierte sie durch ihr politisches Engagement ihr Leben und musste trotzdem das ewige Genörgel anderer Menschen ertragen. Auch intern würde sie sicherlich Kritik einstecken müssen, weil sie das Verhalten von Catarina Björk gelobt hatte. Manche ihrer Parteikollegen waren der Ansicht, dass sie nach wie vor nicht begriff, wie das politische Spiel funktionierte. Das tat sie absolut, doch war sie dieses Spiels, bei dem man so oft seine wirkliche Meinung verleugnen musste, ziemlich überdrüssig.

Sollte der Jungspund aus dem Café doch glauben, was er wollte. Aber da fiel ihr plötzlich ein, dass sie noch nicht lange genug im Reichstag saß, um Pensionsansprüche zu haben. Eigentlich hatte sie bis zum Pensionsalter noch fast zehn Jahre vor sich. Was sollte sie mit dieser Zeit anfangen? Zurück in die Kommunalpolitik? Nein, das wäre furchtbar.

Nun ja, erst mal werde ich versuchen, mir ein weiteres Reichstagsmandat zu sichern, dachte sie. Danach wird man sehen.

FREITAG, 5. SEPTEMBER
16 TAGE VOR DER WAHL

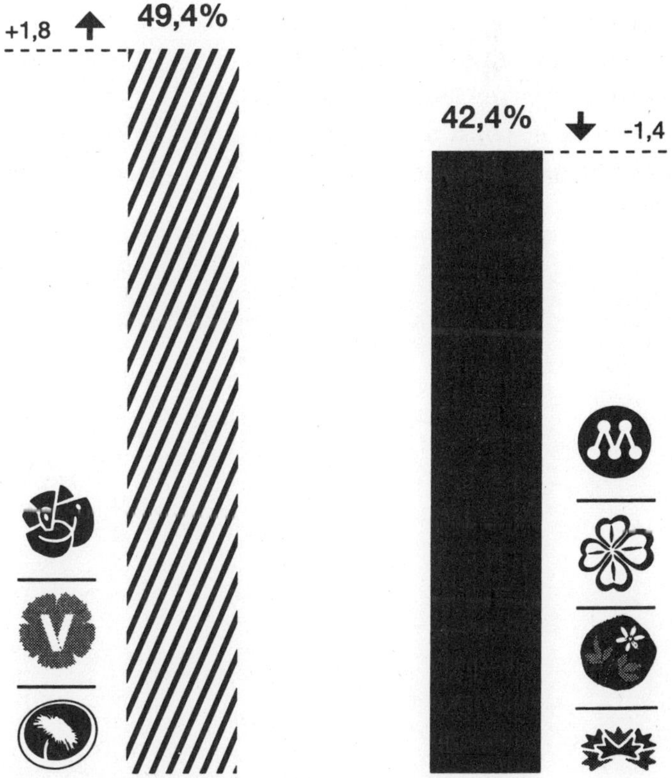

9 Mattias grüßte den Wächter im Untersuchungsgefängnis. Früher war es eine Frage der Ehre gewesen, wenn die Wächter einen wiedererkannten. Doch inzwischen hatte sich der Ablauf geändert. Mattias gab seinen Pass ab, bekam einen Besucherausweis und deponierte sein Handy in einem Spind.

Der Wächter druckte das Dokument aus, das Mattias in der entsprechenden Abteilung abgeben musste.

»Sie haben also den Reichstagsfall bekommen«, stellte der Wächter fest.

»Ist ein alter Mandant von mir«, entgegnete Mattias. »Wer sind denn die anderen Anwälte?«

»Keine der üblichen Personen, weder Althin noch Silbersky. Die werden sich schwarzärgern«, antwortete der Wächter lachend.

»Tja, ist wohl Zeit für einen Generationswechsel«, entgegnete Mattias lächelnd. Er schlenderte einen Flur entlang, schnappte sich im Vorbeigehen eine der Zeitungen vom Stapel und fuhr mit dem Lift in den sechsten Stock. Dort musste er den Aufzug wechseln, um sein Ziel zu erreichen, das noch drei Stockwerke weiter oben lag.

Er warf einen Blick auf die Titelseite der Zeitung. Dort war ein großes Foto von Catarina Björk abgedruckt. Sie stand vor dem Reichstag. Mattias hatte bisher keine bestimmte Meinung zu ihr gehabt, war jedoch davon ausgegangen, dass sie ihren Job als Justizministerin recht gut und ansonsten wenig Aufhebens um sich machte. Letzteres musste er nach den Ereignissen der letzten vierundzwanzig Stunden jedoch revidieren.

Mattias schritt durch eine Tür und ließ die Zeitung auf einem Tisch liegen.

Wenige Minuten später saß er in einem engen Besucherzimmer, in dem nichts als ein Tisch und vier Stühle standen. Der puritanische graue Raum forderte regelrecht die Klaustrophobie heraus.

»Henry!«, rief Mattias aus und stand auf, sobald sich die Tür geöffnet hatte. Sein Mandant machte einen niedergeschlagenen Eindruck so wie alle, die sich in Untersuchungshaft befanden – seit Kurzem hinter Gittern und mit der Aussicht, dies für die nächsten Jahre zu bleiben.

Der Wächter verließ den Raum, und Mattias überzeugte sich davon, dass die Tür auch richtig verschlossen war. Dann zog er seinen Mantel aus und legte ihn über einen Stuhl als Zeichen dafür, dass ihm nichts daran lag, diesen Termin möglichst rasch hinter sich zu bringen.

Doch Henry Molander nahm davon keine Notiz.

Er hatte sich bereits hingesetzt und ließ den Kopf hängen. Seit ein allgemeines Rauchverbot eingeführt worden war, stand auf dem Tisch nicht mal mehr ein Aschenbecher aus Stanniol.

»Ich muss schon sagen, dass ich sehr erstaunt war, Ihren Namen unter den Angeklagten zu finden«, begann Mattias und setzte sich seinem Mandanten gegenüber.

»Sie werden sich noch mehr wundern, wenn Sie hören, was ich zu berichten habe«, entgegnete Henry und sah ihn deprimiert an.

»Das darf ja wohl nicht wahr sein!«, brach es aus Hjalle heraus. Die Zeitung warf er auf die Tischplatte.

Das Wort *Exemplarisch* zog sich über die gesamte Titelseite des *Svenska Dagbladet*. Unter der Schlagzeile war ein Foto von Catarina Björk zu sehen, die einen Helm trug und eine entschlossene Miene zur Schau stellte.

»Und das soll eine bürgerliche Zeitung sein!«, spottete Linus.

Hjalle sah zu ihm auf.

»Über euer dämliches Käseblatt verlier ich kein Wort«, fuhr er ihn an.

»Wenn du nicht aufhörst zu schreien, dann geh ich gleich wieder«, sagte Petra und verschränkte die Arme.

Hjalle ließ es gut sein und ging zur Espressomaschine hinüber. Er kehrte mit der ersten Tasse des Tages an seinen Platz zurück, doch vieles sprach dafür, dass noch etliche Tassen hinzukommen würden.

Von nun an steckten sie in der Klemme. Bis zur Wahl blieben nur noch zwei Wochen Zeit, und die Justizministerin war zur beliebtesten Politikerin im ganzen Land aufgestiegen. Das glückliche Ende des Geiseldramas nahm allen Angriffen der Opposition von vornherein den Wind aus den Segeln. Wenn ihnen nicht rasch ein Umschwung gelang, würde der gesamte Wahlkampf den Bach runtergehen.

»Jetzt liegen wir mit sieben Prozent hinten«, sagte Hjalle mehr zu sich selbst. »Wie viele Wählerstimmen sind das?«

»Ungefähr dreißigtausend«, antwortete Petra.

Linus schüttelte betrübt den Kopf.

Eigentlich hatte *Dagens Nyheter* die Ergebnisse einer Untersuchung veröffentlichen sollen, die zeigte, dass die Arbeitslosigkeit weiter steigen würde, wenn die gegenwärtige Regierung am Ruder bliebe. Eine Organisation namens *Wohlstand durch Unternehmertum* hatte die Untersuchung in Auftrag gegeben. Sie bestand aus neun ausgewählten Wirtschaftsexperten, die sich allesamt für einen Wahlsieg der bürgerlichen Partei aussprachen. Der Artikel war in Hjalles Gedankenwerkstatt entstanden und anschließend von den Ökonomen gebilligt worden. Doch nun hatte ihn die Zeitung im letzten Moment gegen einen Artikel des Terrorismusexperten Magnus Ranstorp ausgetauscht, der hervorhob, dass in keinem anderen EU-Land der Terrorismus so entschlossen bekämpft werde wie in Schweden.

»Alles Propaganda«, hatte Hjalle gestöhnt, als sie sich vor einer halben Stunde getroffen hatten. Doch einen wirklichen Wutausbruch bekam er erst, als er von Gerda Lundins lobenden Worten für die jetzige Regierung erfuhr.

»Kapiert die überhaupt, dass sie in der Opposition ist?«, fragte er aufgebracht. »Kannst du mir das erklären, Petra? Du kennst sie doch von früher.«

»Was taktisches Verhalten und politische Strategien angeht, ist Gerda Lundin ein unbeschriebenes Blatt«, antwortete sie.

»Wir müssen eine Schmutzkampagne gegen sie lostreten. Was haben wir für Ansatzpunkte?«, fragte Hjalle.

»Wir haben alles überprüft. Ärger mit der Steuerbehörde, Verkehrsdelikte, Parken auf Behindertenplätzen und so weiter, aber keine Chance«, antwortete Linus mit einem Stöhnen.

»Es gibt ein Vergehen«, meldete sich Petra zu Wort, »das sich ein Minister niemals erlauben darf.«

»Untreue?«, fragte Hjalle.

Linus und Petra warfen ihm erstaunte Blicke zu. Für jemanden, der quasi seine Seele verkaufte und ein Vermögen mobilisierte, damit eine bestimmte Partei an die Macht kam, wusste er erstaunlich wenig davon, was die Zeitungen so schrieben.

»In den USA vielleicht«, antwortete Petra.

»Auf so was dürfen wir uns auf keinen Fall einlassen«, sagte Linus. »Manche Blogger tun das, doch es fällt in der Regel auf sie zurück.«

»Man darf also ins Bett gehen, mit wem man will?«, fragte Hjalle.

»Nicht unbedingt. Wenn zwei Promis ihre Ehepartner miteinander betrügen, dann ist das eine große Story«, erklärte Linus. »Doch wenn sich ein verheirateter Promi mit einer unbekannten Person einlässt, ist das nicht von allgemeinem Interesse. Wir bekommen täglich zehn solcher Tipps, aber in der Regel sind sie nichts wert.«

»Wenn ihr beide so klug seid, dann erklärt mir endlich, was wir tun können«, sagte Hjalle.

»Wir werden Catarinas Björks rassistische Seite zum Vorschein bringen«, erklärte Petra mit verschmitzter Miene.

Mattias schaute Henry Molander an.

Die erste Begegnung mit einem Untersuchungsgefangenen fand stets in einer seltsamen Atmosphäre statt. Zwei Männer mit komplett anderer Ausgangslage saßen sich in einem kargen Raum gegenüber. Mit dem Unterschied, dass Mattias jederzeit aufstehen und gehen konnte. Auf Henry wartete hingegen eine acht Quadratmeter große Zelle – für Tage, vielleicht Monate und Jahre. Wie alle anderen in seiner Situation hatte er bereits überschlagen, wann er wieder auf freien Fuß kommen konnte. Früher war er bereits zu vier Jahren Gefängnis verurteilt und nach zwei Dritteln der Haftzeit vorzeitig entlassen worden.

»Sie kennen die Spielregeln«, sagte Mattias. »Sie müssen mir dasselbe sagen, was sie auch vor Gericht sagen wollen. Es darf keine unterschiedlichen Versionen geben.«

»Aber Sie stehen doch unter Schweigepflicht, oder?«

»Natürlich. Wenn ich diese breche, mache ich mich selbst strafbar.«

Henry stieß einen tiefen Seufzer aus.

Sein zerfurchtes Gesicht zeugte von einem harten Leben voller Entbehrungen. Dabei hatte alles so verheißungsvoll angefangen. Im Alter von dreiundzwanzig Jahren hatte er in der Firma seines Vaters begonnen, die Maschinenteile herstellte. Zwanzig Jahr später hatte er selbst das Ruder übernommen. Mit vierzehn Angestellten und einem Umsatz von achtzehn Millionen handelte es sich um ein blühendes kleines Unternehmen. Ein paar Jahre später hatte eine Steuerprüfung ergeben, dass die Umsatzsteuer aus Verkäufen nach Deutschland nicht ordnungsgemäß abgeführt worden war. Die nachträgliche Veranlagung hatte eine Erhöhung der Steuerschuld um 40 Prozent zur Folge.

Dies war bisher Mattias' einziger Steuerrechtsfall gewesen. Abend für Abend hatte er sich in die Unterlagen vertieft und ähnliche Fälle studiert, bis seine Augen brannten. Nach einem dreijährigen Prozess stellte sich heraus, dass Henry keinen persönlichen Fehler begangen hatte. Doch die Steuernachzahlung war sofort fällig gewesen, was die Firma in den Ruin getrieben hatte. Eine Woche vor Verkündung des Urteils hatte er Konkurs anmelden müssen. Nachdem der Oberste Verwaltungsgerichtshof die Aussetzung der Steuerschuld abgelehnt hatte, war Mattias beim Europäischen Gerichtshof vorstellig geworden. Das Problem bestand allerdings darin, dass die Mühlen dort noch langsamer mahlten als in Schweden. Als Molander gezwungen war, die Steuernachzahlung zu leisten, hatte er aus Verzweiflung bei den Arbeitgeberabgaben für seine Angestellten getrickst. Nachdem dies herausgekommen war, wurde er zu einer vierjährigen Haftstrafe verurteilt.

Aus verständlichen Gründen traf Mattias also einen abgrundtief verbitterten Henry Molander an.

Henry hatte sich in einer Organisation namens *Gerechtigkeit ohne Grenzen* engagiert. Sie bestand aus verschiedenen Menschen, denen das Schicksal übel mitgespielt hatte. Mattias war zu einer ihrer Versammlungen eingeladen gewesen, um über den Prozess beim Europäischen Gerichtshof zu sprechen. Dort hatte er den Eindruck gewonnen, dass es sich bei den Mitgliedern von *Gerechtigkeit ohne Grenzen* teils um notorische Rechthaber, teils um vernünftige Menschen wie sein Mandant Henry handelte.

Obwohl die Entführung und Bedrohung von Politikern natürlich nicht gerade ein Akt der Vernunft war. Henry war wohl doch nicht die Person, für die Mattias ihn gehalten hatte. Schließlich wusste Mattias nur allzu gut, wie sehr man sich in seinen Mandanten täuschen konnte. Wie leicht man als Anwalt dazu neigte, seine professionelle Sicht zu vernachlässigen und sich stattdessen ein persönliches Bild von seinem Mandanten machte, obwohl man diesen streng genommen gar nicht kannte. Es war natürlich auch möglich, dass Henry sich im Laufe der Jahre verändert hatte, dachte Mattias.

»Ich werde wohl eine Weile hierbleiben müssen, nicht wahr?«, fragte Henry.

Mattias nickte.

»Vor der Gerichtsverhandlung werden Sie hier sicher nicht rauskommen«, bestätigte er.

»Was bringt es mir also, mit der Polizei zu reden?«

»Nichts, abgesehen davon, dass es die Voruntersuchung beschleunigen könnte.«

Henry nickte bedächtig. Es war ihm deutlich anzusehen, dass er die Alternativen gegeneinander abwog.

»Die Länge der Untersuchungshaft wird in jedem Fall von der Haftzeit abgezogen«, erklärte Mattias.

»Und Sie unterstützen mich, wenn ich mich weigere, mit der Polizei zu reden?«

»Zu hundert Prozent.«

Henry sah fast zufrieden aus. Als hätte er endlich eine Möglichkeit entdeckt, sich an dem Rechtsstaat zu rächen, der ihn so bitter enttäuscht hatte.

»Was Sie angeht, hat der Leiter von *Gerechtigkeit ohne Grenzen* absolut recht gehabt«, sagte er.

»Inwiefern?«, fragte Mattias verwundert.

»Er hat zwölf Anwälte ausgewählt, die für uns infrage kommen, und Sie sind einer davon.«

»Ich dachte, Sie hätten mich ausgewählt, weil Sie früher schon mal mein Mandant waren.«

»Nein, nicht deswegen«, entgegnete Henry.

»Und wer ist dieser Leiter?«

»Da ich vor Gericht leugnen werde, ihn zu kennen …«, begann er.

»Sollten Sie mir dasselbe sagen«, ergänzte Mattias.

»Dabei kennen Sie ihn sehr genau«, fügte Henry hinzu und lächelte zum ersten Mal während ihres Gesprächs.

10 Catarina Björk saß im Dunkeln und sah, wie die große Uhr die letzten Sekunden anzeigte, ehe das wohlbekannte Signal der Fernsehnachrichten erklang. Die Sprecherin Alexandra Pascalidou blickte direkt in die Kamera und präsentierte die Schlagzeilen des heutigen Abends.

Wie schon in den letzten Tagen begann auch die heutige Sendung mit einem Bericht über das Geiseldrama und Catarinas unnachgiebigem Verhalten. Eigentlich mussten ihre Parteikollegen mächtig stolz auf sie sein. Doch so einfach war es nicht, weil der Neid auch in ihrer Partei weit verbreitet war. Hauptsache, der Ministerpräsident ist zufrieden, dachte sie. Und was das anging, so hatte sie in den letzten Tagen mehrere SMS bekommen, die daran keinen Zweifel ließen.

Ihre Pressesprecherin hatte rechtzeitig zur Sendung eine Regierungsinitiative zum besseren Informationsaustausch zwischen den EU-Ländern angekündigt. *TV4* schien für diese Nachricht nicht genügend Menschen zu erreichen, also hatte man sich nach langen Verhandlungen der beiden Presseabteilungen für *SVT* entschieden. Dieser Sender garantierte zudem, dass Catarina der einzige Gast im Studio sein würde.

Dabei lag ihr letzter Besuch in der Sendung erst zwei Tage zurück.

Nachdem Alexandra Pascalidou ein paar Kurznachrichten

verlesen hatte, wurde Catarina hinter den Kulissen abgeholt. Sie stiegen über mehrere Kabel hinweg, ehe Catarina plötzlich an dem tresenartigen Tisch stand, an dem sie interviewt werden sollte. Sie nahm auf einem der hohen Stühle Platz und lächelte Alexandra Pascalidou entspannt zu, als diese ihr entgegenkam. Die Kameras hatte sie gelernt zu ignorieren. Wäre dies eine Diskussion mit mehreren Teilnehmern gewesen, hätte sie den Rat ihrer Pressesprecherin befolgt, wonach die beste Taktik in »relax, smile and attack« bestand. Da sie jedoch allein war, reichten die ersten beiden Dinge. Außerdem fielen ihr längere Wortbeiträge leichter als kurze, zugespitzte Äußerungen. Ihre größte rhetorische Stärke bestand darin, auch bei langen Sätzen niemals ins Stocken zu geraten oder sich zu verhaspeln – eine Fähigkeit, die sie durch zähes Training erworben hatte. Früher hat sie sich nach dem Ende der Nachrichtensendung vor den Spiegel gestellt und dort ihre Argumente zu einem bestimmten Thema vorgetragen.

»Willkommen zu *Aktuellt*«, sagte Alexandra Pascalidou lächelnd.

Catarina nickte verhalten und gab sich Mühe, der Würde ihres Amtes gerecht zu werden – was besonders für Minister*innen* wichtig war.

»Wir wollen uns zunächst der Frage zuwenden, wie die organisierte Kriminalität unser Gemeinwesen bedroht«, begann die Moderatorin, während der erste Beitrag anlief. Auf einem kleinen Monitor sah Catarina einen Bericht aus den Niederlanden, wo soeben ein großer Drogenfund gemacht worden war. Plastikbeutel mit Kokain füllten einen ganzen Container. Es war ein ungewöhnlich langer Beitrag, vier Minuten und dreißig Sekunden. Die Zeit lief am oberen Bildschirmrand rückwärts. Catarina vermutete, dass *Aktuellt* diese Nachricht exklusiv hatte und sie deshalb so auswalzte. Denn solche Meldungen waren für das Fernsehen einfach perfekt geeignet. Weder der Rundfunk noch die Zeitungen hätten ebenso effektvoll darüber berichten können. Nach den Bildern aus den Niederlanden wurden noch Aufnahmen aus Spanien gezeigt, die mit Menschenhandel in Verbindung standen, sowie ein Beitrag über die Aushebung eines riesigen Waffenlagers in Deutschland.

»Damit wende ich mich an meinen heutigen Gast, Justizministerin Catarina Björk«, sagte Alexandra Pascalidou. »Wie wollen Sie der organisierten Kriminalität in Zukunft einen Riegel vorschieben?«

Die Bilder zeigen ja, dass dies jetzt schon gelingt, dachte Catarina und hoffte, dass nicht allzu viele Menschen diesen Gedanken teilten.

»Die organisierte Kriminalität macht vor Ländergrenzen nicht halt und bedroht unsere Demokratie«, begann sie und warf einen raschen Blick auf den Monitor, auf dem der Countdown von insgesamt drei Minuten begonnen hatte. Es blieb also noch viel Zeit.

»Worin besteht die Bedrohung für unsere Demokratie?«, fragte die Moderatorin nach.

»Sie verzerrt den Wettbewerb seriös wirtschaftender Unternehmen, greift unser Rechtswesen an und bedroht unschuldige Mitbürger.«

»Und deshalb haben Sie geplant, eine Initiative bei der EU zu starten …«

»Ja, denn es genügt nicht, die organisierte Kriminalität nur bei uns in Schweden zu bekämpfen. Auf dem nächsten Ministertreffen in Brüssel werde ich detaillierte Vorschläge machen, wie die nationalen Behörden in Zukunft enger zusammenarbeiten können«, erklärte Catarina.

Auch wenn dies im Grunde ein alter Hut war, galt es, dies als brandneue Initiative zu verkaufen.

»Und wann wird das sein?«, wollte die Moderatorin wissen.

»Schon in zwei Wochen«, antwortete die Justizministerin.

»Dann danke ich Ihnen für Ihr Kommen und wende mich nun an unsere innenpolitische Expertin Margit Silberstein. »Was sagen Sie zu dem Vorschlag der Regierung?«

»Es ist interessant zu beobachten, wie sehr die Regierung derzeit die Schlagzeilen beherrscht. Sie profitiert ganz offenkundig immer noch von den äußeren Umständen des Geiseldramas, in dem Catarina Björk Mut und Standfestigkeit bewiesen hat – Eigenschaften, die sich jeder Politiker erträumt.«

»Und wie verhält sich die Opposition angesichts der jüngsten Ereignisse?«

»Die Opposition ist in die Defensive geraten, was in den neuesten Meinungsumfragen deutlich zum Ausdruck kommt. Derzeit sieht alles danach aus, als würde die neue Regierung die alte sein, obwohl die Linke Schwierigkeiten haben wird, erneut in den Reichstag einzuziehen. Natürlich ist dies nur eine Momentaufnahme, doch noch sind am strahlend blauen Himmel der Regierung keine dunklen Wolken zu erkennen.«

»Das wäre der Wahnsinn!«, gluckste Hjalle.

»Wart's ab!«, johlte Linus euphorisch.

Sie beugten sich über Hjalles neues Smartphone. Obwohl sie im Theatergrill saßen, war die Bildqualität auf dem Display brillant. Eigentlich hatten sie ja vereinbart, sich nicht in der Öffentlichkeit zu treffen, aber das war anscheinend nicht mehr so wichtig, dachte Petra. Nach ihrem Vorschlag, wie man zu Werke gehen sollte, war ein Ruck durch Hjalle hindurchgegangen, worauf er sofort Anders Timell angerufen hatte, den Chef des

Theatergrills. Nun saßen sie bequem in einer der Boxen auf den mit rotem Samt bezogenen Bänken und hielten jeder einen trockenen Martini in der Hand.

Petra war von Anfang an dagegen gewesen, hatte sich aber genötigt gefühlt, die beiden anderen zu begleiten. Und natürlich gab es Schlimmeres als kühle Drinks und gutes Essen. Über Hjalle ließ sich vieles sagen, doch geizig war er nicht. Und mit den Bewirtungsbelegen nahm es die *Wahlallianz 2.0* nicht so genau.

»Die wird das Wochenende nicht überleben«, fuhr Hjalle fort.

Petra lauschte ihnen mit gemischten Gefühlen. Einerseits war dies ein Terrain, auf dem sie sich auskannte. Und schließlich hatte sie die neue Gegenstrategie selbst ausgetüftelt. Aber die Art und Weise, wie diese Strategie nun Gestalt annahm, entsprach nicht gerade ihren Vorstellungen. Außerdem ging ihr das Verhalten ihrer beiden Kompagnons zunehmend gegen den Strich. Wenn es um die konkrete Vorgehensweise in einer Sache ging, merkte sie, wie wenig sie im Grunde gemeinsam hatten.

Hjalle war ein opportunistischer Snob, der teure Anzüge und blaue Hemden ohne Krawatte trug. Seine Garderobe war ebenso exklusiv wie einförmig und schien an einem einzigen Tag zusammengekauft worden zu sein. Schon als Petra ihn kennengelernt hatte und er noch in den Zwanzigern war, hatte er ausschließlich teure Markenkleidung getragen.

Doch Linus' Garderobe gefiel ihr noch viel weniger. Dickliche Männer, die zehn Jahre älter aussahen, als sie waren, machten in schlabberigen T-Shirts selten einen guten Eindruck. Warum konkurrierten schwedische Journalisten eigentlich stets darum, wer am geschmacklosesten gekleidet war? Als Petra noch Pressesprecherin der ehemaligen Justizministerin gewesen war, hatte sie diese regelmäßig nach Brüssel begleitet. Dort war ihr sofort aufgefallen, wie gepflegt und sorgsam gekleidet die Medienvertreter waren. Sie hatten einfach Stil.

»Kennt ihr schon die Geschichte vom Provinzbeamten?«, fragte Linus heiter.

Petra verneinte, war jedoch sicher, dass sie auch ohne diese Geschichte in Zukunft glänzend zurechtkommen würde. Da Hjalle jedoch aufmunternd nickte, fuhr Linus unverdrossen fort.

»Zwei Provinzbeamte sitzen beieinander. Der eine dreht sich plötzlich um und erschlägt eine Nacktschnecke. ›Warum tust du das?‹, fragt der andere.«

Linus machte eine rhetorische Pause, ehe er fortfuhr.

»›Weil mich diese Schnecke schon den ganzen Tag verfolgt hat.‹«

Hjalle und Linus prusteten vor Lachen. Auch Petra verzog leicht ihren Mund, um nicht als humorlos dazustehen.

Der Kellner hinderte Linus daran, weitere Geschichten zum Besten zu geben, weil er in diesem Moment das Biff Rydberg – Rinderfilet mit Zwiebeln und rohem Ei – für die Männer und die Bouillabaisse für Petra servierte. Nach einem kurzen Meinungsaustausch über Rebsorten und Jahrgänge bestellte Hjalle eine weitere Flasche Weißwein.

»Auf unseren kommenden Erfolg!«, rief er und hob sein Glas.

»Auf die Politik at its fucking best!«, grölte Linus und stieß sein Glas gegen Hjalles, der ihm einen tadelnden Blick zuwarf.

»Wir sind ja wohl keine Wikinger«, wies er ihn zurecht, worauf Linus augenblicklich verstummte.

Petra schaute diskret auf die Uhr.

SAMSTAG, 6. SEPTEMBER
15 TAGE VOR DER WAHL

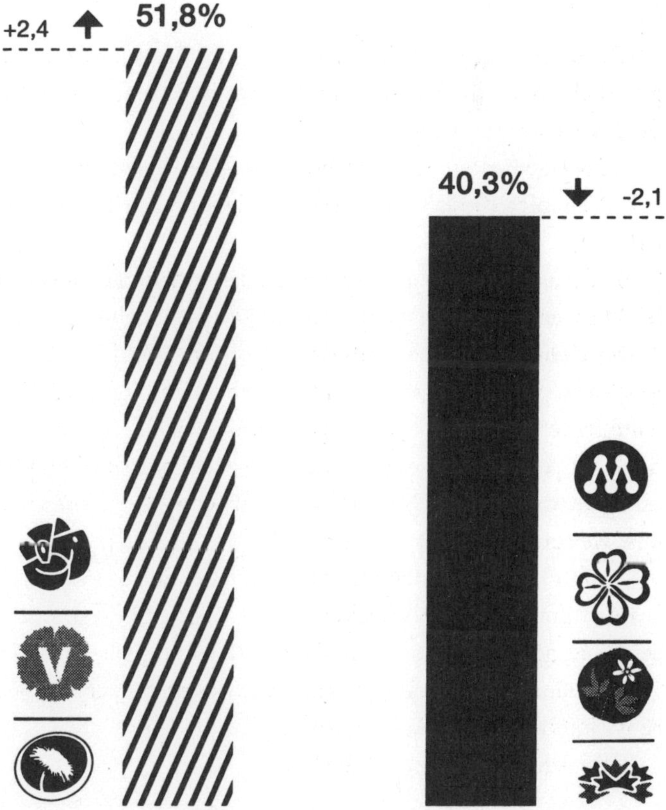

11

Catarina war außerordentlich gut gelaunt, als sie durch die Drehtür des Einkaufszentrums Stinsen in Sollentuna spazierte. Die Geiselnahme war erst drei Tage her, obwohl es ihr wie eine Ewigkeit vorkam.

Auch ihr Familienleben war von dem glücklichen Ausgang des Dramas positiv beeinflusst worden. So war es immer. Wenn es für Catarina beruflich gut lief, führte dies auch dem Rest der Familie positive Energie zu. Ihr Mann Patrick, der in der Oberstufe Sozialkunde und Geschichte unterrichtete, freute sich über ihren Erfolg. Sogar ihre beiden Töchter, die siebenjährige Olivia und die fünfjährige Julia, waren im Moment noch anhänglicher als sonst.

Am Morgen hatte sie über die neuesten Zahlen der Wählerbefragung gejubelt. Ihre Partei lag mit satten elf Prozent vorne. Aber das Beste war, dass dieser Erfolg in erster Linie ihr persönlich zugeschrieben wurde. Manche Zeitungen sprachen gar von einem »Catarina-Effekt«. Ihre Partei würde nicht nur die Wahl gewinnen, sie persönlich saß sicherer im Sattel denn je. Kein Ministerpräsident tauschte eine Ministerin aus, die maßgeblich für den Wahlerfolg verantwortlich war.

Ihr ganzer Stellenwert in der Politik hatte sich verändert. Bisher war sie eine von vielen gewesen, eine recht unscheinbare Ministerin. Doch nun war sie zu einer der führenden Persönlichkeiten des politischen Lebens aufgestiegen. Vielleicht bildete sie sich das nur ein, doch glaubte sie zu spüren, dass sie auch im Kabinett plötzlich mehr Autorität besaß. Als müsse man als Minister erst eine Feuertaufe bestehen, um wirklich anerkannt zu werden.

Doch vor allem bemerkte sie die Veränderung bei der Begegnung mit anderen Menschen, und das nicht nur in der Nähe des Rathauses in Solängen. Alle schienen sie plötzlich mit anderen Augen anzusehen. Und wenn man sie erkannte, folgte das Lächeln auf dem Fuße.

Catarina lächelte zurück und genoss die Situation.

Sie kaufte mehrere Zeitungen, um noch ein wenig mehr über sich und die aktuelle politische Lage zu lesen. Der Wahlforscher Sören Holmberg erklärte, dass ein so großer Vorsprung zu diesem Zeitpunkt stets für den Wahlsieg gereicht habe. Das einzige Risiko bestehe darin, dass die Linke womöglich an der 4-Prozent-Hürde scheitern würde. Doch sei diese Partei sehr erfahren im Überlebenskampf und habe diese Hürde in den letzten vierzig Jahren stets übersprungen.

Das geräumige Einkaufszentrum hatte ein hohes Dach, was einen luftigen Eindruck machte. Sie nahm die Rolltreppe in den zweiten Stock.

Da Wochenende war, hatte sie keinen Personenschutz vom Geheimdienst bei sich. Das war zwar ein wenig inkonsequent, doch brauchte sie hin und wieder Zeit ganz für sich allein. Und so professionell ihre Bodyguards auch waren, sie fühlte ihre Privatsphäre durch deren ständige Gegenwart sehr beeinträchtigt. Darum hatten sie vereinbart, dass sie ihre Leibwächter informieren würde, wenn sie am Wochenende etwas Bestimmtes vorhatte. Dann hielten sie sich bereit. Nur wenn ein offizieller Termin anstand, waren sie in ihrer unmittelbaren Nähe.

Sie ging zu Clas Ohlson hinein, ohne genau zu wissen, was sie in diesem Geschäft wollte. Sie nahm ein Alkoholmessgerät in die Hand. Mit Alkohol am Steuer erwischt zu werden, war der Albtraum jedes schwedischen Politikers. In jeder Legislaturperiode gab es Reichstagsmitglieder, die mit zu viel Alkohol im Blut Auto gefahren waren. Und Catarina trank zwar nur selten – vor allem nachdem sie Ministerin geworden war –, doch wusste sie, wie leicht am Morgen nach einem Fest bei einer Fahrzeugkontrolle noch Restalkohol festgestellt werden konnte. Einem Minister, vor allem einer Justizministerin, durfte das nicht passieren.

Catarina schauderte bei diesem Gedanken und ließ das Alkoholmessgerät liegen. Gemächlich schlenderte sie dem Ausgang des Geschäfts entgegen. Gegenüber befand sich eine Boutique, die *Name it* hieß. Ihr fiel ein, dass Julia einen neuen Pyjama brauchte. Sie war mittlerweile so groß geworden, dass sie nicht immer nur die Kleider ihrer großen Schwester erben konnte. Der Laden war klein, hatte aber genau die Sorte von Kindermode, die Catarina im Sinn gehabt hatte. Allerdings herrschte ein solches Gedränge im Geschäft, dass sie rasch beschloss, sich woanders umzusehen. Vielleicht im Erdgeschoss, dachte sie, als sie über die Schwelle trat, um die Boutique zu verlassen. Doch in diesem Moment heulte der Alarm los.

Mattias war zu Hause uns bügelte ein paar Hemden. Es war die ödeste Beschäftigung, die er sich vorstellen konnte, schlimmer noch als das Toilettenputzen. Zu dieser Jahreszeit traute man sich aber nicht, nur das Nötigste, nämlich den Kragen, die Vorderseite und die Manschetten, zu bügeln. Schließlich wusste man nie, ob man das Sakko nicht irgendwann ablegte. Selbst im Amtsgericht kam dies hin und wieder vor.

Um ein Uhr sollte der Haftbefehl erlassen werden, wovon er Lotta noch nichts erzählt hatte. Er arbeitete zwar nicht gern am Wochenende, doch manchmal war dies unvermeidlich. Aber dafür hatte Lotta nicht das geringste Verständnis, obwohl er ihr das Prozedere der Untersuchungshaft schon oft genug erklärt hatte.

Bei Erik Olivecrona war das ganz anders. Er hätte solche Termine am liebsten immer am Wochenende gehabt, weil dann doppelte Gebühren fällig wurden. Es kam schon mal vor, dass er seine Sekretärin beauftragte, alles zu unternehmen, um einen Wochenendtermin zu ermöglichen. Im Amtsgericht kam offenbar niemand auf den Gedanken, ein solches Begehren könne finanzielle Gründe haben.

Rebekka hatte am Nachmittag ein Fußballspiel und saß nun vor dem Computer. Dort verbrachte sie inzwischen viel zu viel Zeit – eines der wenigen Themen, in denen er mit seiner Frau übereinstimmte. Ihre Tochter war im Laufe des Jahres immer verschlossener geworden. Mattias fürchtete schon, dass ihre lieblose Ehe daran schuld war – ein Gedanke, der ihn in regelmäßigen Abständen plagte. Andererseits hatte sie ja auch einen Bruder bekommen, mit dem sie in Konkurrenz stand, was für sie eine neue Situation war.

Ihre Fußballmannschaft hatte inzwischen einen richtigen Trainer, wodurch Mattias, der bisher den Teamchef gespielt hatte, nicht mehr gebraucht wurde. Es hatte ihm Freude gemacht, sich für die Mannschaft zu engagieren, obwohl er von Fußball eigentlich nur wenig verstand. Doch ihr gemeinsames Interesse hatte Rebekka und ihn miteinander verbunden.

Seit Kurzem ging sie auch zweimal die Woche zum Schwimmtraining. Er brachte es nicht übers Herz, ihr zu sagen, wie langweilig er es fand, ihnen dabei zuzusehen, wie sie im

Schwimmbecken ihre Bahnen zogen. Manchmal hatte er sich schon etwas zum Arbeiten in die Schwimmhalle mitgenommen. Als Rebekka dies bemerkte, war sie ziemlich sauer geworden.

Sein Sohn spielte ruhig und friedlich auf dem Fußboden. Warum war er so still, fragte sich Mattias. Sollte er nicht viel mehr Krach machen, so wie andere Kinder auch? Vor allem die Jungs veranstalteten doch eigentlich immer einen Riesenlärm.

Am letzten Wochenende, als die Familie bei McDonald's gewesen war, hatte er Johan zu den anderen Kindern in das Bällebad gesetzt. Kurz darauf hatte sich Johan übergeben müssen, was den anderen Kindern und ihren Eltern natürlich gar nicht gefallen hatte. Die Geschäftsführerin war sofort herbeigeeilt und hatte etwas von Schadensersatz gefaselt, weil sie die Bälle würde reinigen müssen. Daraufhin hatte er ihr einen kurzen juristischen Vortrag darüber gehalten, dass es sich keineswegs um eine Verletzung der Aufsichtspflicht gehandelt habe und eine Schadensersatzforderung ihrerseits jeder Grundlage entbehre.

Auf der Heimfahrt im Auto war Mattias ziemlich guter Laune gewesen und hatte Lotta gegenüber geäußert, dass es doch manchmal ganz praktisch sei, einen Juristen in der Familie zu haben. Doch Lotta, der alles schrecklich peinlich gewesen war, meinte, sie hätten für die Reinigung der Bälle bezahlen sollen.

Der Tag war nicht mehr zu retten gewesen.

Lotta durchquerte schweigend das Wohnzimmer, in dem er bügelte, und ging in Richtung Küche.

»Ich muss übrigens um eins zu einer Festnahme«, rief er ihr hinterher und machte sich bereits auf ihre Vorwürfe gefasst.

Lotta blieb in der Türöffnung stehen und drehte sich um.

»Und ich will ins Fitnessstudio«, entgegnete sie.

»Und die Kinder?«

»Meine Mutter wollte sowieso vorbeikommen.«

»Wie praktisch«, war das Einzige, was Mattias dazu einfiel.

Dann dachte er daran, dass er sein Handy auf der Arbeitsplatte hatte liegen lassen. Für ein paar Sekunden fürchtete er schon, Lotta habe etwas bemerkt. Wie an den meisten Samstagabenden hatte Susanne ihm auch heute eine SMS geschrieben. Sie unterschied sich kaum von den früheren und klang relativ unschuldig. Andererseits war sie andeutungsreich genug, um eine Katastrophe auszulösen, sollte Lotta sie zufällig lesen.

Es nutzte nichts, dass er Susanne gebeten hatte, dies bleiben zu lassen. Sie schrieb trotzdem weiter. Er las die Nachricht erneut und verspürte einen ziehenden Schmerz bei dem Gedanken, in nur zwei Tagen wieder mit ihr im Bett zu liegen.

»Was machst du da, Papa?«

Plötzlich stand Rebekka im Türrahmen.

»Nichts Besonderes«, antwortete Mattias.

»Darf ich mit deinem Handy spielen?«, fragte sie. »Bitte!«

Er löschte die Nachricht und gab ihr das Handy.

Im nächsten Moment war sie in irgendein Spiel vertieft, schaute jedoch schon nach einer halben Minute zu ihm auf.

»Papa, können wir Weihnachten nach Thailand fliegen? Das tun alle meine Freunde.« Sie sah ihn flehentlich an.

»Ich wollte wirklich nichts stehlen!«, beteuerte Catarina.

Ein arabisch aussehender Mann schrie sie an: »Und weshalb ist dann der Alarm losgegangen?«

Catarina rang nach Luft. Als sie das Geschäft verlassen wollte, war der Diebstahlalarm in Gang gesetzt worden. Und nun stand sie unmittelbar vor dem Eingang diesem wutschnaubenden Mann gegenüber. Die Menschen um sie her wichen ein wenig zurück, als wollten sie sich in die Auseinandersetzung nicht hineinziehen lassen. Sie verfolgten das Drama lieber aus sicherer Entfernung. Dass es sich bei der Beschuldigten um die schwedische Justizministerin handelte, machte die Sache natürlich umso spannender.

»Darf ich mal in Ihre Tasche sehen?«, fragte der Mann aggressiv.

»Sie sind ja wohl kein Ladendetektiv«, verteidigte sich Catarina, die sich den Beistand ihrer Leibwächter gewünscht hätte. Die hätten den Mann binnen Sekunden aus dem Weg geräumt.

»Machen Sie die Tasche auf!«

Um der peinlichen Situation ein Ende zu bereiten, ließ Catarina eine Hand widerwillig in ihre Tasche gleiten.

Im nächsten Moment erstarrte sie. Sie hatte etwas ertastet, das nicht dorthin gehörte. Einen glatten Stoff. Langsam zog sie einen Kinderpyjama hervor, den sie vor wenigen Sekunden in der Hand gehalten hatte.

»Das verstehe ich nicht …«, begann sie.

»Was hab ich gesagt?«, rief der Mann. »Den haben Sie gestohlen!«

»Nein, wirklich nicht«, widersprach Catarina.

Sie spürte klebrigen Schweiß in ihren Armhöhlen. So etwas durfte einfach nicht passieren und am allerwenigsten während des Wahlkampfs.

»Und wie ist er dann in Ihre Tasche gekommen?«, fragte der Mann triumphierend.

»Das … das kann ich wirklich nicht sagen.«

Catarina hörte, wie dumm das klang. Sie war völlig verwirrt. Hatte sie den Pyjama denn nicht zurückgelegt?

»Ich habe einen Dieb gefasst!«, rief der Mann aus vollem Hals.

Immer mehr Menschen waren vor dem Geschäft zusammengekommen, wenngleich sie weiterhin ein wenig Abstand hielten. Aus dem Augenwinkel heraus sah Catarina, dass manche mit dem Finger auf sie zeigten.

»Wir können gemeinsam hineingehen und die Sache drinnen klären«, bot Catarina an, die sich wunderte, dass noch niemand aus dem Laden gekommen war.

»Hallo, Wache!«, rief der Mann und packte Catarina grob am Arm.

Als sie den Schmerz spürte, stieg ein ohnmächtiger Zorn in ihr auf. Sie hatte schon immer eine kurze Zündschnur besessen, im politischen Alltag jedoch gelernt, ihr Temperament zu zügeln. Aber diese Situation war anders.

»Lass los, du Idiot!«

Plötzlich stürmte ein Mann aus dem Laden und lief sofort zu ihnen.

»Diese Frau hat was gestohlen«, sagte der andere Mann und ließ ihren Arm los.

»Das ist alles ein Missverständnis«, erklärte Catarina und rang sich ein Lächeln ab. Sie hoffte, dass der Mann aus dem Laden sie erkannte und einsah, dass es sich nur um ein Missverständnis handeln konnte.

»Außerdem hat sie Kanake zu mir gesagt!«

»Was fällt Ihnen ein?«, rief Catarina erschrocken.

»Stimmt doch!«

»Nie im Leben habe ich das gesagt!«

Der Mann aus dem Geschäft sah verwirrt aus. Er hatte Catarina sofort erkannt und wusste nicht genau, wie er sich verhalten sollte.

»Vielleicht sollten wir hineingehen und die Sache dort klären«, schlug er vor.

»Sehr gern«, entgegnete Catarina, die einer Panik nahe war.

»Sie ist ein Dieb und hat mich Kanake genannt«, wiederholte der Mann.

Magnus Granath nahm selbstsicher auf seinem Stuhl Platz, zog seine Unterlagen hervor und lächelte den Richter breit an.

»So einen schönen Tag sollte man eigentlich nicht drinnen verbringen«, sagte er.

Der Richter lächelte zurück und murmelte etwas Unverständliches.

Mattias, gegenüber von Granath, ärgerte sich gewaltig. Neben ihm saß Henry, ein Mann, der für lange Zeit im Gefängnis würde bleiben müssen. Sich darüber zu beklagen, eine halbe Stunde in diesem Gebäude zu verbringen, zeigte einmal mehr, wie unsensibel der Staatsanwalt war. Für dessen Mangel an Einfühlungsvermögen kannte Mattias unzählige Beispiele. Natürlich konnte man es sich auch leichtmachen und sagen, die Kriminellen seien selbst schuld an ihrer Lage. Dennoch fand er, man sollte ihnen zumindest ein Minimum an Empathie entgegenbringen.

Nachdem die Formalitäten erledigt worden waren, stand Magnus Granath auf und verteilte ein Protokoll. Das erste war für den Richter, das zweite für Mattias bestimmt. Es trug das Datum des gestrigen Tages.

»Warum ist diese Eingabe nicht gestern gemacht worden?«, fragte Mattias, während Magnus Granath an seinen Platz zurückkehrte.

Der Staatsanwalt drehte sich ruckartig um und sah Mattias durchdringend an.

»Höre ich etwa so etwas wie Kritik an meinem Vorgehen heraus?«, fragte er mit Schärfe.

»Ja, es ist wirklich sehr bedauerlich, erst heute eine Eingabe zu erhalten, die bereits gestern vorlag«, antwortete Mattias.

»Ich bin vielleicht irrtümlich davon ausgegangen, es hier mit einem anerkannten und erfahrenen Anwalt zu tun zu haben, für den so etwas kein Problem darstellt.«

Bleib ganz ruhig, ermahnte sich Mattias. Von diesem selbstherrlichen Wichtigtuer wollte er sich nicht provozieren lassen.

»Ich finde es wichtig, solch eine Eingabe mit meinem Mandanten in aller Ruhe durchgehen zu können«, entgegnete Mattias, »vor allem, weil die Unterlagen der Staatsanwaltschaft oft sehr fehlerhaft sind.«

Magnus Granath hatte seinen Platz mit derselben unerschütterlichen Selbstgerechtigkeit eingenommen wie zuvor.

»Dann möchte ich dem Herrn Anwalt vorschlagen, mal wieder einen Blick in die Strafprozessordnung zu werfen. Ich für meinen Teil würde jetzt gern zur Sache kommen und Herrn Molander ein paar Fragen stellen.«

Der Richter zeigte mit einer Geste, dass er dies für eine gute Idee hielt. Mattias merkte ihm an, dass er für solch ein Vorgeplänkel nicht viel übrig hatte.

»Dann möchte ich Sie jetzt schon darauf hinweisen, dass mein Mandant auf Ihre Fragen nicht antworten wird«, erwiderte Mattias.

»Was sind das für Dummheiten?«, rief Granath erzürnt.

»Mein Mandant macht von seinem Recht zu schweigen Gebrauch.«

»Während einer Vernehmung zu schweigen ist das eine«, gab der Staatsanwalt zurück, »doch vor einem Richter zu schweigen, führt dies ganze Procedere ad absurdum.«

»Dann möchte ich Ihnen vorschlagen, das nächste Mal einen Blick in die Europäische Menschenrechtskonvention zu werfen, ehe Sie so unqualifizierte Bemerkungen von sich geben«, erklärte Mattias und lehnte sich zurück.

12

»Die ganze Sache ist doch absurd!«, brach es aus Susanne heraus, als sie am See Norrviken entlangspazierten. Seit vier Jahren wohnte sie nun in Solängen, einer Reihenhausgegend in der Gemeinde Sollentuna. Solide Mittelklasse, die nicht weiter ins Auge fiel, auch wenn man Sozialdemokrat war.

»Da sind sich auch alle einig«, entgegnete Leo Holmberg.

Nachdem sie erfahren hatte, dass die *Kvällspressen* Front gegen sie machte, hatte sie sofort ihren Staatssekretär angerufen. Schon auf der Heimfahrt vom Einkaufszentrum war sie von ihrer Pressesprecherin informiert worden. Doch wollte sie die Lage zuerst mit Leo besprechen, ehe sie irgendeine Stellungnahme abgab. Im Laufe der Zeit hatte sie gelernt, sich gut zu beraten und spontane Reaktionen zu vermeiden.

Angesichts des jüngsten Vorfalls musste sie jedes Wort auf die Goldwaage legen. Der kleinste Fehler konnte ihr jetzt zum Verhängnis werden. Warnstufe rot, wie der Ministerpräsident meist formulierte.

»Soll ich mich von der *Kvällspressen* interviewen lassen?«, fragte sie.

»Unbedingt, sonst werden die schon in wenigen Stunden bei dir im Vorgarten stehen, dich die ganze Nacht belagern und am nächsten Morgen reizende Fotos von dir schießen. Nachdem die Sache schon im Internet ist, werden jetzt alle auf diesen Zug aufspringen. Also tu, was du tun kannst.«

»Und mit welcher Strategie?«, fragte Catarina.

Leo dachte gut nach, ehe er antwortete.

»Am besten, du gehst in die Offensive.«

»Aber wie soll ich das tun? Schließlich wird mir vorgeworfen, etwas gestohlen zu haben.«

»Du musst deine Empörung über diesen Vorwurf deutlich machen. Darüber, dass jemand vorsätzlich und böswillig einen Pyjama in deine Tasche geschmuggelt hat, um dich zu kompromittieren.«

Catarina schnappte nach Luft. Aber natürlich war das die einzig logische Erklärung. Und da ihr jemand etwas hatte anhängen wollen, musste sie darauf reagieren. Sonst erweckte man als Politiker leicht den Eindruck, sich entschuldigen zu wollen, obwohl man gar keinen Fehler gemacht hatte. Es gab viele, die öffentlich Kreide fraßen, um einer unliebsamen Diskussion sogleich den Wind aus den Segeln zu nehmen. Aber das wäre einem Schuldeingeständnis gleichgekommen, was für sie logischerweise nicht infrage kam.

»Und noch eines«, fuhr Leo fort.

Catarina fragte sich beklommen, ob sie sich alle Hinweise und Ratschläge merken konnte.

»Du hast doch die Festnetz- und die Handynummer dieses Journalisten bekommen, oder?«

»Ja.«

»Dann ruf ihn auf dem Handy an und sag gleich, dass du es eilig hast.«

»Warum das?«

»Damit er keine Gelegenheit hat, das Gespräch mitzuschneiden. Sein Telefon zu Hause ist hundertprozentig mit einem

Aufnahmegerät verbunden«, erklärte Leo. »Da ist es nicht ganz so schlimm, falls du etwas sagst, was du nachher bereust.«

»Okay«, erwiderte Catarina, die sich hinreichend vorbereitet fand.

»Also volle Fahrt voraus! Diese Herausforderung bestehst du mit Bravour.«

Nachdem sie aufgelegt hatte, schickte Catarina ihrem erfahrenen Staatssekretär in Gedanken einen innigen Dank.

Leo Holmberg erlebte gerade seine erste Legislaturperiode. Aufgrund seiner Kompetenz und Erfahrung war er für diesen Job eigentlich überqualifiziert. Catarina war davon überzeugt, dass er selbst ministrabel war. Dem entgegen stand einzig und allein die Tatsache, dass er als Vorsitzender der Jungsozialisten einst wegen Betrugs zu einem Jahr Gefängnis verurteilt worden war. Damals hatte er eine glänzende Karriere vor sich gehabt, bis jemand entdeckte, dass es zu Unregelmäßigkeiten bei der Verwaltung der Mitgliedsbeiträge gekommen war. Dass er trotz seiner Unschuldsbeteuerungen verurteilt worden war, hatte seiner politischen Karriere einen gehörigen Dämpfer versetzt. Und auch wenn das Urteil formal in Ordnung sein mochte, war die Konsequenz daraus allzu hart. Nur den Politikern, dachte Catarina, wurde so etwas nie verziehen.

Und jetzt war sie selbst eine vermeintliche Ladendiebin. Und obwohl der Ladenbesitzer selbst davon überzeugt war, dass es sich um ein Missverständnis gehandelt habe, blieb ein mulmiges Gefühl bei ihr zurück. Sollte sie wegen dieser Sache angezeigt und verurteilt werden, war ihr Schicksal besiegelt, ganz gleich wie unbedeutend das Verbrechen auch sein mochte.

Aus reiner Nervosität erhöhte sie die Geschwindigkeit, obwohl sie zuvor schon ziemlich schnell gelaufen war. Sie war sehr darauf bedacht, sich in Form zu halten, wohl wissend, dass gutes Aussehen für eine Politikerin keine unbedeutende Rolle spielte. Sie wusste, dass sie gut aussah, ohne eine Schönheit zu sein. Ihre dichten dunkelblonden Haare, die zu einer Pagenfrisur geschnitten waren, sowie ihre großen blauen Augen machten sie sehr fotogen. Sprach man nicht manchmal von ehrlichen blauen Augen? Perfekt für jeden Politiker. Doch hatte sie seit Kurzem Probleme mit ihrem Gewicht, und vor allem ihre stämmigen Oberschenkel wollte sie wieder loswerden. Deshalb ging sie mehrmals in der Woche spazieren. Auch mit Nordic Walking hatte sie es schon versucht. Das machte zwar Spaß, doch hatte sie den Eindruck, dass die Leute ihr seltsame Blicke zuwarfen, wenn sie mit ihren Stöcken unterwegs war. Als wäre sie gehbehindert.

Sie gelangte an einen kleinen Badestrand. Ein paar Kinder spielten im Wasser, während ihre Mütter Kaffee aus Thermoskannen tranken und miteinander plauderten. Von Norden her kam ein kühler Wind auf und trieb bauschige Wolken über den klaren blauen Himmel. Die Birken hatten bereits ihre Farbe geändert, und zum ersten Mal war deutlich zu spüren, dass der Herbst nahte.

Catarina grüßte flüchtig ihre Nachbarn und ging weiter. Es war nur noch eine Frage von Stunden, bis diese hörten oder lasen, dass sie bei bei einem versuchten Ladendiebstahl erwischt worden war. Wie seltsam das Leben als Politiker doch war. Was sie erlebte, gelangte unverzüglich in die Wohnzimmer anderer Leute. Von Privatsphäre keine Spur.

Susanne saß zu Hause vor dem Fernseher.

Sie war ruhelos. Wie lange verbrachte sie jetzt schon die Samstagabende allein zu Hause? Nun, vielleicht nicht jeden, aber an drei von vier Samstagen war das der Fall.

An Möglichkeiten, unter Leute zu kommen, mangelte es ihr nicht. Noch immer wurde sie regelmäßig von Kollegen eingeladen. Meistens von Alleinstehenden, aber auch von denen, die sich in festen Partnerschaften befanden.

Früher hatte sie zumindest hin und wieder zugesagt, vor allem um nicht allein sein zu müssen. Und natürlich hatte sie manchmal auch Sex gehabt. Nach ihrer Scheidung vor acht Jahren hatte sie sich auf ein paar kurze Beziehungen eingelassen, doch war es ihr nie richtig ernst gewesen, bis sie Mattias kennengelernt hatte.

Auf einen Schlag veränderte sich alles. Von da an hatte sie fast ein schlechtes Gewissen, wenn sie sich mit einem anderen Mann traf. Obwohl das ja völlig unlogisch war. Denn schließlich war Mattias verheiratet und wohnte in Mälarhöjden. Warum sollte sie sich also nicht mit anderen Männern verabreden? Doch es entstand keine echte Beziehung mit Mattias. Stattdessen begrenzte sich ihre gemeinsame Zeit auf drei Stunden in der Woche. Auf diese Weise hatten sie zwar ein regelmäßiges Sexleben, das war aber auch schon alles.

Nein, so konnte es nicht weitergehen. Sie mussten sich endlich zu einer Entscheidung durchringen, dachte sie bestimmt zum hundertsten Mal, ehe sie in die Küche ging und sich ein Glas Wein holte.

Wieder im Wohnzimmer, schaltete sie auf *Rapport* um.

»Justizministerin Catarina Björk beim Ladendiebstahl ertappt.«

Es folgte ein langer Bericht aus dem Einkaufszentrum Stinsen. Ein Reporter stand vor dem großen Haupteingang und berichtete, was passiert war. Auch Catarina kam zu Wort und wies jeden Diebstahlversuch weit von sich. Doch nicht einmal der Reporter schien ihr zu glauben.

Susanne vermutete allerdings, dass es sich um einen Versuch handelte, die Ministerin zu diskreditieren. Zurück im Fernsehstudio, gab der Reporter Mats Knutson seinen Kommentar ab.

»Da sieht man mal wieder, wie schnell sich das Blatt in der Politik wenden kann«, sagte er in seinem harten Blekingedialekt und sah ziemlich zufrieden aus. »Gestern noch Heldin im Geiseldrama, heute des Diebstahls überführt. Es ist sicherlich keine Übertreibung, wenn man feststellt, dass Catarina Björk derzeit die Nachrichtenlage in Schweden beherrscht.«

»Wird sich diese Geschichte negativ auf den Wahlkampf der Sozialdemokraten auswirken?«, fragte der Moderator der Sendung.

»Ich glaube nicht«, antwortete Knutson. »Die meisten Menschen werden es sich nicht vorstellen können, dass eine Justizministerin einen Ladendiebstahl begeht. Und abgesehen von den juristischen Konsequenzen muss man sich vor Augen führen, dass ein Minister heutzutage über hunderttausend Kronen im Jahr verdient, also Geld genug hat, um für seine Kleidung auch zu bezahlen.«

»Dennoch befand sich offenbar ein nicht bezahltes Kleidungsstück in ihrer Handtasche, als sie das Geschäft verließ.«

»Das könnte natürlich aus Versehen geschehen sein. Wahrscheinlicher ist es jedoch, dass ihr jemand etwas anhängen wollte. Jetzt, wo der Wahlkampf in die Zielgerade einbiegt, wird es wohl leider noch häufiger zu derartigen Vorfällen kommen.«

Susanne war dieses Themas bereits müde und zappte ein wenig durch die Programme, ohne etwas Interessantes zu finden. Sie trat auf den Balkon und warf einen Blick über das Wasser. Bei Långholmen lagen die Segelboote in einer Reihe an den Stegen. Sie rauchte nervös eine Zigarette, drückte sie im Aschenbecher aus, der auf dem kleinen Tisch stand, zog ihr Handy hervor und schickte Mattias eine weitere SMS.

SONNTAG, 7. SEPTEMBER
NOCH 14 TAGE BIS ZUR WAHL

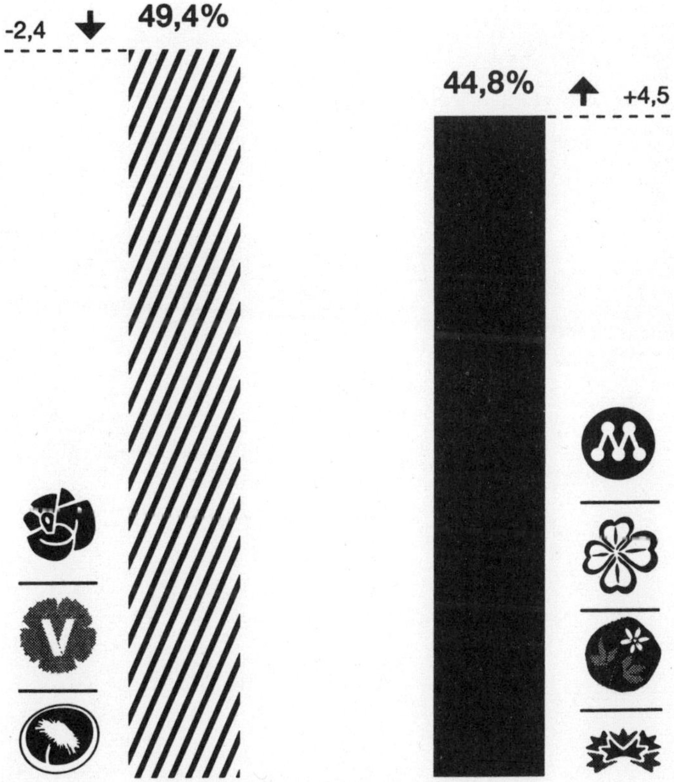

13 Catarina traute ihren Augen nicht, als sie den Artikel las.

Die *Kvällspressen* lag vor ihr auf dem Küchentisch. Ihr Mann war so nett gewesen und zur nächsten Tankstelle gefahren, um die Zeitung zu kaufen. Danach hatte er die Kinder zum Spielplatz mitgenommen. Sie selbst war kaum in der Lage, sich den vielsagenden Blicken all jener auszuliefern, die sich ihren Teil dachten, jedoch nicht zu fragen wagten. Noch schlimmer war das Verhalten der Nachbarn, die ein gewisses Mitleid zeigten, jedoch nicht ganz verbergen konnten, dass sie die Sache auch ziemlich spannend fanden.

Obwohl ihr die meisten Menschen versicherten, nicht alles zu glauben, was in den Zeitungen gedruckt wurde, gab es doch nur wenige, die an so einer Geschichte zweifelten.

Außerdem warf man ihr vor, einen Ausländer als Kanaken beschimpft zu haben – ein Wort, das sie in ihrem ganzen Leben noch nie benutzt hatte. Allein der Gedanke kam ihr absurd vor. Natürlich gab es auch im Wahlkampf fremdenfeindliche Untertöne und zwar bei Vertretern fast aller Parteien. Aber dass sich ein führender Politiker so etwas in der Öffentlichkeit erlaubte, war so gut wie ausgeschlossen.

Doch genau das wurde ihr vorgeworfen. Der Zeitungsartikel war auch in dieser Hinsicht unmissverständlich.

Außerdem wurde der Ton in der Berichterstattung zunehmend aggressiver. Gestern war noch von der »Pyjamadiebin« die Rede, heute reichte das offenbar nicht mehr aus.

In der Online-Ausgabe der Zeitung wurde sogar eine Leserbefragung durchgeführt, in der die Leser darüber abstimmten, ob Catarina als Ministerin noch tragbar sei, falls sich die Vorwürfe gegen sie bewahrheiten sollten.

92 Prozent der Leser verneinten dies.

Ihr Gesicht nahm die halbe Vorderseite der Printausgabe in Anspruch. Doch war es nicht mehr das freundliche Foto von ihr, das früher benutzt worden war, sondern eines, auf dem sie unsympathisch, fast aggressiv aussah.

Der Mann, der behauptete, von ihr beleidigt worden zu sein, kam ausführlich zu Wort.

Er habe nur seine Pflicht tun wollen, und was sei die Folge? Eine rassistische Beleidigung. Noch dazu von einer Ministerin, die doch für alle Bürger da sei. Wie solle er in Zukunft noch Vertrauen zu einem Politiker fassen?

Seit zweiunddreißig Jahren wohne er nun schon in Schweden, nachdem er aus dem Iran flüchtete. Doch nicht einmal in Teheran werde man von Politikern auf diese Weise beleidigt.

Catarina ging dazu über, die neuesten Umfrageergebnisse zu studieren, wodurch ihre Laune nicht besser wurde. An einem einzigen Tag hatten sie die Hälfte ihres Vorsprungs eingebüßt.

Sie warf die Zeitung in den Mülleimer, der unter der Spüle stand. Dann sank sie wieder auf ihren Stuhl, hielt sich die Hände vors Gesicht und brach in Tränen aus.

Ich geh daran kaputt, dachte sie. Ich ertrage es nicht, dermaßen in den Schmutz gezogen zu werden. Dann werfe ich lieber das Handtuch.

Ihr Handy gab ein Signal von sich, nicht zum ersten Mal an

diesem Morgen. Nachrichten von Leuten, die sie unterstützen wollten. Diesmal war es eine SMS des Ministerpräsidenten, der ihr versicherte, sie sei eine unentbehrliche Stütze der Regierung.

Doch nicht einmal dieser Anruf konnte sie ein wenig aufmuntern. Sie fragte sich vielmehr, warum er nicht geschrieben hatte, dass er den Behauptungen, denen sie sich ausgesetzt sah, natürlich keinen Glauben schenke. Lag die Wahrheit denn nicht auf der Hand? Die SMS des Ministerpräsidenten ließ sie ahnen, dass dies nicht so selbstverständlich war, wie sie gehofft hatte.

Patrick blieb absichtlich lange auf dem Spielplatz, damit sie mehr Zeit für sich hatte. Doch stattdessen fühlte sie sich nur einsam. Einsamer als je zuvor in ihrem Leben. Sie war von Verwandten und Freunden umgeben, doch niemand schien sie richtig zu verstehen. Abgesehen von ihrem Mann, der stets versuchte, sich in ihre Situation hineinzuversetzen.

Catarina hörte abrupt auf zu weinen und setzte sich auf. Plötzlich empfand sie eine enorme Wut.

Nie im Leben würde sie zulassen, dass ein infamer Lügner ihre Karriere zerstörte. Sie würde sich entschieden zur Wehr setzen. Das war alles, was sie jetzt noch tun konnte.

Es ging um ihre politische Karriere. Und um ihren guten Ruf. Vor allem aber um das Ansehen ihrer Partei.

»Hej, mein Name ist Linus Wiberg. Ich bin Journalist bei der *Kvällspressen.*«

»Aha.«

»Spreche ich mit Kennet Hansson?«

»Ja, das tun Sie.«

»Haben Sie nicht gestern als Sicherheitswache im Einkaufszentrum Sinsen in Sollentuna gearbeitet?«

Für einige Sekunden wurde es still in der Leitung.

»Das ist richtig, aber ich weiß nicht, ob …«

»Es handelt sich nur um ein paar kurze Routinefragen.«

»Ich will mich der Presse gegenüber lieber nicht zu dieser Sache äußern.«

»Sie werden in der Berichterstattung natürlich nur am Rande erwähnt werden. Ich möchte Ihnen bloß sicherheitshalber ein paar Fragen stellen, damit ich sichergehe, dass mir kein sachlicher Fehler unterläuft.«

»Na gut, meinetwegen.«

»Haben Sie mit eigenen Augen gesehen, wie die Justizministerin Catarina Björk gestern des Diebstahls überführt wurde?«

»Also ich kann mir nicht vorstellen, dass sie sich irgendwas hat zuschulden kommen lassen.«

»Nein, natürlich nicht. So etwas traut man einer Ministerin ja auch nicht zu.«

»Freut mich, dass Sie das sagen. Ich meine, ich will ja nicht dazu beitragen, dass eine unschuldige Person … Probleme bekommt. Vor allem, wenn in der Zeitung darüber berichtet wird.«

»Wenn ich richtig informiert bin, dann sind Sie gestern erst später hinzugekommen.«

»Das ist richtig. Als ich hinzukam, hat die Ministerin bereits mit diesem Mann geredet. Er war sehr aufgebracht.«

»Haben Sie gehört, worüber die beiden geredet haben?«

»Sie haben darüber geredet, was gerade passiert war.«

»Über nichts anderes?«

Erneut wurde es still in der Leitung.

»Nichts … woran ich mich erinnern könnte.«

»Ist irgendwann das Wort Kanake gefallen?«

»Also, ich habe nicht gehört, dass die Ministerin so etwas gesagt hat.«

»Aber Sie haben mitgekriegt, dass das Wort Kanake gefallen ist?«

»Ja, aber es war der Mann, der behauptet hat, von ihr beleidigt worden zu sein. Mit eigenen Ohren habe ich das nicht gehört.«

»In einem Interview hat der Mann seine Aussage gestern noch mal bekräftigt.«

»Also, ich kann mich darüber nur sehr wundern.«

»Ja, so geht es uns wohl allen. Wann haben Sie das Wort Kanake gehört?«

»Gleich am Anfang, als ich zu dem Mann und Catarina Björk kam.«

»Und Sie sind ganz sicher, dass es Kanake war?«

»Wie schon gesagt, aus dem Mund der Justizministerin habe ich das Wort nicht gehört.«

»Aber Sie sind sich zu hundert Prozent sicher, dass es um das Wort Kanake ging?«

»Ja, zu hundert Prozent.«

Linus bedankte sich für das Gespräch und legte auf. Dann schaltete er das Aufnahmegerät ab und spulte zurück. Er hörte sich alles noch einmal an, löschte eine bestimmte Passage und war sehr zufrieden, wie sich Fragen und Antworten nun zueinander verhielten. Die kurze Sprechpause von ein paar Sekunden war kein Problem. Sie verlieh der Antwort des Befragten nur umso mehr Nachdruck.

Er nahm sein Handy und wählte Hjalles Nummer.

»Hör dir das mal an«, gluckste er. »Sieht so aus, als hätte die Justizministerin jetzt ein ernstes Problem.«

Magnus Granath blickte zufrieden über die Schar seiner Mitarbeiter hinweg, unter denen sich inzwischen viele Polizeibeamte befanden.

Auch Petra nahm an der Sitzung teil, worauf Granath allzu gern verzichtet hätte. Sie hatten schon früher ein angestrengtes Verhältnis gehabt, und nichts deutete darauf hin, dass sich das in Zukunft ändern würde.

»Ich habe Sie ja bereits darüber informiert, dass die Vorführung beim Ermittlungsrichter wie geplant verlaufen ist. Gegen alle vier Beschuldigten wurde Haftbefehl erlassen.«

Aus seinem Mund klingt das, als hätte er eine Heldentat vollbracht, dachte Susanne und blickte in die Runde, um zu sehen, ob irgendjemand beeindruckt aussah. Dass vier Personen verhaftet wurden, die für ein Geiseldrama verantwortlich waren, verstand sich von selbst. Ein Jurastudent hätte diese Verhaftung ebenso gut veranlassen können.

»Die Anwälte haben ihre üblichen Spielchen gespielt«, fuhr Granath fort, »aber ich habe mich davon nicht aus dem Konzept bringen lassen.«

Susanne und Petra tauschten vielsagende Blicke.

»Dennoch gibt es ein Problem.« Magnus Granath hielt für einen Moment inne, um sich der Aufmerksamkeit aller Anwesenden zu vergewissern. »Einer der Beschuldigten verweigert jede Aussage.«

»Was sein gutes Recht ist«, ergänzte Susanne.

Magnus Granath zeigte ihr mit einem Blick, was er von dieser Ansicht hielt.

»Dieser Frage werden wir uns später noch zuwenden«, sagte er. »Ich denke, dass ihm sein Verteidiger Mattias Berglund diesen Floh ins Ohr gesetzt hat.«

Susanne spürte, wie ihre Wangen heiß wurden, und hoffte, dass dies niemandem auffiel. Sie registrierte, dass Petra ihr einen Seitenblick zuwarf.

»Da dieser Berglund mit seinem Verhalten gegen alle juristischen Gepflogenheiten verstoßen hat, werden wir ihn bei der Anwaltskammer anzeigen«, sagte Magnus Granath. Ein paar Journalisten nickten verhalten.

Susanne wusste, dass Strafverteidiger bei Polizisten einen schlechten Ruf hatten, weil sich diese stets schwertaten, ihre Rolle zu verstehen.

Schließlich konnte sie sich die Frage, die ihr auf der Zunge lag, nicht länger verkneifen: »Sind Sie sich da sicher?«

»Ein Anwalt darf seinen Mandanten niemals dazu ermutigen, die Aussage zu verweigern.«

»Das verstehe ich«, erwiderte Susanne. »Aber sind Sie sicher, dass sein Anwalt ihn dazu aufgefordert hat?«

Alle Blicke im Raum richteten sich auf Susanne. Magnus Granath sah sie lange an, ehe er antwortete.

»Dazu wird er bei passender Gelegenheit Stellung beziehen müssen. Das ist nicht unser Problem.«

Susanne schwieg.

»Wenn es in dieser Frage nichts mehr zu sagen gibt, dann möchte ich jetzt von Kuten über den Stand der Ermittlungen unterrichtet werden.«

Der Mann vom Kriminalnachrichtendienst stand auf.

»Sämtliche Beschuldigten sind Mitglieder einer Organisation, die sich *Gerechtigkeit ohne Grenzen* nennt. Sie alle sind früher einmal verurteilt worden, haben ein Geständnis jedoch stets abgelehnt und kämpfen weiterhin darum, ihre Unschuld zu beweisen.«

»Na, dann viel Glück«, entgegnete Granath grinsend.

»Die Anklage hat sich in ihren Fällen auf dünnem Eis bewegt«, erklärter Susanne.

Der Staatsanwalt schaute sie an, als hätte sie nicht alle Tassen im Schrank.

»Wenn sie rechtskräftig verurteilt wurden, dann kann es keinen begründeten Zweifel gegeben haben. Schließlich sind wir ein Rechtsstaat«, gab Granath zurück.

»Trotzdem ist die Beweisführung nicht immer über jeden Zweifel erhaben«, wandte Susanne ein.

»Auf welcher Seite stehen Sie eigentlich?«, fragte Granath gereizt und wandte sich demonstrativ dem Mitarbeiter vom Kriminalnachrichtendienst zu. »Fahren Sie bitte fort.«

»Bisher hatten wir diese Personen nicht als gewalttätig eingestuft, doch offenbar hat sich innerhalb der Organisation etwas verändert.«

»In wenigen Tagen werden die Vernehmungen abgeschlossen sein«, ergänzte einer der neuen Ermittler.

»Wie groß ist diese Organisation?«

»Sie besteht aus etwa fünfzig Personen. Da es kein Mitgliederverzeichnis gibt, haben wir keine exakte Zahl«, antwortete der Vertreter von Kuten.

»Darauf kommt es auch nicht an. Höchste Priorität hat jetzt ein Geständnis, dass sie bereit waren, die Geiseln zu töten.«

Susanne traute ihren Ohren nicht. Wollten sie diese Spur jetzt schon fallen lassen? Eine Organisation, die den gesamten Justizapparat hasste, war doch eine hochinteressante Sache. In diesem Umfeld fanden sich vielleicht Personen, die an der Spitze der organisierten Kriminalität standen.

Offenbar war sie nicht die Einzige, die über die Worte des Chefanklägers bestürzt war. Die Kollegin, die für die Zuteilung des Personals verantwortlich war, hob die Hand. Granath nickte ihr zu und warf im nächsten Moment einen Blick auf seine Armbanduhr.

»Sollten wir nicht versuchen, die Hintermänner der Organisation ausfindig zu machen?«

»Es könnte ja auch sein, dass es dort Führungspersonen gibt, die erst später zur Organisation hinzugestoßen sind«, ergänzte Susanne. Sie wusste, dass es selbst unter Schwerkriminellen Personen gab, deren Führungsqualitäten denen von Industriebossen in nichts nachstanden.

»Schon möglich«, erwiderte Magnus Granath.

»Möglichweise werden bereits in diesem Moment neue Verbrechen geplant.«

Granath warf ihr einen überlegenen Blick zu.

»Ich kann mir nicht vorstellen, dass sie so naiv sind.«

»Wir sollen also nicht weiter in diese Richtung ermitteln?«, fragte der Mann vom Kriminalnachrichtendienst.

Magnus Granath verzog sein Gesicht zu einer Grimasse, um zu zeigen, was er von diesem Vorschlag hielt.

»Ob wir Anklage gegen vier oder sechs Personen erheben, spielt doch eigentlich keine Rolle. Hauptsache, sie landen alle hinter Schloss und Riegel. Über alles andere sollten wir uns nicht unnötig den Kopf zerbrechen.«

Indem der Chefankläger seine Unterlagen zusammenräumte, zeigte er, dass diese Zusammenkunft beendet war. Susanne ärgerte sich darüber, dass außer ihr niemand an diesem Verhalten Anstoß zu nehmen schien. Natürlich wusste sie, dass die Mitarbeiter von Polizei und Nachrichtendienst eine strenge Hierarchie gewohnt waren, doch Granaths Benehmen beleidigte alle gleichermaßen.

Kurz darauf standen Petra und Susanne vor dem Gebäude und rauchten.

»So ein verdammter Besserwisser«, grummelte Susanne.

»Ja, das kannst du laut sagen«, gab ihr Petra recht. »Hab mich nur gewundert, dass du für diesen Anwalt Partei ergriffen hast.«

Susanne ging in die Knie und drückte die Zigarette auf dem Boden aus, um Petras Blick auszuweichen. Wenn irgendjemand herausbekommen könnte, wie alles zusammenhing, so war es sie. Eine klügere Person als Petra konnte man sich schwerlich vorstellen.

»Ich will nur, dass alles mit rechten Dingen zugeht«, sagte sie und steckte die Kippe in die Zigarettenschachtel. Petra warf ihr einen forschenden Blick zu.

»Ach so, ich verstehe …«, entgegnete sie langsam.

»Ich muss jetzt wieder in mein Büro«, sagte Susanne.

MONTAG, 8. SEPTEMBER
13 TAGE VOR DER WAHL

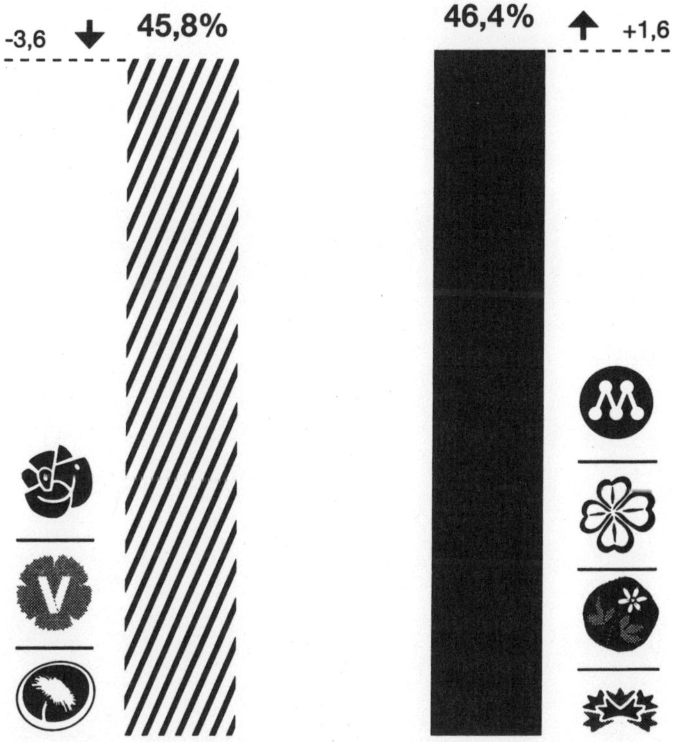

14

Catarina war auf dem blauen Sofa halb zur Seite gesunken, eine Kaffeetasse vor sich auf dem Tisch. Es war die dritte innerhalb der letzten Stunde. Sie fühlte sich unendlich erschöpft und hatte das Gefühl, jemand habe ihr Sand in die Augen gestreut. Ihr gegenüber saß Leo Holmberg auf einem Stuhl, beugte sich nach vorn und versuchte, sie seelisch aufzurichten. Nichts anderes hatte er bereits das ganze Wochenende über getan. Catarina spürte, dass er sich ehrlich um sie bemühte. Ohne ihn hätte sie das alles nicht durchgestanden.

In allen Nachrichtensendungen ging es inzwischen um ihre »Affäre«, die ebenso die Titelseiten der Zeitungen beherrschte. Niemand, der nicht mit ihrer rassistischen Entgleisung konfrontiert worden wäre.

»Wie können die Umfragezahlen nur so schnell sinken?«, fragte sie entgeistert.

Leo dachte eine Weile nach, ehe er antwortete.

»Du weißt ja, dass sich ein Viertel der Wähler erst im Laufe der letzten Woche entscheidet. Da reagieren sie plötzlich auf jede Kleinigkeit.«

»Also habe ich der Partei extrem geschadet.«

»Noch ist nichts verloren, aber bereite dich darauf vor, dass der Gegenwind noch zunehmen wird. Wir müssen jetzt nur eisern an unserer Strategie festhalten.«

Ihre Strategie beruhte darauf, nur noch Einzelinterviews zu geben. Sich jeder Situation zu entziehen, die darauf hinauslaufen konnte, von einer ganzen Horde von Journalisten mit gezückten Mikrofonen umringt zu werden. Darum hatte sie bereits gestern im halbstündigen Wechsel ein Einzelinterview nach dem anderen gegeben.

Am meisten zugesetzt hatte ihr der Kerl von der *Kvällspressen*, dessen selbstgefälliges Grinsen während des gesamten Interviews nicht aus seinem Gesicht weichen wollte. Es war derselbe Journalist, der sie unmittelbar nach dem Vorfall angerufen hatte, und es bestand kein Zweifel, dass er die treibende Kraft in dieser Affäre war.

Er war es auch, der den Wachmann im Einkaufszentrum zu der Aussage bewegt hatte, er habe mit eigenen Ohren das Wort Kanake gehört.

»Der Reporter von der *Kvällspressen* ist ein grauenhaft schmieriger Typ«, sagte Catarina.

Leo lachte verhalten.

»Der ist vielleicht nicht gerade unser größtes Problem, doch ich verstehe, dass du ihn nicht ausstehen kannst«, entgegnete er. »Aber eine Sache wundert mich doch.«

Catarina blickte zu ihm auf.

Leo räusperte sich. Er formulierte stets mit Bedacht und würde nie einen Verdacht äußern, ohne einen triftigen Grund dafür zu haben.

»Ich glaube, dass alles ein abgekartetes Spiel und noch penibler geplant war, als wir uns zunächst haben vorstellen können.«

»Wie kommst du darauf?«, fragte Catarina, die von dem vielen Kaffee schon Magenschmerzen bekam.

»Ich denke, der Journalist war an einem Komplott beteiligt.«

»Du meinst, dass die *Kvällspressen* ein schmutziges Spiel betreibt?«

»Nicht direkt. Über die *Kvällspressen* lässt sich einiges sagen, aber ich kann mir nicht vorstellen, dass sich der Chefredakteur auf so etwas einlassen würde. Allerdings glaube ich, dass dieser Journalist persönlich an der Sache beteiligt war.«

Catarina setzte sich auf.

»Woher willst du das wissen?«

»Weil er verdächtig schnell angerufen hat. Selbst wenn die Presseleute irgendeinen Hinweis kriegen, müssen sie diese immer noch überprüfen. Die kriegen doch jeden Tag haufenweise Tipps, an denen nichts dran ist.«

»Er hat mich angerufen, als ich mit dem Auto vom Einkaufszentrum nach Hause fuhr«, sagte Catarina und blickte in Richtung Fenster.

»Eben«, sagte Leo und nickte. »Er muss also schon vorher von der Sache gewusst haben.«

»Wenn sich ein Journalist einer der größten schwedischen Zeitungen an einem Komplott beteiligt, wäre das doch ein Riesenskandal.«

»Deshalb müssen wir der Sache auch auf den Grund gehen.«

Catarina schwindelte es bei diesem Gedanken. Die Frage war, welche Kräfte hinter solch einer Aktion stecken mochten. Und was würde ihr nächster Schritt sein?

Leo stand auf und streckte sich. Catarina vermutete, dass auch er in den letzten Tagen nur wenig geschlafen hatte, worüber er sich natürlich niemals beklagen würde.

»Wir müssen den rasanten Absturz in den Meinungsumfragen sofort aufhalten und wieder in die Offensive gehen«, sagte er, über die Rückenlehne eines Stuhls gebeugt.

»Wie sollen wir das machen?«, fragte Catarina kleinlaut.

»Das werde ich beim Lunch mit den anderen Staatssekretären diskutieren und mich dann wieder bei dir melden.«

Catarina stand auf. Es war an der Zeit, sich wie jeden Montag von ihren Mitarbeitern auf den neuesten Stand bringen zu lassen und danach selbst eine Stellungnahme abzugeben. Ein Termin, den sie am liebsten abgesagt hätte. Glücklicherweise beschränkten sich solche Termine kurz vor der Wahl auf das Nötigste. Niemand wollte zu diesem Zeitpunkt noch aufwendige Initiativen einbringen. Jeder Mitarbeiter fragte sich, wie wohl seine persönliche Zukunft aussehen würde. Nach den Ereignissen der letzten Tage war es nicht auszuschließen, dass sie nach den Wahlen einen neuen Chef bekamen. Und wenn sie solch einen Termin absagte, würden die Spekulationen nur umso mehr ins Kraut schießen.

»Diesen Mann aus dem Einkaufszentrum werden wir auch noch unter die Lupe nehmen«, sagte Leo. »Es wird sich alles regeln, glaub mir.«

Er lächelte sie beruhigend an und tätschelte ihr den Arm.

»Deshalb ist es wichtig, dass Sie alle am nächsten Sonntag zur Wahl gehen«, sprach Gerda in das knisternde Mikrofon. Sie blinzelte in den Himmel, an dem von der Nordsee her dunkle Regenwolken heranzogen.

Obwohl sie sich in Angered befand und nahezu ein Heimspiel hatte, gingen die Leute achtlos vorüber, ohne ihr zuzuhören. Theoretisch konnte sie schon in wenigen Wochen Mitglied einer neuen Regierung sein, wenngleich dies nicht sehr wahrscheinlich war. Nicht dass die Chancen ihrer Partei so schlecht waren, die Koalition könnte gut und gerne die Wahl gewinnen, doch hatte sie das Vertrauen des Parteivorsitzenden verloren. Während der zwei Jahre, in denen sie dem Kabinett angehört hatte, war auch ihr Verhältnis zum damaligen Ministerpräsidenten zusehends schlechter geworden, und seit sie in der Opposition waren, grüßte er sie kaum noch, wenn sie am Dienstag zu ihrer wöchentlichen Fraktionssitzung zusammenkamen.

Gerda spürte, wie ihr Unmut zunahm, und entschied sich, ihren Vortrag eher zu beenden, als sie eigentlich geplant hatte. Warum sollte sie hier stehen und sich den Mund fusselig reden, wenn sowieso niemand zuhörte? Was nicht sie allein betraf. Kundgebungen auf Marktplätzen waren einfach aus der Mode gekommen. Heutzutage kommunizierte man mit den Wählern durch Internetblogs, via Facebook und Twitter. Gerda hatte von all diesen Dingen keine Ahnung.

»Nutzen Sie also Ihr demokratisches Grundrecht und gehen Sie am nächsten Sonntag zur Wahl«, schloss sie und verfluchte ihre Angewohnheit, sich ständig zu wiederholen.

Unmittelbar vor ihr begannen zwei Halbstarke, sich zu prügeln, nachdem sie ihre Mütter gegenseitig als Huren beschimpft hatten. Doch das Handgemenge war sogleich wieder beendet, worauf die beiden Streithähne fluchend abzogen. Gerda war dennoch der Schreck in die Glieder gefahren. Sie sollte unbedingt Leibwächter bekommen, obwohl der Geheimdienst *Säpo* in diesem Punkt offenbar anderer Meinung war. Da sie weniger im Fokus der Öffentlichkeit stand als früher, sei ein individueller Personenschutz nicht mehr nötig, hatte man ihr erklärt. Und obwohl sie eigentlich erleichtert darüber war, dem medialen Stress weitgehend zu entgehen, war sie doch auch ein wenig enttäuscht darüber. Nicht einmal das Geiseldrama hatte daran etwas geändert. Nichts deutete darauf hin, dass es ihr persönlich gegolten hatte. Dennoch wurde sie das Gefühl nicht los, dass man genau sie hatte entführen wollen.

Gerda schüttelte den Kopf und ging zum Wahlbüro zurück, wo Kaffee und Süßigkeiten angeboten wurden. Ein paar tapfere Parteiveteranen, die ihre Zeit und Kraft für den Wahlkampf einsetzten, hatten Besuch von einigen Mitgliedern des Studentenbundes erhalten. Einer von ihnen trug einen weißen Overall mit jeder Menge Knöpfe und Abzeichen, der andere einen Pullover mit dem Schriftzug Chalmers – dem Namen seiner Hochschule.

Sie schienen sich darüber zu freuen, Gerda zu sehen, und einer von ihnen fotografierte sie sogar mit seinem Handy. Gerda fühlte sich geschmeichelt.

»Bei den Umfrageergebnissen liegen wir inzwischen vorne«, sagte ein junger Kerl, dessen Gesicht völlig verpickelt war.

»Das ist gut«, entgegnete Gerda im selben Moment, in dem die ersten Regentropfen fielen.

»Ja, klar, jetzt geht's Catarina Björk an den Kragen, ist das nicht super?«, fügte er gackernd hinzu. Sein Kumpel fiel in das Gelächter ein.

»So eine Story haben wir dringend gebraucht. Seht euch nur mal die neuesten Zahlen an.«

Gerda fand die Schadenfreude der jungen Parteiaktivisten ziemlich unangebracht. Waren sie deshalb in die Politik gegangen, um sich am Unglück ihrer Mitbewerber zu weiden? Sie selbst konnte an dem, was ihrer Nachfolgerin passiert war, nichts Positives entdecken. Außerdem war sie ihr dankbar dafür, das Geiseldrama durch ihr entschlossenes Handeln rasch beendet zu haben.

»Sollten wir uns nicht lieber auf unsere eigene Politik besinnen?«, fragte sie, begriff jedoch rasch, dass die jungen Parteikollegen das ganz anders sahen.

Leo ließ seinen Blick durch den Raum schweifen, in dem sich sämtliche Mitarbeiter versammelt hatten.

Durch seine langjährige Arbeit in der Regierungskanzlei hatte sich Leo im Kreis der Staatssekretäre großes Vertrauen erworben. Den meisten Respekt genossen im Allgemeinen die Kollegen des Staatsrats und des Finanzministeriums.

Der Montagslunch wurde stets gemeinsam im Erdgeschoss des Regierungssitzes eingenommen. Die Minister aßen im Nebenraum. Leo hatte sich schon immer daran gestört, dass gewisse Minister unangemeldet bei ihnen hereinplatzten, wenn sie sich nach dem Mittagessen auf dem Rückweg zu ihren Ministerien befanden.

Heute war die Lage sehr angespannt. Alle mussten sich eingestehen, dass der jüngste Vorfall ein einziges Fiasko war. Noch vor wenigen Tagen hatte die Partei eine perfekte Ausgangslage gehabt, jetzt stand sie mit dem Rücken zur Wand. Die Rassismusaffäre zog immer größere Kreise. Jetzt waren schnelles Handeln und ein geschicktes Krisenmanagement gefragt.

Nach der allgemeinen Diskussion, die im Grunde nichts Neues erbracht hatte, waren nur noch wenige Personen anwesend. Es waren die Staatssekretäre aus Finanzministerium und Staatsrat, eine Vertreterin des Sozialministeriums sowie der Pressechef des Ministerpräsidenten. Diese vier Personen hatten sich im Laufe der Legislaturperiode zu einer informellen Gruppe zusammengeschlossen, die dank dem Pressechef eine direkte Verbindung zum Ministerpräsidenten besaß. Allerdings bestand zwischen diesem und seinem Pressechef eine unausgesprochenen Übereinkunft, dass der Regierungschef mit den Ergebnissen der Gruppenbesprechungen nicht behelligt wurde. Was diese Art der informellen Tätigkeit betraf, war es wichtig, gewisse Brandmauern zu errichten.

»Habt ihr die neuen Umfrageergebnisse schon gesehen?«, fragte der Staatssekretär aus dem Finanzministerium.

»Erinnere mich nicht daran«, seufzte Leo.

»Abgesehen von unseren Verlusten, ist es unglaublich, wie sehr die Schwedendemokraten davon profitieren«, ergänzte der andere Staatssekretär.

»Das leistet eben der allgemeinen Politikverdrossenheit Vorschub«, bemerkte die Vertreterin des Sozialministeriums. »Hältst du es für möglich, Leo, dass sich Catarina Björk ungeschickt verhalten hat … dass an den Vorwürfen doch etwas dran …«

»Völlig undenkbar!«, schnitt er ihr brüsk das Wort ab und warf ihr einen strengen Blick zu. »Es steht doch absolut außer Frage, dass man ihr eine Falle gestellt hat.«

Der Staatssekretär der Finanzen räusperte sich, worauf sich eine beklommene Stille breitmachte.

»Manchmal kommt ja auch beides zusammen«, sagte der Staatssekretär des Staatsrats. »Eine Falle und die Ungeschicklichkeit dessen, der hineintappt.«

»Diese Geschichte ist von vorne bis hinten erfunden«, entgegnete Leo und sah sie alle durchdringend an.

»Ich denke, es kommt jetzt darauf an, eine starke Gegeninitiative zu starten, damit die Medien wieder ein anderes Thema haben«, entgegnete der zweite Staatssekretär.

Darin waren sich alle einig. Fragte sich nur, wie so eine Initiative aussehen sollte.

»Vielleicht könnte man es mit einer starken Gesetzesinitiative versuchen«, schlug die Mitarbeiterin des Sozialministeriums vor.

Der Staatssekretär der Finanzen verzog das Gesicht. »Bitte nichts, was Geld kostet.«

»Die Gesetzesinitiative kann ruhig populistisch sein, fuhr sie fort. »Ich denke da zum Beispiel an eine drastische Verschärfung des Strafmaßes für Vergewaltigungen.«

Leo schüttelte den Kopf.

»Ihr denkt alle in die falsche Richtung. Wir müssen etwas tun, das Catarina verlorene Sympathien zurückbringt.«

»Und was sollte das sein?«, fragte der Staatssekretär der Finanzen.

»Wir werden das Gerücht streuen, dass die Justizministerin entführt werden soll.«

15

Mattias trank einen Schluck Bier und schaute Susanne an. Sie saßen auf ihrem Balkon im vierten Stock, von dem aus man über Långholmen hinwegblicken konnte. Sie hatten gerade miteinander geschlafen, doch es war nicht so erfüllend gewesen wie sonst. Normalerweise sehnte sich Mattias die ganze Woche danach, und es war ihm fast ein Rätsel, in welchem Maße die sonst eher nüchterne Susanne in der Lage war, sich ihm hinzugeben. Doch heute hatte alles eher mechanisch und routiniert gewirkt.

Plötzlich war etwas Trennendes zwischen ihnen, ein unsichtbarer Vorhang, wie dies manchmal der Fall war, wenn sie heftig miteinander diskutiert hatten. Es bestand kein Zweifel, dass Susanne einen starken Willen besaß, was er durchaus zu schätzen wusste. Doch hin und wieder konnte sie ohne ersichtlichen Grund aus der Haut fahren, was Mattias doch ziemlich anstrengend fand. In der Regel ging es um die Frage, ob er seine Frau verlassen würde oder nicht. »Wie lange soll ich denn noch warten?«, war ihre übliche Formulierung. Um rasch hinzuzufügen, dass die Entscheidung natürlich ganz bei ihm liege, er sich nicht von ihr gedrängt fühlen solle, jedoch verstehen müsse, dass die Situation nicht einfach für sie sei. Was er auch niemals geglaubt hatte. Dennoch fand er, dass auch sie einsehen müsse, was es hieß, Frau und Kinder zu verlassen.

Sie hatte das ja schließlich selbst erlebt, wenn auch unter umgekehrten Vorzeichen. Ihr Mann hatte sie einst wegen einer jüngeren Kollegin aus seiner eigenen Anwaltskanzlei verlassen, wovon sie Mattias nach wenigen Worten berichtet hatte. Er merkte ihr deutlich an, dass sie nicht gern über dieses Thema sprach.

An diesem Abend hatte Susanne die Sprache noch nicht auf seine Ehe gebracht. Stattdessen hatten sie über ihre gemeinsamen Ziele gesprochen. Mattias erwähnte natürlich mit keiner Silbe, was sein Mandant ihm anvertraute. Er wusste, dass Susanne an seiner Stelle ebenso diskret und verschwiegen gewesen wäre. Dennoch gab es genügend Details, die ihnen beiden bekannt waren und nun zu hitzigen Diskussionen führten.

Susanne zündete sich eine Zigarette an und blies den Rauch demonstrativ zur Seite, als wolle sie ihm zeigen, wie überempfindlich er war, was ihr Rauchen betraf.

»Raucher sind auch Menschen«, bemerkte Mattias. »Nur nicht ganz so lange.«

Susanne verdrehte seufzend die Augen, entschied sich aber, das Thema ruhen zu lassen und ihr Gespräch stattdessen auf die Organisation namens *Gerechtigkeit ohne Grenzen* zu lenken. Sie hatte Mattias schon immer für seine juristische Integrität bewundert und wollte hören, was er von dieser Organisation hielt.

»Sie besteht ausschließlich aus Menschen, deren Rechtsempfinden zutiefst gekränkt wurde. Bis zu der Geiselnahme ist keiner von ihnen jemals gewalttätig geworden. Die Organisation hat sich bisher damit begnügt, gegen alle Urteile Revision einzulegen und durch Publicity auf ihr Anliegen aufmerksam zu machen«, antwortete er.

»Ich vermute, dass es irgendwelche Hintermänner gibt, die im Verborgenen die Fäden ziehen.«

»Dazu habe ich keine Meinung«, entgegnete Mattias kurz angebunden.

»Wenn es viele Menschen gibt, die sich von unserem Justizapparat ungerecht behandelt fühlen, dann müssen sie eben eine Wiederaufnahme ihres Prozesses anstreben«, sagte Susanne.

Mattias seufzte.

»Für so etwas gibt es bei uns aber keine Rechtsberatung. Man muss also selber das Geld aufbringen oder einen Anwalt finden, der so etwas umsonst erledigt.«

»Daran gehen die Anwälte schon nicht zugrunde«, entgegnete sie spitz.

Es wurde still zwischen ihnen. Susanne drückte ihre Zigarette aus.

»Auch wenn man sich ungerecht behandelt fühlt, muss man sich an die Gesetze halten«, sagte sie nach einer Weile.

»Wenn du wüsstest, wie unser schwedisches Rechtssystem das Leben einzelner Menschen zerstören kann, würdest du diese Leute besser verstehen.«

»Gewalt anzuwenden, kann aber niemals der richtige Weg sein.«

Mattias schüttelte langsam den Kopf.

Catarina schwindelte es vor Müdigkeit.

Als sie auf der Rückbank des Geheimdienstwagens saß, versuchte sie, ihre Gedanken zu ordnen. Auch die Leibwächter lasen Zeitung und waren sensibel genug, ihre Konversation nach Catarinas Befinden auszurichten.

Den ganzen Tag über hatte man diskutiert und Entscheidungen getroffen, auf die sie nur noch bedingt Einfluss besaß. Und je unwohler sie sich fühlte, desto mehr folgte sie den Vorschlägen ihrer Mitarbeiter ohne Einwände.

Sie hatte weitere Interviews gegeben, vor allem um den Eindruck zu vermeiden, sie wolle die Affäre einfach aussitzen. Einige Journalisten hatten sie fast mitleidig angesehen, andere schienen zu hoffen, ihren Teil zum Rücktritt einer Ministerin beitragen zu können.

Die Affäre hatte eine neue Wendung genommen.

Obwohl in der Partei das ungeschriebene Gesetz herrschte, die Reihen fest zu schließen, wenn ein Parteimitglied angegriffen wurde, gab es doch auch in dieser Hinsicht stets jemanden, der aus der Reihe tanzte.

Schließlich hatten die Medien ein Parteimitglied ausfindig gemacht, das öffentlich die Meinung vertrat, Catarina sei als Ministerin untragbar geworden. Was viel brisanter war, als wenn dies jemand von der Opposition gesagt hätte. Ein Gemeinderat aus Norrland hatte mit dieser Aussage nachhaltig auf sich aufmerksam gemacht.

Die Stimmung war angespannt, als die wenigen Mitglieder des Kabinetts, die nicht im Wahlkampf unterwegs waren, ihr gemeinsames Mittagessen einnahmen. Manche hatten Catarina freimütig ihre Solidarität versichert und sich über die Rücksichtslosigkeit der Medien beklagt. Doch wurden auch kritische Stimmen laut. Unmittelbar nach dem Geiseldrama hatte Catarina gespürt, dass der allgemeine Respekt ihr gegenüber gewachsen war. Doch hatte sie auch den Neid gewisser Kollegen erlebt, denen ihre große Medienpräsenz ein Dorn im Auge war. Wenngleich außer Frage stand, dass dies zum Nutzen der Partei und der Regierung war. Beim heutigen Mittagessen taten einige so, als habe Catarina sich ungeschickt verhalten. Sie stellten vorsichtige Fragen, warum sie überhaupt im Einkaufszentrum gewesen sei, ob sie den Eklat nicht hätte verhindern können und welches Motiv ein Mann mit Migrationshintergrund denn haben könnte, sich solch eine Geschichte aus den Fingern zu saugen. Als Catarina erklärte, das Ganze müsse ein Komplott sein, sah sie auch zweifelnde Blicke.

Als sie nach zwanzig Minuten die Runde verließ, wusste sie nur allzu gut, dass die Gespräche ohne sie eine andere Wendung nehmen würden.

Gegen drei Uhr rief sie der Ministerpräsident an, der sich auf Wahlkampftournee in Schonen befand. Zu diesem Zeitpunkt hatte die Idee von der angeblich geplanten Entführung Catarinas bereits Gestalt angenommen. Aber der Ministerpräsident verlor darüber kein Wort, und so fragte sie sich, ob er über diesen Plan überhaupt informiert worden war. Nur wenige Personen waren eingeweiht. Ihr Mann Patrick sollte als Erster davon erfahren, nachdem die Sache in Gang gesetzt worden war.

Catarina war wiederholt versichert worden, dass sie das vollste Vertrauen des Ministerpräsidenten habe. Der hatte den ganzen Tag Fragen zu ihrer Affäre beantworten müssen, was während des Wahlkampfs natürlich unvermeidlich war. Er hatte ihr darüber hinaus berichtet, dass die Koalitionspartner ihren Unmut kundgetan hätten, was an sich schon besorgniserregend war. Offene Streitigkeiten so kurz vor der Wahl konnten die Wähler an der Regierungsfähigkeit der Koalition zweifeln lassen.

Ihr Gespräch hinterließ einen unguten Nachgeschmack bei ihr.

Danach traf sie sich mit den Pressesprechern und Leo. Er schien mittlerweile alle Fäden fest in der Hand zu halten, was sie ein wenig beruhigte.

Catarina rekapitulierte die Sprachregelung, die sie getroffen hatten. Am morgigen Tag wollten sie die Meldung zuerst an *Ekot* verkaufen, der ihnen der seriöseste Radiosender zu sein schien. Danach würden die Journalisten bei ihnen Schlange stehen.

»Zu den neuen Erkenntnissen über meine geplante Entführung möchte ich mich nicht äußern. Ich habe jetzt nur den Wunsch, mit meiner Familie zusammen zu sein. Ein Rücktritt kommt für mich nicht infrage. Das würde die organisierte Kriminalität nur bestärken.«

Genau so sollte sie sich äußern und dem nichts hinzufügen. Bis auf Weiteres. Wenn alles nach Plan lief, würde ihnen das in der Medienberichterstattung einen gewaltigen Schub geben, wie Leo sich ausdrückte.

Ein wichtiger Teil des Plans bestand darin, dass sich der Geheimdienst zu einer personellen Bedrohung nie äußerte, aber deshalb diesem Fall eine besondere Brisanz und Glaubwürdigkeit verlieh. Im letzten Moment war Leo eingefallen, dass sie unbedingt auch die Opposition informieren mussten, sonst würde diese sicherlich einen Dreh finden, ihr Vorgehen in der Öffentlichkeit zu kritisieren. Stattdessen waren sie nun genötigt, Catarina ihr Mitgefühl zu bezeugen.

Die E4 war völlig verstopft, was für die *Säpo* kein Hindernis darstellte. Sie wechselten mit ihrem Wagen einfach auf die Standspur und überholten die anderen Fahrzeuge mit hoher Geschwindigkeit.

Den heutigen Abend wollte sie im Kreis ihrer Familie verbringen, die Medien eine Zeit lang vergessen und richtig ausschlafen. Vermutlich hatte Patrick schon etwas zu essen gekocht, und sie sehnte sich danach, in seinem Schoß einzuschlafen. Er war ihr in den letzten Tagen eine unentbehrliche Stütze gewesen, hatte stets zu ihr gestanden und sie unterstützt.

Auch früher war dies so gewesen. Schon in der Anfangszeit ihrer Beziehung, als sie zu einer Konferenz sozialdemokratischer Jugendorganisationen nach Reykjavík geflogen war, hatte ihre Karriere im Vordergrund gestanden. Ihr Mann war aus der Politik ausgestiegen und hatte die Lehrerhochschule besucht. Inzwischen arbeitete Patrick halbtags, und für Catarina war es selbstverständlich, einen Mann zu haben, der sich nach ihrem Terminkalender richtete. Julia hatte sie für ein paar Tage die Woche in einer Kita untergebracht – sie konnte ja schlecht Mitglied einer Partei sein, die sich für die Vereinbarkeit von Familie und Beruf einsetzte, ohne die staatlichen Betreuungsmöglichkeiten in Anspruch zu nehmen. Dennoch musste Patrick immer wieder einspringen, wenn etwas anders lief als geplant oder sie auf Dienstreise war, worüber er sich nie beklagt hatte.

Nach einer Weile bogen sie vom Frestavägen auf den Solängsvägen ab. Die Nachbarn hatten sich längst daran gewöhnt, die schwere, dunkle Limousine mit den getönten Scheiben in ihrer Reihenhausgegend zu sehen. Alle strengten sich so furchtbar an, sie wie jeden anderen Menschen zu behandeln, dass es schon unnatürlich wirkte.

Catarina bedankte sich für die Heimfahrt und verspürte den Anflug eines schlechten Gewissens wegen der erfundenen Story, die sie in die Welt setzen würden. Natürlich hatten ihre Leibwächter nichts mit der angeblichen Entführung zu tun, doch auch sie würden plötzlich im Zentrum der Aufmerksamkeit stehen. Und das alles nur, um das Interesse der Öffentlichkeit von ihrer Diebstahlaffäre abzulenken. Sie begriff kaum, wie alles so weit hatte kommen können. Es gab offenbar keine Grenzen mehr.

Petra betrachtete Hjalle und Linus schweigend. Sie hätte sich niemals auf all das einlassen dürfen. Denn die beiden taten

Dinge, die ihr zutiefst zuwider waren. Wie weit würde sie eigentlich gehen, um nach einem eventuellen Wahlsieg in die Regierungskanzlei zurückzukehren? Außerdem hegte sie den Verdacht, dass Hjalle noch in eine andere Sache involviert war, über die er nicht reden wollte. In den letzten Tagen hatte er sich mehrmals weit von ihnen entfernt, wenn sich sein Handy gemeldet hatte. Ansonsten ließ er immer alle bereitwillig mithören, selbst wenn es um Millionenbeträge ging.

Sie war beider Männer überdrüssig. Hjalles Benehmen hing ihr zum Hals raus, von Linus, dem schäbigen Kerl, ganz zu schweigen. Auch verstand sie nicht, warum sie sich ständig treffen mussten. Es wurde für sie immer schwieriger, sich von ihrem Arbeitsplatz zu entfernen, zumal der Geiselprozess inzwischen begonnen hatte. Sie riss sich wahrlich nicht darum, noch mehr Zeit in Hjalles protzigem Apartment zu verbringen, das sicher durch Schwarzgeld finanziert worden war. Sie konnten doch auch via Mail und Telefon kommunizieren, doch Hjalle schien sie um der Gesellschaft willen treffen zu wollen, wogegen der unterwürfige Linus natürlich nichts einzuwenden hatte.

Außerdem wusste Petra, dass die beiden ihr gegenüber gewisse Vorbehalte hatten, vor allem Linus. Ihre Mitarbeit bei der *Wahlallianz 2.0* wurde nur deshalb benötigt, weil sie die Einzige war, die bereits in der Regierungskanzlei gearbeitet hatte. Außerdem besaß sie wertvolle Kontakte zu bestimmten Politikern, allen voran zu Gerda Lundin. In den Augen der anderen zwar die Unfähigkeit in Person, doch immerhin ehemalige Justizministerin und derzeitige Vorsitzende des Justizausschusses. Hjalle besaß von ihnen allen natürlich das dichteste Kontaktnetz und hatte sogar auf führende Parteimitglieder einen gewissen Einfluss. Doch was Gerda und andere Personen aus dem Umfeld des Justizministeriums betraf, waren Petras Kontakte unersetzlich.

Sie räusperte sich und wollte gerade sagen, dass sie ausstei-ge, als Hjalles Handy sich meldete. Petra und Linus versuchten zu verstehen, worum sich das Gespräch drehte. Was nicht leicht war, da Hjalle nur fortwährend nickte und ab und zu kurze Kommentare von sich gab. Doch sahen sie seiner Miene und veränderten Körpersprache an, dass es etwas Wichtiges war.

Nachdem er das Gespräch beendet hatte, stieß er einen Freudenschrei aus.

»Die Wahl ist gewonnen!«, rief er und führte einen seltsamen Kriegstanz auf, ehe er abrupt innehielt. Er drehte sich zu den beiden anderen um und schaute sie ernst an.

»Catarina Björk soll entführt werden«, sagte er und setzte sich wieder an den Tisch.

»Verdammt, was sagst du da?«, fragte Linus völlig perplex.

»Also, sie soll nicht entführt werden, aber es soll so aussehen, als wäre sie beinahe entführt worden.«

»Ich versteh gar nichts«, entgegnete Petra.

»Aber ich!«, krähte Linus. »Die wollen eine Entführung inszenieren, damit nicht mehr über ihre Affäre berichtet wird. Ist doch klar.«

Hjalle nickte.

»Genau so muss es gewesen sein. Ein paar Laute aus der Regierungskanzlei müssen auf die Idee gekommen sein, eine Entführung vorzutäuschen. Und um der Sache mehr Glaubwürdigkeit zu verleihen, mussten sie natürlich auch die Opposition in Person von Gerda Lundin davon in Kenntnis setzen. Daraufhin hat sie die *Säpo* angerufen, um genauere Informationen zu bekommen und bei dieser Gelegenheit erfahren, dass überhaupt keine Entführung geplant war. Und was hat Gerda Lundin dann getan? Sie ruft den Fraktionsvorsitzenden aus ihrer Partei, Frank Rosenqvist, an. Und wie der Zufall so spielt, ist Frank Rosenqvist Mitglied der *Wahlallianz 2.0.* Deshalb hat er mir gerade Bescheid gegeben.«

»Ist das geil! Ich muss unbedingt gleich in die Redaktion!«, schrie Linus.

Halle schüttelte lächelnd den Kopf.

»Wenn man daran denkt, wie viele Millionen ich schon in die Partei hineingepumpt habe, kann ich wohl eine gewisse Gegenleistung erwarten.«

DIENSTAG, 9. SEPTEMBER
12 TAGE VOR DER WAHL

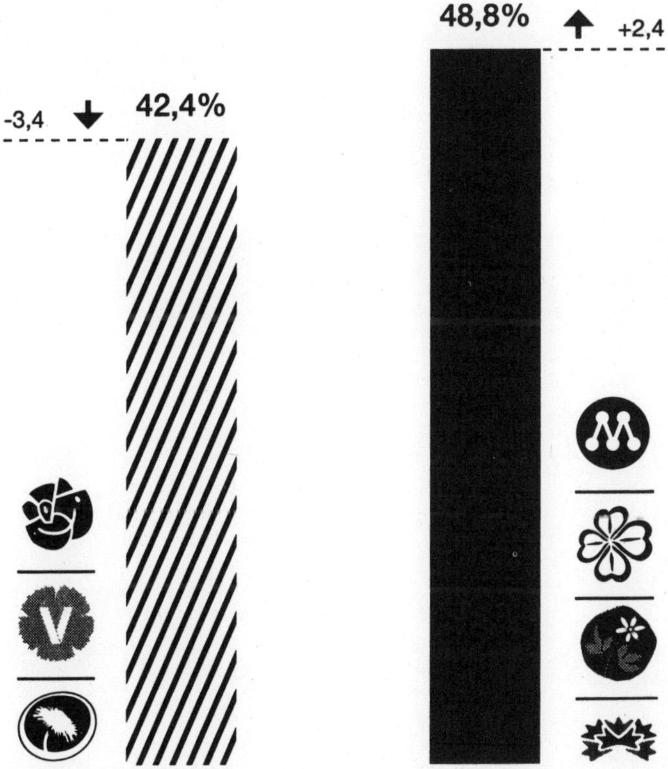

16

Catarina wachte schon um fünf Uhr morgens auf. Sie hatte nur wenige Stunden geschlafen, obwohl sie am gestrigen Abend völlig erschöpft gewesen war. In ihrem Kopf hatte es gesummt wie in einem Bienenkorb.

Sie versuchte alles, um wieder einzuschlafen. Patricks tiefe, regelmäßige Atemzüge zeigten ihr, dass sie zu früh aufgewacht war. Aus irgendeinem Grund irritierte es sie, dass er einen festen Schlaf hatte, während sie so eine schwere Zeit durchmachte.

Es gab etwas, das ihr bereits in dieser frühen Stunde kalten Schweiß auf die Stirn trieb: die Umfrageergebnisse des heutigen Tages. Im Briefkasten warteten schon die Zeitungen. Und nicht nur in ihrem. Auch in den Briefkästen Hunderttausender anderer Leute lagen bereits die Tageszeitungen. Die Informationen, die sie enthielten, würden später zu Radionachrichten und Videotextzeilen werden. Es war enorm schwierig, wenn die Zahlen schlecht waren und man zudem in den Medien einen schweren Stand hatte. Dann bekam man das Gefühl, die Regierung, seine Partei und Kollegen im Stich zu lassen.

Sie versuchte sich einzureden, dass der freie Fall gebremst worden war und sie den Trend hatten umkehren können. Dann könnten sie die ganze Geschichte mit der geplanten Entführung wieder abblasen. Allein die Vorstellung, damit aufzufliegen, ließ ihren Puls in die Höhe schnellen. Doch Leo hatte ihr garantiert, dass dies nicht geschehen würde, da die *Säpo* solche Dinge stets für sich behielt.

Jedes Mal wenn die Ziffern auf ihrem Radiowecker umsprangen, hörte sie ein leises Klicken. Normalerweise nahm sie das gar nicht zur Kenntnis, jetzt störte es sie unentwegt.

Um Viertel vor sechs stand sie auf. Es war bereits hell. Sie ging zum Fenster und zog die Jalousie nach oben. Der Morgendunst lichtete sich allmählich. Es sollte ein warmer Tag werden, der zeigte, dass der Sommer noch eine Weile andauern würde. Der Rasen war frisch gemäht, und in einer Ecke des Gartens stand das kleine Gewächshaus, in dem sie ihr Gemüse anbaute. Seit mehreren Jahren war dies ihr großes Hobby und nahm fast sämtliche Zeit in Anspruch, die ihr die Politik übrig ließ. Jetzt, zu Beginn des Herbstes, waren die Beete voll von Herbstanemonen, Fetthennen und Rudbeckien. Eigentlich hätte sie sich am liebsten in den Garten geschlichen, um dort den ganzen Tag zu verbringen und sich um die Blumen zu kümmern. Doch stattdessen musste sie erst einmal die Zeitungen lesen und sich dann auf die Interviews vorbereiten, in denen es um die angeblichen Entführungspläne gehen würde.

Sie schlüpfte in ihren Bademantel und verließ leise den Raum. Als sie am Kinderzimmer vorbeiging, sah sie Olivias und Julias Haarsträhnen auf den Kopfkissen. Sie hatten sich gestern Abend sehr abwartend verhalten, wohl wissend, dass nicht alles so war, wie es sein sollte.

Nach kurzem Suchen fand sie ihre Clogs und ging hinaus. Am Briefkasten stand ein Lieferwagen mit einem ihr unbekannten Firmenlogo. Catarina fragte sich, ob sie die Zeitungen später holen sollte. Durfte eine Ministerin mit Clogs und Bademantel aus dem Haus gehen?

Doch ihre Ungeduld siegte. Sie öffnete den Briefkasten, nahm die Zeitungen heraus und spähte zum Lieferwagen hinüber, in dem sich offenbar keine Personen befanden. Aus alter Gewohnheit begann sie sofort zu lesen und blieb neben dem Briefkasten stehen. Aufgrund der dramatischen Geschehnisse der letzten Tage nahmen die Umfrageergebnisse einen Großteil der Titelseite in Anspruch.

Die Partei war unter die Dreißig-Prozent-Marke gerutscht – die magische Grenze!

Zugleich die Schamgrenze der Sozialdemokraten.

Daneben befand sich ein Artikel mit der Überschrift: »Der Catarina-Effekt«.

Catarina zuckte unwillkürlich zusammen.

Darunter war das Foto eines Parteikollegen abgedruckt, der sie kritisierte und ihren Rücktritt forderte. Sie konnte sich daran erinnern, ihm nur ein einziges Mal persönlich begegnet zu sein, und zwar auf einer Regionalkonferenz in Norrbotten, doch war seine Abneigung ihr gegenüber mit Händen zu greifen. Begriff er denn nicht, wie sehr er der eigenen Partei damit schadete und dem Gegner in die Hände spielte? Und das alles nur, um ein oder zwei Tage lang die Aufmerksamkeit der überregionalen Zeitungen auf sich zu ziehen.

Sie drehte sich um und wollte gerade zum Haus zurückgehen, als sie eine Hand auf ihrer Schulter spürte. Ehe sie reagieren konnte, nahm sie einen Schatten neben sich wahr. Dann ging alles sehr schnell. Zuerst stülpte ihr jemand einen Sack über den Kopf, Sekunden später wurde sie in den Lieferwagen gestoßen. Jemand drückte sie auf den Boden, während die Türen zugeschlagen wurden und das Auto startete. Erst jetzt bekam Catarina genug Luft, um einen Schrei auszustoßen. Sie schrie lauter als je zuvor in ihrem Leben, doch niemand außerhalb des Fahrzeugs konnte sie hören. Nach einigen Sekunden gelang es ihr, sich den Sack vom Kopf zu zerren, aber da waren sie bereits unterwegs.

Wenn der Wagen sich in die Kurve legte, wurde Catarina auf der Ladefläche hin und her geworfen. Sie hatte solche Angst, dass sie kaum atmen konnte. Sie spürte etwas Feuchtes im Schritt und begriff, dass sie sich in die Hose gemacht hatte. Die Gesichter ihrer Kinder wirbelten durch ihren Kopf, dennoch war es ihre eigene Mutter, nach der sie rief. Sie hatte das Gefühl, sich von ihrem Körper zu trennen, ihre Stimme von außen zu hören. Sie schlug gegen die Scheibe zum Führerhaus und sah nur die Hinterköpfe der Männer, die ihr keine Beachtung schenkten.

»Anhalten! Lasst mich raus!«, brüllte sie so laut, dass es in ihrer Brust schmerzte.

Der Fahrer schlug das Lenkrad hart ein, worauf Catarina mit dem Kopf gegen die Innenwand krachte. Für ein paar Sekunden wurde ihr schwarz vor Augen, ehe sie das Blut spürte, das ihr über die Schläfe lief.

Sie setzte sich auf. Dann warf sie sich gegen die hinteren Türen und zerrte wie wild an der Verriegelung, doch ohne Erfolg. Sie versuchte, die Scheibe einzuschlagen, riss sich an der Fensterkante aber nur den Fingernagel ab. Ich sterbe, dachte sie. Ich werde Olivia und Julia niemals wiedersehen. Der Gedanke war unerträglich.

Plötzlich machte der Wagen eine Vollbremsung. Erneut verlor Catarina das Gleichgewicht und stieß sich den Kopf an der Wand zum Führerhaus. Bevor sie sich erneut hinsetzen konnte, wurden die Türen aufgerissen und zwei Männer mit Sturmhauben sprangen zu ihr hinein. Einer von ihnen hielt einen Lappen in der Hand. Ehe sie sich's versah, packte er sie am Fußgelenk und zog sie zu sich. Wie ein Handschuh flog sie durch die Gegend. Eine starke Hand schloss sich um ihren Nacken und drückte ihren Kopf nach unten. Catarina versuchte zu schreien, doch im nächsten Moment schlug ihr Kopf hart auf den Boden. Ihr schwindelte. Im Mund hatte sie einen metallischen Blutgeschmack. Als sie erneut schreien wollte, spürte sie den Lappen auf ihrem Gesicht.

17 Patrick Björk wachte um halb sieben auf und entdeckte sofort, dass seine Frau nicht neben ihm im Bett lag. Vermutlich war sie schon aufgestanden, um die Zeitungen zu holen, dachte er. Und jetzt saß sie bestimmt in der Küche und las, während sie bei geringer Lautstärke den Radionachrichten lauschte. Je angespannter Catarina beruflich war, desto früher war sie meist auf den Beinen.

Als Patrick keinen Laut aus der Küche hörte, stand er auf und sah in den anderen Räumen nach, entdeckte aber nur Olivia und Julia, die nach wie vor in ihren Betten schliefen. Er warf einen Blick in den Garten und schaute auch vorne hinaus in Richtung Briefkasten, doch von Catarina war nichts zu sehen.

Als er ihr Handy auf dem Flur fand, wurde er unruhig. Das trug sie eigentlich stets bei sich, vor allem in der gegenwärtigen Lage.

Patrick zog sich rasch Hose und Pullover über und lief aus dem Haus. Er eilte den schmalen Weg entlang, der sich am Reihenhaus entlangzog, blickte in alle Richtungen und hastete dann hinauf zum Stellplatz für ihren Wagen, der gemeinsam mit der Garage etwas erhöht lag. Er dachte an ihre Diskussion von gestern Abend, die sich fast zu einem Streit ausgewachsen hatte. Aber darin konnte doch wohl nicht der Grund für ihr Verschwinden liegen.

Während ihm kalter Schweiß auf die Stirn trat, fragte er sich, ob Catarina etwas zugestoßen sein konnte. Sie würde niemals einen Spaziergang machen, ohne Bescheid zu sagen und ihr Handy mitzunehmen. Er rief ihren Namen, erst leise, dann immer lauter. Er wusste nicht, wo er suchen sollte. Lief unschlüssig hin und her, ohne irgendeinen Menschen auf ihrer Zufahrt zu entdecken. Jetzt schrie er so laut, dass seine Stimme sich überschlug. Seltsamerweise reagierte niemand darauf. Die Nachbarn mussten ihn doch gehört haben. Wo waren all die Menschen geblieben? Warum kamen sie nicht aus ihren Häusern gelaufen? Dann bog einer der Nachbarn, der mit seinem Hund spazieren ging, beim letzten der Reihenhäuser um die Ecke. Als er Patrick in Panik herumirren sah, wusste er sofort, dass etwas faul war. Der Nachbar umfasste seine Schultern und versuchte, ihn zu beruhigen. Er berichtete, dass er Catarina nicht gesehen habe, dafür aber einen weißen Lieferwagen, der sich aus dem Wohngebiet entfernt habe, was zu dieser frühen Stunde doch sehr verwunderlich gewesen sei.

Patrick ging zum Haus zurück. Ein paar Meter vom Briefkasten entfernt, blieb er abrupt stehen. Im Gras lag eine Zeitung. Er hob das *Svenska Dagbladet* auf und sah, dass es die Ausgabe des heutigen Tages war. Atemlos wankte er ins Haus und löste den Alarm aus, der direkt mit der *Säpo* in Verbindung stand. Nur wenige Minuten später hielt der erste Polizeiwagen mit quietschenden Reifen vor dem Reihenhaus. Kurz darauf erschienen auch die beiden Leibwächter, die im Dienst waren. Sie hatten sich in einer Wohnung befunden, die von der *Säpo* im drei Kilometer entfernten Edsberg angemietet worden war.

Binnen Minuten war das gesamte Wohngebiet mit Polizisten und Streifenwagen durchsetzt, deren schrille Sirenen durch die morgendliche Stille heulten.

Vier Minuten nachdem der erste Alarm ausgelöst worden war, wurde Susanne per SMS informiert. Alle gingen davon aus, dass die Lage äußerst ernst war. Susanne, die im Badezimmer stand, spürte eine innere Kälte. Eine Ministerin verschwand nicht einfach mir nichts, dir nichts. Die gefundene Zeitung im Gras konnte nichts anderes bedeuten, als dass sie entführt worden war. Darüber hinaus hatte ein Nachbar beobachtet, wie sich ein unbekannter Lieferwagen mit hoher Geschwindigkeit aus dem Wohngebiet entfernt hatte. Die Entführung einer Politikerin war für die schwedische Polizei ein Albtraum. Ich muss die Lage so schnell wie möglich unter Kontrolle bringen, dachte sie. Ich bin die richtige Person für so etwas und werde der Situation gewachsen sein, sagte sie sich.

Susanne rief ein Taxi und erreichte um zehn nach sieben, fünfundzwanzig Minuten nach Auslösung des ersten Alarms, das Landeskriminalamt. Dessen Chef, Christian Agdur, hatte sie bereits zur Ermittlungsleiterin benannt. Der bestehende Stab sollte seine Arbeit unter ihrem Kommando fortsetzen.

Normalerweise ließ sich Susanne morgens viel Zeit. Oft joggte sie noch vor der Arbeit und achtete sehr auf ihr äußeres Erscheinungsbild. Zwar zog sie sich niemals herausfordernd an und schminkte sich nur dezent, doch machte sie stets einen gepflegten, frischen Eindruck, wozu nicht zuletzt ihre sorgsam frisierten blonden Haare beitrugen. An diesem Morgen jedoch trug sie dieselben Kleider wie am gestrigen Tag und hatte ihre Haare zu einem unordentlichen Büschel hochgesteckt.

Die Kommandozentrale füllte sich rasch. Vorläufig ließ Susanne den wachhabenden Beamten die operative Arbeit ausführen. Rund um Sollentuna waren Wegsperren errichtet worden. Der weiße Lieferwagen wurde landesweit gesucht. Der Nachbar, der ihn gesehen hatte, war bereits vernommen worden und hatte eine genaue Beschreibung des Fahrzeugs abgegeben.

Um Viertel vor acht waren sie vollzählig. Als Letzter erschien ein grummelnder und fluchender Magnus Granath. Und die Sitzung war kaum eröffnet, da ging er auch schon auf den Mitarbeiter von *Säpo* los.

»Wie zum Teufel konnte das passieren?«

Der Geheimdienstmann machte ein betretenes Gesicht, was die Sache für ihn nicht einfacher machte.

Stotternd berichtete er, dass die Justizministerin seines Wissens selbst darum gebeten hatte, in den Nächten keinen Personenschutz vor ihrem Haus zu haben.

»Das ist keine Entschuldigung!«, polterte Magnus Granath.

»Ich wollte auch nur ...«

»Die Inkompetenz scheint hier keine Grenzen zu kennen«, schleuderte ihm der Chefankläger entgegen, worauf der *Säpo*-Vertreter noch kleiner auf seinem Stuhl wurde.

Linus hielt sich die Hände vors Gesicht und beugte den Kopf. Es war unfassbar. Bis dahin war alles perfekt gelaufen, und dann so etwas. Etwas Schlimmeres hätte nicht passieren können.

Catarina Björk gekidnappt!

Das hier war keine inszenierte, sondern eine tatsächliche Entführung.

Am selben Tag, an dem die *Kvällspressen* ihre Schlagzeile von den fingierten Entführungsplänen publiziert hatte, war die Justizministerin tatsächlich gekidnappt worden.

Dabei hätte dies Linus' großer Coup werden sollen.

Wer hatte ihm einen Strich durch die Rechnung gemacht?

In der Redaktion war die nackte Panik ausgebrochen. Nun ging es nur noch darum, die Katastrophe so gut wie möglich zu begrenzen. Der alte Artikel war rasch gegen einen neuen ausgetauscht worden, der den Ablauf der Entführung beschrieb. Obwohl man bisher nur sehr wenig darüber wusste, was wirklich geschehen war. Die Justizministerin Catarina Björk war um kurz nach sechs Uhr morgens mutmaßlich in einem Lieferwagen entführt worden.

Für die Zeitung ging es auch darum, die improvisierte Neuausgabe so gut es ging zu füllen. Man vergrößerte die Fotos sowie die Spaltenbreite und würde auf diese Weise vermutlich auf acht neue Seiten kommen. Der Artikel über die erfundenen Entführungspläne hätte nur vier Seiten in Anspruch genommen.

Die neue Version enthielt einen langen Artikel des Chefredakteurs, der sich in erster Linie bei Catarina Björks Familie, doch auch bei den Lesern dafür entschuldigte, dass man einer offenkundigen Fehlinformation auf den Leim gegangen war. Es war ein verzweifelter Versuch, das Risiko einer Verleumdungsklage zu verringern. Dass sich der Presseombudsmann in dieser Sache einschaltete, war unvermeidlich, falls die Familie Anklage erheben würde.

Es fragte sich, wie viele Exemplare der veränderten Ausgabe sie in so kurzer Zeit unter die Leute bringen konnten. Die Druckereien lagen in Göteborg, Malmö und Umeå, doch würden sie damit nur einen kleinen Teil des ganzen Landes abdecken. Es gab keine Möglichkeit, kurzfristig den Versand per Flugzeug zu organisieren. Stattdessen musste man sich auf die Speditionsfirmen verlassen, die Geschäfte, Kioske und Tankstellen in ganz Schweden belieferten. Und natürlich mussten auch die Schlagzeilenplakate unverzüglich gegen neue ausgetauscht werden.

Dennoch bestand keine Chance, die entlegensten Orte zu

erreichen, die bereits im Laufe der Nacht mit der ersten Auflage beliefert worden waren. Dem Dokument der größten Panne in der Geschichte der *Kvällspressen*.

Linus setzte sich auf und starrte inmitten der riesigen Bürolandschaft der Redaktion auf den Bildschirm. Zum Glück saßen alle seine Kollegen hinter großen Monitoren, sodass er ihren Blicken entging. Linus wusste, dass er im Kollegenkreis nicht sonderlich beliebt war. Die anderen ärgerten sich darüber, dass er mit seiner Arbeit so viel Platz beanspruchte. Seine feste Spalte erstreckte sich inklusive eines Fotos von ihm die ganze Seite entlang. Keiner der Mitarbeiter war zu ihm gekommen und hatte mit ihm geredet. Alle begegneten ihm heute mit eisernem Schweigen.

»Linus, wir müssen reden.«

Er blickte auf und sah den Nachrichtenchef Spiken neben seinem Bildschirm stehen.

»Und?«, fragte Linus und hörte, wie dämlich das klang. Normalerweise trat er gegenüber den Führungspersonen der Zeitung äußerst selbstbewusst auf, provozierte sie sogar zuweilen in seinen Artikeln, doch jetzt sah die Lage anders aus.

Spiken nickte und zeigte auf einen der wenigen separaten Räume auf dieser Etage. Es war das Büro des Chefredakteurs.

Wenige Minuten später versuchte Linus, die ganze Geschichte zu erklären. Neben Chefredakteur Anders Schyman war auch der Justitiar der Zeitung, Ulf Isaksson, anwesend.

»Meine Quelle hat persönlich mit Gerda Lundin geredet, die ihrerseits mit der Säpo gesprochen hat.«

»Haben Sie versucht, Frau Lundin zu erreichen?«, wollte Anders Schyman wissen.

»Selbstverständlich, aber sie verweigert jede Aussage in dieser Sache.«

Um nichts auf der Welt wollte Linus den vollständigen Hintergrund preisgeben. Dass Gerda Lundin den Fraktionsvorsitzenden der Moderaten angerufen hatte, der Mitglied der *Wahlallianz 2.0* war. Wenn der Zeitungsverleger erfuhr, dass sich Linus für solch eine Organisation engagierte, würde er ihn hochkant rausschmeißen.

»Und die *Säpo*?«, fragte Spiken.

Zum ersten Mal an diesem Tag rang sich Linus ein Lächeln ab.

»Die haben sich noch niemals in der Öffentlichkeit zu einer Entführung geäußert.«

»Dafür haben sie jetzt trotzdem alle Hände voll zu tun«, ergänzte Spiken.

Anders Schyman seufzte tief.

»Und was werden die Konsequenzen sein?«, fragte er.

Ulf Isaksson nahm sich Zeit, ehe er antwortete.

»Dass wir die Angaben publiziert haben, lässt sich im Prinzip rechtfertigen. Doch wenn wir nicht beweisen können, dass dies auf gesicherter Grundlage geschah, dann haben wir ein Problem.«

»Müssen wir mit einer Klage rechnen?«, fragte Spiken.

»Das Risiko besteht absolut«, antwortete der Justitiar.

Beide schauten Linus an, der sicherheitshalber den Kopf gesenkt hatte.

Susanne warf dem Chefankläger Magnus Granath einen verstohlenen Blick zu. Er sah blass aus. Seitdem er dem *Säpo*-Repräsentanten die Leviten gelesen hatte, war er in sich zusammengesunken, saß an der Wand und hatte Susanne das Feld überlassen.

Alle verfügbaren Polizeikräfte des Verwaltungsbezirks waren mobilisiert, der Krisenstab um mehrere Personen erweitert worden. Alle Häfen und Flughäfen wurden streng kontrolliert, desgleichen die Grenzübergänge.

Die Entführung der Justizministerin schien Magnus Granath zu überfordern, obwohl er dies niemals zugegeben hätte. Außerdem weigerte er sich, weitere Mitglieder der Organisation *Gerechtigkeit ohne Grenzen* ausfindig zu machen, obgleich man dadurch auch Aufschluss über deren Führungsstruktur hätte erhalten können. Wie hatte er gesagt: Ich kann mir nicht vorstellen, dass sie so naiv sind. Susanne fragte sich, ob er bereits einsah, dass seine Strategie gescheitert war.

Sie saßen hinter ihren Kaffeetassen in der Kommandozentrale und versuchten, die Lage zu überblicken.

»Wir brauchen noch mehr Informationen von *Kuten*«, sagte Susanne.

»Worüber?«

»Natürlich über diese Organisation *Gerechtigkeit ohne Grenzen.*«

Magnus Granath machte ein nachdenkliches Gesicht.

»Ja, das kann vielleicht nicht schaden«, entgegnete er zögerlich.

Susanne blickte erstaunt zu ihm auf.

»Die Leute, die das Geiseldrama im Reichstag zu verantworten haben, müssen doch auch für die Entführung der Justizministerin verantwortlich sein.«

»Es ist noch zu früh, um das zu entscheiden«, erwiderte Magnus Granath entschieden. Susanne nahm dennoch eine gewisse Unsicherheit in seiner Stimme wahr. Der Chefankläger hatte einiges von seiner üblichen Selbstgefälligkeit eingebüßt. Sie hätte ihm am liebsten ihre alte Befürchtung in Erinnerung gerufen, dass sich so etwas wie die Geiselnahme jederzeit wiederholen könne. Er hatte davon nichts wissen wollen, doch war jetzt nicht der richtige Augenblick für ein »Ich-hab's-doch-gesagt«, obwohl sie große Lust dazu gehabt hätte.

Seltsamerweise hatte Granaths plötzliche Kleinmütigkeit auf Susanne den gegenteiligen Effekt. Je niedergeschlagener er wirkte, desto mehr wuchs sie mit ihrer Aufgabe. Heute Morgen noch der Panik nahe, verspürte sie nun eine eigentümliche Ruhe. Susanne spürte, dass sie dem Druck gewachsen war, dass sie in dieser ernsten Situation die richtige Person am richtigen Ort war. Jetzt musste sie Magnus Granath wieder aufrichten. Er war es trotz allem, der für die operative Arbeit zuständig war. Sie musste ihn dazu bringen, in den richtigen Bahnen zu denken und konzentriert zu bleiben.

»Kann das nicht zumindest eine wichtige Hypothese sein?«, wagte sie einen Vorstoß.

»Was?«

»Dass es um die Organisationsstruktur von *Gerechtigkeit ohne Grenzen* geht.«

»Kann schon sein.«

»Also müssen wir die Hintermänner herausfinden.«

»Hm.« Magnus Granath kratzte sich am Kinn.

»Es muss dort draußen irgendjemanden geben, der die Fäden in der Hand hält. Eine Führungspersönlichkeit, die genug Geld hat und strategisch denken kann.«

Magnus Granath schaute plötzlich zur Decke, senkte dann langsam den Kopf und warf Susanne einen durchdringenden Blick zu, ehe er antwortete.

»Ich glaube, dass wir groß denken müssen.«

»Wie meinen Sie das?«

»Dass wir bereit sein müssen, die Grenzen des Erlaubten zu überschreiten.«

Susannes Unbehagen wuchs. Solche Töne kannte sie bislang eigentlich nur aus Polizeikreisen. Ein Staatsanwalt sollte doch der Garant dafür sein, dass alles streng nach Recht und Gesetz vor sich ging.

»Wollen Sie damit etwa andeuten, dass wir den Boden des Gesetzes verlassen sollen?«

»Wollen Sie das Leben der schwedischen Justizministerin wirklich auf dem Gewissen haben? Ich jedenfalls nicht.«

Er schaute sie an, als sei sie ein hoffnungsloser Fall.

18

Leo saß mit den drei übrigen Staatssekretären sowie dem Pressechef zusammen. Alle waren gleich angespannt. Leo, sonst die Ruhe selbst, war sichtlich erschüttert. Schon am Morgen hatten sie vereinbart, sich zu treffen, um die Lage zu diskutieren. Nun saßen sie im Konferenzraum des Staatsrates, aßen Thunfischsandwichs und tranken Mineralwasser und Kaffee.

»Also was wissen wir?«, fragte der Pressechef endlich.

Leo schlug mit den Händen aus.

»So gut wie nichts. Sie ist wie vom Erdboden verschluckt.«

»Sollten die Entführer nicht bald von sich hören lassen?«

»Das sollte man glauben«, antwortete Leo und sah die anderen der Reihe nach an.

Keiner von ihnen hatte je etwas Vergleichbares erlebt. Vor fast dreißig Jahren war bekannt geworden, dass die damalige Arbeitsministerin Anna-Greta Leijon in einer eigens angefertigten Kiste entführt werden sollte, doch waren die Pläne rechtzeitig aufgeflogen, um die Tat zu verhindern. Der größte Konkurrent der *Kvällspressen* hatte das Foto solch einer Kiste in seiner Online-Ausgabe veröffentlicht, begleitet von folgendem Text: »In so einer Kiste könnte Catarina Björk gefangen gehalten werden.« Die *Kvällspressen* ließ ihrerseits nichts unversucht, um ihr Renommee wieder herzustellen.

Doch die Verantwortlichen der Zeitung waren nicht die Einzigen, die allen Grund zur Unruhe hatten. Die versammelten Staatssekretäre waren alle in höchstem Maße in die Angelegenheit involviert. Sie waren es gewesen, die alles geplant und das Gerücht von einer mutmaßlichen Entführung hatten verbreiten wollen. Seltsamerweise waren es nur Stunden, nachdem sie *Ekot* hatten informieren wollen, tatsächlich zu einer Entführung gekommen. Und ebenso unglaublich war es, dass die *Kvällspressen* ihren Plan aufgedeckt hatte.

»Eigentlich hatte die *Kvällspressen* ja recht. Sie hat unser Vorhaben aufgedeckt, die Story von einer geplanten Entführung zu verbreiten. Wir sind nur nicht so weit gekommen«, sagte Leo.

»Weil sie tatsächlich entführt wurde, ehe wir das Gerücht streuen konnten«, ergänzte der Pressechef.

»Genau. Unsere erfundene Story hat sich bewahrheitet.«

»Was bedeutet, dass jemand der *Kvällspressen* unsere Pläne gesteckt haben muss«, sagte der Staatssekretär aus dem Wirtschaftsministerium.

»Das kann nur Gerda Lundin gewesen sein«, sagte der Pressechef. »Vielleicht war es doch keine so gute Idee, sie zu informieren.«

»Wenn wir die Vorsitzende des Justizausschusses nicht über eine geplante Entführung informiert hätten, hätte uns niemand geglaubt«, verteidigte sich Leo. »Wir haben die Sache ihr gegenüber natürlich als äußerst wahrscheinlich dargestellt.«

»Aber wie ist sie dann darauf gekommen, dass alles nur ein Bluff war?«, fragte die Staatssekretärin aus dem Sozialministerium, während ein Stück Thunfisch aus ihrem Sandwich auf den Glastisch fiel.

»Das ist mir auch unbegreiflich«, antwortete Leo. »Außerdem hätte sie niemals die Medien verständigt.«

»Woher willst du das wissen?«, fragte der Pressechef zweifelnd.

Leo schaute ihn erstaunt an.

»Gerda Lundin ist die zurückhaltendste und unauffälligste Politikerin im ganzen Land. Sie hat uns während der gesamten Legislaturperiode noch kein einziges Mal Probleme bereitet. Außerdem hat sie eine panische Angst vor den Medien.«

Die anderen warfen ihm skeptische Blicke zu und schienen von seinen Worten nicht ganz überzeugt zu sein.

»Fakt ist, dass die Entführung uns gerettet hat«, sagte der Staatssekretär der Finanzen nachdenklich.

»Trotzdem wird irgendwann rauskommen, was wir geplant hatten«, entgegnete die Staatssekretärin lakonisch und reinigte die Tischplatte mit einer Serviette.

Das war es, was alle dachten, sich aber bisher niemand zu sagen getraut hatte. Im aktuellen Entführungsfall würde es natürlich zu umfangreichen Ermittlungen und Vernehmungen kommen. Man würde jeden Stein umdrehen, um der Wahrheit auf die Spur zu kommen. Etwas zu verbergen, war nahezu unmöglich.

»Das wird es ganz sicher, aber nicht vor den Wahlen«, erwiderte der Pressechef.

»Der Konstitutionsausschuss wird sich einschalten, aber damit können wir uns später noch auseinandersetzen.«

Plötzlich stand Leo auf, hochrot im Gesicht.

»Das Wichtigste ist nicht, wie wir diese Affäre überstehen, sondern dass Catarina Björk mit dem Leben davonkommt.«

»Das kann doch nicht dein Ernst sein!«, rief Petra und starrte Linus ungläubig an.

Sie befanden sich erneut in der Mansardenwohnung. Die

Stimmung hätte nicht schlechter sein können. Es war später Nachmittag, und die Sonne fiel durch die schrägen Dachfenster.

Linus und Petra saßen am Tisch und warfen sich missmutige Blicke zu, während Hjalle durch den Raum tigerte.

»Zum letzten Mal, das ist unsere einzige Chance«, wiederholte Linus.

»Und an mir soll dann alles hängen bleiben?«, fragte sie.

Linus nickte und spannte die Wangenmuskeln an.

»Und wie genau soll das ablaufen?«, fragte Hjalle und blieb für einen Augenblick am Tisch stehen.

»Petra muss sich als Quelle zu erkennen geben und einräumen, dass sie sich alles ausgedacht hat«, antwortete Linus. »Ich brauche ihr Einverständnis, sonst kann ich selbst angezeigt werden.«

Petra schüttelte langsam den Kopf.

»Und was soll uns das bringen, wenn Petra aus der Deckung kommt?«, wollte Hjalle wissen.

»Wenn es jemanden gibt, der die Schuld auf sich nimmt, braucht sich die Zeitung nicht zu verantworten. Was bedeutet, dass mein Chefredakteur nicht verurteilt wird, ich nicht rausgeschmissen werde und wir eine Chance haben, die Wahl zu gewinnen.«

»Wir liegen ungefähr gleichauf«, sagte Petra.

»Dann warte mal bis morgen!«, rief Linus erregt und schlug mit der Faust auf den Tisch. »Da werden die verdammten Sozis wegen der Entführung mal wieder alle Sympathien einheimsen.«

Er trug ein hellgraues T-Shirt mit großen Schweißflecken unter den Achseln.

»Und was, glaubst du, werden die Konsequenzen für mich sein?«, fragte Petra.

Im Raum wurde es still.

»Ich werde ab sofort als die größte Idiotin des Landes bekannt sein«, antwortete sie selbst.

Hjalle stützte die Hände auf den Tisch, ehe er sich aufrichtete und eine erneute Runde durch den Raum drehte. Er blieb an einem der Holzbalken stehen, die die Langseiten des Raums miteinander verbanden, und schlug mit den Handflächen dagegen.

Die anderen beiden sahen ihn an, wohl wissend, dass sein Wort Gewicht hatte.

Dann kehrte er an den Tisch zurück und setzte sich.

»Du hast natürlich recht, Petra. Du würdest als Riesenidiotin dastehen«, sagte er.

Petra war erleichtert. Endlich jemand, der sie verstand.

»Dann begreifst du also, dass ich das nicht tun kann«, entgegnete sie.

»Das habe ich nicht gesagt.«

»Jetzt verstehe ich nicht …«. Petra spürte, wie ihr ein kalter Schauer über den Rücken lief.

»Da du für diese Sache einen hohen Preis bezahlst, ist es nur recht und billig, dass du dafür ein gewisses Entgelt erhältst.«

»Ihr wollt mich bezahlen?«, fragte Petra entgeistert.

»Bezeichnen wir es lieber als Entschädigung.«

Petra hatte es die Sprache verschlagen. Man wollte sie für eine Falschaussage bezahlen. Man wollte sie kaufen.

»Nie im Leben«, entgegnete sie nach einer Weile. Sie spürte ein Brennen hinter ihren Lidern. Was auch geschieht, ich darf auf keinen Fall in Tränen ausbrechen, ermahnte sie sich.

»Für mich ist es eine Selbstverständlichkeit, dass du bezahlt wirst, wenn du dich opferst«, sagte Hjalle.

»Denk nur daran, dass du uns alle damit rettest«, ergänzte Linus vergnügt und straffte den Rücken.

»Sagen wir, eine Mille?«, schlug Hjalle vor.

Petra schaute von einem zum anderen. Natürlich hatte sie schon immer gewusst, dass hier und da ein krummes Ding gedreht wurde, und sie selbst war auch keine Heilige. Aber dies ging entschieden zu weit. Und als alleiniges Opfer wollte sie keinesfalls dastehen.

»Ich schlage vor, dass du ein Konto auf der Isle of Man eröffnest. Ich kenne dort Leute, die dir helfen werden. Über ein Konto in Liechtenstein kannst du dann Geld abheben, wann immer du willst«, erklärte Hjalle mit freundlichem Lächeln.

Petra wusste nicht, was sie sagen sollte. Am liebsten wäre sie sofort verschwunden.

»Denk daran, dass die Leute ein kurzes Gedächtnis haben«, sagte Linus.

Er lehnte sich zurück und verschränkte die Hände hinter dem Nacken.

»Ich werde das nicht tun«, sagte Petra.

Hjalles Gesichtsfarbe veränderte sich. Er räusperte sich und sah Petra durchdringend an.

»Dann hör mir mal gut zu«, sagte er.

Petra zuckte zusammen.

Hjalle stand erneut auf. Seine Hände schlossen sich um die Tischkante, während er sich so weit vorbeugte, dass sein Gesicht nur wenige Zentimeter von ihrem entfernt war. Instinktiv lehnte sie sich zurück.

»Wenn du nicht verstehst, wie wichtig es für uns ist, eine neue Regierung zu bekommen«, begann er und machte eine kurze Sprechpause, »dann werde ich dafür sorgen, dass du nirgends mehr einen Job bekommst. Dann kannst du bei der Polizei bleiben, bis du verfaulst.«

Petra zweifelte keine Sekunde, dass er es ernst meinte. Wenn es irgendjemanden gab, der die Macht hatte, politische Karrieren zu zerstören, dann war es Hjalle. Er kannte alle in der Partei, und wer einmal auf seiner schwarzen Liste landete, um den war es geschehen. Dabei spielte es keine Rolle, dass er niemals in der Regierungskanzlei gearbeitet hatte. Seine Tentakel reichten überallhin.

Petra befand sich in einer Zwickmühle. Wenn sie seine Forderung nicht akzeptierte, konnte sie sich die Rückkehr in die Politik, von der sie seit den letzten Wahlen träumte, abschminken. Und auch wenn ihr der Job bei der Polizei gefiel, war er doch nichts im Vergleich zur Arbeit in der Regierungskanzlei. Hjalle gehörte zu der Sorte von Menschen, die nichts vergaßen. Er besaß das Gedächtnis eines Elefanten. Wer ihn einmal enttäuschte, konnte nie wieder sein Vertrauen gewinnen.

Schließlich begriff Petra, dass sie sich ein für alle Mal entscheiden musste. Sie konnte den Entschluss nicht länger hinauszögern.

»Dann ist das eben so«, sagte sie und stand auf. Ohne ein weiteres Wort verließ sie die Wohnung. Weder Hjalle noch Linus versuchten, sie zum Bleiben zu überreden.

MITTWOCH, 10. SEPTEMBER
11 TAGE VOR DER WAHL

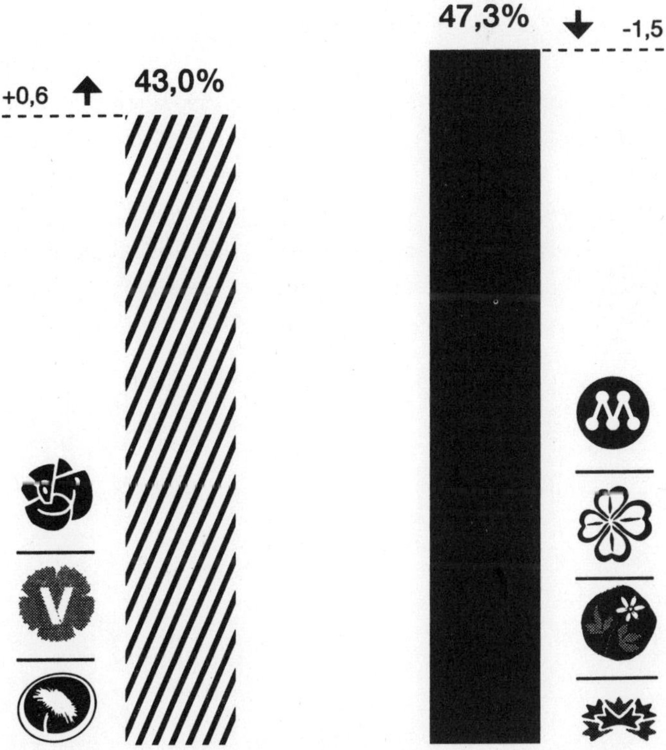

19

Susanne hatte ein mulmiges Gefühl, als sie im Büro des Staatssekretärs im Justizministerium saß. Es war ein großer Raum, der sich im sechsten Stock des Regierungsgebäudes befand und unmittelbar an das Arbeitszimmer des Justizministers angrenzte. Ein Tisch mit zehn, zwölf Stühlen zeugte davon, dass hier regelmäßig große Sitzungen stattfanden.

An einer Schmalseite des Raumes stand ein großer Schreibtisch, auf dem die Unterlagen zu hohen Stapeln geschichtet waren.

Am Fenster befand sich eine kleine Sitzgruppe, wo, wie Susanne vermutete, die informellen Treffen stattfanden.

Staatssekretär Leo Holmberg sah müde aus. Er schien in letzter Zeit nur wenig geschlafen zu haben. Was nicht verwunderlich war. Zuerst hatten sie die beschwerliche Rassismus-Affäre durchstehen müssen, in der Susanne nicht wusste, was sie glauben sollte. Und dann war die Justizministerin entführt worden.

Zur großen Sorge über Catarinas Schicksal kam die schwierige Aufgabe, das Ministerium derzeit allein führen zu müssen. Von anderen Mitarbeitern hatte Susanne erfahren, dass Leo und Catarina außerordentlich eng und vertrauensvoll zusammenarbeiteten.

Leo schenkte Susanne Kaffee aus einer roten Thermoskanne ein.

»Der Kaffee aus dem Automaten ist ungenießbar. Ich hab diesen hier in der Küche bestellt«, erklärte er mit unverändert ruhiger Stimme.

Susanne nickte.

Sie war nur höchst ungern in der Regierungskanzlei. Das Justizministerium erhielt regelmäßig Informationen zu bestimmten Ermittlungen. Den Grund hierfür hatte sie nie richtig verstanden. Die Regierung war schließlich nicht an der operativen Arbeit beteiligt, warum musste sie dann so viel wissen?

»Ich möchte Ihnen danken, dass Sie so kurzfristig für uns Zeit gefunden haben«, begann Leo.

Susanne hatte sich nie an die formelle Höflichkeit gewöhnt, die den Mitarbeitern der Regierungskanzlei zu eigen war. Oft musste man ihre Aussagen deuten, um den Sinn zu verstehen.

Doch in diesem Fall war das nicht nötig.

Wenn man vom Justizministerium gerufen wurde, war dies im Prinzip nichts anderes, als von der Regierung einbestellt zu werden.

Dann kam man dieser Aufforderung umgehend nach, so einfach war das.

»Das ist doch selbstverständlich«, entgegnete sie und rutschte unruhig auf ihrem Stuhl hin und her.

»Wie gehen Ihre Ermittlungen voran?«, erkundigte sich Leo freundlich.

»Bisher gibt es noch keinen Durchbruch. Wir versuchen, die Hintergründe einer Organisation namens *Gerechtigkeit ohne Grenzen* zu ermitteln, die unserer Meinung nach für die Entführung verantwortlich sein könnte.«

»Ja, davon habe ich gelesen.«

Susanne berichtete, was sie bisher über die Organisation in Erfahrung gebracht hatten. Dass es sich bei den Mitgliedern um Personen handelte, die eine Wiederaufnahme ihres Verfahrens anstrebten, weil sie glaubten, zu Unrecht verurteilt worden zu sein. Dem fügte sie hinzu, dass sich die Organisation bislang im Rahmen der Gesetze bewegt habe, nun aber anscheinend unter Anwendung von Gewalt versuche, ihre Ziele zu erreichen.

»Es muss doch einen führenden Kopf hinter dieser Organisation geben. Es wären nicht viele in der Lage, zuerst ein Geiseldrama im Reichstag und danach die Entführung einer Ministerin zu organisieren«, sagte Leo.

Susanne war erleichtert darüber, dass er ihre Theorie teilte. Genau das war es, was sie diesem störrischen Chefankläger hatte eintrichtern wollen.

»Das ist auch mein Ansatz«, entgegnete sie. Die Meinungsverschiedenheiten wollte sie lieber für sich behalten. Sonst hätte sie das Gefühl gehabt, dem Staatsanwalt in den Rücken zu fallen, was sie absolut nicht wollte.

»Herzlichen Dank. Halten Sie uns bitte auf dem Laufenden«, sagte Leo.

»Selbstverständlich.«

»Dann möchte ich Sie jetzt davon in Kenntnis setzen, dass sich für uns eine neue Situation ergeben hat.«

Susanne schaute ihn fragend an.

»Wir haben ein Lebenszeichen von Catarina sowie eine Forderung ihrer Entführer erhalten«, erklärte er und reichte ihr ein Schreiben.

Susanne überflog es rasch und las es anschließend aufmerksam.

Der Brief enthielt ein Foto von Catarina. Sie sah blass, aber unversehrt aus. In der Hand hielt sie eine Tageszeitung, als Beweis, dass sie noch lebte. Unter dem Foto standen zwölf Namen und folgender Text:

»Wenn diese Gefangenen am 11. September nicht vor zwölf Uhr freigelassen werden, wird in Schweden ein Mord geschehen.«

Gerda fragte sich, wie das hatte geschehen können.

Dass ihre Nachfolgerin im Amt der Justizministerin entführt worden war.

Es hätte ebenso gut sie selbst treffen können.

Sie blieb in der Küche stehen, während die Radionachrichten mit der Wettervorhersage ein Ende fanden.

Die ganze Sendung war von den neuesten Ereignissen dominiert worden.

Gerda spürte, dass sie irgendetwas tun musste. Sie nahm eine kleine Plastikgießkanne, füllte sie mit Wasser und ging auf den Balkon, wo im Sommer ihre Topfpflanzen standen. Unten auf dem Hof spielten ein paar Kinder Fußball, vollkommen unbeeindruckt von dem, was in Schweden vor sich ging.

Warum sollte sie sich auch darum kümmern? Sie waren viel zu jung, um zu verstehen, welche schrecklichen Dinge sich Erwachsene ausdenken konnten.

Um sich zu beruhigen, sprach sie im Stillen mit ihren Pflanzen, was eine gute Therapie war. Sie spürte, dass ihr Puls sich beschleunigt hatte, und wusste, dass der hohe Blutdruck ihr Kopfschmerzen bereiten würde, wenn sie ihn nicht rasch in den Griff bekam. Sie wässerte die Geranien, zupfte ein paar welke Blätter ab und lobte sie für ihr Wachstum.

Plötzlich streckte ihr Nachbar seinen Kopf über das Balkongeländer und gluckste amüsiert.

»Von den Blumen bekommen Sie jedenfalls eine Antwort.«

Ehe Gerda etwas entgegnen konnte, hatte er sich wieder zurückgezogen.

Sie hielt die Kanne in der Hand und spürte eine gewaltige Irritation in sich aufsteigen.

Was für eine Unverschämtheit!

Und mehr als das – wie konnte man solche Späße machen, wenn sich eine Kollegin von ihr in der Gewalt von Entführern befand? Verstand er denn den Ernst der Lage nicht?

Und falls er auch nur ein wenig Anstand besaß, hätte er daran denken müssen, dass sie selbst sich vor wenigen Tagen in einer ähnlichen Situation befunden hatte.

Aber vielleicht hatte er davon gar nichts mitbekommen, dieser ignorante Kerl.

Gerda ging in ihre Wohnung hinein.

Das Schlimmste war, dass es viele von dieser Sorte gab. So erging es allen Politikern. Auf das Mitleid ihrer Mitmenschen sollten sie lieber nicht hoffen. Sie waren es gewohnt, respektlos behandelt zu werden. Sie erinnerte sich daran, was geschehen war, als sie sich vor ein paar Jahren gegen die Schweinegrippe hatte impfen lassen. Obwohl der Impfstoff für alle Menschen frei zugänglich gewesen war, hatte man ihr vorgeworfen, ihn auf Kosten anderer in Anspruch genommen zu haben.

Im Moment wurde ihr alles zu viel. Sie hatte sich schon einmal so hilflos gefühlt, als der Fraktionsvorsitzende sie vor versammelter Fraktion angegriffen hatte, obwohl sie indirekt an der Aufklärung eines Doppelmords beteiligt gewesen war. Nach dieser Erniedrigung war sie wortlos aus dem Raum gegangen, überzeugt davon, niemals zurückzukehren.

Drei Tage später war sie wieder da. Vor allem deshalb, weil sie keine Alternative besaß. Sie hatte nicht die geringste Lust, erneut als Juristin in Mölndal zu arbeiten.

Doch jetzt fühlte es sich anders an. Natürlich nicht nur aufgrund des Nachbarn, der war nur der Tropfen, der das Fass zum Überlaufen brachte. Sein Verhalten zeigte ihr, dass es unmöglich war, in diesem Land als Politiker in Ruhe zu arbeiten.

Gerda griff zum Telefon und rief ihren Mann an, der mäßig erfreut über diese Störung war. Seit ihre Kinder vor Jahren das Haus verlassen hatten, war ihre Ehe immer langweiliger geworden. Seit geraumer Zeit hatten sie getrennte Schlafzimmer bezogen.

»Ich mach Schluss!«, sagte Gerda.

»Womit?«, fragte er gelangweilt. Gerda ärgerte sich über sein mangelndes Interesse. Im Hintergrund hörte sie den Fernseher laufen. Konnte er nicht zumindest den Ton leiser stellen?

»Ich lege mein Reichstagsmandat nieder.«

»Aha.«

Gerda spürte, wie ihr Blutdruck stieg.

Natürlich war er sehr rücksichtsvoll gewesen, nachdem sie das Geiseldrama überstanden hatte. Doch hatte dies zwei Tage lang angehalten, und schon am Wochenende war er wieder auf dem Golfplatz gewesen. Samstag und Sonntag. Er hatte erklärt, es ausnutzen zu wollen, solange man noch draußen spielen könne, obwohl erst September war und er stets bis in den November hinein seinen Golfschläger schwang.

»Ist das alles, was dir dazu einfällt?«

»Im Moment passt es mir nicht so gut. Können wir nicht heute Abend darüber reden? Ach, nein, da bin ich ja auf der Trabrennbahn. Okay, warum willst du aufhören?«

Doch Gerda war die Lust an dem Thema vergangen. Offenbar freute ihr Mann sich darüber, dass sie mehrere Tage in der Woche nicht da war.

»Wir reden später darüber«, entgegnete sie seufzend.

»Tu, was du willst, aber denk dran, dass dein jetziger Job ziemlich gut bezahlt ist.«

Gerda legte wortlos auf.

20

»Willkommen zu dieser Sitzung!«, sagte der Ministerpräsident.

Das gesamte Kabinett hatte sich um den ovalen Tisch versammelt. Angesichts des laufenden Wahlkampfs wären normalerweise nur wenige Minister anwesend gewesen. Doch nachdem gestern die Entführung ihrer Kollegin bekannt geworden war, hatten alle ihre Termine abgesagt und waren umgehend nach Stockholm zurückgekehrt.

Auch erübrigten sich sämtliche Diskussionen über Schulpolitik und Gesundheitswesen, da Catarina Björk entführt, schlimmstenfalls ermordet worden war.

Leo Holmberg war ein Platz an der hinteren Schmalseite des Tisches zugewiesen worden. Obwohl Leo in der Regierungskanzlei gearbeitet und Minister kommen und gehen gesehen hatte, war die Teilnahme an einer Kabinettssitzung für einen Staatssekretär nichts Alltägliches.

An einer der langen Wände waren zusätzlich ein paar Stühle aufgereiht worden, auf denen die Fraktionsvorsitzenden der Regierungsparteien saßen.

»Ehe ich Staatssekretär Holmberg das Wort erteile, möchte ich meine persönliche Sorge um Catarina zum Ausdruck bringen. Mein ganzes Mitgefühl gilt in diesen schweren Stunden ihrer Familie.«

Im Raum wurde es mucksmäuschenstill. Viele Minister hielten den Kopf gesenkt, ehe sich der Wirtschaftsminister räusperte und sagte:

»Das ist eine furchtbare Geschichte. Das einzig Positive daran ist, dass sich unsere Umfrageergebnisse wieder verbessert haben.«

Der Ministerpräsident warf ihm einen tadelnden Blick zu.

»Ich verbitte mir solche Kommentare.«

Das Gesicht des Wirtschaftsministers lief puterrot an.

»Dann hat Leo Holmberg jetzt das Wort.«

Leo hatte sich ein paar Notizen gemacht, zog es aber vor, frei zu sprechen.

»Es handelt sich um die zwölf Gefangenen, die schon durch die Geiselnahme im Reichstag freigepresst werden sollten.«

Der Ministerpräsident machte ein nachdenkliches Gesicht.

»Die Entführer fordern also ihre Begnadigung und Freilassung?«

»So ist es.«

»Wie viel Zeit bleibt uns?«, fragte der Finanzminister.

»Dreiundzwanzig Stunden.«

Die Minister schielten zur Uhr über der Tür, die ein Uhr mittags anzeigte.

»Ich schlage vor, dass der Außenminister Catarinas Aufgaben übernimmt, bis sie … wieder da ist«, sagte der Ministerpräsident.

Mehrere Minister brachten ihre Zustimmung zum Ausdruck, und schließlich nickte der Außenminister Leo bekräftigend zu.

»Über die Begnadigung kann nur der Staatsrat entscheiden«, fuhr der Ministerpräsident fort. »Doch möchten wir natürlich Ihre Ansicht über die Sache erfahren.«

Mit wohl erwägten Worten begann Leo, die Hintergründe ihres Handelns im Geiseldrama zu erläutern, das sich jüngst im Reichstag ereignet hatte.

»Wir kamen zu dem Ergebnis, dass die Geiselnehmer von einer Hinrichtung ihrer Geiseln Abstand nehmen würden.«

»Eine Einschätzung, die sich als richtig erwiesen hat«, schaltete sich der Verteidigungsminister ein und erhielt einen irritierten Blick des Ministerpräsidenten.

»Was hat Sie zu dieser Einschätzung bewogen?«, wollte die Sozialministerin wissen.

Leo schlug mit den Händen aus.

»Natürlich konnten wir uns nicht hundertprozentig sicher sein. Doch wir, besser gesagt, die Justizministerin selbst, ging davon aus, dass weitere Gnadenerlasse gefordert worden wären, hätten wir nachgegeben.«

Trotz der ernsten Lage hielt Leo es nicht für erforderlich, die Kollegen darüber zu informieren, dass es sich genau umgekehrt verhalten hatte – dass Catarina Björk den Forderungen der Entführer hatte nachkommen wollen, was er selbst eigenmächtig verhindert hatte. Dieses Geheimnis sollte unter ihnen bleiben.

»Was schlagen Sie also vor?«

»Ich glaube nicht, dass ich die richtige Person bin, um der Regierung in diesem Punkt …«

»Genau deshalb sind Sie aber hier«, unterbrach ihn der Ministerpräsident.

Leo verlor kurz den Faden, ehe er fortfuhr.

»Wenn wir die Gefangenen freilassen, wird dies neue Forderungen zur Folge haben. Ich glaube, wir müssen Zeit gewinnen, um mit den Entführern in Kontakt zu kommen.«

Mehrere Minister nickten.

»Wäre es möglich, dass Sie selbst … diesen Kontakt suchen?«, fragte der Außenminister, dem diese Verantwortung gerade übertragen worden war. Leo wunderte dies nicht. Nach mehreren Jahren in der Regierungskanzlei war er es gewohnt, dass die Minister ihrer Verantwortung aus dem Weg gingen.

»Kein Problem, aber ich möchte Folgendes vorschlagen«, erwiderte Leo.

Der Ministerpräsidenten forderte ihn mit einer Geste zum Weitersprechen auf.

»Der Brief der Entführer sollte unter Verweis auf ein Ultimatum absoluter Geheimhaltung unterliegen. Falls etwas schiefgeht, braucht sich die Regierung später nicht dafür zu verantworten.«

»Gute Idee«, murmelte der Außenminister. »Dann wird dies erst nach den Wahlen herauskommen.«

»Es braucht gar nicht herauszukommen«, entgegnete Leo.

Mehrere Minister starrten nervös auf ihre Unterlagen.

Mattias bat den älteren Mann im Wartezimmer, ihm zu folgen. Da dies eine Zivilsache war, wusste er, dass der Mandant irritiert sein würde, wenn man ihn warten ließ. Bei Strafsachen oder Flüchtlingsangelegenheiten war dies anders. Da waren viele Mandanten dankbar dafür, überhaupt hierherkommen zu dürfen.

Sie hatten kaum Platz genommen, da brachte die Sekretärin bereits Kaffee.

Mattias hatte keine Ahnung, wie er zu diesem Mandanten gekommen war. Für diesen Termin war einzig und allein seine Sekretärin verantwortlich. Mattias war inzwischen drauf und dran, sich seinen Anwaltstraum zu erfüllen: ausschließlich von Strafsachen zu leben. In den letzten Monaten hatte dies richtig gut ausgesehen. Zuerst hatte er Marco vertreten, der als Gehirn hinter einem Hubschrauberüberfall galt und der als Mandant sozusagen eine große Nummer war. Durch ihn und sein kriminelles Netzwerk hatte Mattias einige weitere Mandanten an Land ziehen können. Dann war die Geiselnahme hinzugekommen, und Mattias hatte erfahren, dass er einer der zwölf Anwälte war, deren Dienste die Organisation *Gerechtigkeit ohne Grenzen* in Anspruch nehmen wollte.

Doch so ganz hatte er sein Ziel noch nicht erreicht. Also übernahm er auch weiterhin Zivilsachen, darunter Familienangelegenheiten sowie gelegentliche Vertrags- und Mietstreitigkeiten, wenn keine Strafrechtsfälle anstanden.

Diese boten überdies den Vorteil, dass viele Mandanten, sofern sie denn erneut straffällig wurden, auch in Zukunft einen Anwalt brauchten. Der Nachteil bestand allerdings darin, dass Mattias nicht das übliche Honorar für eine Rechtsberatung in Rechnung stellen konnte, ganz im Gegensatz zu den Zivilsachen, für die er einen zunehmend höheren Stundensatz veranschlagte.

Der Mann holte seine Unterlagen hervor und reichte sie Mattias, der sie rasch überflog. Es ging um eine Ausgleichsvereinbarung im Rahmen einer Ehescheidung, mit deren Ausgestaltung der Mandant nicht zufrieden war. Das war alles, was Mattias von seiner Sekretärin vorab hatte erfahren können.

»Welchen Teil dieses Vertrags haben Sie zu beanstanden?«, fragte Mattias und legte die Unterlagen auf den Tisch.

»Es geht darum, wem die Einnahmen aus der Immobilie in Sörmland zustehen.«

»Ich verstehe«, sagte Mattias und blätterte in der Vereinbarungserklärung.

»Ausschlaggebend ist natürlich der Wille der beiden Vertragspartner. Wenn etwas unklar formuliert ist, fällt dies auf denjenigen zurück, der diese Vereinbarung aufgesetzt hat«, erklärte Mattias, während er weiterlas.

Der Mann blickte ihn schweigend an.

»Das scheint hier von einem Juristen aufgesetzt worden zu sein, vielleicht von einer Bank oder einem anderen Anwalt«, fuhr Mattias fort. »An Klarheit lässt die Vereinbarung allerdings ziemlich zu wünschen übrig. Die ist handwerklich einfach schlecht gemacht. Es würde mich wirklich interessieren, wer so etwas aufsetzt.«

»Aber das waren doch Sie selbst«, erwiderte der Mann.

»Bitte?«

»Diese Vereinbarung zwischen mir und meiner damaligen Frau haben Sie selbst vor vier Jahren aufgesetzt.«

Mattias ließ die Unterlagen langsam sinken und wusste nicht, was er sagen sollte.

Eine Stunde später telefonierte Mattias mit seiner Frau.

Es war das übliche Gezänk, wann er nach Hause kommen würde.

Dass ihre Ehe so schlecht war, lag auch daran, dass er Lotta nie davon hatte überzeugen können, dass er nicht allein über seine Arbeitszeiten bestimmen konnte. Diese hingen vor allem davon ab, wann er einen neuen Auftrag übernehmen konnte und wann ein Termin angesetzt war.

»Ich musste zum Untersuchungsgefängnis«, versuchte er zu erklären.

»Hättest du das nicht früher machen können?«, fragte Lotta.

Mattias seufzte.

»Heute Vormittag war ich im Gericht und heute Nachmittag kam ein Mandant«, antwortete er und schauderte, als er an seinen Fauxpas dachte. Wie schnell man doch seine Mandanten wieder vergaß.

»Dann muss *ich* also Johan von der Kita abholen und Rebekka nachher auch noch zum Schwimmen fahren und wieder abholen.«

»Ja, daran ist heute leider nichts zu ändern«, entgegnete Mattias.

»Genauso wie gestern, morgen und übermorgen.«

»Das stimmt doch gar nicht.«

»Und ob das stimmt. Ich selbst müsste auch dringend mal wieder trainieren«, klagte Lotta.

»Kannst du das nicht später machen?«

»Da hat mein Trainer keine Zeit.«

Mattias seufzte erneut und musste an eine bestimmte Sorte von Journalisten und Kulturschaffenden denken, die ständig den Kapitalismus kritisierten, sich aber einen Privattrainer zulegten. Er konnte das ständige Genörgel seiner Ehefrau kaum noch ertragen. Und warum war es eigentlich plötzlich so wichtig, sich mittels eines Privattrainers in Form zu halten? Das konnte nichts anderes als ein Zeichen ihrer Midlife-Crisis sein.

»Aber du machst doch Krafttraining«, wandte er ein. »Kannst du das nicht allein machen?«

Jetzt war sie es, die aufseufzte.

»Du verstehst das einfach nicht. Man hat einen bestimmten Trainingsplan, der ...«

»Okay, okay, spätestens um acht bin ich da.«

»Aber allerspätestens!«

Matthias legte auf.

Er blieb sitzen und starrte vor sich hin. Von draußen hörte er, wie ein Auto angelassen wurde und davonfuhr. Er zog sein

Handy aus der Tasche und schickte Susanne eine SMS. Einen Versuch war es wert, obwohl sie von den Ereignissen rund um die entführte Ministerin bestimmt in Atem gehalten wurde.

21

Catarina kam allmählich zu sich, obwohl sie die ganze Nacht hindurch nicht richtig geschlafen hatte. Sie hatte eher vor sich hin gedämmert, heimgesucht von scheußlichen Träumen, in denen ihr und den Kindern Gewalt angetan wurde.

Dennoch musste sie zuerst an Patrick denken, als ihr die eigene Situation klarwurde. Erst danach kamen die Gedanken an Olivia und Julia, die ihr fast die Luft zum Atmen raubten. Was taten sie in diesem Moment? Was hatte Patrick ihnen erzählt? Olivia war so sensibel. Julia würde mit der Situation besser zurechtkommen, nicht nur weil sie jünger war, sondern auch weil sie ein ganz anderes Selbstwertgefühl besaß als ihre Schwester. Beim Gedanken an ihre kleine unsichere Olivia musste sie sich fast übergeben. Mit aller Gewalt versuchte sie, ihn zu verdrängen.

Sie sah sich um. Sie befand sich in einem Schlafzimmer. Gestern war sie erst aufgewacht, nachdem es schon wieder dunkel geworden war. Catarina war klar, dass man sie betäubt hatte. In der Nacht war ihr übel gewesen. Jetzt konnte sie sich zumindest einen Eindruck von dem Raum verschaffen. Es gab ein kleines Fenster, das mit einer Sperrholzplatte vernagelt war. Durch einen kleinen Spalt konnte sie dennoch hinausblicken. Ansonsten war der Raum spärlich möbliert und enthielt nichts als ein Buchregal, einen Tisch und einen Stuhl. Die Wände waren weiß gestrichen. Catarina tippte auf ein Einfamilienhaus. Die leisen Geräusche einer befahrenen Straße drangen zu ihr herein. Sie vermutete, dass sie sich in einem Vorort von Stockholm befand.

Es klirrte, als sie versuchte, ihre Arme zu bewegen. Erst jetzt wurde ihr klar, dass man sie irgendwo angekettet hatte. Als sie in der Nacht aufgewacht war, hatte sie nur begriffen, dass ihre Körperhaltung seltsam verdreht gewesen war. Ihre Handgelenke steckten in Handschellen, die wiederum mit einem Vorhängeschloss und einer Kette verbunden waren. Die Kette war mittels eines zweiten Vorhängeschlosses an einem Bettpfosten befestigt. Für eine Sekunde glaubte Catarina, sich befreien zu können. Doch dann sah sie, dass der Bettpfosten unterteilt und es unmöglich war, die Kette irgendwie zu entfernen. Da sie mehrere Meter lang war, konnte Catarina zumindest aufstehen und ein paar Schritte machen. Sie versuchte, das ganze Bett zu bewegen, konnte es aber nur wenige Zentimeter weit über den Boden ziehen. Außerdem schnitten die Handschellen in ihre Gelenke.

Plötzlich hörte sie ein Geräusch vor der Tür. Sie spürte Panik in sich aufsteigen, und mit der Panik kehrte der Gedanke an ihre Kinder zurück, deren Gesichter sie vor sich sah. Sie legte sich wieder aufs Bett und fragte sich, wie das nur alles hatte passieren können.

Ihre Situation kam ihr so unwirklich vor. Als gerade lanciert werden sollte, dass man plante, sie zu entführen, war sie tatsächlich entführt worden. Wäre ich religiös, dachte sie, würde ich dies für eine Strafe Gottes halten. Sie selbst hatte keine Erklärung für ihre Lage.

Doch musste sie der Realität ins Auge sehen. Vermutlich

war sie von denselben Personen entführt worden, die auch für das Geiseldrama im Reichstag verantwortlich waren. Lebensgefährliche Leute, die kein Mitleid kannten. Nach den Ereignissen im Reichstag vor einer Woche hätte sie begreifen müssen, dass so etwas möglich war. Wäre sie nicht in die Politik gegangen, hätte es nie geschehen können. Dann wäre sie jetzt zu Hause bei ihrer Familie. Wenn sie doch nur …

Catarina wurde aus ihren Gedanken gerissen, als zwei Männer mit Sturmhauben in den Raum kamen. Catarina setzte sich blitzartig im Bett auf. Einer der Männer hatte eine Zeitung dabei, *Dagens Nyheter*. Schweigend drückte er sie Catarina in die Hand. Der andere Mann zog eine Kamera aus der Hosentasche und machte ein paar Fotos von ihr. Als sie die Zeitung zwischenzeitlich ein wenig sinken ließ, zeigte ihr der andere Mann, in welcher Höhe sie sie halten sollte.

Die Männer schwiegen, vermutlich um ihre Stimmen nicht zu offenbaren. Als sie wenige Minuten später den Raum verließen, ohne ein einziges Wort gesagt zu haben, fühlte sich Catarina ein wenig stärker.

Dass ihnen so viel daran lag, ihre Gesichter und Stimmen zu verbergen, nahm sie als gutes Zeichen. Das konnte nur bedeuten, dass sie die Möglichkeit in Betracht zogen, sie lebend freizulassen. Dann würde sie auch Olivia und Julia wiedersehen. Dieser Gedanke ließ sie in Tränen ausbrechen.

»Das passt eigentlich gar nicht zu dir«, sagte Susanne und nippte an ihrem Glas Wein.

Nach einem vierzehnstündigen Arbeitstag saßen sie nun auf ihrem Balkon. Und der Arbeitstag war noch nicht beendet. Allein in der letzten Stunde hatte Susanne mehrere Gespräche mit dem Leiter des Krisenstabs geführt.

Am liebsten hätte sie sich einfach ins Bett gelegt. Doch obwohl sie nur wenig geschlafen hatte, war sie in guter Verfassung. Und trotz aller Schwierigkeiten und des immer noch ausstehenden Durchbruchs war sie zuversichtlich, was die weitere Arbeit betraf. Außerdem hatte sie den Eindruck gewonnen, die eigentliche Leiterin des Krisenstabs zu sein, da Magnus Granath dem Druck nicht gewachsen zu sein schien.

Die nächste Besprechung sollte um acht Uhr morgens stattfinden. Doch Petra, die seit mehreren Jahren ihre Pressechefin und Freundin war, hatte darauf bestanden, zuvor mit ihr allein zu reden.

Und Susanne hatte ihr diese Bitte nicht abschlagen können, wobei sie die eigenen vier Wände dem Polizeipräsidium aus guten Gründen vorzog.

Obwohl Susanne und Petra sehr verschieden waren, hatte sich ihre Beziehung im Laufe der Jahre zu einer engen Freundschaft entwickelt. Susanne war nachdenklich und fleißig, mit einem Hang zu Pedanterie, während Petra spontan, gedankenschnell und geistig unabhängiger war als ihre Freundin. Doch zwei Dinge hatten sie in jedem Fall gemeinsam: Sie wussten den Genuss eines Glases Wein und einer Zigarette zu schätzen.

Susanne war schon des Öfteren versucht gewesen, von Mattias zu erzählen. Für ihn als verheirateter Mann war es natürlich wichtig, ihre Affäre geheim zu halten. Doch warum sollte sie, die keinen Partner betrog, darauf verzichten, sich einer nahen Freundin anzuvertrauen? Allerdings hatte sie Mattias versprochen, ihr Liebesverhältnis für sich zu behalten, und dieses Versprechen wollte sie nicht brechen.

Mattias hatte ihr eine SMS geschickt und vorgeschlagen, sich zwischen halb sieben und halb acht Uhr abends zu treffen, obwohl sie sich erst vor zwei Tagen gesehen hatten. Ein gutes

Zeichen, dachte sie. Vielleicht war er endlich bereit, eine definitive Entscheidung zu fällen. Da sie die Verabredung mit Petra bereits ausgemacht hatte, musste sie ihm absagen, hatte aber den nächsten Abend als Ersatztermin vorgeschlagen.

Petra rauchte eine Zigarette nach der anderen.

»Und es bleibt ganz bestimmt unter uns?«, fragte Petra.

»Aber natürlich«, antwortete Susanne.

Petra betrachtete die Glut ihrer Zigarette. Nur das Zirpen der Grillen aus dem kleinen Garten drang durch die Septembernacht. Eine Fledermaus segelte lautlos von Långholmen heran. Am schwarzen Himmel leuchteten die Sterne so hell wie nur zu dieser Jahreszeit.

Petra drückte ihre Zigarette aus und zündete sich sogleich eine neue an.

»Du behältst das wirklich für dich?«

»Wenn du noch mehr solche Fragen stellst, bin ich wirklich beleidigt.«

Die Müdigkeit machte Susanne zunehmend zu schaffen. Sie konnte nicht ewig auf dem Balkon sitzen bleiben, jede Minute Schlaf war kostbar. Susanne hatte stets die Stunden gezählt, die ihr zum Schlafen blieben. Es sollten niemals weniger als fünf sein.

»Wir wollten der Popularität von Catarina Björk einen Dämpfer verpassen, indem wir sie als Rassistin hinstellen«, sagte Petra plötzlich.

Susanne hätte sich fast an ihrem Wein verschluckt.

»Was sagst du da?«, rief sie aus.

»Wir haben die ganze Aktion geplant.«

Susanne hob beide Hände.

»Eins nach dem anderen. Wer ist wir?«

»Eine Organisation namens *Wahlallianz 2.0.*«

Susannte traute ihren Ohren kaum. War ihre eigene Pressechefin Mitglied einer geheimen Organisation?

»Ich kann verstehen, wenn du das für absolut verrückt hältst«, entgegnete Petra mit tiefem Seufzen.

»Gelinde gesagt.«

»So ist es aber.«

»Und was ist der Sinn dieser Organisation?«, fragte Susanne stirnrunzelnd.

»Wir arbeiten an einem Regierungswechsel«, antwortete Petra und blies den Rauch in die Luft.

»Und wie bist du mit ihr in Verbindung gekommen?«

Susanne wusste natürlich, dass Petra als Pressesprecherin für die ehemalige Justizministerin gearbeitet hatte. Vor vier Jahren, unmittelbar nach der verlorenen Wahl, hatte sie dann die Stelle bei der Landeskriminalpolizei angetreten.

Natürlich hatte sie nichts dagegen, wenn sich ihre Mitarbeiter politisch engagierten. Im Grunde sollten das viel mehr ihrer Kollegen tun. Von solchen im Geheimen operierenden Organisationen waren Susanne nur Gerüchte zu Ohren gekommen, die sie nie richtig geglaubt hatte.

»Ist dir eigentlich klar, dass du dich auf kriminelle Machenschaften eingelassen hast?«, war das Einzige, was Susanne schließlich sagte.

Petra nickte schweigend.

DONNERSTAG, 11. SEPTEMBER
10 TAGE VOR DER WAHL

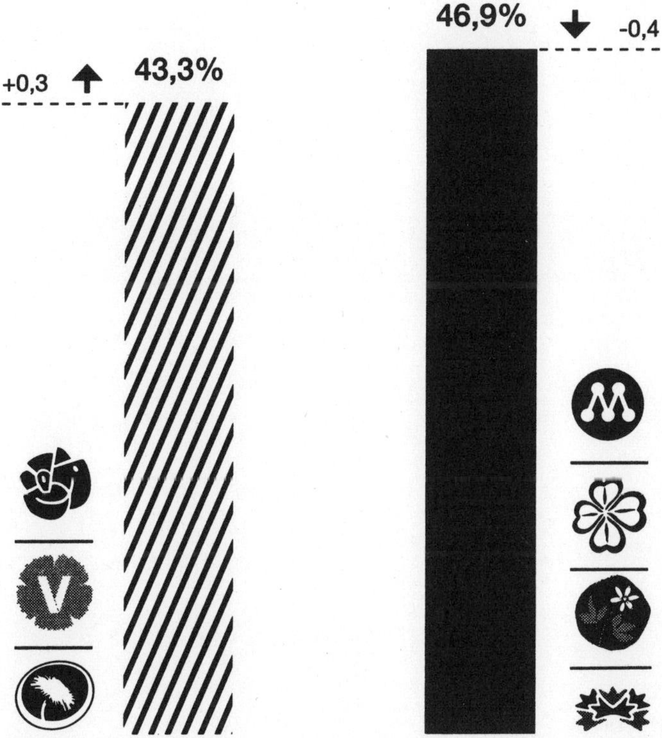

22

Susanne saß auf dem Sofa und sah sich das Morgenmagazin an. Der Regen klatschte gegen das Fenster und zeugte vom plötzlichen Anbruch des Herbstes. Sie machte es sich mit einer Wolldecke und einer Tasse Tee gemütlich.

Bisher war es ausschließlich um die Entführung gegangen, doch nun folgte ein Beitrag, der nicht aus dem Programm gestrichen werden konnte.

Eine Frau, die vor Nervosität zitterte, hatte die Chance, fünf Millionen Kronen zu gewinnen. Wenige Sekunden später war klar, dass es nicht mehrere Millionen, sondern nur fünfzigtausend geworden waren.

Doch die Frau versicherte, darüber ebenso glücklich zu sein, wie sie über den Hauptgewinn gewesen wäre. Außerdem sei es eine tolle Erfahrung, im Fernsehen zu sein, fügte sie mit glaubwürdiger Miene hinzu.

Die Kamera schwenkte zur Theke hinüber, an der Magnus Granath und Leo Holmberg ihre Plätze neben den beiden Moderatoren Carolina Gynning und Alex Schulman eingenommen hatten.

Die Gäste in ihren dunklen Anzügen machten einen ernsten und kompetenten Eindruck.

Susanne schauderte vor Unbehagen, als sie den Chefankläger erblickte. Vom Staatssekretär hatte sie hingegen einen guten Eindruck gewonnen. Er wirkte wie ein Mann, der seiner Verantwortung gewachsen war.

»Ich möchte Oberstaatsanwalt Magnus Granath herzlich willkommen heißen«, begann Alex Schulman. Es folgte ein Kameraschwenk von den Moderatoren zu den Gästen der Sendung.

»Von der internationalen Anklagekammer«, fügte Magnus Granath hinzu.

»Können Sie uns etwas zum Stand der Ermittlungen sagen?«, fragte Carolina Gynning.

»Es wäre zu früh, einen Durchbruch zu vermelden, doch wir arbeiten auf breiter Front«, antwortete Granath im Brustton der Überzeugung.

Seine Selbstgefälligkeit bereitete Susanne Übelkeit. In den vergangenen beiden Tagen hatte sie alle schweren Entscheidungen treffen müssen, während er den Schwanz eingezogen hatte.

»Gehen Sie davon aus, dass ein Zusammenhang besteht zwischen der Entführung und den Ereignissen, die sich letzte Woche im Reichstag zugetragen haben?«, wollte Alex Schulman wissen.

»Da sich meine Arbeit von Anfang an auf diese Annahme gestützt hat, sind wir bei den Ermittlungen schon ein gutes Stück vorangekommen. Jetzt geht es darum, den Leuten, die hinter dieser Organisation stehen, das Handwerk zu legen.«

Magnus Granath streckte den Rücken.

Susanne hatte das Gefühl, dass der Staatsanwalt auch den Moderatoren ziemlich unsympathisch war. Sie fragte sich, warum man einen Staatssekretär und keinen Minister entsandt hatte. Doch vermutlich steckte auch dahinter ein gewisses Kalkül.

»Wie steht die Regierung zur Forderung der Entführer, einige der gefährlichsten Häftlinge, die derzeit in schwedischen Gefängnissen sitzen, zu begnadigen?«, fragte Carolina Gynning.

Leo Holmberg wandte sich plötzlich der Kamera zu und schien nun direkt zu den Entführern zu sprechen.

»Die Regierung sieht sich zum jetzigen Zeitpunkt außerstande, auf irgendwelche Forderungen einzugehen, hofft aber, umgehend mit Verhandlungen beginnen zu können. Daher ist es wichtig, so schnell wie möglich mit den Entführern Kontakt aufzunehmen.«

»Gibt es ein Ultimatum?«, erkundigte sich Carolina Gynning.

»Nein, die Entführer haben weder dem Ministerpräsidenten noch irgendeinem Minister gegenüber von einem Ultimatum gesprochen«, antwortete Leo Holmberg an sie gewandt.

Weitere Fragen wurden nicht gestellt. Der Fernsehsender TV4 schien damit zufrieden zu sein, als Medium für die Übermittlung der Botschaft an die Entführer gedient zu haben.

Susanne war über Granaths Verlogenheit bestürzt. Wie konnte er die Öffentlichkeit nur so schamlos belügen? Was würde geschehen, wenn die Regierung ihn durchschaute? Sie würde Petra später danach fragen. Und worin hatte sich Petra da bloß verstrickt? Was sie gehört hatte, war schockierend gewesen. Sie hatten bis ein Uhr zusammengesessen, Wein getrunken, geraucht und geredet. Petra hatte von Millionenbeträgen berichtet, die in verschiedene Parteien hineingepumpt wurden, sowie von heimlich agierenden Organisationen, die sich der Aufmerksamkeit der Medien bislang entzogen hatten.

Was Petra in solch einer Organisation zu suchen hatte, war Susanne völlig schleierhaft. Das hatte sie doch überhaupt nicht nötig. Natürlich besaß sie auch eine raffinierte, nahezu durchtriebene Seite. Aber ein dreckiges Spiel zu spielen, war eigentlich nicht ihre Art. Und das hier war mehr als ein dreckiges Spiel. Es war kriminell. Sie bereute ihr Versprechen, nichts zu unternehmen, obwohl sich Petra bei manchen Dingen bedeckt gehalten hatte. Sie verfolge ihre eigenen Pläne, hatte sie gesagt, ohne auf die Details einzugehen.

Susanne schaltete den Fernseher aus und ging mit ihrer Tasse Tee in die Küche.

Im Göteborger Stadtteil Haga schlenderte Gerda über das Kopfsteinpflaster. Die Straße war von Cafés und Restaurants gesäumt, in denen die Menschen ihren Morgenkaffee einnahmen. Die Sonne schien, und in den Nachrichten war betont worden, dass das Wetter viel besser war als in Stockholm.

Gerda war bedrückt, weil ihr die Entführung von Catarina Björk nicht aus dem Kopf ging. Nicht allein weil ihr die eigenen furchtbaren Erlebnisse in Erinnerung gerufen wurden, sondern weil hier das Leben einer Frau auf dem Spiel stand, die sich politisch engagiert hatte.

Gestern Abend hatte sie mit ihrem Mann die Diskussion fortgesetzt, ob sie erneut für den Reichstag kandidieren sollte. Diesmal hatte er ein wenig mehr Interesse gezeigt als üblich und ihr deutlich zu verstehen gegeben, dass er sie auch in Zukunft gern im Parlament sehen würde. Gerda argwöhnte, dass es ihm nicht allein um ihr hohes Gehalt, sondern auch darum ging, dass sie weiterhin eine Wochenendbeziehung führten.

Im Grunde waren sie beide mit dieser Regelung zufrieden. Außer an den Wochenenden sahen sie sich nur selten. Im Winter spielte er Tennis, den Rest des Jahres Golf. Sie beschäftigte sich viel mit ihrem Enkel, auch wenn ihr geliebter Rasmus nicht mehr daran interessiert zu sein schien, so viel Zeit mit seiner Oma zu verbringen.

Wenn sie näher darüber nachdachte, war Gerda überzeugt davon, dass das Reichstagsmandat ihre Ehe gerettet hatte. Bei anderen Kollegen war dies umgekehrt, da hatte die räumliche Distanz ihre Beziehungen zerstört.

Ohne dies wahrzunehmen, hatte Gerda die Vasagatan erreicht. Erst am großen Platz namens Kungsportsavenyen, dem Stolz Göteborgs, blieb sie stehen. Sie selbst mochte ihn eigentlich nicht besonders.

Für ihren Geschmack war es hier viel zu hektisch. Auch jetzt waren jede Menge Leute unterwegs, obwohl die meisten um diese Zeit doch wohl bei der Arbeit sein sollten.

Zu beiden Seiten der Straße hingen die Wahlplakate in dichter Folge. Lächelnde Politiker, die Vertrauen einflößen und Fortschrittsglauben vermitteln sollten. Keiner von ihnen konnte Gerda beeindrucken, obwohl sie fraglos allesamt eloquenter waren als sie selbst. Es ärgerte sie, dass dies in den Medien die wichtigste Eigenschaft zu sein schien. Kam es zu einem Schlagabtausch der Parteivorsitzenden, ging es hinterher nicht um die Inhalte, sondern nur noch darum, wer das Duell vermeintlich für sich entschieden hatte. Statt die unterschiedlichen Meinungen zu verschiedenen Themen herauszuarbeiten, waren es die Umfrageergebnisse und die Expertenkommentare, die darüber Auskunft gaben, wer »gewonnen« und wer »verloren« hatte. Gerda war überzeugt, dass die Menschen eigentlich zu klug waren, um sich so etwas bieten zu lassen, und ohnehin die Partei wählten, die ihren Ansichten am ehesten entsprach.

Alle Parteien hatten auch Wahlplakate herstellen lassen, die »den kleinen Mann« oder die »Leute auf der Straße« ansprechen sollten.

Sie selbst hatte für den heutigen Tag keine Veranstaltung anstehen, was ihr nichts ausmachte.

Als sie den Kanal überquerte, fuhr gerade eines der Paddan genannten Touristenboote an ihr vorbei. Auf dem Gustav-Adolf-Platz hörte sie eine wohlbekannte Stimme und sah, dass sich eine große Menschenmenge um einen Redner geschart hatte.

Mitarbeiter anderer Parteien standen ein wenig verloren vor ihren Ständen und fanden kaum Abnehmer für ihre Flugblätter.

Gerda schob sich etwas weiter nach vorn und stellte fest, dass Gudrun Schyman immer noch viele Leute anzog. Obwohl ihre *Feministische Initiative* eine Wahl nach der anderen verloren hatte, gab sie nicht auf.

»Heute denken wir an Catarina Björk, die als Frau und Justizministerin einer Entführung zum Opfer gefallen ist. Die allermeisten Gewaltverbrechen an Frauen werden von Männern begangen. Wie lange wollen wir uns das noch gefallen lassen?«

Gudrun Schyman machte eine rhetorische Pause. Dann hob sie die Hand, als sei ihr der aufbrandende Beifall ein wenig peinlich, und sprach genau in dem Moment weiter, in dem man das Gefühl hatte, der Applaus hätte sonst kein Ende gefunden.

»Wir leben nach wie vor in einer patriarchalischen Gesellschaft, und es ist höchste Zeit, diesen Zustand endgültig zu beenden. Manchmal bekomme ich zu hören, die *Feministische Initiative* würde Männer hassen. Das tun wir nicht, ich selbst bin zum vierten Mal verheiratet.«

Vereinzeltes Lachen im Publikum.

Gerda dachte daran, dass es ihr noch nie gelungen war, ihre Zuhörer zum Lachen zu bringen, es sei denn, es handelte sich um Hohngelächter.

Gerda wollte gerade weitergehen, als ein Journalist sie erkannte und sich freundlich erkundigte, ob er ihr ein paar Fragen stellen dürfe.

Sie schaute sich um und fragte sich, wie sie um die Sache herumkommen konnte. Interviews wollte sie in Anbetracht der Lage unbedingt vermeiden. Am Morgen hatte sie eine SMS ihres Fraktionsvorsitzenden Fredrik Rosenqvist erhalten: *Unbedingt den Ball flach halten, um unseren Handlungsspielraum nicht einzuengen.*

Gerda wusste, was er damit meinte.

Den Ball flach zu halten bedeutete, jede konkrete Aussage zu vermeiden, um später noch reagieren zu können, je nachdem woher der Wind wehte. Sollte die Strategie der Regierung aufgehen, konnten sie im Nachhinein so tun, als hätten sie diese von Anfang an unterstützt. Falls die Strategie aber fehlschlug und Catarina Björk ermordet werden würde, hatten sie die Möglichkeit, der Regierung die Schuld in die Schuhe zu schieben.

Gerda wurde beinahe übel, wenn sie daran dachte, wie viel in der Politik taktiert wurde, selbst in solchen Situationen. Konnte man nicht einmal die parteipolitischen Interessen beiseitelassen und stattdessen zusammenarbeiten, um das gemeinsame Ziel zu erreichen?

Vielleicht sollte sie den Stand ihrer Partei auf der anderen Seite des Platzes unter dem Vorwand ansteuern, dort einen Termin zu haben, was ihr der Journalist aber vermutlich nicht abnehmen würde. Außerdem war es ja ein Leichtes für ihn, sich an ihre Fersen zu heften. Na ja, irgendwas Unverbindliches würde sie schon sagen können. Da sie sich mitten im Wahlkampf befanden, konnte sie es sich durchaus erlauben, die Regierung in der einen oder anderen Frage zu kritisieren. Ihr Parteivorsitzender forderte sie ja immer wieder dazu auf. Als ihr neulich ein Lob für die Justizministerin herausgerutscht war, hatte das in der Fraktion hohe Wellen geschlagen.

»Wenn es schnell geht, kann ich Ihnen gern ein paar kurze Fragen beantworten«, sagte sie und kräuselte die Lippen. »Ich muss dann aber gleich weiter.«

Der Journalist versicherte ihr, er wolle ihr nur ein paar wenige Fragen stellen.

»Wie beurteilen Sie das Verhalten der Regierung im Entführungsfall?«

Gerda warf ihm einen skeptischen Blick zu, doch er lächelte sie freundlich an. Sie war es müde, jedes Wort auf die Goldwaage legen zu müssen, und entschied sich für eine gewisse Offenheit.

»Das Wichtigste ist, dass Catarina Björk nichts geschieht«, sagte sie schließlich.

»Sie meinen also, die Regierung sollte auf die Forderungen der Entführer eingehen und die Gefangenen begnadigen?«

»Ja, falls dies die einzige Möglichkeit ist«, entgegnete Gerda.

»Danke«, entgegnete der Journalist mit strahlendem Lächeln.

Warum macht der so ein fröhliches Gesicht, dachte Gerda und beschloss, nach Hause zu gehen.

Am heutigen Tag hatte sie keinen anderen Wunsch mehr.

23

Seit Jahren nahm Hjalle sein Frühstück im Café Bönan ein, das nur einen Steinwurf vom Östermalmstorg entfernt lag. In der Regel bestand es aus einem Café Latte, einem Croissant sowie einem Glas frisch gepresstem Orangensaft. Es kostete 122 Kronen, doch er gab stets 150.

Linus, der zum ersten Mal hier war, trank einen schwarzen Kaffee und aß eine Zimtschnecke.

»Deshalb bist du auch so dick«, sagte Hjalle und zeigte auf die Zimtschnecke. »Hast du die neuen Zahlen schon gesehen?«

Linus nickte mit vollem Mund.

»Die Mistkerle holen auf, bloß weil die Leute Mitleid mit dieser entführten Ministerin haben«, knurrte Hjalle und sah sich aufmerksam um, doch niemand nahm Notiz von ihnen.

Bei den Gästen handelte es sich vorwiegend um Männer in den Vierzigern, die Anzüge trugen, Cappuccino tranken und während des Frühstücks in *Dagens Industri* oder die *Financial Times* versunken waren.

»Hast du mit Petra gesprochen?«, fragte Linus.

Hjalle schaute ihn an.

»Sie wird's schon überleben«, entgegnete er sarkastisch.

Linus aß schweigend einen weiteren Bissen.

»Wie sieht's bei deinem Käseblatt aus?«

»Besser als erwartet, die schmeißen mich nicht raus.«

»Eigentlich seltsam«, erwiderte Hjalle.

»Ich kenne einfach zu viele Interna, warum Leute rausgeflogen sind, wer mit wem eine Affäre hat und so weiter.«

»Und die wollen nicht, dass du im Nachhinein schmutzige Wäsche wäschst.«

Linus sah schon wieder viel fröhlicher aus. »Genau. Außerdem lesen wahnsinnig viele Leute meinen Blog«, fügte er hinzu. »Und super Kontakte zu *Resumé* habe ich auch noch.«

»Wer liest denn schon *Resumé*?«

»Alle Journalisten.«

Hjalle nickte bedächtig und nippte an seinem Café Latte.

»Gut, dass du weiter dabei bist«, sagte er nach einer Weile.

»Schön, dass dir daran etwas liegt.«

»Für die *Wahlallianz 2.0* kann es von Vorteil sein. Aber jetzt musst du dich konzentrieren. Irgendwas stimmt nicht an dieser Geschichte.«

»Hab ich auch schon gedacht«, entgegnete Linus verschmitzt. »Ich glaube, dass die Regierung mit irgendetwas hinter dem Berg hält. Fragt sich nur, womit.«

Susanne nahm am achteckigen Tisch des Konferenzraums Platz.

Magnus Granath zog es wie üblich vor, stehen zu bleiben. Er wippte auf den Fersen, hatte die Hände auf dem Rücken verschränkt und wartete, bis sie vollzählig waren.

Unter ihren Mitarbeitern sowie den acht Polizeibeamten, die mit den Ermittlungen betraut waren, herrschte eine gespannte Ruhe. Hinzugestoßen war eine Frau, die Hinweisen aus der Bevölkerung nachging, sowie ein weiterer Kriminaltechniker.

»Wie ist die aktuelle Lage?«, wollte Magnus Granath wissen.

»Hören wir uns zunächst an, ob Kuten zu neuen Erkenntnissen gelangt ist«, schlug Susanne vor.

»Wir gehen davon aus, dass die Organisation *Gerechtigkeit ohne Grenzen* auch für die Entführung der Justizministerin verantwortlich ist. Zu diesem Schluss sind wir durch die Analyse ihrer Mitglieder gelangt«, antwortete der Vertreter des Kriminalnachrichtendienstes und blickte in die Runde. »Doch kommt keine dieser uns bekannten Personen als Leiter der Organisation infrage.«

»Warum nicht?«, fragte Susanne, die erleichtert darüber war, dass ihre eigene Auffassung gestützt wurde.

»Weil keiner von ihnen die Fähigkeiten und finanziellen Möglichkeiten besitzt oder in der kriminellen Szene verankert ist.«

Mehrere Anwesende nickten schweigend. Wenn das richtig ist, dachte Susanne, haben wir die Organisationsstruktur immer noch nicht durchschaut. Was ebenso für die Mitglieder der Organisation gelten kann.

»Wer, glauben Sie, sind die Hintermänner der Organisation?«, fragte Susanne. Magnus Granath machte ein verkniffenes Gesicht.

»Wir suchen nach einer Person, die sich an der Spitze eines kriminellen Netzwerks befindet«, fasste Susanne zusammen. »Jemand mit einer großen logistischen Begabung, der sich vom operativen Geschäft fernhält, jedoch die Fäden in der Hand hält. Es könnte sogar jemand sein, der gegenwärtig noch eine Haftstrafe verbüßt.«

»Warum glauben Sie das?«, fragte der Repräsentant der Reichspolizeibehörde.

»Weil sämtliche Personen, die an dem Geiseldrama im Reichstag beteiligt waren, vor Kurzem noch im Gefängnis saßen, unter anderem in Hall und Saltvik. Es steht also zu vermuten, dass sie schon während ihrer Haftzeit kontaktiert wurden.«

Diese Spur wollte Susanne unbedingt weiterverfolgen. Wenn sie Mattias das nächste Mal traf, wollte sie ihn nach Kriminellen fragen, die in der Hierarchie ganz oben standen. So wie andere Strafverteidiger hatte er in dieser Hinsicht einen guten Überblick. Außerdem konnte es auch für seinen Mandanten nur von Vorteil sein, wenn sie herausfanden, wer der Strippenzieher des Geiseldramas war.

Als Nächstes wurde dem Kriminaltechniker das Wort erteilt, der von neuen Spuren zu berichten wusste, die das Staatliche Kriminaltechnische Laboratorium analysiert hatte.

»Das Auto, das an der Rudbecksschule in Sollentuna entdeckt worden war, wurde komplett untersucht.«

»Und?«

»Es wurden DNA-Spuren gefunden.«

»Bingo!«, rief Granath aus und machte einen Schritt nach vorn. »Endlich ein Fortschritt, vielleicht der Durchbruch!«

»Das Problem ist nur, dass es etwa hundert verschiedene Spuren gibt, die meisten von Leuten, die nirgends registriert sind.«

»Wie zum Teufel …«, begann Magnus Granath.

»Wie kann das sein?«, fragte Susanne.

»Die haben anscheinend Zugang zu einem Friseursalon gehabt und eine Tüte mit Haarsträhnen im ganzen Auto verteilt«, antwortete der Kriminaltechniker und rückte die Brille auf seiner Nasenspitze zurecht.

Schlagartig war die Stimmung auf den Nullpunkt gesunken. Hatten sie eben noch geglaubt, eine heiße Spur entdeckt zu haben, waren sie in Wahrheit so klug wie zuvor.

Das Zwischenfazit für die Ermittlungsgruppe fiel ernüchternd aus. Nachdem vierundzwanzig Stunden vergangen waren, gab es immer noch keine konkrete Spur.

Susanne spürte, wie diese Erkenntnis an ihrem frisch erworbenen Selbstbewusstsein nagte.

Die Frau, die eingehende Hinweise aus der Bevölkerung sammelte, bekam eine SMS und blickte aufs Display. Ihrer plötzlichen Blässe nach zu urteilen, handelte es sich um eine wichtige Nachricht.

»Was ist?«, fragte Magnus Granath.

»Ein Mann namens Tony Asplund, der früher einmal Mitglied von *Gerechtigkeit ohne Grenzen* war, scheint über wichtige Informationen zu verfügen.«

»Und der will uns helfen?«, fragte der Chefankläger mit skeptischer Miene.

»Ein Spitzel gibt Informationen nur dann preis, wenn er etwas dafür bekommt.«

»Dann bekommt er eben, was er will«, sagte Magnus Granath und wedelte irritiert mit der Hand.

»Das ist nicht das Problem«, entgegnete die Frau mit dem Handy.

Susanne meinte zu spüren, wie die Kälte aus ihrem Körper wich. Sie war zutiefst skeptisch, was einen solchen Deal mit Kriminellen betraf. So etwas erschütterte die Rechtssicherheit in ihren Grundfesten.

»Jetzt reden Sie schon!«, raunzte Magnus Granath.

»Tony Asplund will uns sagen, wo sich die Justizministerin befindet, wenn wir die Ermittlungen wegen dieser Waffengeschichte in Södertälje einstellen. In die ist er offenbar verwickelt.«

»Welche verdammte Waffengeschichte?«, fragte Magnus Granath.

»Eine Motorradgang hat in Södertälje ein riesiges Waffenlager angelegt, Sturmgewehre, Maschinenpistolen und Granatwerfer. Ich bin seit Ostern an der Sache dran«, erklärte Susanne. »Auf den Namen Asplund bin ich bei den Ermittlungen auch schon gestoßen, habe ihn allerdings nicht als Verdächtigen eingestuft.«

»Wenn wir also die Ermittlungen um diese Waffen in Södertälje einstellen, will uns dieser Asplund verraten, wo Catarina Björk gefangen gehalten wird«, sagte Magnus Granath nachdenklich, den Blick in die Ferne gerichtet.

Zu Hause angekommen, war Gerda keinen Deut besser gelaunt als zuvor.

Nach dem gestrigen peinlichen Vorfall mit ihrem Nachbarn hatte sie auch keine Lust mehr, auf den Balkon zu gehen. Hatte der einfach zu ihr herübergeglotzt, als sie am wenigsten damit gerechnet hatte. Dennoch wusste Gerda, dass sie ihn niemals zur Rede stellen würde. Das würde ihr nur wieder so ausgelegt, als halte sie sich als Politikerin für etwas Besseres. Stattdessen trat sie im Wohnzimmer ans Fenster und betrachtete die lange Schlange der LKWs, die darauf warteten, ihre Waren nach Dänemark transportieren zu können.

Dann fiel ihr plötzlich ein, dass sie heute einem Journalisten zwei Fragen beantwortet hatte. Bei den Medien wusste man nie genau, doch konnte sie sich nicht vorstellen, dass ihre harmlosen Antworten Anlass zur Kritik geben würden. Nicht einmal beim Fraktionsvorsitzenden, der sie ansonsten bei jeder Gelegenheit kritisierte, um sich wichtig zu machen, vor allem im Beisein des Parteivorsitzenden.

Gerda schauderte, wenn sie daran dachte, dass der Videotext möglichweise neue Nachrichten zur Entführung enthielt.

Nach kurzem Suchen fand sie die Fernbedienung zwischen den Sofakissen und schaltete *TV4* ein. Sie zog diesen Kanal dem regierungsfreundlichen *SVT* vor.

Gerda ging die einzelnen Rubriken durch, konnte aber nichts Neues entdecken. Im selben Moment wurde eine weitere Überschrift eingeblendet.

Ihr wurde heiß und kalt.

Mit zittrigen Händen gelang es ihr, den ganzen Artikel zu öffnen. »Ehemalige Justizministerin Gerda Lundin übt scharfe Kritik an der Regierung. Opposition geht trotz Entführung auf Konfrontationskurs.«

Gerda ließ sich tiefer in die Kissen sinken. Die Situation kam ihr unwirklich vor. Mit ihren beiden Antworten hatte sie nichts weniger gewollt, als einen politischen Streit loszutreten, was ihr ohnehin nicht lag. Vielleicht hätte sie ihr Herz nicht auf der Zunge tragen sollen.

Eine Minute später meldete sich ihr Handy.

»Was zum Teufel hast du gemacht?«, blaffte sie eine Stimme so laut an, dass sie das Handy unwillkürlich ein Stück von ihrem Ohr entfernt hielt.

»Ich hab nur zwei Fragen beantwortet, das ist alles.«

»Du hast unsere gesamte Strategie durchkreuzt!«, rief der Fraktionsvorsitzende Fredrik Rosenqvist.

Gerda wusste nicht, was sie sagen sollte.

»Wir werden die Sache sofort dementieren, und keine weiteren Interviews mehr, hast du das verstanden?«, fragte Rosenqvist.

»Ja, natürlich.«

»Du hast es geschafft, die Regierung zu loben, als du kritisch sein solltest, und sie zu kritisieren, als du besser neutral geblieben wärst«, fuhr der Fraktionsvorsitzende fort.

»Ich mach Schluss«, kam Gerda schließlich über die Lippen.

»Wie Schluss?«

»Mit der Politik. Mir macht das so keine Freude mehr.«

Fredrik Rosenqvist seufzte auf, ehe er etwas entgegnete.

»Das ist an sich kein Problem, aber vor der Wahl darf davon nichts durchsickern.«

»Wäre es nicht besser, die Wähler jetzt schon darüber zu informieren, damit sie wissen, woran sie sind?«

»Auf gar keinen Fall.«

»Aber ich stehe doch immer noch auf der Reichstagsliste.«

»Auf die paar Stimmen kommt's ja wohl nicht an«, gab er spitz zurück.

Gerda hätte am liebsten sofort aufgelegt, zwang sich aber zu einer Erwiderung.

»Wenn wir es den Wählern nicht jetzt sagen, führen wir sie hinters Licht.«

»Wir können es uns mitten im Wahlkampf aber nicht leisten, dass jemand abspringt. Das solltest sogar du verstehen.«

24

Mattias überquerte die Liljeholm-Brücke.

Er war verspätet, weil er ein weiteres langes Telefongespräch mit Marco geführt hatte. Im Grunde waren es endlose Monologe, in denen Marco darüber spekulierte, wie er sich an der verkommenen Gesellschaft würde rächen können. Mattias war zwar nicht so geldgierig wie Erik Olivekrona, musste jedoch unwillkürlich daran denken, wie viele Gespräche dieser Art er schon geführt hatte, ohne sie in Rechnung stellen zu können. Nun stand Marcos erster Hafturlaub bevor, der auf achtundvierzig Stunden begrenzt war. Darüber, was er in dieser Zeit zu tun gedachte, hatte er geheimnisvolle Andeutungen gemacht.

Mattias verdrängte den Gedanken an seinen Mandanten und versuchte, sich auf das zu konzentrieren, was ihm unmittelbar bevorstand.

Endlich hatte er einen Beschluss gefasst.

Nun gab es kein Zurück mehr.

Noch heute Abend wollte er das Thema Scheidung ansprechen, nachdem er kurz bei Susanne vorbeigeschaut hatte. Er musste sich selbst unter Druck setzen, wenn er es schaffen wollte.

Es war fast das erste Mal, seit sie den Kontakt wieder aufgenommen hatte, dass sie nicht miteinander im Bett gelandet waren. Sie hatten sich nicht mal ihrer Kleider entledigt, ein flüchtiger Kuss war alles gewesen.

Susanne war deutlich anzumerken, wie sehr der Druck der Ermittlungen auf ihr lastete. Was in Anbetracht der Lage ja nicht verwunderlich war.

Aus diesem Grund hatte es Mattias auch als glückliche Fügung betrachtet, dass er ihr endlich von seiner Entscheidung berichten konnte.

Sie hatte ihn umarmt. Ihm ihre Liebe beteuert, ihm aber auch gesagt, er müsse wirklich ganz sicher sein.

Das hatte Mattias ein wenig irritiert. Hatte sie ihn nicht seit Monaten aufgefordert, sich endlich zu entscheiden?

Mattias schüttelte den Kopf und machte wie üblich einen Zwischenstopp an der Preem-Tankstelle. Es war eine schlechte Angewohnheit von ihm, dort eine Tasse Kaffee und einen Blaubeermuffin zu sich nehmen, ehe er nach Hause fuhr. Als brauche er eine kleine Atempause, um nach den beruflichen auch den familiären Verpflichtungen gewachsen zu sein.

Heute kam er zwar nicht von der Arbeit, doch Mattias musste den Gedanken an seine Geliebte beiseiteschieben. Er dachte daran, dass er diesen Tankstellenaufenthalt, der an sich schon ein schlechtes Zeichen war, in Zukunft nicht mehr nötig haben würde. Wenn man eine gute Ehe führte, dann wollte man auf schnellstem Wege nach Hause zu seiner Frau kommen. Aber das wollte er nicht. Schon gar nicht heute. Die Aussicht, seiner Familie zu erklären, dass sie in dieser Form keinen Bestand haben würde, war schließlich nicht sehr verlockend. Und der Gedanke daran, was Rebekka sagen würde, war unerträglich, auch wenn sie vielleicht nicht sonderlich überrascht sein würde. Johan war noch zu klein, um zu verstehen, worum es ging.

Auch Lotta konnte eigentlich nicht sehr überrascht sein. Sie hatte schon mehrmals gesagt, dass sie sich gern scheiden lassen könnten, wenn es das war, was er wollte. Mattias hatte dies stets verneint, allerdings mit nachlassender Intensität.

Doch jetzt war es so weit, dachte Mattias und verließ entschlossen die Tankstelle, wo sich ein paar Fernfahrer gerade ein Wortgefecht mit der jungen Angestellten hinter der Kasse lieferten.

Mattias sprang in den Wagen, als sich plötzlich sein Handy meldete. Er sah, dass es Lotta war, und wollte zuerst nicht drangehen. Dann fiel ihm ein, dass es nützlich sein könnte, sich einen Eindruck von ihrer Laune zu verschaffen. Dann würde er wissen, wie er das Ganze anpacken konnte.

»Hallo«, sagte er.

Keine Antwort. Im Hintergrund hörte er eine leise Stimme.

»Hallo!«, wiederholte er irritiert. Warum rief Lotta ihn an, wenn sie nicht mit ihm reden wollte. Dann hörte er ihre Stimme wie aus weiter Ferne und begriff, dass sie nicht mit ihm redete, sondern mit jemand anderem. Er widerstand dem Impuls, sofort aufzulegen, und lauschte. Er parkte den Wagen am Straßenrand und stellte den Motor ab.

Jetzt konnte er die Stimmen viel besser verstehen.

Lotta sprach mit einem anderen Mann. Die beiden schienen unter sich zu sein.

»Aber wenn du sagst, dass du mich liebst, dann ist es wohl besser, die Sache jetzt anzupacken«, sagte eine männliche Stimme, die Mattias nicht kannte.

Es dauerte ein paar Sekunden, bis Lotta antwortete.

»So leicht ist das nicht. Ich habe schließlich zwei Kinder.«

Da verstand Mattias, wie alles zusammenhing. Lotta musste zufällig die Anruffunktion des Handys ausgelöst und den letzten Telefonkontakt ein weiteres Mal angerufen haben.

»Ein Fitnesstrainer ist zwar kein Anwalt, aber ich würde es schon schaffen, uns zu versorgen«, äußerte die männliche Stimme.

Mattias spürte einen mächtigen Zorn in sich aufsteigen. Dieser verdammte Trainer? Jetzt verstand er, warum Lotta es gar nicht hatte erwarten können, zum Training zu kommen.

»Du hörst dich ja so an, als lebten wir in den 50er-Jahren«, sagte Lotta lachend.

Mattias war krank vor Eifersucht, ein Gefühl, das er seit Jahren nicht mehr erlebt hatte. Jetzt faselte dieser Dreckskerl schon davon, wie er Lotta und die Kinder versorgen würde.

»Außerdem kann ich mich selbst versorgen«, fuhr Lotta fort. Das gab Mattias einen Stich. Außerdem stimmte es nicht. Wegen ihrer mickrigen Einkünfte als freiberufliche Journalistin war er gezwungen, für zwei zu arbeiten. Und zum Dank hatte sie sich einen Liebhaber zugelegt, dachte Mattias.

Dann hörte er ein Geräusch, das er nur als Kuss auffassen konnte.

»Ich will dich!«, stöhnte Lotta. Mattias wurde übel.

Der Mann grunzte etwas Unverständliches.

»Ich hab mich so danach gesehnt«, hauchte Lotta.

Mattias fuhr die Scheibe hinunter, weil er Luft zum Atmen brauchte. Das war einfach zu viel für ihn. Er schlug die Hände vors Gesicht und versuchte zu weinen, doch dazu war er zu wütend. Er war fast von Sinnen, weil seine Frau ihn betrog.

Mattias blieb lange im Auto sitzen. Mehrmals hupten vorbeifahrende Autos wütend, weil er am Straßenrand geparkt hatte.

Nach einer halben Stunde sah er ein, dass es keinen Zweck hatte, noch länger untätig rumzusitzen. Er ließ den Motor an und fuhr langsam nach Hause.

Susanne hatte beschlossen, früh zu Bett zu gehen. Der letzte Abend mit Petra hatte seine Spuren hinterlassen. Die Arbeitsbelastung, zuerst das Geiseldrama im Reichstag, dann die Entführung der Justizministerin, zehrte an ihren Kräften. Außerdem befand sie sich in einer Art Dauereinsatz, weil von ihr erwartet wurde, jederzeit blitzschnell zu reagieren, falls dies erforderlich sein sollte.

Obwohl sie erschöpft war, konnte sie nicht schlafen. Die Gedanken kreisten unentwegt in ihrem Kopf. Ebenso wie sie war *Kuten* zu der Schlussfolgerung gelangt, dass die Organisation von außen gesteuert wurde. Plötzlich kam ihr ein neuer Gedanke. Was, wenn die großen Fähigkeiten, die sie dem Unbekannten zuschrieben, nicht existierten? Im Grunde könnte doch irgendjemand dahinterstecken, der sich vor allem dadurch auszeichnete, viel Geld zu besitzen. Die entsprechende Logistik konnte man sich in kriminellen Kreisen problemlos kaufen. Das zeigten beispielsweise die Überfälle auf Geldtransporter. Dahinter konnten Personen stecken, die ein anonymes, unbescholtenes Leben führten, oder auch Leute, die bereits im Gefängnis saßen. Gemeinsam war ihnen nur, dass sie es gewohnt waren, andere zu befehligen.

Doch ging ihr auch der Anruf dieses Spitzels Tony Asplund nicht aus dem Kopf, ein Gespräch, das mittels einer Geldkarte geführt worden war und daher nicht zurückverfolgt werden konnte. Sie hatte es sofort als undenkbar bezeichnet, die Bedingungen eines Spitzels zu erfüllen, und nicht einmal Magnus Granath hatte Gelegenheit gefunden, dagegen zu protestieren. Allerdings war es Sache des ermittelnden Staatsanwalts im Södertälje-Fall, den formellen Beschluss zu fassen. Doch unter den gegebenen Umständen würde er sich Susannes Willen als Ermittlungsleiterin nicht widersetzen.

Für Susanne war die Sache einfach. Den Fall abzugeben, weil sie jemand hatte erpressen wollen, kam nicht infrage. Darin bestand noch kein Dienstvergehen. Oder etwa doch? Den ganzen Tag hindurch war sie sicher gewesen, jetzt aber begann sie zu zweifeln.

Dann fiel ihr plötzlich ein, dass sich die Regierung in einer ähnlichen Situation befand. Von ihr wurde gefordert, zwölf Schwerkriminelle zu begnadigen, wollte sie einen Mord verhindern. Dennoch war dies nicht dasselbe. Eine Regierung war völlig frei in ihrer Entscheidung, Häftlinge zu begnadigen oder auch nicht. In dieser Hinsicht gab es kein Regelwerk, nur die eigenen Prinzipien. Von Amtsmissbrauch konnte so oder so nicht die Rede sein, von politischer Verantwortung hingegen schon. Und falls die Justizministerin hingerichtet werden würde, wäre dies in der schwedischen Geschichte ohne Beispiel.

Susanne wunderte sich weiterhin darüber, dass die Regierung die Forderungen der Entführer ablehnte. Sich, genauer gesagt, mehr Zeit ausbat. Jetzt war die Frist abgelaufen. Leo Holmbergs Versuch, an die Öffentlichkeit zu gehen, um Kontakt zu den Kidnappern herzustellen, war gescheitert. Und niemand wusste, was deren nächster Zug sein würde. Wie sehr das Leben von Catarina Björk tatsächlich gefährdet war. Oder hatten sie etwas ganz anderes im Sinn?

Susanne drehte sich im Bett hin und her und sah auf die Uhr. Es war erst halb elf. Sie hätte sich nicht so früh hinlegen sollen. Sie konnte den Strom ihrer Gedanken nicht zum Stillstand bringen. Es geschahen einfach zu viele Dinge gleichzeitig. Susanne sah sich zwei Erpressungen gegenüber. Zum einen derjenigen der Organisation *Gerechtigkeit ohne Grenzen*, die eine Begnadigung der Häftlinge forderte. Zum anderen derjenigen von Tony Asplund, der den Aufenthaltsort der Justizministerin nur unter der Bedingung preisgeben wollte, die Ermittlungen im Södertälje-Fall einzustellen. Das waren zwar verschiedene Vorgänge, dennoch handelte es sich in beiden Fällen um Erpressung.

Im Grunde aber waren es nicht diese Gedanken, die sie nicht schlafen ließen. Sie fragte sich, ob Mattias am heutigen Abend wirklich mit seiner Frau Lotta sprach. Es womöglich in diesem Moment tat. Und wenn er sich wirklich scheiden ließe, was würde das für ihre Beziehung bedeuten? Würden sie zusammenziehen? Für eigene Kinder war sie definitiv zu alt. Ihre eigenen Kinder waren schon erwachsen und würden sich vermutlich darüber freuen, dass ihre Mutter endlich einen neuen Partner gefunden hatte. Seine Kinder hingegen waren noch jung, da sah die Situation völlig anders aus. War sie dazu bereit, sich in jeder zweiten Woche um diese Kinder zu kümmern? So vieles war ungeklärt, und Susanne hasste es, nicht zu wissen, was auf sie zukam.

Vor zwei Stunden war Mattias von ihr aufgebrochen. Er hatte ihr eine SMS schicken wollen, was von Anfang an eine Schnapsidee gewesen war. Seitdem schaute sie ständig auf das Display ihres Handys, das auf dem Nachttisch lag. Bisher war keine Nachricht eingetroffen, was vielleicht nicht verwunderlich war. Vermutlich diskutierten die beiden immer noch über die Scheidung.

Susanne drehte sich erneut auf die andere Seite. Ein Bein hatte sich im Laken verfangen, irritiert strampelte sie sich frei. So wach wie in diesem Moment hatte sie sich den ganzen Tag nicht gefühlt.

»Wie war's beim Training?«, fragte Mattias mit erzwungenem Gähnen. Er stand an der Arbeitsplatte und hielt eine Tasse Tee in der Hand.

Lotta saß am Küchentisch und hatte ihm den Rücken zugekehrt.

»Ganz okay«, antwortete sie verhalten, während sie in einer Abendzeitung blätterte. »Hast du noch etwas Tee für mich?«

»Ist in der Kanne.«

Lotta stand vom Tisch auf und goss Tee in einen Becher. »Ach nein, lieber ein Glas Wein.« Sie leerte den Becher in die Spüle. Dann nahm sie ein Weinglas aus dem Schrank und füllte es mit zwei, drei kräftigen Pumpstößen aus dem Weinschlauch. Setzte sich wieder an den Tisch und fuhr damit fort, in der Zeitung zu blättern.

Mattias sah ihr schweigend zu.

Eigentlich hatte er sie sofort mit dem konfrontieren wollen, was er vorhin durch sein Handy gehört hatte. Doch als er das Auto in der Garagenauffahrt geparkt hatte, war ihm eine andere Idee gekommen. Es war doch viel interessanter, zunächst abzuwarten, wie sich die Situation entwickeln würde.

Dieses eine Mal hatte er ohne Umwege die Küche angesteuert, ohne zuvor am Kinderzimmer vorbeizugehen.

»Was macht ihr da eigentlich für Übungen?«, fragte Mattias.

Lotta drehte sich rasch um.

»Wie interessiert du auf einmal bist.«

Mattias zuckte die Schultern.

»Als Erstes bin ich eine Viertelstunde auf dem Laufband, danach widmen wir uns Stück für Stück dem ganzen Körper«, erklärte Lotta, ehe sie sich wieder der Zeitung zuwandte.

Das kann ich mir vorstellen, dachte Mattias, während er darum kämpfte, seine Wut zu kontrollieren. Seine Frau hatte von Scheidung gesprochen, einen fremden Mann geküsst und – was das Schlimmste war – sich herablassend über ihr Sexleben geäußert. Das verletzte Mattias' männlichen Stolz mehr als alles andere. Natürlich hatten sie nur noch gelegentlich Sex miteinander, doch über die Qualität brauchte sich Lotta eigentlich nicht zu beklagen. Das war zumindest sein Eindruck – sofern sie ihm nichts vormachte.

»Wollen wir miteinander schlafen?«, fragte Mattias plötzlich.

Lotta zuckte zusammen und drehte sich um.

»Was sagst du da?«, fragte sie lachend.

»Ist doch wohl nichts Besonderes, wenn ein verheirateter Mann mit seiner Frau schlafen will«, antwortete Mattias mit todernster Stimme.

Lotta stand auf und ging zu ihm.

»Ich hab meine Tage, ansonsten wäre es eine gute Idee«, entgegnete sie und tätschelte ihm leicht die Wange. Er widerstand dem Drang, den Kopf wegzudrehen.

»Und du kannst trotzdem trainieren?«, fragte Mattias.

»Du hörst dich an, als wären wir in den 50er-Jahren«, sagte Lotta und stellte das leere Weinglas neben die Spüle.

Mattias spürte, dass er kurz vor der Explosion stand. Hatte sie zu diesem Neandertaler nicht genau dasselbe gesagt?

Er konnte nicht länger in der Küche bleiben, sonst würde er sich nur verplappern. Aus irgendeinem Grund wollte er die Sache in die Länge ziehen. Obwohl er rasend eifersüchtig war, fand er die Situation interessant. Dass sie ihm direkt ins Gesicht log.

»Ich leg mich hin«, sagte er.

»Ich check noch eben meine Mails, dann komme ich auch«, erwiderte Lotta und ging auf den Flur. Dort blieb sie plötzlich stehen und drehte sich um.

»Du bringst doch Johan morgen zur Kita, oder?«

Mattias nickte und ging hinauf ins Obergeschoss. Abgesehen davon, dass ihre Ehe im Laufe der Zeit immer schlechter geworden war, fühlten sie sich in ihrem Haus in Mälarhöjden recht wohl. Rebekka hatte viele Freundinnen in der Nachbarschaft und jüngst erklärt, dass sie ihr ganzes Leben lang hier wohnen bleiben wolle.

Nach dem Zähneputzen legte er sich hin, konnte jedoch nicht schlafen. Er versuchte, seine Gedanken zu ordnen. War dies nicht eigentlich das Beste? Eigentlich hatte er ja nach Hause fahren und Lotta auf der Stelle reinen Wein einschenken wollen. Da sollte es ihm doch eigentlich entgegenkommen, dass Lotta ebenfalls fremdging. Doch konnte er so nicht empfinden, so sehr er sich auch bemühte.

Er fühlte sich ausschließlich betrogen und erniedrigt. Die perfekte Rache bestünde natürlich darin, Lotta einfach mitzuteilen, dass er sich scheiden ließe, und alles so rasch wie möglich in die Wege zu leiten. Aber der Gedanke, dass sie dann wahrscheinlich zu diesem durchtrainierten Kerl ziehen würde, war unerträglich. Würde er seine Kinder dann nur noch jede zweite Woche sehen? Ihnen das Essen zubereiten und etwas vorlesen, wenn er überhaupt dazu kam?

Er dachte daran, dass zumindest seine Beziehung zu Susanne davon profitieren würde, aber so einfach war auch das nicht. In diesem Moment hatte er sogar Schwierigkeiten, sich ihr Gesicht vorzustellen. Und wenn er an den Sex mit ihr dachte, empfand er nichts.

Dann hörte er Schritte vor der Schlafzimmertür. In letzter Sekunde, ehe Lotta in den Raum schlüpfte, drehte er sich zur Wand. Er atmete ruhig und gleichmäßig, damit sie glaubte, er schliefe schon.

FREITAG, 12. SEPTEMBER
9 TAGE VOR DER WAHL

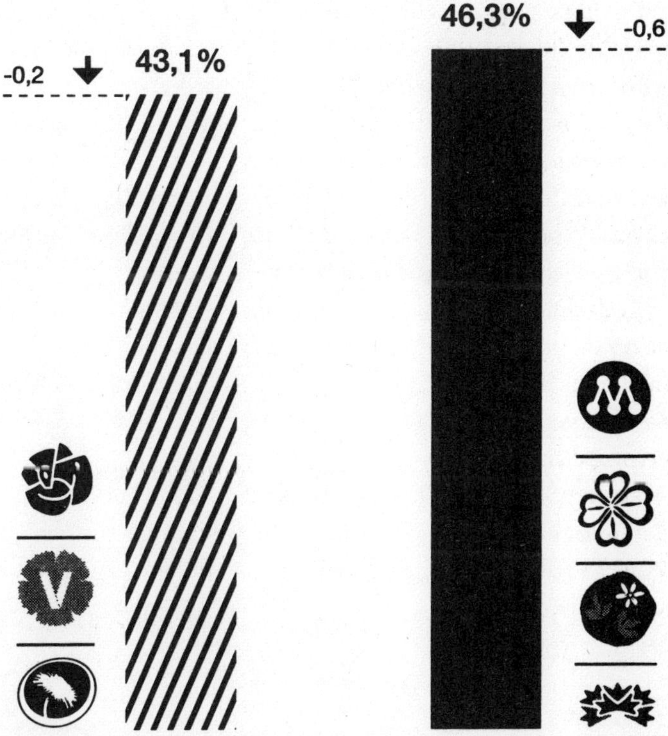

25

Der Körper von Peder Oskarsson lag auf dem dicken weinroten Teppich seines Arbeitszimmers im Obersten Gericht. Sein Gesicht war eine blutige Masse, in seiner Schläfe klaffte ein Loch. Das geronnene Blut hatte sich in den dichten, aber feinen Haaren festgesetzt. Die Arme standen in einer unnatürlichen Stellung vom Körper ab. Mehrere Zähne waren herausgeschlagen, die Lippen geschwollen. Neben dem Körper lag ein fast völlig von Blut überzogener Gegenstand, der wie ein Richterhammer aussah. Eine Putzfrau hatte die makabre Entdeckung gemacht und die Polizei verständigt. Doch sie war so aufgeregt, dass sie sich kaum verständlich machen konnte. Darum war zunächst nur eine Polizeistreife an den Ort des Geschehens entsandt worden.

Die beiden Polizisten hatten Schwierigkeiten gehabt, in das Gebäude zu gelangen. Um halb sieben in der Früh war das Tor im Eisenzaun, der das Oberste Gericht umgab, noch geschlossen. Schließlich hatten sie Kontakt zu der Putzfrau aufnehmen können, die sie hereingelassen hatte.

Die Polizisten waren ihr die erste Treppe hinauf gefolgt und in die große Eingangshalle gelangt. Die Putzfrau hatte sich geweigert, den Weg fortzusetzen, und mit zitternder Hand auf eine angelehnte Tür gedeutet. Die beiden Polizisten, die eine langjährige Erfahrung im Auffinden toter Menschen besaßen, hatten nie etwas Ähnliches gesehen. Der Mann auf dem Fußboden war völlig entstellt. Den Verletzungen zufolge durch Einwirkung eines stumpfen Gegenstands, vermutlich des Hammers, was noch zu beweisen war. Sie hatten sofort Verstärkung angefordert, worauf das Landeskriminalamt sämtliche in der Stadt verfügbaren Streifenwagen informiert hatte.

Kurz darauf wimmelte es vor dem Gerichtsgebäude von Einsatzfahrzeugen, darunter auch ein Krankenwagen des Söderhospitals.

Das Gebiet wurde großräumig abgesperrt und niemand mehr in das Gebäude hineingelassen. Die Sanitäter konnten den Leichnam auf einer Bahre die Treppe hinuntertragen und in den Wagen verfrachten, unmittelbar bevor die ersten Fotografen erschienen. Enttäuscht, keine sensationellen Fotos schießen zu können, blickten sie dem Krankenwagen hinterher.

Das Gerücht, ein hochrangiger Richter sei ermordet worden, verbreitete sich unter den Journalisten wie ein Lauffeuer, und so entspannen sich bereits wilde Spekulationen über die Identität des Toten sowie des Täters.

Die Polizisten, die den Leichnam gefunden hatten, wurden von Kollegen betreut, während andere die praktische Arbeit übernahmen. Kriminaltechniker untersuchten jeden Zentimeter des Büros, während draußen vor dem Zaun ein blauweißes Band gespannt wurde.

Die Polizisten versuchten eine Zeit lang, die Schaulustigen zu verscheuchen. Als dies nicht gelang, beschlossen sie, die Myntgatan von beiden Seiten aus zu sperren, damit sie in Ruhe arbeiten konnten.

Gleichzeitig lief eine große Türklopf-Aktion an. Rund um den Riddarhustorg gab es nur wenige Wohnungen. Gegenüber dem Gerichtsgebäude lagen ein paar Restaurants, die jedoch schon seit Stunden geschlossen hatten. Da war es schon wahrscheinlicher, dass irgendein Bus- oder Taxifahrer etwas beobachtet hatte. Man nahm Kontakt mit der Stockholmer Verkehrsgesellschaft und der Taxizentrale auf, um herauszufinden, welche Fahrzeuge sich zum mutmaßlichen Tatzeitpunkt in der Nähe befunden hatten.

Nachdem der Kanzleichef eingetroffen war, begann er sofort, die Kollegen des Toten sowie die übrigen Gerichtsangestellten über das Verbrechen zu informieren. Es zeigte sich, dass das Opfer allein gelebt hatte, was erklärte, warum es niemand als vermisst gemeldet hatte.

Das Erste, was die Kriminaltechniker entdeckten, waren die ausgeschlagenen Zähne, die zwischen den Blutflecken unweit des Toten auf dem Boden lagen.

»Wir haben eine schwere Aufgabe vor uns«, stellte Magnus Granath fest.

Die elf Polizisten des Krisenstabs schwiegen. Es war jetzt zwei Stunden her, seit man die Leiche von Peder Oskarsson gefunden hatte.

»Wir müssen alle notwendigen Maßnahmen ergreifen und dürfen keine Zeit verlieren«, fuhr er fort.

»Was heißt das konkret?«, wollte der Mitarbeiter von *Kuten* wissen.

»Das kann uns die Ermittlungsleiterin sicher näher erläutern«, antwortete Magnus Granath, der mit einer Geste auf Susanne wies und gleichzeitig einen Schritt zur Seite trat.

Susanne schaute ihn überrascht an. Jetzt wollte er nicht einmal mehr ihre Sitzungen leiten.

Doch begriff sie, dass sie diese Chance nutzen musste und stand auf.

»Unsere Kriminaltechniker sind vor Ort und haben bereits

erste Ergebnisse vorgelegt. Peder Oskarsson ist am Donnerstagabend einem brutalen Gewaltverbrechen zum Opfer gefallen. Die Leichenstarre hatte bereits eingesetzt, als er gefunden wurde. Durch den Schlag mit einem stumpfen Gegenstand hat er sich eine mehrfache Schädelfraktur und eine massive Schädigung des Hirns zugezogen, wodurch Atmung und Herzschlag aussetzten. Dem Kanzleichef zufolge handelt es sich bei der Mordwaffe um einen ukrainischen Richterhammer aus Gold, der wie ein mit Rubinen und Smaragden verzierter Morgenstern aussieht. Er wurde in Oskarssons Arbeitszimmer gefunden. Er hatte ihn einst als Geschenk vom Obersten Gerichtshof in der Ukraine erhalten. Wir warten jetzt auf den vorläufigen Obduktionsbericht. Die Spurensicherung untersucht sämtliche Räume des Gerichtsgebäudes. Wir müssen uns aber auch die Akten zu sämtlichen Prozessen ansehen, deren Vorsitz Oskarsson in den letzten zehn Jahren innehatte.«

»Ich werde ein paar Ermittler beauftragen, sich mit dem Gericht in Verbindung zu setzen«, sagte die Frau, die für Personal und Logistik zuständig war.

»Ausgezeichnet«, entgegnete Susanne. »Um seinen Bekanntenkreis müssen wir uns natürlich auch kümmern. Hatte er persönliche Feinde? Zu welchen Menschen unterhielt er nähere Beziehungen? Vielleicht können uns hier die anderen Richter des Gerichtshofs ein Stück weiterhelfen.«

»Wenn ich das schaffen soll, brauche ich Verstärkung«, sagte dieselbe Polizistin. Susanne hatte den Eindruck, dass sie trotz ihrer wachsenden Arbeitsbelastung guten Mutes war.

»Das ist kein Problem. Entscheiden Sie selbst, wen Sie hinzuziehen möchten«, entgegnete Susanne und wandte sich an Magnus Granath, der einen weiteren Schritt zur Seite getreten war.

»Natürlich, natürlich«, pflichtete er ihr bei.

»Außerdem müssen wir seinen Telefon- und Mailverkehr durchgehen und alle Untersuchungshäftlinge in Zusammenhang mit dem Geiseldrama ein weiteres Mal vernehmen. Alles deutet darauf hin, dass dieser Mord geschehen ist, weil die Regierung die Forderung nach einer Begnadigung der Gefängnisinsassen nicht akzeptiert hat«, schloss Susanne und blickte in die Runde.

Nachdem alles geklärt war, fiel eine gewisse Last von Susannes Schultern. Sie empfand eine eigentümliche Ruhe, obwohl sie sich der Tragweite der Situation bewusst war. Die kleinsten Fehler konnten erhebliche Konsequenzen nach sich ziehen.

»Wir müssen überprüfen, welche Personen Schlüssel für das Gerichtsgebäude haben«, fuhr Susanne fort. »Der Mord muss geschehen sein, während das Tor zum Gericht verschlossen war.«

»Das würde bedeuten, dass einer der Angestellten als Täter infrage kommt«, schaltete sich Petra ein.

»Oder jemand, der dorthin bestellt wurde, vermutlich von Oskarsson selbst. Vor allem aber müssen wir feststellen, ob *Gerechtigkeit ohne Grenzen* auch hier ihre Hände im Spiel hat. Dass einer der höchsten Repräsentanten unseres Rechtsystems ermordet wurde, spricht dafür, aber wir brauchen mehr Anhaltspunkte.«

Mehrere Polizisten nickten nachdrücklich und schienen es zu schätzen, dass Susanne die Ermittlungen leitete.

»Gerade ist eine neue Nachricht von Tony Asplund eingegangen«, vermeldete die Frau vom Tipptelefon.

Susanne spürte ihr Unbehagen wachsen.

»Er schreibt Folgendes.« Die Frau las vom Display ihres Handys ab.

»Ein Richter wurde ermordet. Wenn die Ministerin überleben soll, müssen die Ermittlungen in Södertälje eingestellt werden.«

Im Raum wurde es still. Susanne erklärte, dass dies nichts anderes als ein weiterer Erpressungsversuch sei.

»Ich finde, wir sollten darauf eingehen«, sagte Granath.

Obwohl es sicherlich niemanden gab, der den Chefankläger sympathisch fand, erklärten sich manche einig mit ihm.

»Wir müssen seine Forderung ja nicht sofort zurückweisen«, sagte der Vertreter von *Kuten*.

»Der Zweck heiligt die Mittel«, sagte Magnus Granath. »Warum sollten wir nicht Geld gegen Information eintauschen? So ein Deal wäre für die schwedische Polizei absolut nichts Neues.«

»Mir gefällt dieser Deal nicht, so ernst die Lage auch ist«, entgegnete Susanne.

»Dann möchte ich festhalten, dass die Ermittlungsleiterin dagegen ist und wir nicht in der Lage sind, einen einstimmigen Entschluss herbeizuführen«, erwiderte der Chefankläger und schnalzte mit der Zunge.

»Einen Moment mal«, widersprach Petra und runzelte die Stirn. »Sie können doch Susanne nicht die alleinige Verantwortung in die Schuhe schieben.«

»Geht es hier etwa um die Medien?«, fragte Magnus Granath, dessen arrogante Attitüde zurückgekehrt war.

»Nein, aber …«

»Dann wäre ich Ihnen dankbar, wenn Sie sich nicht ins operative Geschäft einmischen.«

»Wenn die Ermittlungen auf Druck von Kriminellen eingestellt werden, berührt das sehr wohl die Medien«, gab sie spitz zurück und blickte ihn durchdringend an.

»Und den Tod einer Ministerin durch Prinzipienreiterei in Kauf zu nehmen, was ist damit?«

Catarina schluchzte so sehr, dass ihr Körper bebte.

Sie spürte nichts als tiefste Verzweiflung.

Die Nachrichtensendung war ein Schock gewesen: Ein Richter des Obersten Gerichtshofs war ermordet worden. Bei der Ernennung einer seiner Kollegen war sie Peder Oskarsson einmal persönlich begegnet.

Jetzt war er tot.

Wie konnte man nur einen unschuldigen Menschen töten, noch dazu auf so brutale Weise? Man hatte ihn in seinem eigenen Arbeitszimmer misshandelt. Geschlachtet wie ein Tier.

Kaum zu glauben, dass so etwas in Schweden möglich war.

Wenn sie an die Skrupellosigkeit dieses Verbrechens dachte, sank auch ihr eigener Glaube, ihre Entführung lebend zu überstehen und Olivia und Julia jemals wiederzusehen.

Catarina vergrub ihr Gesicht im Kissen und erstickte einen Schrei.

Jetzt war sie bereits seit vier Tagen in diesem Zimmer eingesperrt. Dennoch war ihre Hoffnung Tag für Tag gestiegen. Nicht dass ihre Bewacher auch nur den Anflug von Mitmenschlichkeit gezeigt hätten. Nach wie vor hatten sie kein Wort zu ihr gesprochen. Catarina hasste diese Sturmhauben. Das sogenannte Stockholmsyndrom, demzufolge die Entführungsopfer irgendwann eine gewisse Vertrautheit mit ihren Peinigern empfanden, konnte sie nicht nachvollziehen. Sie hasste ihre Entführer von ganzem Herzen. Sie hatten ihr Leben zerstört.

Zumindest hatte sie herausgefunden, dass es insgesamt vier Personen waren.

Auf unbegreifliche Weise hatte sich inzwischen eine gewisse Tagesroutine eingespielt. Jeden Tag wurde ein Foto gemacht, auf dem sie die jeweilige Tageszeitung in der Hand hielt. Die Toilette lag direkt neben ihrem Zimmer und zweigte von einem Flur ab, der offenbar zum Eingangsbereich des Hauses führte. Die Toilette bedeutete für sie die einzige Gelegenheit, hin und wieder für kurze Zeit ihre Handschellen loszuwerden. Um auf sich aufmerksam zu machen, musste sie rufen oder mit der Faust gegen die Wand schlagen. Einmal war sie zurechtgewiesen worden, weil sie angeblich zu laut gerufen hatte. Dennoch hatte man sie auf die Toilette gehen lassen.

Die Toilettentür ließ sich weder absperren noch ganz schließen. Es war erniedrigend, wenn ihre Bewacher direkt vor der angelehnten Tür warteten, obwohl sie beschlossen hatte, sich nicht darum zu kümmern.

Sie hatte sich die meiste Zeit mit Zeitunglesen und Fernsehen vertrieben. Den Fernseher durfte sie allerdings nicht immer einschalten, und trotz der willkommenen Abwechslung vergaß sie niemals, in welcher Situation sie sich befand.

Dass sie die neueste Nachrichtensendung hatte sehen dürfen, war kein Zufall. Vermutlich sollte sie dadurch den Ernst ihrer Lage begreifen. Es war furchtbar, die bedrückten Mienen des Ministerpräsidenten und der übrigen Minister zu sehen.

Catarina musste daran denken, dass viele immer noch glaubten, sie habe sich während des Geiseldramas im Reichstag absolut unnachgiebig verhalten. Am schlimmsten war es, vom Heldenstatus profitiert zu haben, den die Medien ihr verliehen hatten. Das war ihr so peinlich, dass sie versuchte, jeden Gedanken daran zu verdrängen.

Doch eine andere Sache beschäftigte Catarina genauso. Sie hatten nicht sie, sondern eine andere Person getötet. Sie schämte sich für ihre Erleichterung darüber, auf Kosten eines anderen Menschen überlebt zu haben. Inwieweit dieser Mord ihre eigene Situation beeinflusste, konnte sie nicht einschätzen.

Außerdem fand sie gerade hier die Zeit, über ihre Ehe nachzudenken. Nie hatte sie ihren Mann so sehr geliebt wie jetzt. Ein ums andere Mal dachte sie daran, dass Patrick stets für sie da gewesen war. Trotz ihrer Hunderte von Reisen, Sitzungen und Konferenzen hatte er sich nie beklagt. Zumindest nur sehr selten. Wenn sie mit dem Leben davonkam, dann würde sie ihn ihre Dankbarkeit spüren lassen. Ihn in Zukunft in den Mittelpunkt ihres Lebens stellen, das hatte er mehr als verdient.

Wenn sie an ihre Töchter dachte, war sie stets dem Zusammenbruch nahe. Dies geschah mehrmals am Tag, sodass sie sich schließlich zwingen musste, ihre Gedanken in eine andere Richtung zu lenken. Sie versuchte, an etwas Positives zu denken – was sie tun würde, wenn die Entführung überstanden war.

Ihre politische Karriere würde sicherlich beendet sein. Wer einmal so etwas erlebt hatte, der konnte nicht in die Politik zurückkehren. Das wollte sie auch gar nicht. Warum sollte man des Berufs wegen sein Leben riskieren?

Sie hatte früh gelernt, ihrer Partei zu dienen. Dieses Bewusstsein mit jeder Faser ihres Körpers verinnerlicht. Doch hier war eine Grenze überschritten. Nicht einmal die Partei konnte solche Forderungen stellen.

Wenn sie Schluss machte, wäre sie für mindestens ein weiteres Jahr abgesichert. In dieser Zeit sollte ihr Mann tun und lassen können, was ihm gefiel. Und sie würde sich endlich so intensiv um ihre Kinder kümmern, wie sie dies immer gewollt hatte. Sie würde für sie da sein und sie erwarten, wenn sie nach Hause kämen, sich zu einer richtigen Glucke entwickeln, stets ein offenes Ohr haben … Weiter kam sie nicht mit ihren Gedanken, weil sich bereits der nächste Weinkrampf ankündigte. Was nutzten schon all diese Gedankenspiele, wenn sie nicht einmal wusste, ob sie ihre Kinder jemals wiedersehen würde?

26

»Wir glauben, dass Sie sehr genau wissen, wer hinter dieser Entführung steckt«, sagte der Ermittler mit Schärfe.

»Wir glauben es nicht nur, wir wissen es«, ergänzte sein Kollege.

Henry Molander schaute die beiden Polizisten schweigend an.

Eine Aufteilung nach dem Schema good cop, bad cop gab es hier nicht. Beide Polizisten waren gleichermaßen unangenehm.

Bis jetzt hatte Molander bei allen Vernehmungen eisern geschwiegen.

Nach Absprache mit Mattias widersetzte er sich nicht der Vernehmung an sich, sondern weigerte sich nur, etwas zu sagen, wenn es so weit war.

»Bei der Gerichtsverhandlung werde ich alles erklären«, hatte er ein ums andere Mal versichert.

Heute hatten die Ermittler die Fotos mehrerer Personen mitgebracht, die als Hintermänner der Organisation infrage kamen. Henry betrachtete die Fotos interessiert, ohne ein Wort zu sagen. Plötzlich zuckte Mattias zusammen. Eines der Fotos zeigte seinen Mandanten Marco. Das charakteristische Kinn und der finstere Blick waren unverkennbar. Henry studierte die Aufnahme ebenso teilnahmslos wie die anderen. Dennoch glaubte Mattias, ein leichtes Augenzucken bei ihm bemerkt zu haben. Fragte sich nur, ob dies auch die Ermittler wahrgenommen hatten.

»So kommen wir offenbar nicht weiter«, sagte Mattias.

Ein Ermittler warf ihm einen verärgerten Blick zu. Anwälte, die sich in Vernehmungen einmischten, waren nicht sehr beliebt. Doch Anwälte waren bei Ermittlern ohnehin nicht sehr beliebt. Wenn Verdächtige schwiegen, glaubten sie stets, dies sei eine Idee ihres Anwalts gewesen. Mattias wusste, dass die Ermittler jede Möglichkeit nutzten, den Anwalt eines Untersuchungshäftlings außen vor zu lassen. Wenn ein Verdächtiger unmittelbar nach seiner Festnahme einen Verteidiger einforderte, wurde ihm meist erklärt, dies würde dauern und er müsse die Nacht in der Zelle verbringen. Wenn er sich hingegen auf eine Vernehmung ohne Anwalt einließe, würde er danach wohl auf freien Fuß gesetzt. Eine Ankündigung, die sich oft als unwahr erwies. Er fragte sich, ob Susanne, der es doch stets um Rechtssicherheit ging, diese Spielchen kannte.

Doch in diesem Fall hatten die Ermittler gar nicht erst versucht, Henry Molander ohne seinen Anwalt zu vernehmen. Und sobald sie versuchten, ihn unter Druck zu setzen, mischte sich Mattias ein, um seinen Mandanten zu unterstützen.

Mattias setzte sich stets neben seinen Mandanten und ließ die Ermittler gegenüber Platz nehmen. Manche Anwälte entschieden sich auch für die Schmalseite des Tisches, doch es kam Mattias so vor, als distanzierten sie sich damit von ihren Mandanten.

»Na gut. Dann zieht sich die Sache eben noch mehr in die Länge«, sagte einer der Ermittler und sammelte seine Unterlagen ein. Der andere sprach in das Aufnahmegerät, dass die Vernehmung nach acht Minuten beendet wurde.

»Wir bleiben noch hier, wir haben einiges zu besprechen«, erklärte Mattias und gab sich Mühe, ein Lächeln zu unterdrücken.

Die beiden Ermittler verließen grummelnd den Raum.

Henry machte ein zufriedenes Gesicht. Die schlechte Laune der Ermittler hatte auf ihn den gegenteiligen Effekt.

»Was soll ich tun, wenn sie nächstes Mal unangemeldet kommen?«, fragte er.

»Dann halten Sie den Mund geschlossen und atmen durch die Nase«, antwortete Mattias.

Henry nickte und sprach erst nach einer längeren Pause weiter.

»Wissen Sie, was für ein Gefühl es ist, alles verloren zu haben?«

»Nein, das weiß ich nicht«, antwortete Mattias und wand sich ein wenig auf seinem Stuhl.

»Ich will Ihnen ein Beispiel geben. Zu meinem vierzigsten Geburtstag sind hundertvierzig Gäste gekommen, Freunde und Verwandte.«

»Aha.«

»Zehn Jahre später, zu meinem fünfzigsten, waren es noch acht.«

Mattias wusste nicht, was er sagen sollte. Was nichts machte, weil Henry sofort weitersprach.

»Wie viel wollen Sie über unsere Organisation erfahren?«

Mattias dachte nach. Er wollte nichts wissen, was den kommenden Prozess erschweren konnte. Was unter anderem hieß, nicht zu lügen oder daran mitzuwirken, dass ein anderer log. Da sein Mandant aber nicht vorhatte, etwas von diesen Dingen vor dem Amtsgericht zu erwähnen, sah er kein ethisches Dilemma auf sich zukommen. Außerdem wollte er gern erfahren, wie alles zusammenhing. Nach der Ermordung des Richters hatte sich die Lage zugespitzt. Jemanden zu entführen oder als Geisel zu nehmen, war das eine – jemanden kaltblütig zu ermorden, etwas ganz anderes.

»Unsere Organisation wurde gegründet, um Menschen, denen der Staat unrecht getan hat, die Möglichkeit zu geben, sich zu rehabilitieren.«

»Von welchen Menschen reden Sie?«

»Von Eltern, deren Kinder in Pflegefamilien kamen. Von Unschuldigen, die verurteilt wurden. Von Leuten wie mir, denen Steuerbetrug unterstellt wurde. Die Beispiele ließen sich beliebig fortsetzen«, antwortete Herny und kratzte sich den grau melierten Bart.

»Von all diesen Dingen weiß ich schon«, entgegnete Mattias. »Was ist das Neue?«

»Dass es inzwischen einen bewaffneten Zweig gibt.«

Mattias legte seinen Stift auf den Tisch.

»Er besteht aus einer kleinen Gruppe, die sich abgespalten hat.«

»Also eine Organisation in der Organisation.«

»Ja, so kann man das ausdrücken«, entgegnete Henry. »Da ist eine Person von außen gekommen, die uns kannte, und hat eine Art paramilitärische Einheit aufgebaut.«

»Jetzt kann ich Ihnen nicht ganz folgen«, sagte Mattias.

»Wir haben drei sogenannte Züge, zu denen jeweils vier Leute gehören. Insgesamt also zwölf Personen. Das Geiseldrama im Reichstag wurde vom ersten Zug durchgeführt, die Entführung der Ministerin vom zweiten.«

»Und die Ermordung des Richters?«

»Das war der dritte Zug, der ausschließlich aus Auftragskillern besteht.«

Mattias fragte sich, ob er wirklich noch mehr erfahren wollte. Eine paramilitärische Organisation, die sich an der Gesellschaft rächen will. Doch gerade weil dies so unglaublich klang, konnte er seine Neugier nicht verbergen.

»Und haben Sie den Anführer dieses neuen Zweigs auf einem der Fotos erkannt«, fragte Mattias, der wusste, dass er sich auf dünnem Eis befand.

Henry schaute ihn lange an, ehe er antwortete.

»Das wollen Sie nicht wissen.«

»Jetzt geht's hoch her!«, rief Linus so laut ins Telefon, wie er gerade noch wagte. »Ihr Hoch in den Umfragezahlen wird bald ein Ende haben.«

Obwohl der Adrenalinspiegel jedes einzelnen Mitarbeiters der Zeitung gestiegen war, durfte doch niemand offen zeigen, wie sehr dies mit dem bestialischen Mord am höchsten Richter des Landes zusammenhing.

Und Linus schon gar nicht.

Sein Fiasko war alles anderes als vergessen. Am Tag einer tatsächlichen Entführung darüber zu berichten, diese solle fingiert werden, war eine Peinlichkeit sondergleichen.

»Und ich bin wieder im Geschäft«, fügte er zufrieden hinzu.

»Wen interessiert das schon?«, fragte Hjalle.

»Sag das nicht«, erwiderte Linus, froh darüber, dass Hjalle nicht sehen konnte, wie er mit eingezogenem Kopf hinter den anderen Monitoren in der Redaktion kauerte.

»Allerdings interessiert es die Leute, dass im Land derzeit das reine Chaos herrscht, was bedeutet, dass die Regierung die Kontrolle verloren hat.«

»Das ist noch nicht alles. Jetzt hör dir mal die Pressemitteilung der Regierungskanzlei an.«

»Lies langsam und hör auf zu lallen«, sagte Hjalle.

Nicht einmal die weitere Beleidigung konnte Linus' glänzende Laune beeinträchtigen.

»Die Regierung wird morgen offiziell erklären, dass sie die Forderung der Entführer, zwölf Häftlinge zu begnadigen, erfüllt. Die betreffenden Personen werden unmittelbar darauf aus den jeweiligen Haftanstalten entlassen werden. Die Regierung sieht sich außerstande, weitere Menschenleben zu riskieren, betont jedoch, dass sich die Begnadigung ausschließlich auf bereits verübte Verbrechen bezieht. Sollten die Freigelassenen neue Straftaten begehen, werden sie dafür entsprechend zur Rechenschaft gezogen werden.«

»Ausgezeichnet«, sagte Hjalle. »Das wird morgen einschlagen wie eine Bombe.«

»Da kannst du drauf wetten«, entgegnete Linus. »Sehen wir uns morgen Nachmittag?«

»Nein, ich habe eine Besprechung und danach jede Menge zu tun.«

»Was für eine Besprechung?«

»Geht dich nichts an«, knurrte Hjalle.

Linus ließ seinen Blick durch die Redaktion wandern, um sich zu vergewissern, dass ihn niemand belauschte, doch alle Kollegen schienen mit ihren eigenen Dingen beschäftigt zu sein. Er beugte sich vor und sagte mit leiser Stimme:

»Eine Sache ist mir aufgefallen.«

»Dir ist was aufgefallen?«, fragte Hjalle. »Gibt's ja gar nicht.«

»Für die Begnadigung hat es doch bestimmt ein Ultimatum gegeben.«

Hjalle wurde ausnahmsweise still.

»Da könntest du recht haben«, entgegnete er schließlich.

»Wenn man jemanden erpressen will, dann verknüpft man

seine Forderungen doch immer mit einem bestimmten Zeitrahmen.«

»Und wie sollen wir das rauskriegen?«

»Darüber wissen nur die Leute vom Ministerium und aus den Reihen der Polizei Bescheid. Vielleicht noch die Regierung.«

Hjalle brummte vor sich hin, ehe er entgegnete:

»Aus dem Ministerium sickert nie was durch, und die Polizei anzuzapfen wird leider auch immer schwieriger.«

»Es gibt trotzdem eine Person, die uns was verraten könnte«, sagte Linus.

»Und wer?«

»Petra.«

27

»Wie läuft's mit der Reichstagssache?«, fragte Erik Olivecrona und machte einen Schritt in den Raum hinein.

Mattias blickte von seinen Unterlagen auf. Es missfiel ihm, wenn Kollegen einfach so in den Raum platzten und nicht einmal fragten, ob sie womöglich störten. Doch an einem Arbeitsplatz mit insgesamt fünf Personen war es manchmal besser, seine Verärgerung zu verbergen und gute Miene zu machen.

Erik Olivecrona ließ sich auf den Besucherstuhl sinken und sah aus, als wolle er dort den ganzen Nachmittag verbringen.

»Im Moment passiert gar nichts, weil mein Mandant die Aussage verweigert.«

»Das ist gut, weil die Ermittlungen dann länger dauern und du weitere Termine im Untersuchungsgefängnis in Rechnung stellen kannst«, entgegnete Erik Olivecrona grinsend. »Wenn man dort mehrere Mandanten hat, kann man die Besprechungstermine natürlich auch zusammenlegen, aber einzeln abrechnen, das fällt niemandem auf«, fuhr er fort.

»Wie läuft's bei dir?«, fragte Mattias und ließ seine Unterlagen sinken.

»Bei mir geht's ziemlich rund. Meine Regierung zu Hause meckert mal wieder, aber was soll's.«

Mattias nickte.

»Neue Strafsachen?«

»Nee, da verliert man nur Geld durch die ständigen Beratungsgespräche.«

Es war Mattias nicht entgangen, dass sein Kollege immer weniger Strafrechtsfälle übernahm. Doch glaubte er ihm nicht im Geringsten, dass dies sein eigener Wille war. Die Mandanten lehnten ihn ab, weil sie ihn durchschaut hatten.

»Ich kümmere mich also um andere Sachen«, fuhr Erik ein weniger lauter fort, als er merkte, dass Mattias seinen eigenen Gedanken nachhing.

»Und um was?«

»Hab da ein paar spannende Wirtschaftsfälle am Laufen. Die wissen, dass ich früher mal für eine große Unternehmensberatung gearbeitet habe. Sonst würde das auch nicht funktionieren.« Er verschränkte die Hände hinter dem Nacken und lehnte sich zurück.

»Hört sich ja großartig an«, entgegnete Mattias und versuchte, ein wenig Enthusiasmus zu mobilisieren.

»Die Leute sagen uns ja nach, dass wir für Geld alles tun würden. Aber das ist nicht wahr. Ich würde es eher folgendermaßen formulieren: Wir tun nicht alles für Geld, aber was wir tun, tun wir für Geld.«

Mattias blätterte in seinen Unterlagen, um seinem Kollegen zu signalisieren, dass er jetzt weiterarbeiten müsse. Doch der schien diesen Wink nicht zu verstehen.

»Und wenn ein Kollege total im Stress ist, wie du im Moment, dann müssen wir ihm natürlich zur Seite stehen«, fuhr er fort und gähnte leicht.

Mattias schaute ihn überrascht an.

»Du meinst, du kannst den einen oder anderen Fall von mir übernehmen?«

»Natürlich nur auf begrenzte Zeit. Im Oktober und November stehen einige Hauptverhandlungen an, aber vorher könnte ich noch etwas in meinen Terminkalender hineinpressen«, antwortete er und stand auf.

»Auch Familiensachen?«, fragte Mattias.

Erik Olivecrona lachte, als hätte Mattias einen Witz gerissen.

»Mit so was habe ich mich zuletzt als Referendar beschäftigt. Aber vielleicht sollte ich meine Erfahrungen mal wieder ein bisschen auffrischen.«

Mattias dachte nach. Vielleicht sollte er einen Teil seiner Fälle wirklich an den Kollegen abtreten, sie arbeiteten schließlich für dieselbe Kanzlei.

»Du könntest bei der Vernehmung eines Untersuchungsgefangenen in Saltvik dabei sein. Den Flug nach Sundsvall eingerechnet, wird das bestimmt den ganzen Tag in Anspruch nehmen.«

Erik sah zufrieden aus. Im Stillen schien er schon zu überschlagen, wie viel Geld für ihn dabei herausspringen würde.

»Das kann ich gerne machen«, sagte er und warf einen raschen Blick auf seine Armbanduhr. »Oh, mir läuft schon wieder die Zeit davon.«

Mattias blieb allein in seinem Büro sitzen. Er wollte gerade Marco anrufen und ihn darüber informieren, dass sein Kollege bei der Vernehmung dabei sein würde, als er sah, dass er eine neue Mail von ihm bekommen hatte, bei der es angeblich um ein Basketballresultat ging. Die Mail war an einen Kompagnon von Marco adressiert, der sich derzeit auf freiem Fuß befand. Eine Kopie dieser Mail war an Mattias gegangen. Anscheinend fürchteten sogar die Gefängniswächter, dass sich hinter diesen Mitteilungen geheime Botschaften verbargen, mit deren Hilfe neue Verbrechen geplant wurden. Mattias zog die Möglichkeit in Betracht, dass die Wächter durch solche Nachrichten nur aufgeschreckt werden sollten. Mattias wusste, dass Kriminelle es liebten, das Wachpersonal zu provozieren. Er hatte einmal einen Mandanten vertreten, der einen Geldtransporter überfallen hatte und später Postkarten aus Thailand schrieb. Doch die Sache mit den Basketballresultaten dauerte schon zu lange an, um als harmlos betrachtet zu werden.

Wie alle anderen war auch Mattias über die Ermordung des Richters entsetzt gewesen. Er wusste, wer Peder Oskarsson war, hatte ihn jedoch nie in Ausübung seines Berufs erlebt. Was angesichts der Tatsache, dass die meisten Anwälte im Laufe ihrer Karriere nur ein bis zwei Prozesse am Obersten Gericht erlebten, auch nicht verwunderlich war. Nun hatte ihm Henry berichtet, dass *Gerechtigkeit ohne Grenzen* inzwischen einen bewaffneten Zweig besaß. Und Mattias hatte auch verstanden, dass dieser für die Ermordung des Richters verantwortlich war. Doch wusste er ebenso gut, dass seine Schweigepflicht ihm untersagte, dieses Wissen an die Polizei oder die Staatsanwaltschaft weiterzugeben, auch wenn es sich um Mord handelte. Ein Verstoß gegen die Schweigepflicht war nur gerechtfertigt, wenn dadurch ein weiterer Mord verhindert wurde.

Mattias gefiel diese Situation überhaupt nicht. Er trat ans Fenster und blickte über den Kungsholmstorg hinweg. Die Alkoholiker waren verschwunden, und er fragte sich, wo sie wohl abgeblieben waren.

Was Henry ihm berichtet hatte, klang fast zu abenteuerlich, um wahr zu sein. Durch private Intrigen oder berufliche Turbulenzen all seine Habe zu verlieren, war das eine – von Repräsentanten des Staates betrogen zu werden, etwas ganz anderes. Mattias hatte im Laufe der Jahre oft genug erlebt, dass verdiente Staatsbeamte ihre Redlichkeit vergaßen und Polizisten wie Staatsanwälte ihre Objektivität aufgaben, um ein Zeichen zu setzen und Angeklagte trotz spärlicher Beweislage zu verurteilen. Wem der Staat einmal so böse mitgespielt hatte, war natürlich zutiefst desillusioniert, da alle Schweden im unerschütterlichen Glauben an die Gerechtigkeit des Staates aufwuchsen. In Schweden, so die allgemeine Überzeugung, gab es keine Korruption. Hier wurden alle Entscheidungen nach bestem Wissen und Gewissen gefällt. Wer durch den Bankrott seines Unternehmens auch seinen Lebenstraum begraben musste, der verlor oft in jeder Hinsicht den Boden unter den Füßen. Der wurde nicht selten zum Alkoholiker, musste sich scheiden lassen, verlor den Kontakt zu Kindern und Freunden und vereinsamte. War es da so verwunderlich, dass sich diese Menschen später an den Personen rächen wollten, die ihnen einst unrecht getan hatten? An den Richtern, die sie verurteilt, an den Behörden, die sich geirrt, an den Beamten, die gelogen hatten? Von diesem Punkt aus war es nur noch ein kleiner Schritt, die Rache selbst in die Hand zu nehmen, und sei es, um eine Alternative zum Selbstmord zu haben.

Mattias verstand sehr genau, was die Mitglieder von *Gerechtigkeit ohne Grenzen* antrieb.

Susanne saß im Wartebereich des Justizministeriums und hatte ein mulmiges Gefühl im Bauch.

Solange sie sich im Polizeipräsidium befand, war alles in Ordnung. Dort fühlte sie sich zu Hause, was in der Regierungskanzlei absolut nicht der Fall war.

»Möchten Sie ein Glas Wasser?«

Susanne blickte zur lächelnden Sekretärin auf.

»Nein, danke. Alles in Ordnung«, antwortete sie.

»Der Staatssekretär kommt sofort, er hat noch einen Termin beim Ministerpräsidenten.«

Susanne verstand dies als Hinweis, dass sie sich in Geduld üben musste. Was an sich kein Problem gewesen wäre, wenn sie nicht selbst dringend woanders gebraucht wurde.

Der Wartebereich war nichts als eine kleine Ausbuchtung am Schnittpunkt von zwei Gängen. Was unter anderem bedeutete, dass ständig irgendwelche Beamte an einem vorbeiliefen.

Während sie auf den Staatssekretär wartete, dachte sie darüber nach, was sie schon den ganzen Tag beschäftigte: Warum hatte Mattias nichts von sich hören lassen? Er hatte bestimmt einen anstrengenden Abend mit heftigen Diskussionen hinter sich. Bestimmt waren auch Tränen geflossen. Da war er vielleicht nicht in der Lage gewesen, ihr sogleich eine SMS zu schicken. Dass er sich den ganzen Tag über nicht gemeldet hatte, beunruhigte sie dennoch. Sie vermisste ihn. Sah sein lachendes Gesicht mit den Grübchen und seine dunklen Augen vor sich und hörte im Geiste seinen weichen norrländischen Akzent. Sie wollte so gern mehr davon. Wollte am Morgen mit ihm aufwachen, später gemeinsam essen und an den Wochenenden etwas unternehmen. Sich vielleicht eine Wochenendhütte oder einen Hund zulegen. Es gab so vieles, das sie mit ihm unternehmen wollte.

Irgendwas musste geschehen sein. Etwas Unerwartetes. Vielleicht war die Sache ganz anders verlaufen, als er sich vorgestellt hatte. Doch auch in diesem Fall hätte er ihr irgendein Lebenszeichen schicken können.

»Entschuldigen Sie bitte die Verspätung.«

Sie zuckte zusammen, weil sie Leo Holmberg erst bemerkte, als er direkt vor ihr stand. Fast hätte sie vergessen, wo sie sich befand. Es gefiel ihr gar nicht, sich so überraschen zu lassen.

Das gab ihr das Gefühl, die Kontrolle über die Situation verloren zu haben.

»Das macht doch nichts«, entgegnete sie, stand auf und gab ihm die Hand.

Sie gingen in sein Büro. Er schloss die Tür hinter ihnen. Im Gegensatz zum letzten Mal nahm Leo Holmberg in einem Sessel der Sitzgruppe Platz. Susanne folgte seinem Beispiel und zog die Unterlagen aus ihrer Tasche.

»Hier haben wir den Beweis, dass die Justizministerin noch am Leben ist«, erklärte er und legte ein Foto auf den Tisch. Es zeigte Catarina, die auf einem Bett saß und die Tagesausgabe von *Dagens Nyheter* in der Hand hielt.

»Wir besitzen Kopien solcher Fotos der letzten Tage«, entgegnete Susanne. »Unsere Techniker haben leider vergeblich versucht, irgendwelche Anhaltspunkte zu finden, wo sie sich aufhalten könnte. Doch zumindest sind die Fotos erst einmal eine große Erleichterung für ihre Familie.«

Leo nickte bedächtig.

»Ja, natürlich. Dennoch muss es für ihren Mann eine unendliche Qual sein, jeden Tag auf ein neues Foto zu warten. Ich habe ein paarmal mit Patrick geredet. Er steht kurz vor dem Zusammenbruch. Aber es gelingt ihm einigermaßen, die Sache so gut es geht von seinen Töchtern fernzuhalten. Sie wohnen bei seiner Mutter und glauben, ihre Eltern seien verreist.«

Susanne hatte plötzlich das Gefühl, sie hätte mehr mit Catarinas Mann reden sollen. Die beiden Befragungen, die sie durchgeführt hatte, waren nicht sehr aufschlussreich gewesen.

Leo seufzte schwer und lehnte sich im Sessel zurück.

»Das ist die schlimmste Situation, mit der die schwedische Regierung seit Jahrzehnten konfrontiert ist. »Kaffee?«

Susanne nickte und hielt ihm ihre Tasse entgegen. Es wäre

vermessen gewesen, wenn sie sich an einer Analyse der politischen Lage versuchte, und sie wollte keinen vermessenen Eindruck machen, schon gar nicht in der Regierungskanzlei.

»Gestatten Sie mir ein offenes Wort: Hier herrscht das reinste Chaos. Der Ministerpräsident bemüht sich, Haltung zu bewahren, was nicht leicht ist, wenn Minister kurz vor dem Absprung stehen.«

»Vor dem Absprung?«

»Alle denken nur noch an sich. Jeder hat Angst, ihm könne dasselbe wie Catarina passieren. Und die Familien üben natürlich auch Druck auf sie aus.«

»Ich dachte, es wäre in einer solchen Situation besonders wichtig, die Reihen geschlossen zu halten und ein Zeichen im Kampf gegen die organisierte Kriminalität zu setzen.«

»Es sind alle nur Menschen«, sagte Leo Holmberg und schlug mit den Händen aus. »Morgen werden zwölf Häftlinge auf freien Fuß gesetzt. Die Regierung sieht sich außerstande, weitere Menschenleben zu riskieren.«

Daran hätte man früher denken sollen. Wäre man den Entführern innerhalb der gesetzten Frist entgegengekommen, wäre Peder Oskarsson vermutlich noch am Leben, dachte Susanne, sprach dies jedoch nicht aus. Stattdessen fragte sie ihn, ob er über den Stand der Ermittlungen informiert werden wolle.

»Selbstverständlich«, antwortete Leo Holmberg und beugte sich vor. »Ich bin an allen Details interessiert.«

Obwohl auch er zweifellos erschöpft war, wunderte sich Susanne darüber, was für eine Präsenz er ausstrahlte.

Ohne seine Energie würde vermutlich die gesamte Regierungsarbeit zum Stillstand kommen.

Zwanzig Minuten später, nachdem Susanne ihren Bericht beendet hatte, lehnte er sich wieder zurück.

»Was sind die wichtigsten offenen Fragen?«

»Zum einen, wer hinter der Organisation *Gerechtigkeit ohne Grenzen* steht, von der wir annehmen, dass sie auch den Mord an Peder Oskarsson verübt hat. Zum anderen, wie eine Person, also der Mörder, sich Zugang zu den Räumen des Obersten Gerichts verschaffen konnte.«

»Was vermuten Sie?«

»Entweder er hat einen Schlüssel gehabt, oder Oskarsson hat ihn selbst hereingelassen.«

Der Staatssekretär murmelte etwas vor sich hin.

»Wir haben die Möglichkeit, an weitere Informationen heranzukommen«, fuhr Susanne fort, »doch die Sache hat einen Haken.« Sie hatte gezögert, von der versuchten Erpressung zu berichten. Da aber der Staatssekretär offenbar alles erfahren wollte, durfte sie nichts verschweigen. Außerdem war es ein gutes Gefühl, sich jemandem anvertrauen zu können. Am besten wäre es, wenn die Regierung ihr einen Wink geben könnte, wie sie weiter verfahren sollte. Im Moment spürte sie, wie ihr Selbstvertrauen von der Tatsache beeinflusst wurde, dass es Kräfte in der Ermittlungsgruppe – nicht zuletzt in Person von Magnus Granath – gab, die auf die Forderung der Entführer eingehen wollten.

»Wo liegt das Problem?«, fragte Leo Holmberg.

Susanne berichtete von dem Waffenlager in Södertälje, dass die Beweislage in diesem Fall sehr gut aussähe, sie jedoch von einem Mann kontaktiert worden waren, der die Einstellungen der Ermittlungen forderte, um ihnen im Gegenzug der Aufenthaltsort der Ministerin zu verraten. Eine Forderung, die mehrere Mitglieder des Krisenstabs erfüllen wollten.

»Also zwei Erpressungsversuche«, stellte Leo Holmberg fest. »Die Entführer fordern die Freilassung der Gefangenen, und der Mann fordert die Einstellung der Ermittlungen in Södertälje.«

»Richtig. Bei dem Mann handelt es sich um Tony Asplund, der bei *Gerechtigkeit ohne Grenzen* abgesprungen ist.«

Leo Holmberg setzte sich auf, ziemlich blass im Gesicht.

»Sie wissen, dass diese Sache genauer untersucht werden wird als der Fall Olof Palme. Ich brauche umgehend die Namen aller Beteiligten.«

»Natürlich«, sagte Susanne, die erleichtert über sein Engagement war. Andererseits fühlte sie sich einsamer als je zuvor.

»Da ist noch eine Sache«, sagte sie.

»Und die wäre?«

»Bei allem scheint die Zahl zwölf eine besondere Rolle zu spielen. Es sind zwölf Häftlinge, deren Freilassung gefordert wird. Das Ultimatum endete um zwölf Uhr, und Peder Oskarsson wurde mit zwölf Schlägen getötet, obwohl ein oder zwei sicherlich ausgereicht hätten.«

Petra tippte auf ihrem Computer, als Susanne ihr Büro betrat.

Sie klickte sofort das Dokument weg und drehte sich auf ihrem Stuhl herum.

»Du, diese Lobbygruppe, von der du mir erzählt hast«, begann Susanne und blieb mitten im Raum stehen.

»Wollen wir vielleicht einen Kaffee trinken?«, fragte Petra.

»Im Aufenthaltsraum sind ständig andere Leute. Ich muss mit dir unter vier Augen reden«, antwortete Susanne.

»Okay, dann lass uns rausgehen und eine rauchen.«

Fünf Minuten später standen sie auf dem Hof, beide mit einer Zigarette in der Hand.

»Wie gesagt, diese Lobbygruppe …«

»Was ist mit ihr?«

»Darf ich fragen, ob du dort immer noch aktiv bist?«

Petra stieß den Rauch aus und klopfte die Asche ab.

»Ich hasse sie«, sagte sie schließlich.

»Ehrlich gesagt wäre ich froh, wenn du dort aufhören würdest«, entgegnete Susanne. »Das hört sich alles gar nicht gut an.«

»So leicht lassen die einen aber nicht gehen.«

»Sei bitte vorsichtig«, bat Susanne und legte ihr die Hand auf die Schulter.

»Wie war's im Ministerium?«, fragte Petra.

»Dieser Staatssekretär macht einen guten Eindruck. Aber er wollte wirklich alle Details wissen.«

»Hast du von Tony Asplund und seiner Forderung erzählt?«

»Ja, auch in dieser Sache wollte er umfassend informiert werden.«

»Seltsam. Normalerweise hält sich die Regierung aus solchen Sachen heraus, aber das kann natürlich auch ein Vorteil sein«, entgegnete Petra und ließ die Asche erneut auf den Boden fallen.

»Wie meinst du das?«, wollte Susanne wissen.

Petra schaute sie an, als habe sie diese Frage nicht ernst gemeint.

»Du weißt wirklich nicht, wie das politische Spiel funktioniert«, sagte sie. »Es geht ständig darum, die Verantwortung von sich zu schieben. Wenn du der Regierung alles anvertraut hast, dann wird diese später auch den Kopf hinhalten müssen, wenn etwas schiefgeht.«

Erneut empfand Susanne ein tiefes Unbehagen angesichts der Tatsache, dass in der Politik unablässig taktiert wurde. Dennoch war sie ihrer Pressesprecherin natürlich für jeden guten Rat dankbar.

»Und was meinst du, soll ich jetzt tun?«

»Eigentlich gar nichts. Du hast Leo Holmberg ja schon den Schwarzen Peter zugeschoben«, antwortete Petra und drückte die Zigarette aus.

»Aber da ist noch eine Sache, die mir nicht ganz klar ist.«

»Und die wäre?«

»Heute Morgen, im Frühstücksfernsehen, hat Leo Holmberg behauptet, dass gewisse Forderungen nicht an die Regierung gerichtet worden seien. Aber das ist nicht wahr. Was passiert, wenn die Entführer der Presse gegenüber erklären, dass die Regierung alle Informationen direkt erhalten hat. Dann steht die Regierung doch als Lügner dar.«

Petra schüttelte heftig den Kopf.

»Überhaupt nicht«, widersprach sie. »Du musst lernen, auf die genaue Wortwahl zu achten.«

»Jetzt verstehe ich nicht, was du meinst«, erwiderte Susanne kopfschüttelnd.

»Holmberg hat nur gesagt, dass die Entführer ihre Forderungen nicht direkt an den Ministerpräsidenten oder irgendwelche Minister gerichtet haben, was absolut der Wahrheit entspricht.«

»Die Forderungen wurden persönlich an Leo Holmberg übermittelt.«

»Seines Zeichens Staatsekretär, ganz genau, deshalb hat auch niemand gelogen. Und das ist bestimmt auch der Grund, warum man ihn ins Fernsehstudio geschickt hat«, ergänzte Petra, die aussah, als wäre das das Natürlichste auf der Welt.

SAMSTAG, 13. SEPTEMBER
ACHT TAGE VOR DER WAHL

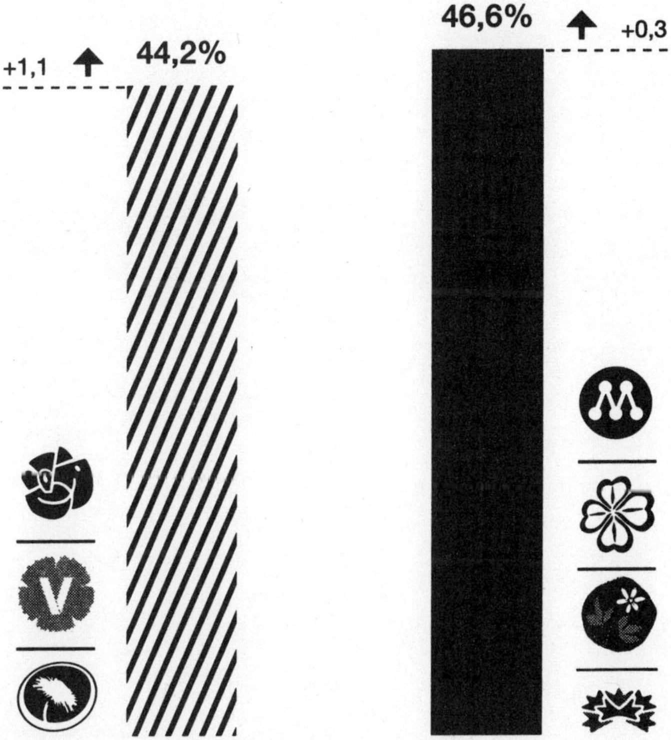

28 War der Wahlkampf nach der Entführung lediglich ins Stocken geraten, so kam er nach dem brutalen Mord fast gänzlich zum Erliegen. Niemand wollte den politischen Gegner hart angehen, während das ganze Land unter Schock stand. Die Parteivorsitzenden hielten sich alle in der Nähe von Stockholm auf, um den Medien jederzeit zur Verfügung zu stehen.

Obwohl heute Samstag war, tagten mehrere Fraktionen im Reichstag. Vielleicht wollten sie damit auch nur den Ernst der Lage dokumentieren. Gerda hatte ihren Besuch beim Institut für Verbrechensbekämpfung und Prävention in Trollhättan abgesagt, was ihr nicht ungelegen kam. Dennoch hatte sie nicht die geringste Lust, nach Stockholm zu fahren und den Ausführungen des Fraktions-, vielleicht auch des Parteivorsitzenden zu lauschen. Normalerweise hielt sich dieser bei den Fraktionssitzungen sehr bedeckt und schien manchmal Mühe zu haben, sich wachzuhalten.

Was Gerda nicht anders ging. Woche für Woche wurden dieselben Themen durchgekaut, am politischen Gegner herumgenörgelt, das Verhältnis zu den Koalitionspartnern analysiert, Medienstrategien entworfen und so weiter und so fort.

Doch jetzt hatte sich natürlich alles verändert. Was man bereits dem Verhalten der Parteikollegen anmerkte, die sich gedämpft miteinander unterhielten, ehe sie ihre Plätze in der ersten Kammer einnahmen.

»Ich freue mich über das zahlreiche Erscheinen«, begann der Fraktionsvorsitzende Fredrik Rosenqvist und ließ seinen Blick über die Versammlung schweifen. Es gab niemanden, der es gewagt hätte, die Aufforderung zur heutigen Sitzung zu ignorieren.

»Wir befinden uns in einer äußerst prekären politischen Lage«, fuhr er fort. Heute sind es noch genau acht Tage bis zur Wahl. Der Wahlkampf ist praktisch eingestellt, während alle gebannt die weiteren Entwicklungen verfolgen, was die Entführung unserer Justizministerin betrifft.«

Er holte tief Luft und vergewisserte sich, dass ihm auch alle Abgeordneten zuhörten.

»Im Falle eines Wahlsiegs werden wir das Amt der Justizministerin doppelt besetzen, wobei der Stellvertreter nicht aus den Reihen der Politik stammt.«

»Warum das?«, fragte ein Abgeordneter.

»Weil dies dem Amt ein besonderes Gewicht verleihen wird. Denkt nur an Reidun Laurén und Sven Romanus. Damit werden wir klarmachen, dass wir juristischen Fragen einen höheren Stellenwert einräumen als die gegenwärtige Regierung.«

Gerda schaute sich um. Normalerweise gab es bei solchen Sitzungen nur wenige aufmerksame Zuhörer. Fraktionssitzungen im Reichstag wurden hingegen stets als gute Gelegenheit betrachtet, SMS zu verschicken, eigene Reden zu entwerfen oder Einkaufszettel zu schreiben. Doch jetzt saßen alle vorgebeugt da, was dem Ernst der Lage geschuldet war.

Gerda wäre am liebsten aufgestanden, um zu sagen, dass man in so einer Situation nicht parteipolitisch denken dürfe. Wenn es um die Entführung von Ministern, die Ermordung von Richtern oder die Geiselnahme von Abgeordneten ging, sollte doch zumindest der Reichstag als Kern der Demokratie Einigkeit beweisen. Gerda genoss im Stillen die Formulierung und wollte eine entsprechende Rundmail an alle 349 Reichstagsabgeordneten schicken. Doch wusste sie bereits, dass sie das niemals tun würde – und aufstehen, um ihre Stimme zu erheben, würde sie schon gar nicht.

»Wir dürfen jetzt keinen Fehler machen«, mahnte Rosenqvist. »Die Regierung befindet sich in einer Krise. Wenn am heutigen Tag gemeingefährliche Verbrecher auf freien Fuß gesetzt werden, dann können wir nur hoffen, dass dieser Vorgang die verantwortliche Regierung später noch vor große Probleme stellen wird.«

Nun konnte sich Gerda nicht länger beherrschen.

»Entschuldigung!«, rief sie und schwenkte einen Arm hin und her, während sie mit der freien Hand auf den Knopf drückte als Zeichen, dass sie etwas sagen wollte.

Ihr Banknachbar seufzte so laut, dass es im halben Saal zu hören war.

Rosenqvist erteilte ihr widerwillig das Wort und warf dem Parteivorsitzenden, der nach wie vor keinen Ton von sich gegeben hatte, einen raschen Blick zu.

»Wir sind uns doch wohl darin einig, dass die Freilassung der Gefangenen eine Folge der Entführung ist.«

Ihr Banknachbar seufzte erneut, vereinzelte mürrische Kommentare schallten durch den Saal. Der Parteivorsitzende gab ihr mit einem strengen Blick zu verstehen, sie solle sich wieder hinsetzen.

»Sollten wir nicht die Regierung unterstützen, da eine Ministerin in unmittelbarer Lebensgefahr schwebt?«, fuhr Gerda fort.

»Gibt es noch mehr intelligente Vorschläge, wie wir die Wahl verlieren können?«, fragte Rosenqvist und blickte sich im Saal um. Einige Abgeordnete lachten dumpf, während andere verärgert den Kopf schüttelten, um zu zeigen, was sie von Gerdas Vorschlag hielten.

»Dann können wir jetzt endlich weitermachen. Zunächst sollten wir abwarten, wie sich die Lage entwickelt. Selbst die Journalisten stehen derzeit unter Schock. Und solange dieser Zustand anhält, bringt es nichts, zu hart mit der Regierung ins Gericht zu gehen. Doch sobald der erste Schock überwunden ist, wird für sie die Hölle losbrechen. Es würde schon ausreichen, wenn ein einziger der freigelassenen Häftlinge ein neues Verbrechen begeht. Dann wird die Regierung in eine tiefe Krise stürzen. Auch in diesem Fall halten wir uns zurück und lassen die Medien ihre Arbeit erledigen. Sobald sie ihre Vorwürfe formuliert haben, springen wir auf den Zug auf und pflichten ihr bei. Fernsehen und Zeitungen werden die Affäre aus reinem Selbsterhaltungstrieb am Leben erhalten. Dann dürfen wir nicht mehr lockerlassen, bis die Wahl gelaufen ist.«

Rosenqvist schien mit seinen Ausführungen zufrieden zu sein. Er setzte sich lässig auf die Tischkante und wartete auf die Kommentare seiner Kollegen.

»Wie verhalten wir uns, wenn jemand vorschlägt, die Wahl zu verschieben?«, wollte ein Abgeordneter aus Schonen wissen.

»Das kommt ganz drauf an, wie die Umfrageergebnisse zu diesem Zeitpunkt aussehen«, antwortete Rosenqvist mit Nachdruck. »Auch wenn unser Vorsprung kleiner geworden ist, liegen wir immer noch in Führung.«

Die vier Männer, die Catarina Björk seit vier Tagen gefangen hielten, sahen allmählich erschöpft aus. Auch sie hatten das Haus seitdem nicht verlassen. Immer wieder warfen sie verstohlene Blicke aus dem Fenster. Sie waren zwar ermahnt worden, dies bleiben zu lassen, aber das gelang ihnen nicht mehr. Obwohl sie alle erst kürzlich eine längere Haftstrafe verbüßt hatten, litten sie daran, von der Umwelt isoliert zu sein. In der Gruppe begann sich eine gewisse Irritation breitzumachen.

Das Haus, das sie angemietet hatten, war eine luxuriöse Villa mit Souterrain, errichtet auf einem Hügel, von dem aus man einen großartigen Blick über den Skurusund-Kanal hatte. Obwohl es weit und breit keine Nachbarn gab, wagten die Männer nicht, auch nur einen Schritt vor die Tür zu setzen. Die einzige Ausnahme bestand darin, einmal täglich die Zeitung aus dem Briefkasten zu holen, um Catarina damit fotografieren zu können. Das Risiko, von einem verirrten Jogger oder Pilzesammler entdeckt zu werden, war einfach zu groß. Sie hatten einen Schichtdienst eingerichtet und zumindest einer von ihnen musste stets wach sein. Die Ministerin war zwar in einem Raum eingesperrt und ans Bett gefesselt, doch mussten sie wachsam bleiben. Im Obergeschoss gab es ein Schlaf- und ein Fernsehzimmer. Im Erdgeschoss eine teure und frisch renovierte Küche, ein Wohnzimmer sowie den Raum, in dem Catarina gefangen gehalten wurde.

Außerdem wurde der Umgang mit ihrer Gefangenen immer schwieriger. Seit sie von der Ermordung des Richters wusste, hatte sie mehrfach die Beherrschung verloren und sie lauthals beschimpft.

Hätten sie selbst über ihren Aufenthaltsort entscheiden können, hätten sie sich für eine Bleibe außerhalb Stockholms entschieden, irgendein Sommerhaus auf dem Land. Doch hatten sie in diesem Punkt kein Mitspracherecht. Der bewaffnete Zweig von *Gerechtigkeit ohne Grenzen* wurde von einer einzigen Person geleitet, die diesen Teil der Organisation aufgebaut hatte.

Alles war streng hierarchisch gegliedert, mit einer klaren Befehlsstruktur. Der Leiter erteilte die Befehle, die anderen führten sie aus.

Zum ersten Mal seit der Entführung war er zu ihnen ins Haus gekommen. Nun hatten sie sich auf der Sitzgruppe im Wohnzimmer verteilt.

»Gestern waren wir gezwungen, etwas zu unternehmen«, betonte er. Als sich die Regierung nicht an das Ultimatum gehalten hat, mussten wir ein Exempel statuieren. Hat ja auch funktioniert. Am Nachmittag sind zwölf Häftlinge entlassen worden.«

»Was geschieht jetzt?«, fragte einer der Männer.

»Das haben wir noch nicht entschieden. Entweder fordern wir, dass erneut zwölf Häftlinge entlassen werden, oder wir begehen einen weiteren Mord und stellen diese Forderung erst danach.«

»Darf man fragen, wer mit wir gemeint ist?«, wollte der Mann wissen. »Haben wir ein Mitspracherecht?«

»Nein, das geht euch nichts an«, antwortete der Leiter knapp.

Keiner schien sich zu trauen, eine weitere Frage zu stellen.

»Ein Auftragskiller aus dem dritten Zug hat den Mord verübt, aber ich war dabei. Dieses Schwein sollte begreifen, dass er sterben muss. Ihr wisst, wie sich jemand verhält, der dem Tod ins Gesicht sieht. Die aufgerissenen Augen, die winselnde Stimme, das Schnappen nach Luft.«

Die vier Entführer hatten alle schwere Gewaltverbrechen verübt, einer von ihnen war in jungen Jahren wegen Mordes verurteilt worden. Sie wussten, warum ihr Anführer ihnen diese Details erzählte. Damit sie selbst nicht zögerten, wenn es an der Zeit war, Catarina Björk hinzurichten.

»Wenn wir die Justizministerin am Ende töten, warum sollen wir dann vorher diese Sturmhauben tragen?«, fragte einer der Männer.

»Damit sie glaubt, dass sie eine Chance hat zu überleben. Sie soll denken, dass ihr Sturmhauben tragt, damit sie euch nach ihrer Freilassung nicht wiedererkennt«, erklärte der Anführer und sah einen nach dem anderen durchdringend an.

Es stand schon seit Langem fest, wer die Hinrichtung vornehmen sollte. Es war der Mann, der bereits wegen Mordes verurteilt war. Wer schon einmal einen Menschen getötet hat, dem fällt ein zweites Mal nicht so schwer. Die meisten Mörder können dies bestätigen. Er war dazu bereit. Wie die anderen war auch er unschuldig verurteilt worden, doch nicht in der Mordsache, sondern wegen eines Drogendelikts, mit dem er nicht das Geringste zu tun hatte. Er hatte mit vier losen Bekannten zusammengesessen und gefeiert, als plötzlich die Polizei in den Raum gestürmt kam. In der Wohnung war ein halbes Kilo Kokain gefunden worden. Alle waren zu acht Jahren Haft verurteilt worden. Er hatte der Kriminalität gerade den Rücken gekehrt, sich verlobt und einen Sohn bekommen, der bei seiner Verurteilung zwei Jahre alt gewesen war. Seine Verlobte hatte versprochen, auf ihn zu warten, während er im Gefängnis saß. Nach einem halben Jahr hatte sie das Versprechen gebrochen und ihm einen Brief geschrieben, in dem sie erklärte, ihn zu verlassen, um ihre Jugendliebe zu heiraten. Seinen Sohn hatte er nie wiedergesehen. Inzwischen war dieser elf Jahre alt und lebte gemeinsam mit dem Mann seiner Mutter an einem unbekannten Ort. Zudem hatte er seinen Sorgerechtsanspruch verloren und besaß auch kein Umgangsrecht. Ein Brief, in dem er ihr geschrieben hatte, sie würde ihre Entscheidung noch bereuen, hatte ein mehrjähriges Besuchsverbot nach sich gezogen. Die Familie lebte nun mit einer geschützten Identität.

Der Mann war der Meinung, dass die Regierung hierfür die Verantwortung trug, in erster Linie natürlich die Justizministerin. Daher musste sie auch die Konsequenzen tragen. Es würde ihm eine Freude sein, ihr den Hals durchzuschneiden. Er sehnte sich regelrecht danach. Auch gefiel es ihm, dass ihr Anführer ihnen den Weg wies, indem er bei der Exekution des Richters anwesend war.

»Der Richter musste für das büßen, was er mir angetan hat«, sagte der Anführer. »Nächstes Mal wird es eine Staatsanwältin treffen, die niemand für gefährdet hält.«

»Weil sie unschuldig ist?«, fragte der jüngste der Männer.

»Wie oft muss ich noch erklären, dass im ganzen Justizapparat niemand unschuldig ist.«

Dies könnte ein normales Familienessen sein, dachte Mattias, als er sich umblickte. Auf der anderen Seite des Küchentischs saß seine Frau und schnitt die Fischstäbchen ihres Sohnes in mundgerechte Stücke. Neben ihm stocherte seine Tochter in ihrem Essen.

Wenn nur nicht jeder von uns einen Geliebten beziehungsweise eine Geliebte hätte, dachte er weiter. Wenn ich nicht gestern noch die Scheidung gewollt hätte und heute total verzweifelt wäre.

»Denkst du an den Reichstagsfall?«, fragte Lotta und schaute auf.

»Unter anderem«, antwortete er.

»Ist das nicht unglaublich, was gerade passiert?«, fuhr sie fort. »Erst die Geiselnahme im Reichstag vor ein paar Tagen, dann wird eine Ministerin entführt und schließlich ein Richter ermordet.«

Rebekka blickte von ihrem Teller auf.

»Darüber haben wir gestern auch in der Schule geredet«, sagte sie.

»Davon wird im Moment bestimmt in allen Schulen geredet«, erwiderte Lotta.

»Und was hat dein Lehrer dazu gesagt?«, wollte Mattias wissen.

»Nichts Besonderes«, antwortete Rebekka und beschäftigte sich wieder mit ihrem Essen. Mattias fragte sich, wie ein Land, das sich in Aufruhr befand, auf ein zehnjähriges Mädchen wirkte.

»Ich bin morgen Nachmittag beim Training«, gab Lotta bekannt und schenkte den Kindern Milch nach.

Mattias erstarrte und kaute angestrengt weiter.

»Du warst doch gestern erst beim Training, Mama«, beschwerte sich Rebekka.

»Wenn ich mich richtig in Form bringen will, muss ich jede Gelegenheit nutzen, mein Schatz. In ein paar Wochen wirst du mehr Hausaufgaben aufbekommen, dann kann ich eh nicht mehr so viel trainieren.«

Mattias schob sich eine große Portion Kartoffelbrei in den Mund, um sich nicht an der Diskussion beteiligen zu müssen. Doch schließlich konnte er sich nicht länger zurückhalten.

»Du weißt doch, dass Mama einen Privattrainer hat, Rebekka.«

»Stimmt«, sagte Lotta und nahm ein bisschen Salat. »Warum sprichst du eigentlich mit vollem Mund?«

»Ich weiß, dass er PT heißt«, sagte Rebekka.

»Was du alles weißt«, sagte Lotta und tätschelte ihr den Kopf.

»Du kannst deinen Trainer ja heiraten, so wie Victoria«, schlug Rebekka vor und lachte laut über ihre eigene Idee.

Lotta lachte ebenfalls. Johan schaute auf, ohne zu verstehen, wovon die anderen sprachen.

»Aber ich bin doch mit Papa verheiratet, mein Liebling«, sagte Lotta und warf Mattias einen raschen Blick zu.

Sie hatten sich gemeinsam entschieden, den Kindern nichts von ihren Eheproblemen zu sagen. Dass sie zur Familienberatung gingen, wusste niemand aus ihrem Freundes- und Bekanntenkreis. In einem Wohngebiet wie dem ihren behielt man so etwas für sich. Da ging es vor allem darum, eine makellose Fassade zu bewahren.

»Eben«, bestätigte Mattias, stand vom Tisch auf und stellte seinen Teller neben die Spüle, obwohl er noch halb voll war.

Dass Schweden sich in einer schweren Krise befand, war überall zu spüren. Susanne spürte es, wenn sie Menschen auf der Straße begegnete, in allen privaten und beruflichen Zusammenhängen. Die Krise berührte die ganze Gesellschaft. Doch jeder reagierte anders darauf.

Als Susanne die Abendnachrichten sah, konnte sie feststellen, dass bisher noch keine Kritik an der Polizei laut geworden war. Doch war es äußerst befremdlich, die vier Männer zu betrachten, die mit erhobenen Fäusten aus dem Eingangstor des Norrtälje-Gefängnisses spazierten. Sie waren soeben begnadigt, ihre Haftzeit teils um Jahre verkürzt worden. Nach ihrer Freilassung waren sie in Begleitung einer Horde von Journalisten zum Stureplan gefahren und hatten dort gefeiert.

Ihrer Gewohnheit gemäß saß Susanne nun mit einem Glas Wein auf dem Balkon. Die Luft war immer noch so warm, dass sie den kleinen Heizstrahler, der an der Wand montiert war, nicht brauchte.

Petra hatte recht. Es war gut, dass die Regierung in die Frage involviert war, ob man die Forderungen von Tony Asplund erfüllen sollte. Natürlich war es nicht Sache der Regierung, die formelle Entscheidung darüber zu fällen, doch wenn diese Frage erst einmal die Regierungskanzlei erreichte, hatte Petra erklärt, dann würde sie unweigerlich auch das Kabinett beschäftigen.

Susanne war prinzipiell gegen jeden Deal mit Kriminellen. Doch in diesem Fall war sie sich nicht so sicher. Ein Menschenleben stand auf dem Spiel. Ebenso wie ihre Autorität innerhalb des Krisenstabs, da offensichtlich war, dass manche Mitglieder ihre Auffassung nicht teilten.

Selbst der Staatssekretär war äußerst beunruhigt gewesen, als sie ihn früher am Abend angerufen hatte. Das Schweigen der Entführer deutete er als schlechtes Vorzeichen. Da sie Catarina Björk nicht freigelassen hatten, waren sie offenbar noch nicht zufrieden. Leo hatte ihr anvertraut, er mache sich Sorgen, dass sie einen weiteren Mord begehen und anschließend weitere Forderungen stellen könnten.

Susanne war angesichts dieser Aussicht heiß und kalt geworden. War die Lage nicht schon chaotisch genug? Ein weiterer Mord würde sie alle in den Abgrund stürzen.

In der Ferne sah sie die Autos auf der Essinge-Brücke über dem dunklen Wasser. Wie oft hatte sie schon hier gestanden und sie beobachtet? Jetzt saßen die Leute in ihren Fahrzeugen, hörten vielleicht in den Nachrichten von der Freilassung der Häftlinge und bildeten sich ihre eigene Meinung in dieser Sache.

Susanne schauderte, wenn sie an ihre Verantwortung dachte. Am Nachmittag war eine bewaffnete Sondereinheit in eine Wohnung in Husby eingedrungen. Doch der anonyme Tipp hatte sich als falsch herausgestellt. Statt die Entführer zu überwältigen, hatten sie sich auf eine siebenköpfige Familie gestürzt, deren Mitglieder jetzt alle im Krankenhaus lagen. Zwei Kinder hatten einen Hörschaden erlitten. Die Mutter, die aus dem Libanon kam, wurde wegen eines Schocks behandelt.

Alles war so schnell gegangen, dass nicht einmal die Medien etwas davon mitbekommen hatten. Erst im Laufe des Abends war der Einsatz von verschiedenen Sendern erwähnt worden, jedoch ohne jede Kritik am Vorgehen der Polizei. Als hätten alle Verständnis dafür, dass so etwas angesichts der ernsten Lage schon einmal passieren könne.

In anderen Zeiten war das ganz und gar nicht so, dachte Susanne. Da wurden die kleinsten Verfehlungen der Polizei zu einem Riesenskandal aufgeblasen.

Doch dieses Ereignis zeugte erneut davon, dass es gute Gründe gab, auf die Forderung des Spitzels Tony Asplund einzugehen, die Ermittlungen in Södertälje einzustellen. Falls er wirklich wusste, wo sich Catarina Björk befand, konnte es sich bei ihm nur um ein abtrünniges Mitglied von *Gerechtigkeit ohne Grenzen* handeln.

Sie fröstelte nicht nur aufgrund des kühlen Abends, sondern auch wegen ihres zunehmenden Unbehagens. Weitere Fehler durften sie sich nicht leisten.

Sie drückte ihre Zigarette aus und ging hinein. Sie kontrollierte bestimmt zum zehnten Mal ihr Handy. Nach wie vor keine Nachricht von Mattias.

Nachdem sie sich im Bett zusammengerollt hatte, spürte sie, wie sehr sie sich nach ihm sehnte. Es fühlte sich nicht richtig an, allein im Bett zu liegen. Sie wollte ihn jetzt, wollte sich ihm hingeben, mit ihm schlafen. Die Sehnsucht schmerzte in ihrem Körper, und sie fragte sich einmal mehr, was bloß passiert sein mochte. Und wenn er sich mit Lotta darin einig geworden war, sich doch nicht scheiden zu lassen? Susanne wusste nicht, ob sie so eine Nachricht verkraften könnte. Morgen musste sie Mattias erreichen. Sie musste Bescheid wissen.

SONNTAG, 14. SEPTEMBER
7 TAGE VOR DER WAHL

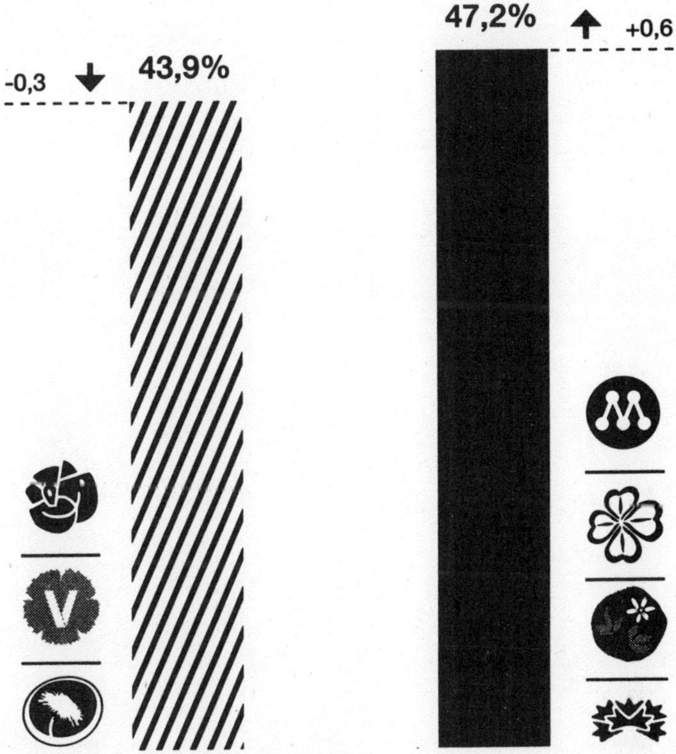

29 Es war eine Gruppe blasser Staatssekretäre, die sich am Vormittag versammelte. Wie üblich war auch der Pressechef des Ministerpräsidenten anwesend. Die Lage hatte sich seit dem gestrigen Tag noch einmal verschärft. Die Opposition hielt sich nach wie vor zurück, aber der Druck der Presse nahm allmählich zu.

Normalerweise war es die Justizministerin, die dem größten Druck ausgesetzt war. Jetzt, da man sie entführt hatte, verteilte er sich auf mehrere Schultern. Die Medien forderten natürlich vor allem Stellungnahmen des Ministerpräsidenten ein. Mit dem Argument, man wolle die polizeilichen Ermittlungen nicht stören, beschränkte sich dieser jedoch auf einige wenige Interviews. Jeden Tag war es derselbe *TT*-Reporter, der die Aussagen des Regierungschefs loyal protokollierte, ohne allzu kritische Fragen zu stellen, um seine Vorzugsbehandlung nicht zu gefährden.

Die Aussagen waren wenig überraschend. Der Ministerpräsident brachte seine Sorge um die schwedische Justizministerin zum Ausdruck und versicherte ihren Freunden und Kollegen, vor allem aber ihrer Familie, sein Mitgefühl. Was den Mord an Peder Oskarsson betraf, zeigte er sich so empört, wie es die Situation erforderte.

Der Außenminister, der die Justizministerin während ihrer Abwesenheit vertrat, äußerte sich so gut wie gar nicht. Der Pressechef berichtete, er habe aus Angst, womöglich das nächste Entführungsopfer zu werden, einen Zusammenbruch erlitten.

Stattdessen war es Leo, der die größte Verantwortung schultern musste. Seine juristischen Kenntnisse sowie seine langjährige Erfahrung in der Regierungskanzlei prädestinierten ihn als allgemeinen Ansprechpartner.

»Der größte Vorteil besteht darin, dass ich zur Not geopfert werden kann«, sagte Leo mit schiefem Grinsen zu seinen Kollegen.

Seltsamerweise machte er den vitalsten Eindruck von allen, vielleicht, weil er die größte Erfahrung im Umgang mit Krisen besaß.

»Du meinst, wenn herauskommt, dass die Regierung eine Frist hat verstreichen lassen und die Häftlinge erst danach auf freien Fuß gesetzt hat?«, fragte die Staatssekretärin aus dem Sozialministerium.

»Notfalls werden wir eben leugnen müssen, dass es ein Ultimatum gab«, entgegnete Leo und öffnete sich eine Flasche Mineralwasser.

»Damit werden wir auf Dauer nicht durchkommen.«

»Nein, aber bis zur Wahl.«

»Unsere Zahlen gehen ja wieder zurück, vielleicht brauchen wir uns gar keine Sorgen zu machen«, sagte der Staatssekretär der Finanzen.

Leo warf ihm einen missbilligenden Blick zu.

»Der Konstitutionsausschuss wird seine Untersuchung ohnehin erst nach der Wahl beginnen können«, ergänzte der Pressechef.

»Dafür werden wir uns gegen heftige Anschuldigungen zur

Wehr setzen müssen. Zum einen wegen der erfundenen Entführungsgefahr, zum anderen wegen des Ultimatums«, erwiderte Leo und nahm einen tiefen Schluck direkt aus der Flasche.

Sie befanden sich in seinem Arbeitszimmer. Am Wochenende herrschte im gesamten Ministerium eine ganz andere Atmosphäre. Viele Beamte arbeiteten unter der Woche von früh bis spät, um sich am Wochenende freinehmen zu können. Die langen Flure lagen verlassen da, die Büros waren abgeschlossen.

Vor den großen Fenstern schien die Sonne, sofern sie nicht von großen Quellwolken verdeckt wurde. Ein kühler Wind war aufgekommen und ließ ahnen, dass der Herbst unmittelbar bevorstand.

Doch niemand aus der Gruppe dachte derzeit ans Wetter. Jetzt ging es darum, einer Kollegin das Leben zu retten und den Wahlerfolg zu sichern. Eigentlich wollte man in einer solchen Situation nicht an die Wahlen denken, tat es aber trotzdem. Und auch Catarina selbst hätte die Wahlen unter diesen Umständen nicht aus dem Blick verloren.

»Und was hältst du im Moment für das größte Problem?«, fragte der Staatssekretär der Finanzen.

»Dass Catarina nicht freigelassen wurde, obwohl die Regierung den Entführern entgegengekommen ist.«

»Nur eben nicht rechtzeitig«, ergänzte der Pressechef.

»Die Regierung war zu dem Ergebnis gekommen, dass wir versuchen sollten, mit den Entführern in Verhandlungen zu treten, statt die Häftlinge stillschweigend freizulassen – genauer gesagt, habe ich dies der Regierung vorgeschlagen, doch ich hoffe, das bleibt unter uns. Es ist ja auch nie zu Verhandlungen gekommen, sie haben auf unser Angebot nicht reagiert.

Stattdessen haben sie Peder Oskarsson ermordet«, fügte Leo Holmberg mit tiefem Seufzen hinzu.

»Du darfst dir keine Vorwürfe machen«, sagte der Pressechef und klopfte ihm auf die Schulter. »Alle in der Regierung haben diese Strategie mitgetragen.«

»Außerdem hätte es nur neue Forderungen zur Folge gehabt«, sagte die Staatssekretärin des Sozialministeriums.

»Es ist gut, dass wir einander unterstützen«, sagte Leo mit erneutem Seufzen. Das war ein ungewöhnlich persönlicher Ton in der Regierungskanzlei, doch wie der Pressechef schon erwähnt hatte, herrschte ein allgemeines Bedürfnis, sich auszusprechen.

»Es gibt da noch etwas, das uns beunruhigen sollte«, sagte Leo.

»Was meinst du?«, fragte der Staatssekretär der Finanzen.

»Dass die Entführer bis jetzt keine neuen Forderungen gestellt haben.«

»Was soll das bedeuten?«

»Dass sie die Spielregeln geändert haben.«

»Du meinst, sie begehen vielleicht einen weiteren Mord, ehe sie neue Forderungen stellen?«, fragte der Pressechef.

»Gut möglich«, antwortete Leo mit finsterer Miene.

An den Wochenenden blieb Petra in Södermalm. Dort hatte sie ihr ganzes Leben lang gewohnt, und daran sollte sich auch nichts ändern. Sie liebte den Vitabergspark, die roten Häuschen, das Kopfsteinpflaster der Åsögatan, die Kieswege oberhalb der Hornsgatan, von der man eine fantastische Aussicht über die Bucht Riddarfjärden hatte. In der Tanto-Schrebergartenkolonie hatte sie als Teenager ihren ersten Alkoholrausch erlebt. Tagein, tagaus saß sie in irgendwelchen Kneipen oder Cafés rund um den Nytorg.

Doch an diesem Nachmittag hatte sie die U-Bahn nach Östermalm genommen und spazierte nun den Strandvägen entlang, diesen noblen und viel befahrenen Boulevard, an dessen Kai die Boote im Wasser liegen. Auf der anderen Straßenseite befanden sich die luxuriösesten Wohnungen in ganz Schweden. Dort war Petra nur ein paarmal auf den Partys irgendwelcher Jungmoderaten gewesen, deren Eltern zu diesem Zeitpunkt verreist waren.

Auf einem dieser Feste hatte sie auch Hjalle kennengelernt – obwohl ihn eigentlich niemand richtig kannte, geschweige denn wusste, was das für Geschäfte waren, mit denen er sein Geld verdiente.

Petra wusste dies auch heute noch nicht. Mit *Wahlallianz 2.0* ließ sich kaum Profit machen. Sie hegte mehr und mehr den Verdacht, dass Hjalle in die Wirtschaftskriminalität verstrickt war.

Als Linus sie heute Morgen anrief, hatte er ihr geschmeichelt. Fort war die hochtrabende Attitüde, die ihm sonst zu eigen war. Jetzt wollten er und Hjalle einen Schlussstrich unter die Vergangenheit ziehen und noch mal von vorn anfangen.

Petra glaubte Linus kein Wort. In diesem Mann steckte keine Spur von Redlichkeit. Dennoch hatte Petra sich einverstanden erklärt, ihre alten Weggefährten von *Wahlallianz 2.0* wiederzusehen. Dies konnte eine gute Möglichkeit sein, sich ein paar Informationen zu verschaffen, die es ihr ermöglichten, ihre geplante Rache ins Werk zu setzen. Am liebsten würde sie Hjalle ein Verbrechen nachweisen, das ihn für mehrere Jahre ins Gefängnis wandern ließ. Dann hätte er genug Zeit zum Nachdenken. Und Linus wollte sie auch einen Denkzettel verpassen. Beide hatten sie für ihre Zwecke einspannen wollten. Das war ihr zwar schon längere Zeit klar gewesen, aber dann hatten sie eine Grenze überschritten. Und sie wollte sich auf die andere Seite schlagen.

Die Temperaturen waren seit gestern merklich zurückgegangen, die Luft war klarer geworden. Über den Baumwipfeln zogen Vögel gen Süden.

Petra bog nach rechts in Richtung Rosendals-Garten ab, der für ihren Geschmack zwar hübsch, aber zu prätentiös war. Hjalle und Linus, die einen Tisch am Gewächshaus belegt hatten, standen auf, als Petra auf sie zukam.

Diese übertriebene Höflichkeit machte sie nur noch skeptischer. Nachdem sie über zwanzig Minuten in der Essensschlange angestanden hatten, konnten sie endlich an ihren Tisch zurückkehren. Petra schob sich wachsam ein Stück Karottenkuchen in den Mund.

»Petra, wir kennen uns inzwischen so lange«, begann Hjalle.

Dieses eine Mal trug er weder einen Anzug noch ein blaues Hemd, sondern eine helle Baumwollhose und ein rot kariertes Hemd unter einer dunkelblauen Daunenweste sowie ein Käppi von Ralph Lauren.

Linus hingegen war so schlampig gekleidet wie immer.

Petra nickte und aß einen weiteren Bissen.

»Wir haben ja ein gemeinsames Ziel, deshalb müssen wir alle an einem Strang ziehen«, fuhr er fort.

»Absolut«, entgegnete Petra.

»Es war dumm, von dir zu verlangen, die Opferrolle zu übernehmen«, sagte Linus und lehnte sich auf seinem Gartenstuhl zurück.

Also hat er seinen Job behalten, dachte Petra. Aber vielleicht gibt es eine Möglichkeit, dass er ihn doch noch loswird, dachte sie und nippte an ihrem Kaffee.

Die beiden ekelten sie an. Nicht nur, weil sie sich offenbar bei ihr einschmeicheln wollten. Sie beleidigten zudem ihren Intellekt, wenn sie glaubten, sie so an der Nase herumführen zu können.

»Was wollt ihr?«, fragte sie schließlich.

»Wir wollen vor allem um Entschuldigung bitten. Wir sind doch alte Freunde, denk nur mal an all die Feste, die wir schon zusammen gefeiert haben«, sagte Hjalle und breitete die Arme aus.

»Und denk an all die geilen Partys, die wir noch feiern werden«, ergänzte Linus und warf Hjalle einen raschen Blick zu.

Mit Linus auf ein und dieselbe Party zu gehen, war so ziemlich das Letzte, was Petra wollte.

»Ihr habt doch irgendwelche Hintergedanken«, sagte sie.

»Okay, Petra«, entgegnete Hjalle lachend. »Du bist einfach zu schlau für uns. Natürlich haben wir Hintergedanken.«

»Also, was wollt ihr wissen?«, fragte Petra.

»Ein bisschen was über den Stand der Ermittlungen.«

Petra hätte sich fast verschluckt.

»Euch ist doch wohl klar, dass die Ermittlungen strengster Geheimhaltung unterliegen«, entgegnete sie und runzelte die Stirn.

»Wir sind natürlich bereit, dafür zu bezahlen«, sagte Hjalle.

Er blickte sich prüfend um. Als er sicher war, dass niemand in seine Richtung schaute, zog er ein dickes Kuvert hervor, dass er rasch unter einer Zeitung verschwinden ließ. Dann schob er beides zu Petra hinüber.

»Hier sind tausend Riesen. Wenn du mir eine einfache Frage beantwortest, gehören sie dir.«

Petra schob die Zeitung zurück.

»Versucht ihr schon wieder, mich zu kaufen?«, fragte sie mit Schärfe.

»Wenn Journalisten sich ihre Informationen bei der Polizei erkaufen, dann können wir das ja wohl auch tun.«

»Das machen wir ständig«, erklärte Linus.

Petra schüttelte den Kopf.

»Ausgeschlossen.«

»Aber Petra, der alten Zeiten zuliebe ...«, begann Linus.

»Ihr könnt ja sagen, was euch interessiert, dann weiß ich, ob ich darauf antworten kann«, entgegnete Petra.

Die Gesichter von Hjalle und Linus hellten sich auf.

»Eigentlich haben wir nur eine einzige Frage«, sagte Hjalle.

»Und die wäre?«

Hjalle blickte sich erneut um, ehe er fragte.

»Haben die Entführer der Regierung ein Ultimatum gestellt?«

»Das ist ja eigentlich immer so«, fügte Linus hinzu.

Petra dachte gut nach, ehe sie antwortete. Sie musste ihre Worte mit Bedacht wählen.

»Die Entführer haben keine zeitliche Frist gesetzt, weder dem Ministerpräsidenten noch irgendeinem Minister gegenüber.«

Hjalle und Linus sahen enttäuscht aus.

»Bist du ganz sicher?«, fragte Linus.

»Hundert Prozent. Darauf gebe ich euch mein Wort«, antwortete Petra lächelnd.

»Okay, dann war das also eine Sackgasse«, stellte Hjalle fest. »Willst du das Geld behalten?«

»Auf keinen Fall«, antwortete Petra, obwohl es ihr einen Stich gab. Hunderttausend Kronen würden für eine lange Asienreise reichen, das stand fest. Doch wenn sie sich schon kaufen ließ, dann bestimmt nicht von Hjalle, Linus oder irgendeinem anderen Mitglied der *Wahlallianz 2.0*.

»War jedenfalls schön, dass du trotzdem kommen konntest«, sagte Hjalle.

»Kein Problem und danke für den Kaffee.« Petra stand auf.

Idioten, dachte sie, als sie wenige Minuten später auf dem Rückweg war. Die hören sowieso nicht genau hin, wie andere Menschen ihre Worte wählten. Sie war zufrieden, sie hinters Licht geführt zu haben, obwohl sie die Wahrheit gesagt hatte. Doch spürte sie in Anbetracht ihres Treffens immer noch ein großes Unbehagen. Was führten die beiden eigentlich im Schilde?

Hjalle und Linus saßen immer noch betrübt im Rosendals-Garten.

Sie warteten mit ihren Kommentaren, bis Petra außer Hörweite war.

»Was glaubst du?«, fragte Hjalle.

»Schwer zu sagen, aber auf diesem Weg kommen wir jedenfalls nicht weiter«, antwortete Linus.

»Hör auf, so rumzusauen«, knurrte Hjalle plötzlich.

»Was?«

»Schau, wie du aussiehst.«

Linus blickte auf seine Jacke, auf der sich ein großer Kaffeefleck ausgebreitet hatte.

»Das kommt, weil du nicht gerade sitzt, während du trinkst«, fuhr Hjalle fort.

Linus setzte sich ein wenig auf.

»Es gibt noch eine andere Möglichkeit, der Regierung beizukommen«, sagte er.

»Man kann die Regierung ja schlecht kritisieren, solange eine Ministerin entführt ist«, sagte Hjalle. »Aber es werden bestimmt weitere Morde geschehen.«

»Woher willst du das wissen?«

»Stell nicht so viele Fragen.«

»Okay, okay«, sagte Linus und hob beschwichtigend die Hände.

»Wie gesagt, im Moment können wir die Medien nicht gegen die Regierung in Stellung bringen.«

»Dann versuchen wir's eben andersrum.«

»Drück dich ein bisschen verständlicher aus.«

»Die Polizei scheint große Probleme zu haben, aber im Moment betrifft das nicht die Regierung. Doch wenn wir die Polizei attackieren, wird die Regierung sich mit dem Thema befassen müssen.«

Hjalle nickte gemächlich und schien über die Worte nachzudenken.

»Hört sich gar nicht so dumm an, obwohl es aus deinem Mund kommt«, murmelte er.

Linus aß weiter an seinem Brötchen, während er darauf wartete, dass Hjalle fortfuhr.

»Und wie soll das dann konkret ablaufen?«, fragte dieser schließlich.

»Die Ermittlungen werden von einer Schlampe namens Susanne Dahlgren geleitet. Ich hab ein paar Erkundigungen über sie eingezogen. Die ist nicht besonders clever, was den Umgang mit den Medien betrifft.«

»Gut«, brummte Hjalle. »Später überlassen wir die Sache Rosenqvist. Der kann diese unfähige Lundin im Reichstag unter Druck setzen. Ein bisschen was können sie ja wohl tun für all das Geld, das sie von uns kriegen.«

»Und die Sache hat noch einen weiteren Vorteil.«

»Welchen?«

»Petra arbeitet für Dahlgren.«

Hjalles Gesicht leuchtete erneut auf. Er beugte sich vor und machte mit seinem Gefährten von der *Wahlallianz 2.0* ein High five.

MONTAG, 15. SEPTEMBER
6 TAGE VOR DER WAHL

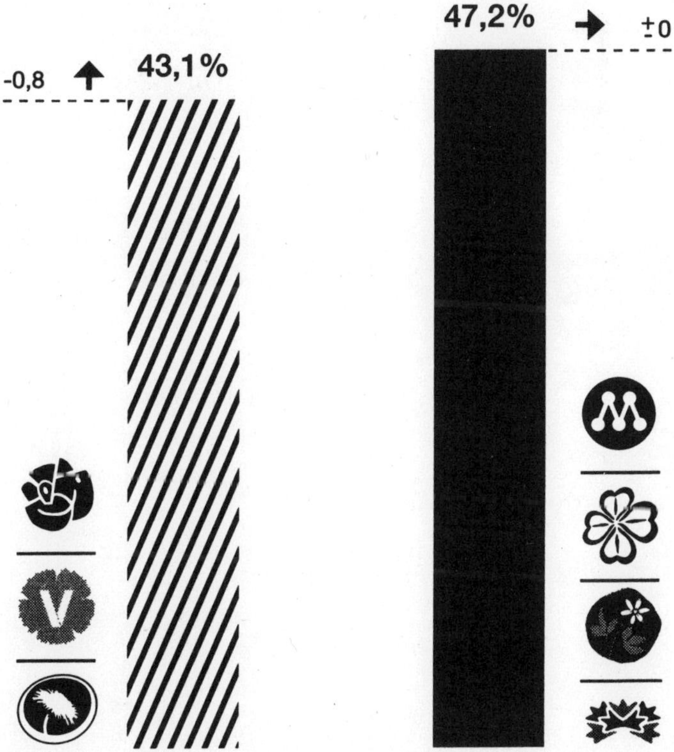

30

Der Mann, der in den Siebzigern war, drehte auf der Insel Riddarholmen stets dieselbe Runde. Da sich in dieser Gegend fast ausschließlich Gerichte befanden, war es hier am frühen Morgen noch leer und für Hunde bedeutend schöner als in der Altstadt. Als er über die Brücke spazierte, ließ er seinen Hund von der Leine. Bei diesem handelte es sich zwar um einen wohlerzogenen Schäferhund, dennoch gab es immer irgendwelche Leute, die sich darüber aufregten, dass er frei herumsprang.

Der Regen hing schwer in der kühlen Luft. Er zog seinen Mantel enger um sich zusammen und schlenderte über das Kopfsteinpflaster des historischen Birger-Jarl-Platzes. Wenn er weiter den Hügel hinaufging, konnte er seine übliche Tour um die Insel machen und die Bucht Riddarfjärden betrachten, die sich vor ihm ausbreitete. Vor ihm erhob sich das Denkmal des Stadtgründers und zur Linken die prachtvolle Riddarholmskirche.

Sein Hund sprang in Kreisen um ihn herum, als er plötzlich Witterung aufnahm und Richtung Wrangel'sches Palais davonjagte. Der Mann rief ihm nach, doch dieses eine Mal gehorchte sein Hund nicht.

Er heftete sich an seine Pfoten und rief weiter seinen Namen. Als er sich den breiten Stufen des Oberlandesgerichts näherte, sah er den Hund an einem Gegenstand schnüffeln. Er sah aus wie ein Sack.

Der Hund wedelte mit dem Schwanz und schnüffelte an dem Sack. Der Mann rief erneut nach ihm, und der Hund entfernte sich ein wenig von der Treppe, lief einmal um sein Herrchen herum und versuchte, dieses auf seinen Fund aufmerksam zu machen.

Jetzt sah der Mann, dass es sich um eine Hockeytasche mit der Aufschrift *Jofa* handelte. Warum stand die Sporttasche vor der Treppe zum Oberlandesgericht?

Er näherte sich mit schnellen Schritten und blieb dann abrupt stehen. Irgendwas stimmte hier nicht. Der Hund winselte und stupste immer wieder seine Nase gegen die Tasche. Der Mann blickte sich um. Weit und breit war niemand zu sehen. Sein mulmiges Gefühl nahm zu. Er musste an den Toten denken, den man erst kürzlich im Obersten Gerichtshof, nur wenige Hundert Meter von hier entfernt, gefunden hatte. Seitdem konnte man keine Zeitung aufschlagen, deren Berichterstattung sich nicht in erster Linie diesem brutalen Mord widmete. Sollte er wirklich hierbleiben?

Der Hund ließ nicht mehr von der Hockeytasche ab. Der Mann rief seinen Namen, doch der Hund blickte nur kurz auf, wedelte mit dem Schwanz und weigerte sich, diesen Ort zu verlassen.

Als der Mann sich dem Hund näherte, um ihn am Halsband zu packen und fortzuziehen, zuckte er unwillkürlich zurück. Unter der einen Seite der Tasche hatte sich eine Blutlache ausgebreitet. Jetzt erst sah er, dass sich vor der Treppe und entlang der Pflastersteine getrocknete Blutstropfen befanden.

Der Mann erstarrte und brachte zunächst keinen Ton heraus. Dann kehrte seine Handlungsfähigkeit zurück. Mit pochendem Herzen lief er zur Riddarholms-Brücke und zog umständlich sein Handy aus der Tasche.

Erst jetzt riss sich der Hund von der Tasche los und jagte seinem Herrchen hinterher.

Die Polizisten, die sich im Konferenzraum des Krisenstabs versammelten, sahen alle ähnlich blass aus.

Susanne wusste, dass es sich um äußerst erfahrene und zuverlässige Polizisten handelte, die es gewohnt waren, spektakuläre Mordfälle zu lösen, bei denen die Leichen teils furchtbar entstellt waren. Doch etwas Vergleichbares hatten sie noch nie erlebt.

Es herrschte eine gedrückte Stimmung. Wie würde das alles enden?

»Wie kann man einen Menschen in zwölf Teile schneiden?«, fragte die Frau, die das Hinweistelefon betreute.

Niemand wollte darauf antworten.

Die zerstückelte Frau war eine ältere Staatsanwältin, Eva Lindgren, die sich in Stockholm mit Sexualdelikten befasst hatte. Da sie an einem Seminar teilgenommen hatte, war sie von ihrem Mann nicht vermisst worden. Ihre Kollegen, die im Seminarhotel Rönnerberga auf Lidingö zusammengekommen waren, hatten sie noch am Nachmittag gesehen und waren davon ausgegangen, dass sie zu Hause übernachten würde.

Magnus Granath saß auf seinem Stuhl und blickte gedankenverloren in die Ferne. Schließlich sah sich Susanne doch zu einer Antwort genötigt.

»Nach den Informationen, die ich vom Gerichtsmediziner erhalten habe, sind der Kopf und der Rumpf abgetrennt worden. Die Arme wurden jeweils in zwei, die Beine in drei Teile geteilt.«

Manche schnitten eine Grimasse, andere verzogen keine Miene.

»Wie geht's jetzt weiter?«, wollte Magnus Granath wissen.

»Die Techniker sind vor Ort, die Befragungen von Leuten dort laufen. Das gilt auch für den persönlichen Bekanntenkreis der Staatsanwältin«, antwortete Susanne. Niemand sah sonderlich überzeugt aus.

»Außerdem analysieren wir, warum es genau zwölf Teile sind«, fügte Susanne hinzu.

»Peder Oskarsson wurde ja auch mit zwölf Schlägen getötet«, sagte der Vertreter des Landeskriminalamts.

»Zwölf Häftlinge wurden freigelassen, und das Ultimatum lief um zwölf Uhr aus«, ergänzte Susanne.

Im Raum kehrte Stille ein, bis sich der Mann vom Kriminalnachrichtendienst räusperte und sich umblickte.

»Es gibt da eine Sache, Susanne, über die ich hier mit ein paar Kollegen gesprochen habe«, begann er.

»Worum geht's?«

»Diese Information, wo Catarina Björk gefangen gehalten wird ... Ist es wirklich klug, die abzulehnen?«

Magnus Granath streckte den Rücken und sah für einen Augenblick fast zufrieden aus. Susanne begriff sofort, dass er hinter dieser Sache stand. Für die Ermittlungen in Södertälje war ein anderer Staatsanwalt verantwortlich, der weder in das Geiseldrama noch in die Entführung oder den Mord an Richter Oskarsson involviert war. Wenn dieser Fall mit dem in Södertälje in Verbindung gebracht werden sollte, dann musste Susanne dafür die Verantwortung übernehmen. Ohne ihr Mitwirken war das nicht möglich.

Susanne wollte und konnte sich dieser Verantwortung nicht entziehen.

»Wir können die Ermittlungen wegen des Waffenlagers aber nicht einstellen. Die haben mit diesem Fall auch nicht das Geringste zu tun«, fügte sie hinzu. »Die Regierung wurde von der Organisation *Gerechtigkeit ohne Grenzen* erpresst, die Gefangenen freizulassen. Und jetzt wird die Polizei von Tony Asplund erpresst, die Ermittlungen in Södertälje einzustellen.«

»Aber er kennt offenbar den Aufenthaltsort von Catarina Björk«, entgegnete der Repräsentant des Kriminalnachrichtendiensts.

»Ja, er scheint der Organisation den Rücken gekehrt zu haben«, entgegnete Susanne.

»Haben Sie über seine Forderung denn nicht mit dem Staatssekretär gesprochen?«, wollte der Mann von *Kuten* wissen.

»Doch, aber bei näherer Betrachtung handelt es sich um eine operative Frage, also müssen Polizei und Staatsanwaltschaft diese Entscheidung treffen«, antwortete Susanne. »Außerdem halte ich gar nichts davon, die Verantwortung einfach weiterzuschieben«, fügte sie hinzu.

Manche seufzten leise.

Sogar Petra sah sie fragend an.

Dieser Krisenstab gibt langsam aber sicher seinen moralischen Anspruch auf, dachte Susanne und spürte ihren Mut sinken. Es war ihre Aufgabe, die Mitarbeiter zu motivieren und ihr Engagement zu fördern. Doch schien ihr das nicht zu gelingen.

Diese Gruppe verlor allmählich ihren Glauben daran, auch ohne einen krummen Deal die Täter zur Verantwortung ziehen zu können und das Leben der Geisel zu retten.

»Vielleicht sollten wir mit dem Chef des Landeskriminalamts darüber sprechen, ob nicht eine andere Person die Ermittlungen leiten sollte«, stellte sie vorsichtig in den Raum, um die Reaktionen der anderen zu testen.

»Keine so dumme Idee«, entgegnete Magnus Granath.

Zu Susannes Bestürzung gab es keinen Protest.

Nicht einmal von Petra, die mit ihrem Handy beschäftigt war.

»Bitte setzen Sie sich«, sagte der Ministerpräsident und zeigte auf einen Stuhl, der vor dem großem Schreibtisch stand.

Leo Holmberg nahm Platz. Obwohl er lange in der Regierungskanzlei gearbeitet und mit vielen Ministern täglichen Umgang gepflegt hatte, war es etwas Besonderes, ins Büro des Ministerpräsidenten gerufen zu werden.

Das Eckzimmer befand sich im sechsten Stock des Regierungsgebäudes Rosenbad und ging auf den Norrström-Fluss hinaus. Ein großzügiger und geschmackvoll eingerichteter Raum. In einer Ecke stand ein Fernseher, auf dem unentwegt der Videotext angezeigt wurde. So war es zumindest immer, wenn Leo hier war. Es lag vermutlich in der Natur des Ministerpräsidenten, stets auf dem Laufenden sein zu wollen.

Die andere Hälfte des Raumes wurde von einer großen Sitzgruppe dominiert. Daneben eine Tür, die ins Nachbarzimmer führte. Leo glaubte, dass dieses ebenfalls zu den Räumlichkeiten des Ministerpräsidenten gehörte. Auch der Justizminister besaß ein angrenzendes kleines Schlafzimmer sowie eine Dusche.

Der Ministerpräsident machte einen mitgenommenen Eindruck. Das ganze Land stand unter dem Schock der jüngsten Ereignisse. Alle sprachen von der Entführung der Justizministerin sowie den Morden an den Repräsentanten des Rechtswesens. Es ging nicht um ein einzelnes Gewaltverbrechen. Dies war ein Angriff auf die gesamte Gesellschaft. Eine Regierungskrise rückte zusehends näher.

»Heute Nachmittag wird das Kabinett zu einer Sondersitzung zusammentreten«, erklärte der Ministerpräsident, »Daher benötige ich nähere Informationen zum Stand der Dinge.«

»Ich stehe gern zu Diensten«, entgegnete Leo.

»Meine erste Frage ist, ob die Entführer weitere Forderungen gestellt haben.«

»Nein, das ist nicht der Fall«, antwortete Leo. »Sobald dies geschieht, werde ich umgehend den Presschef informieren.«

Der Ministerpräsident nickte vage.

»Im Nachhinein hätten wir die Häftlinge natürlich vor Ablauf des Ultimatums freilassen sollen, statt auf Verhandlungen zu bestehen. Haben Sie eigentlich Kontakt zu der Familie?«

»Ich spreche jeden Tag mit ihrem Mann«, antwortete Leo, dankbar darüber, dass der Ministerpräsident nicht weiter auf seinen Vorschlag einging, bei der Freilassung der Geiseln auf Zeit zu spielen.

»Und die Kinder?«

»Die sind bei ihrer Großmutter. Am Anfang ging das gut, doch inzwischen glauben sie nicht mehr, dass die Eltern verreist sind, weil sie nie mit ihrer Mutter sprechen können.«

Es wurde still zwischen ihnen. Die furchtbare Situation der Kinder berührte sie beide.

»Wie ist der Stand der Ermittlungen?«, war die nächste Frage.

»Die Ermittlungsleiterin, Susanne Dahlgren, hat einen schweren Stand, obwohl sie sehr kompetent ist. Der Staatsanwalt, Magnus Granath, ist eine schwächere Persönlichkeit mit einer hochfahrenden Attitüde, der dem Druck der Ereignisse aber nicht gewachsen zu sein scheint.«

»Sollen wir den Generalstaatsanwalt einschalten?«, fragte der Ministerpräsident.

»Wenn wir das tun, wird Granath sofort ausgetauscht werden«, erwiderte Leo.

»Das meinte ich damit.«

Leo Holmberg dachte kurz nach.

»Vielleicht sollten wir damit noch etwas warten.«

»Warum?«

»Im Moment ist die Arbeit der Polizei wichtiger als die des Staatsanwalts.«

»Da ist es wohl besser, den Reichspolizeichef zu informieren, damit er jemand anders mit den Ermittlungen betraut.«

»Ja, das denke ich auch. Auf Dauer ist diese Konstellation jedenfalls untragbar.«

»Sie müssen die Sache aber so anpacken, dass uns hinterher nicht vorgeworfen wird, uns in die Ermittlungen eingemischt zu haben«, sagte der Ministerpräsident.

»Ich weiß genau, wie man an den Reichspolizeichef herangehen muss, um dieses Risiko zu vermeiden.«

Zum ersten Mal im Verlauf dieses Gesprächs machte der Ministerpräsident ein zufriedenes Gesicht.

»Und wann, glauben Sie, ist der Zeitpunkt gekommen, an dem die jetzige Konstellation nicht mehr zu verantworten ist?«

»Schon bald.«

»Wie lange sollen wir noch warten?«

»Spätestens am Mittwoch müssen wir einen Durchbruch erzielt haben«, antwortete Leo.

»Gut, dann verbleiben wir so«, sagte der Ministerpräsident. »Ich werde die Kabinettsmitglieder davon in Kenntnis setzen.«

»Andererseits ist es natürlich sehr bedauerlich, weil wir keine Person finden werden, die besser geeignet ist als Susanne Dahlgren.«

»Manchmal ist so ein Wechsel eben unvermeidlich. Kein Grund, sentimental zu werden«, entgegnete der Ministerpräsident und sah Leo durchdringend an.

»Das ist mir vollkommen klar«, erwiderte dieser.

Mattias hatte das Gefühl, sein Kopf würde zerspringen. Er fuhr mit seinem Wagen über die Väster-Brücke, nachdem er Molander einen Besuch im Untersuchungsgefängnis abgestattet hatte. Teils ging es um seine private Situation, teils um die Vorgänge in diesem Fall und im ganzen Land.

Die Ermordung der älteren Staatsanwältin hatte einen kollektiven Schock ausgelöst. Selbst den Strafverteidigern war ihr üblicher Galgenhumor vergangen. Für Mattias war es eine Selbstverständlichkeit, dass jeder das Recht auf einen Verteidiger hatte. Genau das machte eine Demokratie aus, dachte er. Auch auf jene rechtsstaatliche Prinzipien anzuwenden, die den Rechtsstaat angriffen. Doch warum musste gerade er diese Menschen vertreten, obwohl es so viele Anwälte gab, die nicht eine Sekunde lang über solche Dinge nachdachten?

Sein Mandant, dem man gewisse Restriktionen auferlegt hatte, der jedoch fernsehen und Zeitung lesen durfte, war anfangs ein wenig erschrocken gewesen, hatte jedoch schon bald damit begonnen, das jüngste Verbrechen zu rechtfertigen. »Was bleibt ihnen denn anderes übrig?«, hatte er Mattias mehrfach gefragt. Diese Sichtweise kannte Mattias von ausländischen Terroristen. Um Tausende Menschen zu retten, musste man bereit sein, einige wenige zu opfern – der guten Sache wegen.

Worin die gute Sache bestand, das hatte ihm Molander hingegen nicht erklären können. Und wie die Ermordung unschuldiger Menschen zu rechtfertigen war, blieb noch unbegreiflicher. Nun sah Molander eine Staatsanwältin natürlich nicht als unschuldig an. Sie sei vielmehr die Vertreterin eines verkommenen Systems, das seinen Opfern keine Möglichkeit der Wiedergutmachung bot.

Doch trotz seiner stereotypen Argumentation, die jede andere Betrachtungsmöglichkeit ausschloss, bemerkte Mattias eine Veränderung an ihm. Molander drückte sich weniger fundamentalistisch aus als früher. Und obwohl Molander dies niemals zugeben würde, war Mattias doch überzeugt davon, dass er insgeheim der Ansicht war, die Täter seien zu weit gegangen.

Er hatte die Sache sogar mit Marco diskutiert, der wieder ins Saltvik-Gefängnis zurückgekehrt war. Was er während seines achtundvierzigstündigen Urlaubs getan oder wen er getroffen hatte, wollte er nicht berichten. Die jüngsten Ereignisse schienen ihn aber in eine gewisse Hochstimmung zu versetzen. Mattias wusste natürlich, dass viele Kriminelle Schadenfreude empfanden, wenn Verbrechen an Polizisten oder Staatsanwälten begangen wurden. Dennoch fand er Molanders Ausführungen geschmacklos. Deshalb war er auch froh darüber, Erik Olivecrona den morgigen Vernehmungstermin überlassen zu haben.

Mattias bog von der Hornsgatan auf den Ringvägen ab. Durch den Gitterzaun konnte er den Kunstrasen des Zinkendamm-Stadions sowie in der Ferne das Söderhospital erkennen.

Als Mattias den Wagen parkte, fiel ihm ein, dass er sich immer noch nicht bei Susanne gemeldet hatte. Als hätte er dieses Thema die ganze Zeit über verdrängt, auch wenn es in seinem Unterbewusstsein gepocht hatte.

Fünf Minuten später betrat er das Wartezimmer der Familienberatung. Lotta war schon da und hielt eine Zeitung in der Hand.

»Kannst du Rebekka heute zum Training fahren?«, fragte sie ihn, noch ehe er Platz genommen hatte.

»Warum kannst *du* das nicht machen?«, fragte er zurück und setzte sich ein Stück von ihr entfernt. Auch heute waren sie allein im Raum.

»Ich will trainieren«, antwortete Lotta und gähnte.

»Schon wieder?«, fragte Mattias und bemühte sich, seinen Zorn zu beherrschen.

»Was soll das heißen?«

Lotta runzelte die Stirn und sah völlig überrascht aus.

»Ich hab das Gefühl, dass du inzwischen ununterbrochen trainierst.«

Bevor Lotta etwas entgegnen konnte, stand ihre Therapeutin Ulrika in der Tür. Ihr Lächeln war das Gleiche wie beim letzten Mal.

»Wie geht es Ihnen heute?«, fragte Ulrika, nachdem sie ihre Plätze eingenommen hatten.

»Schon etwas besser«, flötete Lotta mit einer Stimme, die Mattias völlig unbekannt war.

»Ganz okay«, antwortete er selbst.

»Letztes Mal haben Sie sich über die schlechte Kommunikation zwischen Ihnen beklagt, Lotta. Können Sie sich daran erinnern?«

Lotta nickte schweigend.

»Haben Sie zu Hause darüber geredet?«, erkundigte sich Ulrika.

»Es liegt doch in der Natur der Sache, dass man nicht über so etwas spricht, wenn die Kommunikation gestört ist«, entgegnete Mattias.

Ulrika schien nicht zu verstehen, was er meinte.

»Dafür kommuniziert Lotta ausgezeichnet mit ihrem Fitnesstrainer«, fügte er hinzu.

Das war ihm einfach so herausgerutscht.

Lotta zuckte zusammen.

»Dagegen ist doch nichts einzuwenden«, entgegnete Ulrika mit unsicherem Lächeln.

»Es kommt natürlich auf die Art der Kommunikation an«, bemerkte Mattias.

»Jetzt verstehe ich nicht, was Sie meinen«, sagte Ulrike.

Mattias glaubte ihr kein Wort. Solche Bemerkungen gab es doch sicher in jeder zweiten Therapiesitzung.

Ulrike schielte zu Lotta hinüber, die sich schließlich genötigt sah, etwas zu sagen.

»Was willst du mir eigentlich unterstellen?«, fragte sie. Im Raum wurde es still. Mattias warf seiner Frau einen verächtlichen Blick zu. Erst vor wenigen Tagen hatte er gehört, wie sie einem anderen Mann ihre Liebe gestanden hatte. Und jetzt warf sie ihm vor, ihr etwas zu unterstellen.

»Warum gibst du nicht endlich zu, dass er dein Geliebter ist?«, brach es aus ihm heraus.

Lotta zuckte zurück, als hätte sie einen Schlag bekommen.

»Antworte!«, schrie Mattias. »Versuch bloß nicht, es zu leugnen.«

»Lassen Sie uns doch die Ruhe bewahren. Ich verstehe ja, dass hier große Emotionen im Spiel sind …«, versuchte Ulrika zu beschwichtigen.

»Die lässt sich von ihrem Fitnesstrainer ficken, so einfach ist das«, schrie Mattias so laut, dass es in den angrenzenden Räumen zu hören sein musste.

Ulrika legte ihm die Hand auf den Arm, doch er stieß sie weg.

»Wie wär's ausnahmsweise mal mit Ehrlichkeit?«, fauchte er.

Plötzlich schlug Lotta die Hände vors Gesicht, senkte den Kopf und schluchzte so sehr, dass ihr ganzer Körper zitterte.

»Das sollte eigentlich nicht …«, begann Ulrika, hielt jedoch inne.

Erneut wurde es still im Raum. Nur Lottas Schluchzen war zu hören.

Mattias stand abrupt auf und verließ den Raum. Er knallte die Tür zu, lief die Treppe hinunter und sprang in sein Auto. Mit quietschenden Reifen fuhr er davon. Sollte Lotta doch zusehen, wie sie nach Hause kam, dachte er. Er hupte ein Auto an, dass die falsche Fahrbahn benutzte, und zeigte dem Fahrer den Mittelfinger. Erst jetzt konnte er den Gedanken zulassen, der bereits während der Therapiesitzung an ihm genagt hatte. Wer war er, um einer anderen Person Untreue vorzuwerfen? Was tat er eigentlich? Warum war er so außer sich? Er hatte Lotta schließlich selbst betrogen, und vermutlich seit viel längerer Zeit, als sie das tat.

Catarina kam zu sich und stöhnte, als ihr klar wurde, wo sie sich befand. Einmal mehr hatte sie davon geträumt, frei zu sein, an einem anderen Ort, nicht gefangen in einem Haus, in dem sie von vier Männern rund um die Uhr bewacht wurde.

Das Schlimmste war, dass sie bereits eine Zehntelsekunde nach dem Aufwachen begriffen hatte, dass es nur ein Traum gewesen war. Dass sie alles andere als frei war, sondern sich in der Gewalt fremder Menschen befand.

Auch die Albträume waren furchtbar. Sie wurde gejagt, ohne je gefangen zu werden. Außerdem träumte sie, dass ihr jemand Gewalt antat.

Mehrere Stunden am Stück schlief sie nie. Tage und Nächte flossen ineinander, oft dämmerte sie einfach vor sich hin, im Grenzland zwischen Schlaf und Bewusstsein. Die letzten Tage war sie von einem dumpfen Kopfschmerz gequält worden.

Catarina zerrte ein wenig an der verhassten Kette und fragte sich, wie spät es wohl sein mochte. Draußen war es immer noch hell, es konnte also noch nicht Abend sein. Sie hatte etwas zu Mittag gegessen, bevor sie eingeschlafen war. Vermutlich war es nun später Nachmittag.

Vor dem Essen hatte sie die Fernsehnachrichten angesehen und geschockt feststellen müssen, dass ein weiterer Mord geschehen war, diesmal war er an einer älteren Staatsanwältin verübt worden.

Dann musste sie erneut an Olivia und Julia denken. Die Sehnsucht nach ihren Kindern schmerzte im ganzen Körper. Nie hätte sie gedacht, dass man jemanden so sehr vermissen konnte. Als sich ihre Augen gerade mit Tränen füllten, kamen zwei Männer in den Raum, maskiert wie immer. Einer von ihnen hielt ein Tablett in der Hand, auf dem sich ein Teller mit ein bisschen Roastbeef und Kartoffelsalat befand.

Er stellte das Tablett auf den kleinen Nachttisch neben das Bett.

Plötzlich spürte Catarina einen gewaltigen Zorn in sich aufsteigen.

»Warum tut ihr das alles?«

Keiner der Männer antwortete.

»Glaubt ihr etwa, ihr könnt Leute ermorden, wie es euch passt. Versteht ihr nicht, dass diese Menschen Familien haben?«

Sie konnte ihre Wut nicht länger kontrollieren. Jetzt brach sie sich Bahn.

Zugleich machte sie ihr Angst. Sie war in der Gewalt dieser Männer, konnte jederzeit getötet werden.

Sollte sie nicht lieber versuchen, ein bisschen Mitleid bei ihnen zu erregen? Aber damit war sie schon früher gescheitert.

Und wie sollte man mit Leuten Kontakt aufnehmen, die maskiert waren und beharrlich schwiegen?

Die beiden Männer verließen den Raum, und Catarina blieb mit dem Essen vor sich sitzen.

31

»Du gehst zu weit mit deinen Prinzipien«, sagte Petra und trank einen großen Schluck Wein.

»Ganz und gar nicht!«, wehrte sich Susanne beleidigt.

»Aber doch. Du solltest die Verantwortung für diesen Waffenfall in Södertälje entweder auf das Justizministerium abwälzen oder ihn offiziell abgeben.«

»Ich will die Verantwortung aber auf niemanden abwälzen.«

»Dafür wirst du einen hohen Preis bezahlen müssen.«

»Dann ist das eben so«, entgegnete Susanne beinahe trotzig. Sie blickte sich hastig um, doch glücklicherweise schienen die anderen Leute, die an dem langen Tisch saßen, nichts mitbekommen zu haben. Der laue Abend hatte viele Menschen nach draußen gelockt. Obwohl Susanne inzwischen mehrere Fernsehauftritte absolviert hatte, wurde sie auf der Straße nie erkannt, was ihr sehr recht war. Wie öffentliche Personen das aushielten, war ihr schlichtweg ein Rätsel.

Die Medien belagerten sie schon den ganzen Tag über, doch Petra hatte sie mit einigen nichtssagenden Informationen zum Stand der Ermittlungen einigermaßen bei Laune gehalten.

Denn die Lage war schlechter, als sie hätten zugeben dürfen. Genauer gesagt: Sie hatten nicht das Geringste vorzuweisen. Massenhaft Tipps, aber keine einzige Spur. Da war es besser, die Ermittlungsleiterin von den Medien fernzuhalten.

Ein paar Kilometer weiter hatte das Kabinett den ganzen Nachmittag getagt. Ein paarmal hatte Susanne mit Leo telefoniert, dessen Nervosität unüberhörbar gewesen war. Die Regierung wartete weiterhin vergeblich auf neue Forderungen der Kidnapper, doch das Einzige, was sie bekamen, waren aktuelle Fotos der entführten Catarina.

Nach einer vierzehnstündigen Arbeitsschicht hatte Susanne Petra zu einem Glas Wein überreden können, und so waren sie in *Mosebacke* gelandet.

Die Sonne versank allmählich hinter der Stadtsilhouette. In einer anderen Situation hätten sie den Anblick sicher in vollen Zügen genossen.

Ein Kellner trat an ihren Tisch, der Kies knirschte unter seinen Sohlen.

Susanne und Petra bestellten ihr zweites Glas Wein.

»Wie sähe das denn aus, wenn wir jedes Mal dem Druck von außen nachgeben und die Ermittlungen einstellen würden?«, fragte Susanne in Bezug auf Petras Kommentar von vorhin.

»Was heißt denn jedes Mal? So eine Situation hat es doch noch nie gegeben.«

»Nein, aber was meinst du, was das für Konsequenzen hätte?«

»Vermutlich gar keine.«

»Das glaubst du doch wohl selbst nicht.«

»Diese Situation lässt sich mit keiner vergleichen, die wir schon mal erlebt haben. Dieses eine Mal musst du die Ermittlungen eben einstellen. Vergiss diesen Tony Asplund. Den schnappen wir uns nächstes Mal.«

Susanne entgegnete nichts, sondern zündete sich eine Zigarette an, die siebte an diesem Abend. Sie warf einen Blick zur Seite. Die anderen vier Personen an ihrem Tisch lachten schallend über eine Geschichte, die einer von ihnen erzählt hatte. Susanne spürte, wie sie von Neid ergriffen wurde. Wann hatte sie zuletzt mit jemandem zusammen gelacht? Wahrscheinlich mit Mattias, bevor er versprochen hatte, die Initiative wegen seiner beabsichtigten Scheidung zu ergreifen. Jetzt schien er den Kontakt zu ihr abgebrochen zu haben. Sie hatte ihm mehrere SMS geschickt, doch er hatte nie darauf geantwortet.

»Eines musst du noch wissen«, begann Petra.

»Ich weiß nicht, ob ich das hören will«, entgegnete Susanne.

»Es ist wichtig.«

»Ich mache doch sowieso einen Fehler, egal was ich tue«, seufzte sie.

»Ich verstehe, wie du dich fühlen musst, aber Kopf hoch!« Petra beugte sich vor und tätschelte ihr den Arm.

Sie hat keine Ahnung, wie schlecht es mir geht, dachte Susanne.

»Wahrscheinlich wäre es das Beste, wenn jemand meinen Job übernimmt«, sagte sie.

»Genau das wird passieren, wenn du jetzt nicht handelst, aber dann wird es kein freiwilliger Rückzug sein.«

»Wie meinst du das?«

»Wenn sie dich rausschmeißen, werden sie deutlich machen, dass du die Ermittlungen nicht freiwillig abgegeben hast.«

»Warum sollten sie das tun?«

»Um ihre Handlungsfähigkeit unter Beweis zu stellen«, antwortete Petra. »Das kann auf Initiative des Reichspolizeichefs, des Landeskriminalamts oder der Regierung geschehen, doch irgendjemand wird den Fall jetzt an sich ziehen. Der Druck ist einfach zu groß geworden.«

»Die Regierung kann ja wohl nicht entscheiden, wer in so einem Fall die Ermittlungen leitet«, erwiderte Susanne erstaunt.

»Die Regierung kann sich in alles einmischen.«

»Ich arbeite inzwischen wirklich gut mit Leo Holmberg zusammen. Der ist sehr zuverlässig und vertrauenswürdig.«

»Das glaube ich gern. Doch letztlich ist auch sein Einfluss begrenzt. Schließlich handelt es sich nur um einen Staatssekretär.«

»Trotzdem merkwürdig«, sagte Susanne.

»Ich wünschte, ich wäre so treuherzig wie du«, entgegnete Petra lachend. »Den Medien ist jedenfalls deutlich anzumerken, dass sie einen Sündenbock suchen. Deshalb haben sich die anderen auch so bedeckt gehalten. Die warten einfach ab, bis man dir die Schuld gibt, und wenn du wehrlos am Boden liegst, dann machen sie dich fertig.«

Eine halbe Stunde später spazierte Susanne am Söder Mälarstrand entlang.

Das schwarze Wasser sah bedrohlich und weitaus weniger verlockend aus als sonst. Zur Linken erhob sich die Münchner Brauerei, deren Fenster teils erleuchtet waren.

Sie dachte über Petras Worte nach. Wartete man wirklich darauf, dass sie den Fall an die Wand fuhr, um ihn ihr dann wegnehmen zu können? Sie stand in täglichem Kontakt zum Reichspolizeichef und zum Leiter des Landeskriminalamts. Sie waren stets freundlich und standen ihr mit Rat und Tat zur Seite. Doch wenn sie näher darüber nachdachte, dann war es auch noch nicht vorgekommen, dass sie ihr öffentlich den Rücken gestärkt hatten. In den Medien hatten sie des Öfteren betont, dass es nur eine Zeitfrage sei, wann ihnen der Durchbruch gelingen würde. Doch wenn dieser Durchbruch weiter auf sich warten ließ, was dann?

Petra hatte natürlich recht. Als Ermittlungsleiterin würde sie sich nicht ewig halten können. Hans Holmér, der seinerzeit die Ermittlungen im Mordfall Olof Palme geleitet hatte, war sogar zum Schweden des Jahres gekürt worden, obwohl sich seine Ermittlungen fast ausschließlich auf die PKK beschränkt hatten und er den Fall auch nicht hatte lösen können, dachte Susanne bitter.

Doch inzwischen brachte niemand mehr Geduld auf. Heute sollten umgehend handfeste Ermittlungsergebnisse vorliegen, das war zumindest ihr Eindruck.

Sie schlenderte weiter und sah die Insel Långholmen aus der Dunkelheit auftauchen. Hoch oben rauschte ein nie enden wollender Verkehr über die Väster-Brücke. Sie passierte den Ort, an dem zu Beginn der 90er-Jahre ein schwedisches Militärflugzeug abgestürzt war. Es kam ihr unglaublich vor, wenn sie daran dachte, dass sie damals Referendarin und Mutter eines kleinen Kindes gewesen war. War sie damals glücklich gewesen? Natürlich war es anstrengend, Kind und Beruf unter einen Hut zu bekommen, zumal ihr Mann so gut wie nie zu Hause gewesen war, doch sie hatte sich nie beklagt. Sie hatte für eine staatliche Behörde gearbeitet, während er sich erste Sporen in einem großen Unternehmen erworben hatte. Manchmal hatte Susanne darüber nachgedacht, ob es ein Zufall war, dass er fünfmal so viel verdiente wie sie, doch inzwischen war dieses Thema erledigt. Trotzdem gab es ihr immer noch einen Stich, wenn sie daran dachte, dass ihre Ehe nicht gehalten hatte. Das war zwar nicht ihre Schuld gewesen, ihr Mann hatte sie mit einer jüngeren Kollegin betrogen, dennoch hatte sie dies immer noch nicht ganz verwunden. Hatte sie seine Untreue nicht förmlich provoziert, weil sie so langweilig gewesen war?

Susanne versuchte, die bedrückenden Gedanken zu verdrängen. Immerhin lag das alles schon acht Jahre zurück. Ihr

Exmann hatte mit seiner neuen Frau zwei Kinder bekommen und in beiden Fällen sogar Vaterschaftsurlaub genommen. Jedes Mal neun Monate, womit er Susanne gegenüber mächtig angegeben hatte, als müsse sie im Nachhinein froh darüber sein.

Im Pålsund lagen die Boote in einer Reihe. Auf der anderen Seite versuchten ein paar Männer, ein Boot festzumachen. Ihren Stimmen nach zu urteilen, waren sie leicht betrunken.

Sie bog nach rechts in die Bergsundsgatan ab und war sofort in Reimersholme. Obwohl sie diesen Weg schon unzählige Male gegangen war, fand sie ihn immer noch wunderschön. Sie durchquerte den hübschen Durchgang des Gebäudes und setzte ihren Weg am Wasser fort.

Jetzt ärgerte sie sich, dass sie begonnen hatte, über ihre Scheidung nachzudenken. Da war sie Ermittlungsleiterin in einer der aufsehenerregendsten Kriminalfälle der schwedischen Geschichte, und ihr Exmann ging ihr nicht mehr aus dem Kopf. Ihre Gedanken wanderten zu Mattias, bestimmt zum hundertsten Mal an diesem Tag. Irgendwas Unvorhergesehenes musste passiert sein. Sicher war es nicht leicht, das Thema zur Sprache zu bringen. Vielleicht hatte er das Gespräch aufgeschoben und schämte sich jetzt ihr gegenüber. Oder er hatte seine Meinung geändert. Doch Letzteres konnte sie sich nicht vorstellen, obgleich ihr Selbstbewusstsein derzeit ein wenig angeknackst war. Sein Verhalten in den letzten Monaten ließ an seinen Gefühlen für sie keinen Zweifel. Es konnte nicht anders sein.

Im Dunkeln lächelte sie vor sich hin. Es war das erste Lächeln dieses Tages. Bis zum Wendekreis standen die Autos dicht an dicht am Straßenrand, doch kein Mensch war zu sehen. Hätte sie diese Gegend weniger gut gekannt, wäre sie auf der Hut gewesen.

Sie zog ihren Schlüsselbund aus der Handtasche und spazierte quer über den Wendeplatz.

Susanne erstarrte. Im dunklen Garten machte sie einen Schatten aus, der sich bewegte. Plötzlich sah sie, dass es ein Mensch war, der hinter einem Baum, nahe am Wasser, in Deckung gegangen war. Wenn sie sich beeilte, konnte sie rechtzeitig durch den Eingang zu ihrem Haus schlüpfen. Susanne blieb für eine Sekunde stehen und wartete ab, desgleichen die dunkle Gestalt hinter dem Baum. Als sie ein paar vorsichtige Schritte in Richtung Eingang machte, lief der Mann plötzlich los. Obwohl sie in Panik war, konnte sie klar denken. Sie wusste, dass ihr nicht mehr genug Zeit blieb, um ins Haus zu gelangen. Sie entschied sich, zum Fußweg zu eilen, und wollte eine Steintreppe neben dem Eingang hinauflaufen. Doch als sie ihren Fuß gerade auf die erste Stufe setzte, sah sie mitten auf der Treppe einen zweiten Mann. Im nächsten Moment wurde sie von einem grellen Blitz geblendet.

Gerda schauderte angesichts der Fernsehbilder, die sie zu Gesicht bekam. Sie befand sich in ihrer kleinen Altstadtwohnung, die fast nur zum Übernachten diente, saß in einem gemütlichen Sessel und hatte eine Decke um ihre Beine geschlungen. Im Sommer hatte sie sich einen zum Sessel passenden Fußschemel gekauft. Nun war es noch verlockender, die Abende einfach vor dem Fernseher zu verbringen, auch wenn sie sich manchmal ein wenig einsam fühlte. Manchmal nickte sie einfach ein, aber nicht heute. Der Mord an der älteren Staatsanwältin war immer noch das beherrschende Nachrichtenthema. Sowohl der Generalstaatsanwalt als auch der Reichspolizeichef betonten in ihren Interviews, dass alle verfügbaren Ressourcen mobilisiert worden seien, um die beiden Morde aufzuklären und der Entführung der Justizministerin ein Ende zu bereiten. Der Wahlkampf ruhte. Die Parteivorsitzenden erklärten einmütig, sich Seite an Seite den Kräften entgegenzustellen, die das Land bedrohten. Wer kümmert sich jetzt schon um Wahlkampagnen, dachte auch Gerda, die froh darüber war, im Moment niemandem auf der Straße irgendwelche Broschüren aufdrängen zu müssen, die doch nur im nächsten Mülleimer landeten.

Schließlich hatte sie von all den Nachrichtensendungen genug. Nach dem missglückten Interview in Göteborg hatte sie beschlossen, kein einziges Wort mehr mit den Medien zu wechseln, bis diese Sache vorüber war. Und dann würde es um ihren Rücktritt gehen. Es irritierte sie gewaltig, dass sich Ehrlichkeit in der Politik nicht lohnte. Obwohl sich Schweden in einer nationalen Krise befand, veröffentlichten die Medien weiterhin die neuesten Umfrageergebnisse. Inzwischen waren sie in Führung gegangen, doch Gerda kümmerte das nicht.

Der Fraktionsvorsitzende Fredrik Rosenqvist schien verärgert darüber zu sein, dass sie noch vor den Wahlen hatte bekanntgeben wollen, dass sie für eine weitere Legislaturperiode nicht zur Verfügung stehe. Natürlich konnte sie verstehen, dass die gegenwärtige Situation für so eine Bekanntgabe nicht günstig war. Doch wollte sie damit nicht bis nach den Wahlen warten, das würde sie als Betrug am Wähler betrachten.

Gerda versuchte, ihren Mann anzurufen, doch er meldete sich nicht. Sie hatte ihn im Verdacht, nicht ans Telefon zu gehen, wenn er sah, dass sie es war. »Musst du eigentlich ständig rumnörgeln?«, fragte er sie manchmal. Dann war sie beleidigt und wollte nicht mehr mit ihm reden. Sie fand gar nicht, dass sie so anstrengend war. Dafür war er unausstehlich, wenn er nicht zum Golfspielen kam.

Sie drehte eine Runde durch ihre kleine Wohnung, die aus

zwei Zimmern und einer Küche bestand. Wenn die Leute wüssten, wie beengt viele Reichstagsabgeordnete wohnten, würden sie sich weniger beschweren, dachte sie.

Plötzlich hörte sie aus dem Fernseher eine wohlbekannte Stimme. Es war Petra, ihre frühere Pressesprecherin, die im Namen der Polizei Auskunft gab. Im Laufe des Tages hatte sie mehrmals bekräftigt, dass sie nichts unversucht ließen, um die Entführung möglichst rasch zu beenden.

Gerda ging zum Fernseher zurück und sah, wie Petra der schwedischen Bevölkerung selbstbewusst versicherte, dass die Lösung des Problems nahe sei, die Polizei mehreren konkreten Spuren nachging, jedoch auch weiterhin dankbar für Hinweise aller Art war.

»Warum wollt ihr noch Tipps, wenn ihr so konkrete Spuren habt?«, fragte Gerda laut und hatte das Gefühl, sie durchschaut zu haben.

Dann musste sie an das denken, was sie schon seit mehreren Tagen beschäftigte. Vor Kurzem hatte sie Staatssekretär Leo Holmberg noch darüber reden hören, dass es einen Plan gebe, Catarina Björk zu entführen. Doch als Gerda in ihrer Eigenschaft als Vorsitzende des Justizausschusses bei der *Säpo* nachgefragt hatte, war man dort äußerst überrascht gewesen und hatte die Existenz eines solchen Plans geleugnet. Daraufhin hatte sie Fredrik Rosenqvist angerufen und ihn davon in Kenntnis gesetzt.

Auf irgendeine Weise war das Ganze zu den Medien durchgesickert und hatte sogar in der *Kvällspressen* gestanden. Aber dann war das Sonderbare geschehen. Am selben Tag, an dem die Zeitung von den Entführungsplänen berichtet hatte, war die Ministerin tatsächlich entführt worden. Petra verstand nicht, wie das zusammenhing.

Und wenn auch dies eine wichtige Information war? Sicherheitshalber sollte sie die Einsatzleiterin der Polizei von ihrem Gespräch mit Rosenqvist unterrichten.

Heute Abend war es für solch einen Anruf schon zu spät. Sie musste sich morgen nur daran erinnern. In aller Frühe würde sie den Kontakt suchen. Diese Sache konnte für die Ermittlungen noch von Bedeutung sein. Sie würde sich direkt mit Susanne Dahlgren verbinden lassen.

32

Ein weiterer Blitz traf Susanne mitten ins Gesicht. Erst jetzt verstand sie, dass es der Blitz eines Fotoapparats war.

Doch wurde nicht nur ein Bild gemacht, sondern es blitzte in einer Tour. Die Kamera zündete ihre Blitze mit der Geschwindigkeit eines Maschinengewehrs.

»Was soll das, verdammt?«, schrie Susanne dem Fotografen entgegen, der einige Stufen über ihr stand.

Er antwortete nicht, und als Susanne einsah, dass sie ihn nicht aufhalten konnte, eilte sie zu ihrer Haustür zurück. Mit zitternden Händen gelang es ihr, den Schlüssel ins Schloss zu stecken, als jemand seinen Fuß an die Tür setzte.

»Hören Sie auf!«, rief sie. »Was machen Sie denn da?«

Der Mann zog etwas aus der Tasche, das wie ein kleines Aufnahmegerät aussah, und hielt es Susanne direkt vors Gesicht, während der Fotograf die Stufen herunterkam und weitere Fotos machte.

»Linus Wiberg von der *Kvällspressen* will Ihnen nur ein paar Fragen stellen«, sagte er.

»Sie sind wohl verrückt geworden, sich so aufzuführen!«, rief Susanne und bemühte sich darum, ihre Atmung unter Kontrolle zu bringen.

»Wir haben den ganzen Tag versucht, Kontakt zu Ihnen aufzunehmen, aber die Einzige, die sich äußert, ist Ihre Pressesprecherin. Da blieb uns keine andere Wahl.«

»Keine Wahl? Ich dachte, ich werde überfallen!«, gab Susanne empört zurück. »Hören Sie jetzt endlich mit dem Geknipse auf!«, fuhr sie den Fotografen an, der immer noch Bilder schoss.

»Ich tue nur meinen Job«, entgegnete der und blickte für eine Sekunde von seiner Kamera auf.

»Wir haben bloß ein paar kurze Fragen«, sagte Linus grinsend.

Susanne warf ihm einen verächtlichen Blick zu. Der Journalist sah schlampig und ungepflegt aus. Als er sein Gesicht bis auf wenige Zentimeter an ihres heranschob, setzte sie ihm die Hände auf die Brust, um ihn auf Distanz zu halten. Linus tat mit übertriebener Geste so, als würde er das Gleichgewicht verlieren, während neue Fotos geschossen wurden.

»Ich weiß nicht, ob ich irgendwelche Fragen beantworten will, jedenfalls nicht jetzt«, keuchte Susanne und drückte sich an die Wand. Sie überlegte, ob sie erneut versuchen sollte, ins Haus zu gelangen, sah aber ein, dass dies nur noch schlimmere Bilder provozieren würde. Im Hinterkopf pochte Petras Warnung, man könne den Medien nicht entkommen, ohne sie gegen sich aufzubringen.

»Warum sind die polizeilichen Ermittlungen gescheitert?«, fragte Linus und hielt Susanne das Aufnahmegerät unters Kinn.

»Sie sind nicht gescheitert«, widersprach Susanne.

»Nun ist eine weitere hochrangige Persönlichkeit aus den Reihen der Justiz ermordet worden, was sagen Sie dazu?«

»Ich weiß nicht, ob …«

»Hätten Sie bessere Arbeit geleistet, wäre die Staatsanwältin vielleicht noch am Leben«, unterbrach sie Linus.

»So kann man das nicht …«

»Was würden Sie zu ihrer Tochter sagen, die gerade ihre Mutter verloren hat?«

»Ich kann nur sagen, dass wir alles tun werden, was in unserer Macht steht«, sagte Susanne. »Und jetzt möchte ich in meine Wohnung gehen. Wenn Sie mir nicht Platz machen, werde ich Sie anzeigen.«

»Aber nicht doch«, entgegnete Linus lachend.

»Machen Sie jetzt bitte die Tür frei«, forderte Susanne ihn erneut auf.

Der Fotograf hatte damit begonnen, seine Sachen zusammenzupacken. Linus trat mit einer übertriebenen Verbeugung zur Seite.

»Wir sind sehr zufrieden, Madame. Morgen können Sie dann in der Zeitung lesen, wie sie zwei Journalisten angegriffen haben, die nur ihrer Arbeit nachgehen, und nicht ein einziges Wort für die Tochter der ermordeten Staatsanwältin übrig haben.«

»Und dass wir alles tun, was in unserer Macht steht, was ist damit?«, fragte Susanne empört.

»Ich bin mir nicht sicher, ob ich das mitbekommen habe«, antwortete Linus mit grobem Lachen. Wenige Sekunden später sprangen er und der Fotograf in ein Auto, das im Wendekreis geparkt hatte, und rasten mit quietschenden Reifen davon.

Susanne ging auf wackligen Beinen in ihre Wohnung und ließ sich im Eingangsbereich auf einen Stuhl sinken. Ohne nachzudenken wählte sie Mattias' Nummer.

»Natürlich müssen wir reden«, sagte Mattias. Doch eigentlich wollte er das nicht. Dennoch war es unvermeidlich, auf Lottas Untreue zu sprechen zu kommen, wenn sie allein in der Küche saßen.

Mattias' Laune war den ganzen Abend hin und her geschwankt. Nachdem die Kinder eingeschlafen waren, hatte er sich vor den Fernseher gesetzt und dumpf in Richtung Mattscheibe gestarrt, während ihm Tränen die Wangen hinuntergelaufen waren. Wie auch immer die Sache ausgehen würde, war sie doch unendlich traurig. Eine Familie, die einst voller Optimismus in die Zukunft geblickt hatte, fiel auseinander.

Schließlich war Lotta zu ihm gekommen und hatte vorgeschlagen, miteinander zu reden, und er war hinter ihr her in die Küche getrottet.

Nun saß Lotta auf einem Stuhl am Tisch und hatte ihm halb den Rücken zugekehrt, um ihm nicht in die Augen sehen zu müssen. Er lehnte mit verschränkten Armen an der Arbeitsplatte.

»Warum weichst du mir ständig aus?«, fragte Lotta.

Mattias stieß einen tiefen Seufzer aus und blickte aus dem Fenster ins Schwarze.

»Es ist ja wohl nicht besonders angenehm, zu erfahren, dass die eigene Frau einen Liebhaber hat.«

»Aber dafür gibt es einen Grund«, erwiderte Lotta und drehte sich zu ihm um, ohne ihn anzusehen.

»Ich bin mir nicht sicher, ob ich den erfahren will.«

»Dass ich mich mit einem anderen Mann eingelassen habe, hat mit dir und mir zu tun.«

»Ach so?«

Im Laufe des Abends war er mehrmals kurz davor gewesen, von Susanne zu erzählen, doch irgendetwas hielt ihn stets zurück. Er wusste selbst nicht, was es war. Wollte er Lotta vorher noch ein bisschen leiden lassen? Hatte er das Gefühl, all das Schöne in der Beziehung zu Susanne in den Schmutz zu ziehen? Oder war er einfach nur feige?

Wahrscheinlich Letzteres.

»Wir wissen doch beide, dass unsere Beziehung in den letzten beiden Jahren nicht besonders gut war«, sagte Lotta. »Sonst wären wir ja auch nicht zur Familientherapie gegangen.«

»Muss man sich denn gleich einen Liebhaber zulegen«, fragte er vorwurfsvoll. Er konnte es nicht lassen, in seiner Küche den Anwalt zu spielen. Doch im Stillen verachtete er sich dafür.

»Nein, aber wenn es geschieht, ist es kein Zufall«, antwortete Lotta.

»Wie man sieht«, entgegnete Mattias bissig.

»Willst du denn gar nicht darüber reden«, fragte Lotta und stand auf. Sie öffnete die Kühlschranktür und schien nach etwas zu suchen. Mattias beobachtete sie schweigend.

Er verstand nicht, warum er das Thema nicht endlich zur Sprache brachte. Vor zwei Tagen, auf dem Heimweg, war er noch fest entschlossen gewesen, und nun brachte er keinen Ton heraus.

»In einer lange Ehe ist das doch nichts Ungewöhnliches«, sagte Lotta und setzte sich wieder hin.

»Ich verstehe gar nicht, warum du ständig neue Entschuldigungen anführst«, sagte Mattias.

Plötzlich füllten sich Lottas Augen mit Tränen. Obwohl sie seit fünfzehn Jahren verheiratet waren, überraschte sie ihn doch immer wieder. Ihre Laune konnte sich von einer auf die andere Sekunde ändern, und wie auf Knopfdruck war sie jederzeit in der Lage, in Tränen auszubrechen. Er wusste gar nicht, wie oft ein Streit zwischen ihnen damit geendet hatte, dass er sie trösten musste.

Doch heute unternahm er nicht den geringsten Versuch. Heute musste sie allein klarkommen.

»Wir müssen uns doch entscheiden, ob wir uns scheiden lassen«, schluchzte Lotta.

Sag es ihr jetzt, sag es, forderte Mattias sich auf. Doch als er sich gerade ein Herz fassen und erzählen wollte, dass er eine andere Frau getroffen habe und eine Scheidung wohl das Beste sei, hörten sie ein Hicksen auf dem Flur.

Im nächsten Moment stürzte eine weinende Rebekka in die Küche. Offenbar hatte sie das Gespräch auf dem Flur belauscht.

»Ich wusste, dass ihr euch scheiden lasst. Ihr habt gelogen!«, schrie sie außer sich vor Trauer und Wut.

Lotta sprang von ihrem Stuhl auf und nahm sie auf den Arm.

»Lass uns in Ruhe reden, mein Schatz«, sagte sie und trug ihre Tochter aus der Küche.

Im selben Moment meldete sich Mattias' Handy.

Das Erste, was Mattias sah, als er den Vorplatz auf Långholmen erreichte, waren Susannes lange blonde Haare. Sie schienen im Dunkeln zu leuchten.

Weiter oben leuchtete das gelb gestrichene Gefängnis, das inzwischen zu einer Raststätte für Wanderer umgebaut war. Außer Susanne sah er keinen Menschen, was auch nicht verwunderlich war. Es war schon nach Mitternacht.

Mattias hatte sich auf den Weg gemacht, während Lotta immer noch mit Rebekka sprach. Wahrscheinlich glaubte sie, er sei im Zorn einfach davongefahren. Doch eigentlich war es ihm egal, was sie glaubte. Ihre Ehe war gescheitert, das stand fest, auch wenn sich die Sache nicht so entwickelt hatte, wie von ihm geplant.

Susanne hatte völlig verzweifelt geklungen. Zuerst dachte er, sie sei so verzweifelt, weil er sich nicht gemeldet hatte. Dann hatte er begriffen, dass etwas anderes dahintersteckte. Doch worum es auch ging, er hatte sich natürlich sofort auf den Weg gemacht. Außerdem tat es ihm gut, von zu Hause fortzukommen.

Mattias parkte sein Auto und stieg aus. Ehe er etwas sagen konnte, warf sich ihm Susanne an den Hals. Er tätschelte ihr ein wenig unbeholfen den Kopf, während sie ihn einfach festhielt.

Erst nach wenigen Minuten ließ sie ihn zögerlich los und sah ihm in die Augen.

»Du brauchst mir nicht zu sagen, wie es um deine Scheidung steht.«

»Die Sache läuft, es hat sich nur alles ein wenig zugespitzt«, entgegnete er mit belegter Stimme.

»Lass uns später darüber reden.«

»Was ist passiert?«

Susanne holte tief Luft, bevor sie antwortete.

»Ich weiß gar nicht, wo ich anfangen soll.«

»Fang einfach mit dem Anfang an«, sagte Mattias und strich ihr eine Haarsträhne aus der Stirn.

Dann berichtete Susanne alles, was passiert war. Normalerweise war sie sehr diskret, was Ermittlungsinterna betraf, doch jetzt sprudelte alles aus ihr hervor. Als sie berichtete, wie der Journalist und der Fotograf ihr aufgelauert hatten, brach ihre Stimme. Mattias, der sie nicht ablenken wollte, widerstand dem Impuls, sie zu umarmen.

»Die schwerste Entscheidung ist die, ob ich die Ermittlungen im Waffenfall in Södertälje einstellen soll, wie es dieser Spitzel von uns fordert«, erklärte sie.

»Das entscheidet doch wohl der Staatsanwalt.«

»Wenn ich mich dafür einsetze, dann wird er es tun«, sagte Susanne, ohne genauer auf Granaths Verhalten einzugehen.

»Selbst die Regierung hat doch schon zwölf Häftlinge begnadigt«, erinnerte sie Mattias.

»Das ist etwas anderes. Bei Begnadigungen gibt es keine detaillierten Regeln. Ein Gnadenerlass ist an keine Bedingungen geknüpft und kann auch nicht mehr rückgängig gemacht werden.«

»Und wenn du diese Ermittlungen einstellst, kannst du erfahren, wo sich die Justizministerin befindet?«

»Ja, aber im Fall in Södertälje haben wir handfeste Beweise, die den Tätern mehrere Jahre Gefängnis einbringen werden«, sagte Susanne. »Die Ermittlungen einzustellen wäre ein schweres Dienstvergehen.«

Mattias dachte eine Weile nach.

»Da bin ich mir nicht so sicher«, entgegnete er bedächtig. Jetzt war der Anwalt in ihm erwacht. »Für mich hört sich das so an, als stünde ein solches Verhalten im Einklang mit Paragraf zwei, Absatz vierunddreißig.«

»Wie meinst du das?«

»Wenn du es für realistisch hältst, das Leben der Justizministerin retten zu können, indem du die Ermittlungen in einem anderen Fall einstellst, dann ist das eine notwendige Prioritätensetzung.«

»Du meinst also, ich soll die Ermittlungen in Södertälje unter der Bedingung einstellen, dass uns Tony Asplund das Versteck von Catarina Björk verrät?«

»Absolut. Es nicht zu tun, wäre meiner Meinung nach das größere Dienstvergehen.«

Susanne fiel ein Stein vom Herzen. Warum hatte sie, die selbst Juristin war, nicht daran gedacht?

Plötzlich schien sämtlicher Druck von ihr zu weichen, und sie konnte die Ermittlungen eine Zeit lang vergessen. Vor ihr stand Mattias, der Mann, in den sie seit Jahren verliebt war und der ihr in diesem Moment attraktiver erschien als je zuvor. Jeans und Pullover passten im Grunde viel besser zu ihm als die Anzüge, die er trug, wenn er direkt von der Arbeit kam.

Es wurde still, ihre Blicke begegneten sich. Sie trat einen Schritt auf ihn zu, seine Finger erreichten sie, und er küsste sie mit seinen weichen Lippen so sanft wie immer. Sie begehrte ihn mehr, als sie sich hatte vorstellen können.

»Komm«, sagte sie und wollte ihn mit sich fortziehen.

»Sollen wir nicht lieber zu dir gehen?«

»Nein, ich will diesen schrecklichen Eingang jetzt nicht sehen«, sagte sie. Sie zog ihn vom Parkplatz fort, sie stiegen über einen niedrigen schwarzen Zaun und eilten ein Stück über die Wiese, bis der Schein der Straßenlaternen sie nicht mehr erreichte. An einem kleinen Gehölz drehte sie sich zu ihm um, zog ihn an sich, küsste ihn auf Mund, Hals und Nacken. Langsam ließen sie sich ins Gras sinken, das feucht vom Tau war. Mattias landete auf dem Rücken, Susanne setzte sich rittlings auf ihn. Sie rissen sich die Kleider vom Leib, und Mattias stöhnte so laut, dass Susanne ihm den Mund zuhalten musste. Ihr war, als gingen Stromstöße durch sie hindurch, als sie sich im feuchten Gras liebten.

DIENSTAG, 16. SEPTEMBER
5 TAGE VOR DER WAHL

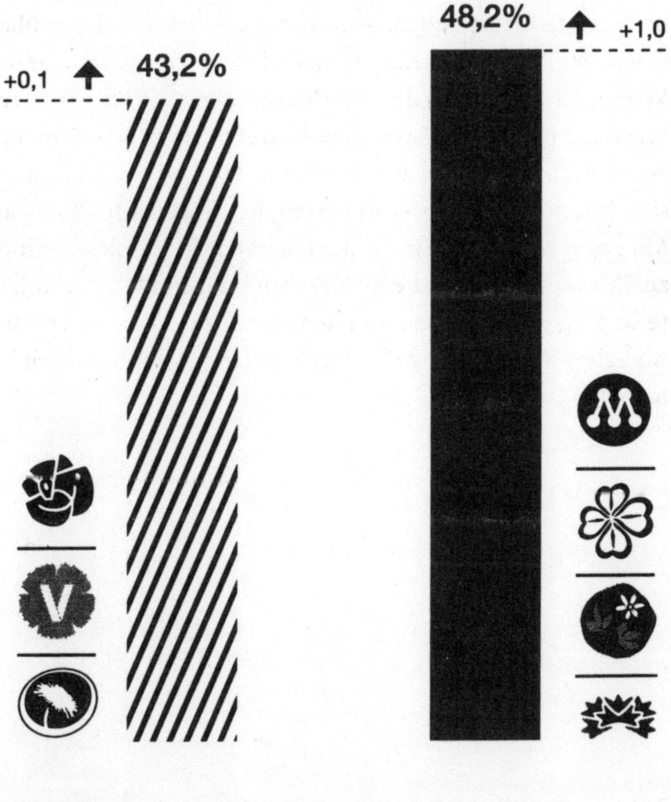

33

Susanne bekam einen Schock, als sie am Morgen in Petras Büro Platz nahm. Über Nacht war sie zur vielleicht unbeliebtesten Person im ganzen Land geworden. Vor ihr auf dem Tisch lag die *Kvällspressen*, die sich ausgiebig mit Susanne Dahlgren beschäftigte.

Die Schlagzeile auf der Titelseite ließ an Deutlichkeit nichts zu wünschen übrig: Angriff einer Polizistin.

Auf dem dazugehörigen Foto sah man Susannes Hände auf der Brust des Journalisten. Es sah ganz so aus, als stieße sie ihn weg.

Im Innenteil der Zeitung widmeten sich mehrere Seiten dem Scheitern der polizeilichen Ermittlungen, wofür in erster Linie die unfähige Ermittlungsleiterin verantwortlich gemacht wurde. Auch ihre Vergangenheit als Staatsanwältin wurde ihr negativ ausgelegt und als Beleg dafür angeführt, dass sie von klassischer Polizeiarbeit keine Ahnung habe. Der Kolumnist bemerkte in einem aggressiven Ton, die Polizei solle Gewalt verhindern, statt selbst Gewalt auszuüben.

Angehörige der Entführten brachten ihre quälende Sorge zum Ausdruck, doch die Ermittlungsleiterin erklärte bloß lapidar: »Ich habe ihnen nichts zu sagen.«

Petra hatte sie schon vor sechs Uhr in der Früh angerufen und sie gebeten, sofort ins Präsidium zu kommen. Um den bereits versammelten Journalisten zu entgehen, solle sie den Nebeneingang an der Polhemsgatan benutzen.

»Ich habe wirklich niemanden angegriffen«, verteidigte sich Susanne, als sie gemeinsam den Zeitungsartikel studierten.

»Du brauchst mir nichts zu erklären. Ich weiß, welches Ekel von Journalist dafür verantwortlich ist«, entgegnete Petra mit tiefem Seufzen.

»Kennst du ihn?«

»Der ist Mitglied der *Wahlallianz 2.0*, dieser Organisation, von der ich dir erzählt habe.«

Susanne starrte Petra mit offenem Mund an »Manchmal habe ich das Gefühl, dich nicht zu kennen«, sagte sie schließlich.

»Ich kann verstehen, warum du mich für eine Verräterin hältst.«

»Ich verstehe nur nicht, warum du mit solchen Typen zusammenarbeitest.«

»Das tue ich nicht mehr.«

»Was geschieht jetzt?«, fragte Susanne entmutigt.

Vor ein paar Stunden hatte sie noch gedacht, all ihre Probleme seien gelöst. Mattias hatte ihr erklärt, wie sie die richtige Entscheidung fällen konnte, ohne sich eines Dienstvergehens schuldig zu machen. Als sie sich nach ihrem Abenteuer auf Långholmen voneinander verabschiedet hatten, hatte Mattias ihr versichert, dass sich nichts geändert habe, auch wenn die Situation nun eine andere sei. Was auch immer er damit gemeint haben mochte.

Sie war so froh darüber, ihr Dilemma gelöst zu haben, dass sie ihre unangenehme Begegnung mit dem Journalisten völlig verdrängt hatte.

Bis heute Morgen.

»Die Sitzung des Krisenstabs beginnt in zehn Minuten«, war Petras Antwort.

»Und weiter … ich meine, die Medien …«

Petra sah sie lange an, ehe sie antwortete:

»Die sind nicht hinter dir her.«

»Sondern?«

Susanne spürte eine leichte Übelkeit in sich aufsteigen.

»Die wollen kurz vor den Wahlen eine Regierungskrise heraufbeschwören«, antwortete Petra.

»Aber ich hab doch nichts mit der Politik zu tun.«

»Um die Regierung angreifen zu können, muss es erst mal mit den Ermittlungen den Bach runtergehen. Deshalb wollen sie dich fertigmachen«, erklärte Petra mit betrübtem Lächeln.

Susanne schüttelte den Kopf. Ihre Polizeiarbeit hatte mit Parteipolitik rein gar nichts zu tun.

»Ich verstehe trotzdem nicht, was ich jetzt tun soll.«

»Wir brauchen unbedingt einen Durchbruch.«

»Wie viel Zeit haben wir?«

»Wenige Stunden.«

Susanne war ein bisschen schummrig zumute, als sie gemeinsam mit den anderen Kollegen, die fast ausnahmslos Kaffeebecher in der Hand hielten, den Raum betrat. Die Stimmung war gedämpft, manche blickten sie mitleidig an. Der Einzige, der bester Laune zu sein schien, war Magnus Granath. Als hätte ihm die morgendliche Zeitungslektüre seine alte Energie zurückgegeben.

»Ich kann verstehen, dass Sie über den Artikel empört sind«, sagte er mit leichtem Schnauben.

»Das beruhigt mich«, entgegnete sie, obwohl sie nach Petras Aussage, ihnen blieben für einen Durchbruch nur wenige Stunden Zeit, alles andere als beruhigt war. Plötzlich hing alles von dem Spitzel Tony Asplund ab. Und wenn er nun doch falsche Informationen hatte? Dann wäre das Fiasko perfekt.

Vor der heutigen Sitzung hatte sie eine Rundmail geschickt, in der sie ihr Einverständnis erklärt hatte, die Ermittlungen in Södertälje einzustellen, sofern sie im Gegenzug das Versteck von Catarina Björk erfuhren. Darin lag jetzt ihre einzige Chance.

Magnus Granath riss erneut die Initiative innerhalb der Gruppe an sich. Die Hände auf dem Rücken, postierte er sich vor dem Whiteboard.

»Geben Sie uns weitere Details über Tony Asplund«, forderte er den Mitarbeiter des Kriminalnachrichtendienstes auf, der umgehend einige Unterlagen aus seiner Tasche zog und zu referieren begann.

»Ehemaliger Auftragskiller der *Hells Angels*, war an verschiedenen Erpressungen beteiligt. Fünf Verurteilungen zu insgesamt zwölf Jahren Gefängnis. Wird verdächtigt, ein anderes Mitglied getötet zu haben, was aber nie bewiesen werden konnte. Wohnt inzwischen in einer sieben Millionen teuren Eigentumswohnung in Vasastan, die er mit Sicherheit durch kriminelle Machenschaften finanziert hat. Asplunds einzige Einnahmequelle ist eine Frührente, die ihm 6000 Kronen im Monat einbringt.«

»Wie kommt es, dass er über die behaupteten Informationen verfügt?«, fragte Susanne, die immer noch skeptisch war.

»Nach eigener Aussage war er früher selbst Mitglied der Organisation *Gerechtigkeit ohne Grenzen.*«

»Die vermutlich für das Geiseldrama und die Entführung der Justizministerin verantwortlich ist«, stellte Susanne fest.

»Ebenso für die Ermordung des Richters und der Staatsanwältin«, fügte der Repräsentant von *Kuten* hinzu. »Bisher wussten wir nur, dass es sich um eine Reihe von Dummköpfen handelt, die eine Wiederaufnahme ihrer Prozesse anstreben und beim Ombudsmann des Reichstags Beschwerde einlegen. Wir haben alle Mitglieder vernommen, ohne dass dies etwas gebracht hätte. Doch gibt es inzwischen auch einen bewaffneten Zweig, der sich abgespalten hat. Hinter diesem Zweig dürfte sich das Gehirn der gesamten Organisation befinden.«

Susanne dachte an Mattias' Worte, dass Menschen, die auf ihre persönliche Rache fixiert sind, oft ein berechtigtes Anliegen vertreten, nur die Relationen aus dem Blick verloren haben.

»Okay, jetzt wissen wir ein bisschen mehr«, sagte Magnus Granath. »Wenden wir uns also den praktischen Maßnahmen zu.«

»Für die es ja klare Prinzipien gibt«, erwiderte der Mitarbeiter von Kuten.

»Ich möchte dabei sein, wenn Tony Asplund verhört wird«, sagte Susanne.

Mehrere Polizisten machten eine skeptische Miene. Damit hatten sie nicht gerechnet.

»Meinen Sie, das ist der Sache dienlich?«, fragte Magnus Granath.

Susanne dachte daran, wie sehr sich die Situation geändert hatte. Noch vor ein paar Tagen hätte der Chefankläger diese Diskussion im Keim erstickt. Jetzt war er sehr viel nachgiebiger als früher, obgleich er sich alle Mühe gab, die Zügel wieder selbst in die Hand zu nehmen.

»Absolut. Am besten, wir brechen gleich auf«, antwortete Susanne und beendete die Sitzung.

Petra lächelte in sich hinein.

Wenige Stunden später war Petras Laune beträchtlich gesunken.

Sie hatte Kontakt zu Hjalle und Linus aufgenommen, woraufhin sie sich wie gewohnt in Hjalles Mansardenwohnung getroffen hatten.

Die beiden Männer saßen selbstbewusst auf ihren Stühlen und lehnten sich zurück, während Petra so wütend war, dass sie nicht still sitzen konnte.

»Susanne ist euch doch scheißegal!«, rief sie.

»Reg dich doch nicht so auf, nur weil sie deine Chefin ist«, entgegnete Hjalle amüsiert.

»Und richte ihr aus, dass man fremde Menschen nicht angreifen soll«, fügte Linus mit gespieltem Ernst hinzu.

»Sie ist doch keine Politikerin, was habt ihr mit ihr vor?«, fragte Petra, obwohl sie die Antwort sehr genau kannte.

»Ehrlich gesagt, habe ich keine Zeit für solche Diskussionen«, entgegnete Linus mit Blick auf seine Armbanduhr.

»Weißt du, Petra, wir hatten eigentlich geglaubt, dass du dir nach unserem gemütlichen Kaffeetrinken am Sonntag etwas Besseres einfallen lässt«, sagte Hjalle.

»Und was sollte das sein?«

»Du solltest vor allem einsehen, wie viele Vorteile dir eine Zusammenarbeit mit uns bringt«, antwortete Linus.

»Und wie wichtig es für uns ist, proaktiv zu sein«, ergänzte Hjalle.

»Nie im Leben«, gab Petra bissig zurück.

»Okay, dann hat das hier keinen Zweck«, stellte Linus fest. »Andere Termine rufen. Ich kann dir sagen, dass der Reichspolizeichef, den ich gleich treffen werde, das Vertrauen in euch verloren hat. Deine Chefin wird gleich entlassen werden, nur dass du's weißt.«

Petra war rasend vor Wut. Ihr schlechtes Gewissen tat ein Übriges. Auch wenn sie Linus jetzt nicht mehr aufhalten konnte, so hatten sie doch früher zusammengearbeitet. Susannes Kommentar, dass sie ihr manchmal fremd sei, saß wie ein Stachel in ihr. Sie wollte Susanne, die sie inzwischen zu ihren besten Freunden zählte, doch schützen. Das Problem bestand allerdings darin, dass Susanne so verdammt gutmütig war.

»Das werdet ihr noch bereuen«, sagte sie.

Hjalle und Linus gaben sich lachend ein High five.

»Wie willst du das anstellen?«, fragte Linus wiehernd.

»Ich will wissen, wie die Gruppe aufgebaut ist«, sagte Petra.

Die beiden Männer schauten sie erstaunt an, bevor sie erneut in Gelächter ausbrachen.

»Aber kleine Petra, es ist doch wohl nicht verboten, eine Organisation zu gründen, die sich politisch betätigt.«

»Und was hat ein unabhängiger Journalist hier zu suchen?«, fragte sie.

»Ich bin nur dabei, um über die Entwicklung der Organisation zu berichten, stimmt's, Hjalle?«

»Absolut«, bestätigte Hjalle. »Man könnte natürlich auch fragen, was die Pressesprecherin des Landeskriminalamts in unseren Reihen zu suchen hat«, fügte er hinzu.

Petra merkte, dass sie so nicht weiterkam. Das waren durch und durch unaufrichtige Menschen. Sie schämte sich dafür, mit ihnen zusammengearbeitet zu haben.

»Das werden wir ja sehen«, entgegnete sie und schickte sich an zu gehen.

»Denk gut nach, Petra«, sagte Hjalle, dessen Stimme plötzlich einen sehr ernsten Klang hatte. »Du spielst mit dem Feuer.«

Als Petra seinen Blick auffing, schauderte sie. Er war so eiskalt, dass sie zum ersten Mal Angst vor ihm bekam.

34 Susanne stieg in den Wagen, der in der Tiefgarage unter dem Polizeipräsidium stand. Sie wusste um das Problem der Polizei, unablässig die eigenen Fahrzeuge austauschen zu müssen, um von den professionellen Kriminellen nicht frühzeitig erkannt zu werden.

Da dies ein äußerst heikler Auftrag war, nahmen sie eines der neuen Autos. Neben ihr saß der Mann, der in diesem Teil des Landkreises den Kontakt zu dem Spitzel hielt. Susannes Gegenwart schien ihm nicht unbedingt zu gefallen. Vermutlich verbat er sich jede Einmischung von außen. Susanne war überrascht über sein junges Alter.

Schweigend fuhren sie über die Barnhus-Brücke, unter ihnen ratterte ein Zug vorbei. Beide wussten, wie wichtig ihre Aufgabe war und dass sie sich keinen Fehler erlauben durften.

Am Odenplan fanden sie zunächst keinen Parkplatz. Da sie keine Aufmerksamkeit als Falschparker erregen wollten, fuhren sie weiter bis zur Stadtbibliothek. Zwar gab es auch hier keine freien Parkplätze, doch würden sie bei der Vielzahl der Fahrzeuge, die im Parkverbot standen, weniger auffallen.

Sie betraten das Haus und drehten sich rasch zur Wand, als ein junger Kerl die Treppe hinuntersprang. Doch er schien zu sehr mit sich selbst beschäftigt, um von ihnen Notiz zu nehmen.

Sie nahmen den Aufzug in den sechsten Stock und klingelten bei Tony Asplund, aber nichts geschah. Susanne klingelte erneut. Niemand öffnete. Sie drückte die Klinke hinunter, und zu ihrer Verwunderung ließ sich die Tür öffnen.

»Sollten wir nicht Unterstützung anfordern, ehe wir reingehen?«, fragte der junge Kollege.

Susanne sah ihm an, dass er Angst hatte. Warum waren Polizisten eigentlich immer so furchtsam? Bei jeder Gelegenheit wollten sie Verstärkung anfordern.

»Der hat bestimmt nur vergessen abzuschließen«, sagte Susanne.

Der junge Mitarbeiter zögerte. Einfach hineinzugehen, erschien ihm zu riskant, draußen stehen zu bleiben, während die Chefin die Wohnung betraf, ging allerdings auch nicht.

Schließlich zog er unschlüssig eine schwarze Pistole unter der Jacke hervor. Susanne, die eine Abneigung gegen Waffen aller Art hatte, wäre es nicht im Traum eingefallen, sich zu bewaffnen. Eigentlich sollte sie bei so einem Einsatz natürlich auch eine Pistole bei sich tragen, doch ihre Dienstwaffe war im Waffenschrank des Präsidiums eingeschlossen.

Susanne überlegte, ob sie ihn auffordern sollte, die Pistole wieder einzustecken, entschied sich aber, ihm das selbst zu überlassen.

Außerdem schien ihm seine Waffe ein bisschen Mut zu verleihen. Ohne dass Susanne etwas gesagt hätte, schob er die Tür weiter auf und glitt hinein. Susanne folgte ihm. Obwohl sie keinen Anlass zu übertriebener Vorsicht sah, wollte auch sie möglichst wenig Geräusche machen, schon um nicht die Nachbarn aufzuschrecken. Da Asplund sie eingeladen hatte, konnten sie es rechtfertigen, einfach in die Wohnung hineingegangen zu sein. Über die moralische Berechtigung ließe sich natürlich streiten. Doch dieses eine Mal war Susanne nicht darauf aus, es allen recht zu machen.

Sie kamen in einen exklusiv möblierten Vorraum, auf dessen Boden ein Perserteppich lag. Susanne warf einen verächtlichen Blick auf all die Kostbarkeiten, die sie allein in diesem Raum auf mindestens hunderttausend Kronen veranschlagte. Gekauft von dem, was Verbrechen eingebracht hatten, oder noch schlimmer: von den Geldern der Polizei.

Sie betraten ein riesiges Wohnzimmer. Wohnte er wirklich allein hier? Das passte eigentlich nicht zu einem Mann von fünfunddreißig Jahren.

Susanne gelangte in die Küche. Auch diese war mit Arbeitsplatten aus Lärchenholz äußerst kostspielig eingerichtet. Sie ging weiter und fand sich in einem langen Gang wieder. Am Ende dieses Ganges sah sie eine angelehnte Tür, hinter der vermutlich das Badezimmer lag. Schritt für Schritt tastete sie sich vor. Von ihrem Kollegen war nichts zu sehen, offenbar war er immer noch im Wohnzimmer.

Als sie die Tür erreichte, wurde sie von einem plötzlichen Misstrauen erfasst. Von dem unabweisbaren Gefühl, dass hier etwas nicht stimmte. Sie widerstand dem Impuls, auf dem Absatz kehrtzumachen, und schob langsam die Tür auf. Sie wusste, dass sie im nächsten Moment etwas sehen würde, das sie nicht sehen wollte.

Tony Asplund lag in der Badewanne. Obwohl sie sich nie persönlich begegnet waren, hatte Susanne keinen Zweifel, dass er es war. Sein Körper war verdreht, ein Bein hing über der Kante. Die kräftigen Arme waren von Tätowierungen bedeckt. Seine schwarzen Haare standen in alle Richtungen ab. Die Augen waren weit aufgerissen und hatten einen nahezu erstaunten Ausdruck. Sein nackter Körper war mit Blut verschmiert. Ebenso die Wände. Dort hatte jemand mit Blut die Zahl zwölf geschrieben.

Mattias' Wut auf die Medien kannte keine Grenzen. Es war genauso schlimm, wie Susanne befürchtet hatte. Plötzlich wurde ihr die alleinige Schuld in die Schuhe geschoben. Als hätte sie die jüngsten Morde zu verantworten.

Er ging in den Vorraum neben dem Wartezimmer, wo auch ein Fernseher stand. Er schaltete ihn ein und las den Videotext. Überall dieselben Schlagzeilen von der ebenso aggressiven wie inkompetenten Ermittlungsleiterin.

Ein weiterer Mord war begangen worden. Diesmal hatte es einen Schwerkriminellen getroffen, weshalb es fraglich war, ob eine Verbindung zu den anderen Opfern bestand. Danach sah er einen Beitrag, der Susanne sämtliche Fehler im Verlauf der Ermittlungen anlastete.

Als Susanne gerade ins Bild kam, näherten sich Erik Olivecrona und ein weiterer Teilhaber der Kanzlei. Vor dem Fernseher blieben sie kurz stehen.

»Die Polizei hat ja wohl total versagt«, sagte Erik Olivecrona enttäuscht.

»Und diese Chefin scheint echt nicht ganz bei Trost zu sein«, ergänzte der andere.

Bis jetzt hatte Mattias sich zusammengenommen. Dass ein Anwalt eine Polizistin verteidigte, kam zwar nicht allzu oft vor, doch nach dem letzten Kommentar konnte er nicht mehr an sich halten.

»Was weißt du schon davon?«, fragte er.

Beide Kollegen schauten ihn erstaunt an.

»Äh … was?«

»Ihr habt doch überhaupt keine Ahnung, wie sie sich geschlagen hat.«

»Stand doch heute Morgen schon in der Zeitung«, entgegnete Erik Olivecrona achselzuckend.

»Und dann muss es natürlich wahr sein!«

»Was ist denn los mit dir, Mattias? Hast du Ärger mit der Zahlungsmoral deiner Mandanten?«

Der rasche Blick, den er seinem Kollegen zuwarf, heischte nach Beifall für seinen geistreichen Kommentar.

Mattias murmelte etwas Unverständliches und kehrte in sein Büro zurück. Er selbst hätte den Auftrag am liebsten zurückgegeben. Auch wenn Molander nur an einem Geiseldrama beteiligt gewesen war, das ohne Blutvergießen geendet hatte, stand er doch für eine Organisation, die unschuldige Menschen ermordete.

Er nahm sein Handy und schickte Susanne eine aufmunternde SMS. Er hätte jetzt gern mit ihr gesprochen, doch wusste er genau, wie eingespannt sie derzeit war. Eine Woge der Wärme durchflutete ihn, wenn er an sie dachte. Seit dem gestrigen Abend, als sie sich im Gras auf Långholmen geliebt hatten, waren seine Gefühle für sie noch stärker geworden. Dass sie ins Kreuzfeuer der Kritik geraten war, hatte sie nicht verdient.

Gegen Abend würde er sie vielleicht erreichen. Seine Ehe war ihm gleichgültig. Sollte sich Lotta von ihrem verdammten Trainer doch vögeln lassen, wie sie wollte. Obwohl es ihm ein wenig zu schaffen machte, wenn er daran dachte. Auf so erniedrigende Weise betrogen zu werden, war nicht leicht zu verarbeiten. Dieser Gefühlswirrwarr macht mich noch krank, dachte er und trat ans Fenster. Zum ersten Mal sah er einen gelblichen Schimmer in den Bäumen. Ein stiller Herbstregen ging auf die Hauptstadt nieder.

Ich muss mich entscheiden, was ich will, dachte er.

Nachdem er für eine Weile dort gestanden hatte – er wusste selbst nicht, wie lange –, klingelte das Telefon.

Es war Molander aus dem Untersuchungsgefängnis.

»Kommen Sie schnell, ich habe Ihnen etwas Wichtiges zu berichten.«

Susanne saß an ihrem Schreibtisch und starrte ins Leere.

Auf der Tischplatte lag ein Blatt mit den Namen der Personen, die versucht hatten, sie zu erreichen. Ihre Tochter hatte eine Nachricht auf ihrer Mailbox hinterlassen. Das Telefongespräch mit ihrem Sohn hatte sie gerade beendet. Wegen der vielen gehässigen Berichte hatte er hemmungslos geweint, was sie nicht mehr erlebt hatte, seit er ein kleiner Junge gewesen war. Da hatte sie zum ersten Mal die ganze Last der Situation auf ihren Schultern gespürt. Sie selbst würde dem Druck schon irgendwie standhalten. Doch was ihre Kinder anging, fühlte sie sich vollkommen machtlos. Da spielte es auch keine Rolle, dass sie inzwischen erwachsen waren. Sie blieben doch immer noch ihr Sohn und ihre Tochter.

Eine andere Person, die sie hatte sprechen wollen, war der Polizeipräsident Christian Agdur. Natürlich sollte sie sofort zurückrufen, doch spürte sie, dass sie zuvor ein wenig Zeit brauchte, um sich zu sammeln.

Der Mord an Tony Asplund war in mehrfacher Hinsicht ein Schock gewesen. Einen Toten aufzufinden, noch dazu ein Mordopfer, war genauso erschütternd, wie man sich denken konnte. Diesen Anblick würde sie nie wieder vergessen können. Doch war es ebenso furchtbar, dass mit Asplund quasi auch ihre letzte große Hoffnung gestorben war. Es war ihr geglückt, den Tatort zu verlassen, ehe die Medien Wind von der Sache bekamen. Ihr junger Kollege hatte auf den Krankenwagen gewartet. Wiederbelebungsversuche waren nicht unternommen worden. Ein kurzer Blick auf das Opfer hatte genügt, um alle davon zu überzeugen, dass es zwecklos gewesen wäre.

In fünfundzwanzig Minuten sollte erneut der Krisenstab zusammentreten und die unbarmherzige Wahrheit ans Licht bringen: Sie tappten mehr denn je im Dunkeln. Natürlich besaßen sie genug Material, mit dem sie sich beschäftigen konnten, zahlreiche Hinweise aus der Bevölkerung, aufgeschnappte Handygespräche, die Befragung von Angehörigen und Leuten, die sich in der Nähe des Tatorts aufgehalten hatten. Doch musste sie der Tatsache ins Auge sehen, dass der Durchbruch, für den sie laut Petra nur wenige Stunden Zeit gehabt hätten, weiterhin ausblieb.

Was es mit der Zahl zwölf auf sich hatte, war überdies ein absolutes Rätsel. Obwohl außer Frage stand, dass der Mörder damit eine gewisse Aussage treffen und die Ermittler verhöhnen wollte.

Susanne sah ein, dass es so nicht weitergehen konnte. Und obwohl sie eigentlich niemand war, der rasch das Handtuch warf, begriff sie, dass die Sache für sie vorbei war. Falls sie selbst nicht die Initiative ergriff, würde es einer ihrer Vorgesetzten, wenn nicht gar die Regierung tun. Und auch Leo Holmberg konnte seine schützende Hand nicht über sie halten, so gut ihre Beziehung zu ihm auch sein mochte. Er musste vor allem der Regierung loyal zur Seite stehen, und für diese war es keine schwere Entscheidung, eine unfähige Ermittlerin abzulösen. Natürlich würde er das nicht selbst tun, sondern jemand anderem diesen Job überlassen – warum nicht dem Polizeipräsidenten? Das war bestimmt der Grund seines Anrufs gewesen.

Susanne seufzte auf und ließ den Kopf auf die Tischplatte sinken. Es tat gut, die Stirn dort ruhen zu lassen.

Obwohl zahllose Gedanken durch ihren Kopf wirbelten, wäre sie fast eingenickt. Plötzlich fand sie sich im feuchten Gras von Långholmen wieder. Ein unbeschreibliches Gefühl pulsierte durch ihren Körper, sie zitterte vor Glückseligkeit, wenn sie daran dachte.

Da meldete sich ihr Handy.

Es war Mattias.

35

»Mein Mandant findet, dass Sie zu weit gegangen sind.«

Erst wunderte sich Susanne über die Tonlage, dann begriff sie, dass es der Anwalt Mattias war, der hier sprach. Doch vermutlich war auch ihr eigener Ton ein anderer, denn jetzt waren es zwei Juristen, die miteinander diskutierten, und nicht zwei Menschen, die vor weniger als vierundzwanzig Stunden Sex miteinander gehabt hatte.

»Wie meint er das?«, fragte Susanne.

»Er meint, wenn sie jetzt schon anfangen, sich gegenseitig umzubringen, dann will er die Sache beenden.«

Susanne spürte, wie ihre Energie zurückkehrte. Sie zückte Block und Kugelschreiber und begann, sich Notizen zu machen.

»Dann sollte ich gleich ein paar Mitarbeiter zu ihm schicken, damit sie ihn vernehmen können«, sagte sie.

»Das will er nicht.«

»Aber wir müssen doch …«

»Herrgott, Susanne! Vergiss doch mal die Formalitäten, hier geht es um Menschenleben!«, ereiferte sich Mattias in einer Art und Weise, die sie von ihm nicht kannte.

»Und was sollen wir dann tun?«

»Er will in keinem Protokoll auftauchen.«

»Die Ermittlungen unterliegen doch sowieso strengster Geheimhaltung und werden auch später nicht …«

Mattias stöhnte auf.

»Das glaubst du doch selbst nicht.«

»Aber wie sollen wir uns verhalten?«, fragte Susanne, die genug davon hatte, ständig kritisiert zu werden. Ihr Selbstbewusstsein war nicht bloß ein wenig geschwächt, sondern kaum noch vorhanden.

»Er hat mich damit beauftragt, Catarina Björks Aufenthaltsort zu verraten.«

Susanne glaubte, ihr Herz bliebe stehen, so erregt war sie plötzlich.

»Was sagst du da?«, rief sie.

»Ich will nicht, dass du sagst, von wem du die Information hast.«

»Warum nicht?«

»Weil ich dann vielleicht Probleme mit einem anderen Mandanten kriege, der in U-Haft sitzt.«

»Aber du begehst doch keinen Fehler damit.«

»Ehrlich gesagt, kümmere ich mich darum gar nicht mehr. Aber damit es für mich nicht noch schwerer wird, darfst du nicht verraten, dass die Information von mir stammt.

»Ja, natürlich«, entgegnete sie und schluckte.

Mattias räusperte sich, ehe er fortfuhr.

»Die Justizministerin befindet sich in Björknäs.«

»Draußen in Nacka?«

»Genau, und zwar in einem Haus am Skurusund.«

»Und das gibt er plötzlich preis, obwohl er bisher geschwiegen hat?«, fragte Susanne.

»Er verrät alles, nur nicht wer hinter der Organisation steht.«

»Das spielt keine Rolle, solange wir Catarina Björk finden.«

»Und sie am Leben ist«, ergänzte Mattias.

Susanne wagte gar nicht daran zu denken, was geschehen würde, sollte sie nicht mehr am Leben sein. Ohne sich für die Information zu bedanken, beendete sie das Gespräch und eilte zum Konferenzzimmer des Krisenstabs, wo der Rest der Gruppe wartete.

Susanne stürmte in den Raum, knallte ihre Unterlagen auf den Tisch und blickte in die Runde. Etwa zehn Mitarbeiter blickten erstaunt auf. Alle hatten einen Becher Kaffee vor sich stehen. Sie hatten eine kleinlaute Chefin erwartet, die gekommen war, um ihren Hut zu nehmen. Auch sie hatten die Berichterstattung in den Medien verfolgt und feststellen müssen, dass ihre Chefin als völlig inkompetent betrachtet wurde. Am meisten verwundert, wenn nicht gar ein bisschen enttäuscht über ihre wiedergewonnene Energie, war Magnus Granath.

»Ich habe erfahren, wo sich Catarina Björk aufhält«, sagte sie und ließ ihren Blick über die Anwesenden schweifen.

Alle sahen sie erstaunt an.

»Von wem?«, fragt ein Kollege vom Reichskriminalamt, der sich nur selten zu Wort meldete.

»Das kann ich jetzt nicht sagen«, antwortete Susanne. »Doch es handelt sich um eine sehr zuverlässige Quelle.«

»Einen Moment mal«, schaltete sich Magnus Granath ein. »Innerhalb dieser Gruppe muss absolute Offenheit und Transparenz herrschen.«

Mehrfaches Kopfnicken.

»Das braucht Sie nicht zu beunruhigen«, versicherte der Mitarbeiter der *Säpo*. »Das bleibt alles unter uns.«

Susanne überlegte fieberhaft, was sie jetzt tun sollte. Sie mussten schnellstmöglich handeln, statt sich in Diskussionen über Formalitäten zu verstricken. Als sie gerade an das Verständnis ihrer Kollegen appellieren wollte, stand Petra abrupt auf.

»Es geht hier um Quellenschutz«, sagte sie.

»Was für Quellenschutz?«, blaffte Magnus Granath sie an. »Und was haben Sie überhaupt damit zu tun?«

Petra ignorierte wie üblich seine Beleidigungen.

»Als Journalistin, die auch für das Gewerkschaftsblatt der Polizei schreibt, habe ich meine eigenen Quellen«, erklärte sie und winkte mit ihrem Presseausweis. »In der Kürze der Zeit hatte ich nur Susanne davon berichten können.«

Die anderen sahen sie misstrauisch an, sagten jedoch kein Wort.

»Ich verstehe, dass dies für den einen oder anderen frustrierend ist. Mir geht es nicht anders. Doch wenn wir die Quelle preisgeben, begehen wir einen Verfassungsbruch.«

»Doch wohl nicht, wenn wir Stillschweigen darüber bewahren«, sagte der Mann, der für den Kontakt mit der Kommunikationszentrale zuständig war.

»Auch dann«, widersprach Petra lachend, als stünde ihre Ansicht außer Frage. »Außerdem begehen Sie ein Verbrechen, wenn Sie Ermittlungen anstellen, um eine journalistische Quelle zu enttarnen«, fügte sie hinzu und steckte ihren Presseausweis lässig in die hintere Hosentasche.

»Können wir jetzt weitermachen?«, fragte Susanne, der in diesem Augenblick klar war, dass sie sich unverzüglich nach einem neuen Job umsehen konnte, falls ihre Information sich nicht bewahrheitete.

»Wir haben Informationen erhalten, dass Catarina Björk in einem Einfamilienhaus in Björknäs gefangen gehalten wird. Das Haus ist etwas abgelegen, ohne direkte Nachbarn. Als Erstes möchte ich Alex Jidenius als Einsatzleiter vorschlagen. Irgendwelche Bemerkungen dazu?«

Es gab ausschließlich positive Reaktionen.

»Gut, dann erteile ich Ihnen das Wort, Alex.«

Dieser stand auf, sichtlich erfreut darüber, den Auftrag erhalten zu haben.

Wenige Minuten später war die praktische Arbeit organisiert. Das Einsatzkommando war verständigt, eine neue Vermittlungsgruppe benannt und die Wasserpolizei hinzugezogen worden. Außerdem sollte eine detaillierte Kartierung der Umgebung des Hauses erfolgen, um die mögliche Position der Scharfschützen festzulegen.

Der gesamte Krisenstab war von neuer Energie erfüllt. Endlich stand ihnen ein Durchbruch bevor. Petra hatte Susanne mit ihrer erfundenen Geschichte vorerst gerettet. Außerdem wusste Susanne, dass ihr Presseausweis schon seit Jahren abgelaufen war. Hätte sie nicht so eine dreiste Pressechefin gehabt, wäre sie hoffnungslos verloren gewesen. Nun saß Petra an ihrem Platz an der Wand und schrieb eine SMS. Susanne suchte den Blickkontakt mit ihr, um ihre Dankbarkeit zu signalisieren, doch Petra war voll und ganz mit ihrem Handy beschäftigt.

Da sich Gerdas Büro in den Räumlichkeiten des Justizausschusses befand, war sie nur selten in der Parteizentrale der Moderaten am Mynttorg, wo auch der Konstitutionsausschuss zu Hause war. Daher kam es nur gelegentlich zu längeren Gesprächen mit Parteikollegen, die dort arbeiteten.

Jetzt saß sie im Büro des Fraktionsvorsitzenden Fredrik Rosenqvist, der ihr von ganzem Herzen unsympathisch war. In ihren Augen vereinte er alle schlechten Eigenschaften eines Politikers. Beim ihm ging es stets um Macht und Strategie, nicht um das Wohl des Landes. Ideologische Fragen interessierten ihn nicht. Außerdem empfand sie es als Demütigung, hierherzitiert zu werden. Sie hatte eine Mail mit einer Uhrzeit bekommen, die sie bestätigen sollte. Zunächst hatte sie sich widersetzen und ihm mitteilen wollen, dass sie zu diesem Termin keine Zeit habe, sah jedoch rasch ein, dass so ein Verhalten unmöglich war. Es gab in allen Parteien eine strenge Hierarchie, die man akzeptieren musste, auch wenn sie nach außen hin nur bedingt sichtbar war.

Dass Gerda einst Ministerin gewesen war, interessierte inzwischen niemanden mehr, da es als ausgeschlossen galt, dass sie erneut ein Ministeramt übernehmen würde. Sie gehörte nicht mehr dem inneren Führungszirkel der Partei an. Jetzt gaben andere den Ton an, so wie dieses Ekelpaket von Fraktionsvorsitzendem.

Sie betrachtete seine selbstgerechte Miene und versuchte, sich ihre Abneigung nicht anmerken zu lassen. In den Medien galt Rosenqvist als sicherer Anwärter auf einen Kabinettsposten.

»Wusstest du, dass hier hinten die Gasse der Henker lag?«, fragte er und zeigte aus dem Fenster. »Von hier aus gingen sie zu den Hinrichtungen auf dem Stortorget.«

»Nein, das wusste ich nicht«, antwortete Gerda.

»Du weißt ja, dass sich unsere Ausgangslage vor den Wahlen deutlich verbessert hat«, fuhr Fredrik Rosenqvist fort und beugte sich vor.

»Ach wirklich?«

»Wir führen inzwischen mit satten fünf Prozent.«

»Ich verfolge das nicht so genau.«

Der Fraktionsvorsitzende lachte, als hätte sie etwas ungeheuer Komisches gesagt.

»Wie lange bist du eigentlich schon in der Politik?«

Als ich begonnen habe, lagst du noch in den Windeln, hätte sie am liebsten geantwortet. Stattdessen sagte sie so neutral wie möglich: »Vor zweiunddreißig Jahren habe ich in Mölndal bei den Jungmoderaten angefangen.«

»Dann müsstest du doch begreifen, dass das allgemeine Chaos der Regierung schadet.«

Gerda warf den Kopf in den Nacken und wusste nicht, was sie sagen sollte.

»Es schadet wohl vor allem der schwedischen Bevölkerung.«

»Am Ende werden die Fehler stets der Regierung angelastet.«

»Und was hat das mit mir zu tun?«, fragte sie und spürte, dass sie so schnell wie möglich von hier verschwinden wollte.

»Wie du weißt, stehen wir in Kontakt mit einer Organisation namens *Wahlallianz 2.0*. Und von dort hat mir jemand einen Wink gegeben, dass sich morgen eine beträchtliche Zahl von Rechts- und Staatsanwälten weigern wird, zur Arbeit zu erscheinen.«

»Warum das?«, fragte Gerda.

»Weil sie nicht riskieren wollen, ermordet zu werden. Und sie sind zahlreich genug, um ein ziemliches Chaos auszulösen. Stell dir nur vor, dass Prozesse eingestellt werden und Gerichte vielleicht geschlossen bleiben, nur weil die Regierung die Kontrolle verloren hat.«

»Das ist ja schrecklich«, erwiderte sie trocken.

Das Grinsen des Fraktionsvorsitzenden erstarb.

»Willst du denn nicht die Wahl gewinnen?«, fragte er in einem anderen Ton als zuvor.

»Doch, aber ich will eine faire Auseinandersetzung.«

»Und wie sollte die deiner Meinung nach aussehen?«

»Die sollte so aussehen, dass alle Parteien versuchen, die Bürger von der Richtigkeit ihres Programms zu überzeugen.«

Der Fraktionsvorsitzende schüttelte den Kopf und beugte sich ihr entgegen.

»Solange sich die Justizministerin in der Gewalt ihrer Entführer befindet, bleibt die Lage gefährlich. Deshalb müssen der Parteivorsitzende, der Generalsekretär und andere Schlüsselpersonen aus dieser Sache herausgehalten werden«, erklärte er.

»Und deshalb komme ich ins Spiel? Weil ich keine Schlüsselperson bin?«, fragte sie bissig.

»So darfst du das nicht sehen. Wir brauchen eine Person, die bekannt ist, bei der wir aber nicht allzu viel riskieren.«

»Aber vor ein paar Tagen warst du doch noch so unzufrieden mit mir.«

»Dann betrachte dies als Chance, dich zu rehabilitieren.«

»Und was soll ich jetzt tun?«, fragte sie, um das Gespräch möglichst rasch hinter sich zu bringen.

»Du brauchst gar nichts zu tun. Bei *Newsmill* werden wir heute Nachmittag einen Artikel von dir veröffentlichen, in dem du mit den Ermittlungen, vor allem aber mit der Ermittlungsleiterin Susanne Dahlgren hart ins Gericht gehst. Du forderst die Regierung auf, sie auszutauschen. Die Medien fordern dies zwar schon eine Weile, doch brauchen wir eine Person, die das klar formuliert.«

»Es wäre vielleicht ohnehin eine gute Sache, den Posten des Ermittlungsleiters neu zu besetzen«, entgegnete Gerda.

»Wenn du es einforderst, werden sie es aber nicht tun.«

»Und warum nicht?«

»Weil sie unter allen Umständen den Eindruck vermeiden wollen, dass sich die Regierung von der Opposition vorschreiben lässt, was sie zu tun hat.«

»Ich rette ihr also den Kopf, wenn ich ihren Austausch fordere?«

»Jetzt verstehst du so langsam, wie das in der Politik läuft«, sagte Rosenqvist grinsend.

»Habe ich eine Wahl?«, fragte Gerda.

Rosenqvist warf ihr einen langen Blick zu, ehe er antwortete: »Nein.«

36

»Wenn wir den Eindruck haben, ins Haus eindringen zu können, ohne die Ministerin zu gefährden, dann werden wir es tun«, sagte Alex Jidenius am Telefon.

Er war erst vor wenigen Stunden zum Einsatzleiter ernannt worden, sprach jedoch so, als hätte er diesen Posten schon seit Wochen inne. Sie hatten das Haus auf einer Anhöhe lokalisiert, die östlich des Skurusund-Kanals lag. Seine entlegene Lage prädestinierte es dazu, dort eine Geisel gefangen zu halten.

Die Polizei hatte sich Zutritt zu einer noblen Villa auf der anderen Seite des Kanals verschafft. Von dort aus konnte sie das Haus gut beobachten.

Alles deutete darauf hin, dass sie die richtige Information erhalten hatten. Im Haus waren maskierte Männer zu sehen. Das Fenster zu einem der Räume war vernagelt, dort wurde vermutlich Catarina Björk gefangen gehalten. Susanne blieb die Luft weg, als sie die Nachricht erhielt. Die Ministerin war gefunden worden und offenbar am Leben. Das war fast zu schön, um wahr zu sein.

»Wie sind die Aussichten, sie durch Verhandlungen da rauszubekommen?«, fragte Susanne.

»Das Team ist an seinem Platz, doch wir wissen natürlich nicht, wie die Entführer sich verhalten, wenn sie merken, dass sie entdeckt sind.«

Susanne stellte keine weiteren Fragen. Sie wollte sich nicht zu sehr in die operative Arbeit einmischen, nachdem sie diese delegiert hatte.

»Den Zugriff überlassen wir dem *SEK*, da kann es ziemlich heftig zugehen«, erklärte Jidenius.

Susanne schauderte, wenn sie daran dachte, doch durften sie jetzt nicht zimperlich sein. Wenn herauskam, wie unruhig sie wurde, sobald Gewalt angewendet werden sollte, würde sie den anderen nur zur Last fallen. Hier handelte es sich um Schwerkriminelle, die sicher bis an die Zähnen bewaffnet waren. Die konnte man nicht mit Samthandschuhen anfassen.

»Wann geht's los?«, fragte Susanne.

»Im Prinzip sind wir bereit, aber wir wollen bis fünf Uhr früh warten, wenn Sie keine Einwände dagegen haben.«

Nachdem sie aufgelegt hatte, wählte Susanne sofort die Nummer von Leo Holmberg. Er war sofort am Apparat.

»Das sind ja großartige Neuigkeiten!«, rief er aus. »Jetzt können wir nur hoffen, dass Catarina unversehrt ist. Ich werde sofort den Staatsrat informieren. Ich möchte Ihnen im Namen der Regierung meinen tiefsten Dank aussprechen.«

»Wir tun nur unsere Pflicht«, entgegnete sie steif.

Das Lob war sicher ehrlich gemeint. Dennoch begriff Susanne, dass die Geduld der Regierung, was die Ermittlungen betraf, langsam zur Neige ging. Sie konnte sich ein Scheitern nicht erlauben. Und die Aggressivität der Medien ihr gegenüber machte es der Regierung bestimmt nicht einfacher.

Susanne wunderte sich darüber, dass der Staatssekretär die Justizministerin beim Vornamen nannte, was gar nicht zu dem formellen Ton passte, der sonst in Rosenbad herrschte. Aber dies lag wohl daran, dass sich die beiden nach so vielen Jahren beruflicher Zusammenarbeit auch privat gut kannten.

»Wann soll der Zugriff erfolgen?«, fragte er.

»Um fünf Uhr morgens.«

Auch mit diesem Bescheid schien Leo Holmberg zufrieden zu sein.

»Ich kann es kaum erwarten, dass diese Sache endlich beendet wird«, erklärte er mit zitternder Stimme.

»Warum erst morgen?«, fragte Petra, die sich tief in den Sessel in Susannes Büro hatte sinken lassen.

»Ich finde, sie sollten das Haus sofort stürmen«, fuhr sie fort.

»Warum ist das so wichtig?«

Zunächst wollte Petra nicht antworten, doch schließlich schien sie einzusehen, dass es keinen Zweck hatte, um den heißen Brei herumzureden.

»Wir müssen den Medien einen Riegel vorschieben. Allein heute Abend laufen vier verschiedenen Talkshows, die sich alle mit den gescheiterten Ermittlungen beschäftigen. Und du weißt ja, wenn man lange genug mit Dreck beworfen wird, bleibt immer etwas hängen. Ob sich das Bild im Nachhinein anders darstellt, spielt dann keine Rolle mehr.«

»Regierung und Reichskriminalamt sind bereits informiert. Die werden mich doch nicht während der entscheidenden Phase rausschmeißen«, sagte Susanne.

»Wieso nicht? Vielleicht passt es ihnen genau ins Konzept, die Leitung auszutauschen, während die operative Arbeit weiterläuft.«

»Aber wollen sie es wirklich nach außen hin sichtbar machen, wenn sie mich austauschen?«

»Sie werden das vielleicht nicht offen aussprechen, aber dafür sorgen, dass die Medien es genau so darstellen. Damit stellen sie ihre Handlungskraft unter Beweis.«

»Dieses ständige Taktieren macht mich wirklich krank«, sagte Susanne.

»Das kannst du laut sagen. Aber jetzt, nachdem der Spitzel tot ist, musst du dich jedenfalls nur noch mit einer Erpressung herumschlagen.«

Es wurde still im Raum, ehe Susanne ihre Bedenken äußerte.

»Die Sache hat nur einen Haken. Ich bin zwar die Einsatzleiterin, aber ich habe die Verantwortung für die operative Arbeit an Jidenius delegiert.«

»Verantwortung lässt sich nicht delegieren«, entgegnete Petra rasch. »Ruf Jidenius an und sag ihm, dass der Zugriff doch sofort erfolgen soll«, fuhr sie fort und zeigte auf das Handy, das vor ihnen auf dem Glastisch lag.

Das erste Mal seit mehreren Tagen musste Susanne über ihren Starrsinn lachen.

Schließlich griff sie zum Telefon und rief Jidenius an.

»Ich mach das nur, damit du mir nicht ständig in den Ohren liegst«, sagte sie zu Petra.

Wenige Minuten später war das Telefongespräch beendet.

Jidenius hatte sich überrascht gezeigt. Susanne war dafür bekannt, vorsichtig zu agieren und keine übereilten Beschlüsse zu fassen. Und nun wollte sie plötzlich entscheiden, wann der Zugriff erfolgen sollte, obwohl sie selbst gar nicht vor Ort war.

Susanne hatte sich nicht zu den wahren Ursachen dieser Entscheidung geäußert, sondern lediglich gesagt, dass der Zugriff so schnell wie möglich erfolgen solle. Jidenius hatte keine weiteren Fragen gestellt.

Schließlich hatten sie sich darauf geeinigt, dass es heute Abend geschehen sollte. Entscheidend war jedoch, dass es nicht mehr hell sein durfte. Der Zugriff konnte also nicht vor 21 Uhr stattfinden. Die Medien sollten unmittelbar im Anschluss über die Aktion informiert werden, da sie ohnehin in einem Umkreis von mehreren Kilometern zu hören sein würde.

Petra war nicht ganz zufrieden, musste aber selbstverständlich einräumen, dass sie das Leben der Ministerin nicht leichtfertig aufs Spiel setzen durften.

Catarina war entmutigt. Seit mehreren Tagen hatte sie weder ihre Armübungen noch ihre Liegestütze gemacht und seit gestern nichts mehr gegessen. Warum passierte nichts? Auch den Fernseher schaltete sie nicht mehr ein. Es war schwer zu begreifen, warum sie nicht endlich freigelassen wurde. Die Regierung hatte doch schon zwölf Häftlinge begnadigt. Reichte das etwa nicht? Und sollten Regierung und Polizei nicht dessen ungeachtet alles in ihrer Macht Stehende unternehmen, um sie freizubekommen? Vielleicht mussten dafür noch weitere Häftlinge auf freien Fuß gesetzt werden. Und wenn schon. Ihr Leben war doch in jedem Fall wichtiger.

Die Bücher und Zeitungen, die ihr zur Verfügung standen, rührte sie nicht mehr an. Für Kreuzworträtsel oder Sudoku fehlte ihr die innere Ruhe.

Allmählich wurde es Abend. Der Verkehr nahm ab, und das Licht im Raum veränderte sich.

Ihre Hoffnungslosigkeit war einer Art Apathie gewichen. Sie hatte den ganzen Tag lang auf dem Bett gelegen, vermutlich mit leichtem Fieber. Manchmal wusste sie selbst nicht genau, ob sie wach war oder vor sich hin dämmerte.

Sie brachte kaum noch die Konzentration auf, über irgendwas gründlich nachzudenken, und begriff, dass ihre mentale Gesundheit durch die Gefangenschaft gelitten hatte. Am meisten dachte sie an Olivia und Julia, doch glitten ihre Gedanken immer wieder ab.

Eine innere Stimme sagte ihr, sie müsse durchhalten und kämpfen. Zumindest der Kinder wegen. Doch ihre Kräfte ließen zusehends nach, und sie musste sich größte Mühe geben, um sich die Gesichter ihrer Kinder vorstellen zu können.

Ihre Bewacher brachten das Essen, das heute aus einer Fertiglasagne und einem Becher Wasser bestand. Catarina wollte versuchen, ein wenig davon zu sich zu nehmen. Sie stellte den Teller auf den kleinen Tisch. Ihre Bewacher trugen wie üblich ihre Sturmhauben und warteten, bis sie fertig war.

Plötzlich hörte sie ein Geräusch, das von draußen kam. Die Bewacher zuckten zusammen. Der eine nahm sofort ihren Teller, obwohl sie noch nicht aufgegessen hatte. Sie kam nicht einmal dazu zu protestieren.

Die Männer verließen den Raum. Einer von ihnen drehte die Stereoanlage auf. Sie nahmen ihre Sturmhauben ab und warteten. Ihr Anführer war genauso überraschend erschienen wie das letzte Mal und war mit irgendetwas in der Küche beschäftigt. Sie traten nervös von einem Bein auf das andere.

Plötzlich kam ihr Anführer aus der Küche und bedeutete ihnen, ihm ins Wohnzimmer zu folgen.

Der Leiter ihrer Organisation war darauf bedacht, seine Autorität zu wahren, weil er wusste, dass Kriminelle oftmals in einer hierarchischen Welt lebten. Im Wohnzimmer wollte er stets, dass alle saßen, während er stehen blieb. Die Männer, die allesamt zum bewaffneten Zweig der Organisation *Gerechtigkeit ohne Grenzen* gehörten, blickten zu dem Mann auf, der mit düsterer Miene vor ihnen stand.

Es war Leo Holmberg, der Staatssekretär aus dem Justizministerium.

37

»Vor wenigen Minuten habe ich einen Anruf von der Einsatzleiterin Susanne Dahlgren bekommen«, sagte Leo Holmberg.

Die anderen Männer sahen nervös aus, im Raum machte sich Unruhe breit.

»Sie hat mir erzählt, darüber informiert worden zu sein, wo wir uns aufhalten«, fuhr er fort. »Verdammtes Pech, dass ich jetzt ausgerechnet hier bin.«

»Wer hat ihr das gesteckt?«

»Wahrscheinlich einer von denen, die gerade in U-Haft sind. Und ich musste natürlich gute Miene machen und so tun, als freute ich mich über den Durchbruch bei den Ermittlungen.«

Er informierte sie kurz über die jüngsten Ereignisse. Dass sie gezwungen waren, den abtrünnigen Tony Asplund zu liquidieren, weil dieser versucht habe, sein Insiderwissen an die Polizei zu verkaufen. Falls einer der Untersuchungshäftlinge dafür verantwortlich sei, dass man ihr Versteck entdeckt habe, müsse dieser später zur Verantwortung gezogen werden. Sobald er entlassen werde, bestünde für ihn keine Hoffnung mehr.

Die Männer nickten zustimmend.

»Jetzt haben wir keine Zeit mehr zu verlieren. Ich verschwinde gleich von hier, und ihr tut das auch, sobald es dunkel geworden ist.«

»Ist die Polizei denn noch nicht da?«

Leo Holmberg nahm ein Fernglas zur Hand und trat an das große Panoramafenster. Sekunden später stieß er ein paar Flüche aus und warf einen Blick auf seine Armbanduhr.

»Halb acht, um diese Zeit laufen hier normalerweise keine Handwerker rum«, murmelte er. »Und diesen Pick-up kenne ich auch, der gehört zum *SEK*.«

Er fluchte erneut.

»Wenn ich den Typ erwische, der uns das eingebrockt hat ...«

Er ballte die Fäuste, sodass die Fingerknöchel weiß wurden. Seine Kiefermuskeln waren verhärtet, der Blick finster.

Die Männer blieben auf dem Sofa sitzen, ebenso nervös wie zuvor, was Leo offenbar provozierte.

»Jetzt lasst hier bloß nicht den Kopf hängen! Wir wussten genau, dass es so kommen kann«, fuhr er sie an. »Ich breche gleich auf und versuche, mich am Kanal entlangzuschleichen.«

»Da wird aber alles abgesperrt sein«, erwiderte einer der Männer.

»Überlasst das mir und kümmert euch um eure eigene Aufgabe«, entgegnete Leo schroff. »Das Einsatzkommando will morgen früh um fünf zuschlagen. Aber die wissen nicht, was wir wissen. Das ermöglicht es uns, hier rechtzeitig abzuhauen. Unser Schlauchboot liegt schon an seinem Platz. Ihr rudert quer rüber nach Lidingö. Wenn ihr nicht entdeckt werdet, könnt ihr von dort aus leicht nach Stockholm und weiter nach Gnesta gelangen.«

»Und wir sollen Catarina Björk wirklich im Schlauchboot mitnehmen?«, fragte einer der Männer.

Leo Holmberg warf ihm einen eiskalten Blick zu, als hätte er etwas unverzeihlich Dummes gesagt.

»Davon war nie die Rede.«

»Was sollen wir tun?«, fragte der Mann.

»Catarina Björk wird dieses Haus nicht lebend verlassen, und ihr wisst, wer den Auftrag hat, sie zu töten.«

Susanne und Petra saßen im länglichen Aufenthaltsraum des Polizeipräsidiums.

Im Moment konnten sie nichts anderes tun, als abzuwarten. In wenigen Minuten sollte erneut der Krisenstab zusammentreten. Die folgende Nacht würde ihnen allen wenig bis gar keinen Schlaf ermöglichen. Die entscheidende Zeit war angebrochen.

Susanne rührte vorsichtig in ihrer Teetasse. Sie vertrug nicht so viel Kaffee. Petra hingegen schien davon unbegrenzte Mengen trinken zu können.

Laut der letzten Information, die sie bekommen hatten, war die Polizei etwa dreihundert Meter vom Haus entfernt auf einem Parkplatz in Stellung gegangen. Somit war der einzige Weg zum Haus, das vom Parkplatz aus nicht zu erkennen war, abgeschnitten.

Das SEK bereitete seinen Einsatz vor. Sie wollten vom Wasser her zugreifen, mussten jedoch die Dunkelheit abwarten, um unbemerkt dorthin zu gelangen. Bis dahin tarnten sie sich so weit, dass sie eher Soldaten als Polizisten ähnelten.

Um das Haus jederzeit im Blick zu haben, bekamen sie Unterstützung von der Observierungseinheit der Polizei, die sich auf der anderen Seite des Skurusunds postiert hatte. Von dort aus hatten sie freie Sicht auf das Haus, wenngleich die Entfernung ziemlich groß war. Jidenius wollte nicht, dass irgendjemand dem Haus zu nahe kaum, auch nicht in Zivil. Angesichts der Abgelegenheit des Hauses würde das die Entführer nur misstrauisch machen. Die Gefahr, dass Catarina Björk hingerichtet werden könnte, wurde als hoch angesehen, weshalb sie mit größter Vorsicht agieren mussten.

Nachdem Susanne den letzten Lagebericht erhalten hatte, blickte sie für eine Weile ins Leere. Sie stellte sich vor, welche Folgen eine missglückte Operation haben könnte. Schließlich wedelte Petra mit der Hand vor ihrem Gesicht, um ihre Grübelei zu beenden.

Susanne zuckte zusammen.

»Entschuldige. Ich musste nur gerade dran denken, was passiert, wenn die Sache den Bach runtergeht.«

Petra seufzte.

»Denk lieber an was Schönes«, sagte sie.

»An was denn?«

»Vielleicht an Mattias Berglund.«

»Was?« Susanne sah sie mit großen Augen an. Sie spürte, wie ihre Wangen heiß wurden.

»Du hast doch gehört, was ich gesagt habe«, entgegnete Petra lachend.

»Meinst du etwa diesen Anwalt?«

»Meinst du etwa diesen Anwalt?«, äffte Petra sie nach und lachte noch lauter. »Du weißt genau, wen ich meine.«

»Das kam nur etwas überraschend«, sagte Susanne und kramte in ihrer Handtasche. »Warum erwähnst du ihn überhaupt?«

»Weil du immer so komisch reagierst, wenn zufällig mal die Rede von ihm ist. Aber ist schon okay, ich frag nicht weiter«, fügte sie mit gehobenen Handflächen hinzu.

»Wenn du glaubst, dass …«, begann Susanne, wurde jedoch vom Klingeln des Telefons unterbrochen.

Sie hob sofort ab und befürchtete schlechte Nachrichten.

Leo Holmberg war am Apparat.

»Kommt mein Anruf ungelegen?«, fragte er.

»Absolut nicht«, antwortete Susanne und angelte sich ihren Notizblock aus der Handtasche. Sie schrieb jedes Wort mit, das der Staatssekretär von sich gab. Offenbar sollten die polizeilichen Ermittlungen bis ins kleinste Detail untersucht werden.

»Der Ministerpräsident will jemanden vor Ort haben«, erklärte Leo Holmberg.

»Und was bedeutet das?«, fragte Susanne.

»Dass ich diesen Job übernehmen werde, wenn auch mit gehörigem Abstand, doch ich halte mich in der Nähe auf.«

Susanne war zunächst erstaunt, bevor sie die Logik dieser Maßnahme begriff. Sie hatte es schließlich genauso gemacht, als sie den jungen Polizisten zu Tony Asplund begleitet hatte. Für eine Sekunde sah sie den Toten in der Badewanne vor sich. Schaudernd konzentrierte sie sich wieder auf das Gespräch.

»Wo sind Sie gerade?«

»Ich bin schon in der Gegend.«

»Fahren Sie auf dem Värmdövägen in Richtung Björknäs. Wenn Sie auf den Talluddsvägen abbiegen, kommen Sie zu einem großen Parkplatz. Dort versammeln wir uns.«

»Ausgezeichnet. Vielleicht teilen Sie dem Einsatzleiter vor Ort mit, dass ich mich auf dem Weg befinde, damit er nicht überrascht wird.«

Susanne versprach es und legte auf.

Leo zog eine Landkarte der Umgebung aus der Innentasche seiner Jacke. Den Parkplatz, der ganz in der Nähe war, fand er darauf sofort. Sie mussten kurz nach ihm gekommen sein. Das nannte man wohl Glück im Unglück, dachte er.

Er gab ein paar letzte Anweisungen, wünschte den Männern viel Glück und ging hinunter in den Keller. Inzwischen hatte er ein genaues Bild der Lage gewonnen. Das Haus wurde von der anderen Seite des Skurusund-Kanals aus beobachtet, und die Einsatzkräfte waren in nur wenigen Hundert Metern Entfernung zusammengezogen worden. Es würde nur eine Frage von Minuten sein, bis sie das Haus erreichten. Was die anderen Männer ihnen würden entgegensetzen können, war äußerst ungewiss. Wichtig war nur, dass sie ihren letzten Auftrag ausführten.

Leo schlich vorsichtig aus der Kellertür. Sie lag auf der Rückseite des Hauses und war vom Kanal aus nicht zu sehen. Die Zufahrt durfte er nicht benutzen, dort würde er der Polizei direkt in die Arme laufen. Im Schutze eines baufälligen Hauses, auf dessen Grundstück Gerümpel herumlag und mehrere Container standen, rutschte er einen kleinen Abhang hinunter, ging um das Haus herum und erreichte einen asphaltierten Weg, der direkt zum Wasser führte. Eine andere Möglichkeit, der Polizei zu entgehen, gab es nicht. Leo warf einen Blick auf die andere Seite des Kanals, wo sich die protzigen Villen nach der Form der Natur orientierten. Den Pick-up hatte er die ganze Zeit über im Blick. In der Ferne spannte sich die Skuru-Brücke über die Meeresenge. Schließlich trennte ihn nur noch eine Holztreppe vom Ufer. Er duckte sich erneut und huschte rasch an einem Maschendrahtzaun entlang, der einzigen Stelle, die von der anderen Seite des Kanals aus leicht zu erkennen war. Er zog sich das Halstuch übers Gesicht, als er im Schutze einiger Erlen, die an der Wasserkante standen, einen schmalen Schotterweg betrat.

Er stieß die Luft aus und spürte eine unendliche Wut in sich aufsteigen. Wie konnten ihn nur alle verraten, nach all dem, was er getan hatte? Fehlte nur noch, dass sie es nicht einmal schafften, Catarina zu töten.

Er setzte seinen Weg entlang einer Kaimauer fort, an der große Boote vertäut waren. Bei dem großen roten Gebäude handelte es sich vermutlich um eine Werft. Er stieß auf einen Weg, der Torpvägen hieß. Wenn er jetzt geradeaus weiterging, würde er die Eisatzkräfte von hinten erreichen. Dann sollten sie keinen Zweifel hegen, aus welcher Richtung er gekommen war.

Bis jetzt war alles nach Plan verlaufen, dachte er, als er am Talluddsvägen nach links abbog und einen kleinen Hügel in Angriff nahm, der ihn kurzatmig machte.

Am Wendeplatz standen jede Menge Streifenwagen und Polizisten. Er sah einige bekannte Gesichter und wandte sich sofort an Einsatzleiter Jidenius.

»Susanne Dahlgren hat mich gerade angerufen und über Ihr Kommen unterrichtet«, sagte dieser und streckte den Rücken.

Leo erklärte, er sei im Auftrag der Regierung gekommen.

»Ich soll Ihnen die Grüße des Ministerpräsidenten übermitteln. Die Regierung will einen Repräsentanten aus den eigenen Reihen vor Ort haben«, entgegnete er. »Aber ich werde mich natürlich im Hintergrund halten.«

38

Catarina Björk zog an dem Strick.

Warum hatten sie ihr die Hände auf den Rücken gebunden?

Dazu gab es keinen Grund, sie konnte sich ohnehin nicht von der Kette befreien. Sie hatte ihr nur ein wenig Spielraum gegeben. Der Strick schnitt so stark in ihre Handgelenke, dass sie glaubte, ihr Blut werde abgeschnürt. Nachdem die Männer ihr die Hände auf den Rücken gefesselt hatten, waren sie wieder hinausgegangen und hatten sie auf dem Bett liegen lassen.

Jetzt hörte Catarina, wie sich ihre Bewacher vor der Tür lautstark unterhielten. Sie schienen plötzlich äußerst nervös zu sein.

Vielleicht waren sie entdeckt worden, dachte Catarina. Vielleicht hatte die Polizei schon das Haus umstellt.

Ihr schwindelte bei diesem Gedanken. Endlich konnte sie darauf hoffen, bald freizukommen. Doch war diese Hoffnung auch mit großer Angst verbunden. Und wenn die Entführer sie in ihrer Verzweiflung einfach töteten? Oder wenn es zu einer Schießerei im Haus kam?

Tränen liefen über ihre Wangen, während sie so leise schluchzte, wie es ihr möglich war.

Dann war es plötzlich totenstill.

Was sie ebenso erschreckte.

Was mochte der Grund dafür sein? Hatten die Männer das Haus verlassen? Waren sie einfach abgehauen? Falls die Polizei sie nicht fand, würde sie verhungern oder verdursten. Schreien hatte keinen Zweck, es war sicher niemand in unmittelbarer Nähe des Hauses.

Dann öffnete sich plötzlich die Tür. Der Mann, der hereinkam, trug keine Sturmhaube mehr. Er hatte einen kahl rasierten Schädel und einen kräftigen Kiefer. Beide Arme waren tätowiert. Es war das erste Mal, dass jemand im T-Shirt hereinkam. Sonst hatten sie immer viel mehr Kleider angehabt.

Catarina sah den Mann an. Sie versuchte, etwas zu sagen, brachte jedoch keinen Laut über die Lippen. In der Hand hielt er ein großes Messer.

Susanne trommelte auf die Tischplatte.

Der Krisenstab war vollständig zusammengekommen. Im Nebenraum wimmelte es von Polizisten, die der Diskussion des Krisenstabs per Videoübertragung folgen konnten.

Magnus Granath war in seine frühere Apathie versunken. Er saß an einem Stuhl an der Wand und überließ Susanne die Leitung der Sitzung.

Ein Handy klingelte, worauf der Mitarbeiter des Reichskriminalamts, der auch für das SEK zuständig war, an den Apparat ging.

Er nickte, murmelte etwas Unverständliches und legte auf.

»Ein Mann hat das Haus verlassen«, sagte er und blickte in die Runde.

»Wie, das Haus verlassen?«, fragte Susanne.

»Sie haben einen Mann beobachtet, der sich hinunter zum Fluss geschlichen hat und ein Stück am Ufer entlanggegangen ist. Dann haben sie ihn aus den Augen verloren.«

»Der kann doch nicht einfach verschwunden sein«, schaltete sich der Mitarbeiter des Kriminalnachrichtendienstes ein.

»Jede Menge Zivilpolizisten halten sich direkt am Wasser, am Värmdövägen und an der Skuru-Brücke auf.«

»Dann sollte es nur eine Frage der Zeit sein, wann sie ihn schnappen«, sagte Susanne.

»Sind die Pläne unverändert?«, wollte die Frau von der Logistik wissen.

»Ja, in dreißig Minuten wird der Zugriff erfolgen.«

Der Mann trat näher ans Bett heran.

Seine Hand hatte das Messer fest im Griff.

»Töten sie mich nicht«, bat Catarina mit erstickter Stimme, während ihr die Tränen hinunterliefen.

Der Mann sah sie schweigend an.

»Ich habe nur getan, was die Regierung und die Partei von mir verlangt haben. Ich hatte keine Wahl.«

»Alles ist aus«, sagte der Mann mehr zu sich selbst als zu Catarina.

»Das ist es nicht«, entgegnete Catarina und versuchte, sich aufzusetzen. Der Strick schnitt inzwischen so tief in ihre Haut, dass sie blutete, doch sie spürte nichts mehr.

Sie wollte nur noch eines: leben und Olivia und Julia wiedersehen. Und Patrick.

Sie wollte nicht sterben. Sie war noch jung, und ihre Kinder waren noch so klein.

»Die anderen sind schon abgehauen, aber die werden nicht durchkommen«, sagte der Mann mit behäbigem värmländischem Dialekt.

»Bitte … töten Sie mich nicht«, flehte Catarina erneut.

»Ich werde Sie nicht töten.«

Catarina glaubte erst, sie habe sich verhört.

»Was … haben Sie gesagt?«, hauchte Sie.

»Unser Anführer hat mich beauftragt, es zu tun, aber ich töte keine Mutter von zwei Kindern, auch wenn ich alle Politiker hasse«, antwortete der Mann.

Catarina nickte zögerlich. Sie wagte nicht, ihm zu glauben.

»Wer ist euer Anführer?«

»Sie werden sich sehr wundern, wenn ich es Ihnen verrate. Eine durchaus bekannte Persönlichkeit.«

»Können Sie mir nicht zuerst die Fesseln abnehmen? Die tun so weh«, jammerte Catarina.

Der Mann trat einen Schritt vor und beugte sich über sie, um ihre Fesseln zu durchtrennen. Im selben Moment knallte es so laut, dass Catarina glaubte, das ganze Haus würde explodieren. Der Mann fiel über sie und blieb regungslos an der Wand liegen. Sie starrte ihn erschrocken an. Erst in diesem Moment begriff sie, was passiert war. Dem Mann war der halbe Kopf weggeschossen worden. Sein warm pulsierendes Blut ergoss sich auf das Bett.

Auf dem Parkplatz machte sich eine fast euphorische Stimmung breit.

Catarina Björk war in sprichwörtlich letzter Sekunde gerettet worden.

Als ihr gerade einer der Männer den Hals durchschneiden wollte, war es einem Mitglied des SEK gelungen, ihn zu erschießen. Der Schuss war durch das Fenster erfolgt, durch den schmalen Spalt zwischen Holzplatte und Fensterahmen, und hatte den Mann in den Kopf getroffen.

Er war auf der Stelle tot gewesen.

Die Ministerin war mit einem Schock ins Krankenhaus eingeliefert worden, aber es ginge ihr den Umständen entsprechend gut, wie es in den ersten Berichten hieß.

Die drei anderen Männer hatten aufgegeben, ohne dass weiteres Blut vergossen worden war.

Nun lagen sie gefesselt auf der Erde.

Die Kriminaltechniker waren bereits im Haus, die gesamte Umgebung war abgesperrt. Eine Gruppe von Schaulustigen hatte sich vor dem blau-weißen Absperrband versammelt.

Jidenius telefonierte in rasender Geschwindigkeit mit der Einsatzzentrale.

Neben ihm stand Leo Holmberg und lauschte dem Gespräch. Zwischendurch warf er den Festgenommenen einen langen Blick zu.

»Ja, wir bringen die Festgenommenen sofort nach Kronoberg«, fuhr Jidenius fort. Die Worte sprudelten nur so aus seinem Mund.

Nach Beendigung des Gesprächs ließ er das Handy wieder in seiner Tasche verschwinden und wandte sich an Leo Holmberg.

»Der Zugriff erfolgte früher als eigentlich geplant.«

»Und warum?«, fragte Leo.

»Ein Entschluss unserer Einsatzleiterin Susanne Dahlgren.«

Jidenius konnte seine glänzende Laune nicht verbergen. Leo war es einerlei, was mit den Männern geschah. Das waren allesamt Nieten, die nichts zustande brachten. Eigentlich sollte er sich Sorgen machen, dass ihn jemand von ihnen verpfiff, doch war er nicht sonderlich nervös. Der zweite Zug war trotz allem der disziplinierteste. Auch wenn sie ihren Auftrag nicht erfüllt hatten, so waren sie zumindest loyal. Außerdem wussten die Männer zu gut, dass ein Verräter seiner Rache niemals entkommen würde. Nicht einmal im Gefängnis.

Jidenius wandte sich an Leo Holmberg.

»Großartig, dass wir erfolgreich waren«, sagte er mit seinem breitesten Lächeln, als erwarte er sich einen Dank.

Leo Holmberg wollte gerade fragen, warum die Männer, die bereits seit über einer halben Stunde in Handschellen auf der Erde lagen, noch nicht abtransportiert worden waren. Da fuhr plötzlich ein Auto der *Kvällspressen* bis zum Absperrband heran. Heraus sprangen ein Fotograf und ein Journalist. Jidenius gab den Beamten ein Zeichen, die beiden passieren zu lassen. Der Fotograf begann unverzüglich, Aufnahmen von den gefesselten Männern zu machen. Erst von oben, dann beugte er sich zu ihnen hinunter, um auch ihre Gesichter zu fotografieren. Die Männer starrten ausdruckslos vor sich hin. Ein Polizist, der dies sah, kam zu ihnen und trat einem der Männer in den Rücken. Als dieser vor Schmerz das Gesicht verzog, machte der Fotograf die nächsten Bilder. Er wollte dem Polizisten einen dankbaren Blick zuwerfen, doch der schaute schon wieder in eine andere Richtung.

Als das Auto von der Fredsgatan auf das Grundstück von Rosenbad schwenkte, klickten die Kameras. Die Journalisten drängten sich zu Trauben zusammen, um die ersten Kommentare zu hören. Nach ihrer Befreiung war Catarina zunächst ins Krankenhaus gebracht worden, wo sie eine Stunde lang geblieben war. Danach hatte sie sofort zu ihren Kindern gewollt, doch ihr Pressechef hatte sie überreden können, eine kurze Pressekonferenz abzuhalten. Ansonsten hast du die alle bei dir im Vorgarten, sagte er. Ein paar Fotografen hatten sogar versucht, ins Krankenhaus einzudringen. Auch die Umfragewerte wurden als Argument herangeführt. Sie lägen schließlich mit fünf Prozentpunkten im Rückstand, und dies sei vielleicht ihre letzte Chance, das Blatt noch zu wenden.

Olivia und Julia hatten beide in den Hörer geschrien, als sie ihre Töchter angerufen hatte. Nun saßen sie in einem Auto und waren auf dem Weg zu ihrer Mutter. Dennoch hatte Catarina gegen den Vorschlag ihres Pressechefs nur schwach protestiert.

Patrick hatte geglaubt, der Mann sei nicht ganz bei Trost, als er davon erfahren hatte. Doch nun hatte Catarina eingewilligt und den Entschluss sogar verteidigt.

Zuerst müsse sie sich der Presse zur Verfügung stellen und dem schwedischen Volk zeigen, dass sie ihre Ministerin war. Man müsse das Eisen schmieden, solange es heiß ist, und konnte es überhaupt bessere Bilder gaben als nach einer beendeten Geiselnahme? Der Ministerpräsident und sämtliche Parteikollegen im ganzen Land würden begeistert sein.

Den Sicherheitsbeamten von der *Säpo* gelang es mit Mühe, die Autotür zu öffnen und Catarina mit gemeinsamen Kräften den Weg zu bahnen. Kameras blitzten, während Fotografen ihre Fragen riefen, auf die sie jedoch keine Antwort erhielten. Catarina winkte abwehrend, während ihr Pressechef versuchte, die Journalisten zu übertönen. Doch die drangvolle Enge störte nicht, sie trug im Gegenteil zu perfekten Bildern bei, als wäre Catarina ein Popstar.

Ein Sicherheitsbeamter öffnete die Eingangstür des Regierungsgebäudes, und schon strömte die Menge die Treppe hinauf. Die Fotografen liefen rückwärts voraus, um die besten Fotos machen zu können. Einer von ihnen prallte dabei gegen eine Säule und ließ seine Kamera auf den Boden fallen.

Schließlich gelangten sie in den *Bella Venezia* genannten Saal, in dem die Regierung ihre Pressekonferenzen abzuhalten pflegte. Dort warteten noch mehr Journalisten. Am Tisch saß der Reichspolizeichef. In so einer Situation kam es vor allem darauf an, sich gemeinsam mit den höchsten Repräsentanten des Staates zu zeigen, das hatte den größten Effekt.

Catarina setzte sich und nahm Haltung an. Sie entdeckte Leo Holmberg, der, ein paar Unterlagen in der Hand, an der Wand lehnte. Sie winkte ihm zu, und er winkte fröhlich zurück. Deutete mit einer Geste an, dass sie nachher telefonieren würden. Nachdem die Fotografen ihre Bilder im Kasten hatten, hob Catarina die Hand zum Zeichen, dass die Pressekonferenz nun beginnen würde. Vor ihr auf dem Tisch befand sich ein Wald von Mikrofonen. Sie registrierte, dass es die üblichen schwedischen Sender waren, doch auch *CNN*, *BBC* und das finnische *YLE*. Weiter hinten im Saal hatten *SVT* und *TV4* ihre Kameras aufgebaut, die, wie Catarina vermutete, alles live übertragen würden.

»Herzlich willkommen zu dieser Pressekonferenz«, begann sie. »Zunächst möchte ich der Polizei für ihre vorzügliche Arbeit danken. Es besteht kein Zweifel, dass ich ihr mein Leben zu verdanken habe.«

Auf dem Weg von Nacka hierher war Catarina über die Umstände der übrigen Morde informiert worden. Angesichts dieser brutalen Gewalttaten hatte sie sich für einen ernsten Ton entschieden. Aber die Stimmung war hierfür fast zu ausgelassen, nahezu euphorisch.

Catarina beschloss, den Rest ihrer Einleitung, die ihr Pressechef rasch geschrieben hatte, einfach wegzulassen. Sie passte nicht mehr zu der Situation. Stattdessen stellte sie sich sofort den Fragen. Einige Journalisten hoben die Hand, während andere in den Saal hineinriefen. Heute schienen die üblichen Spielregeln außer Kraft gesetzt zu sein.

»Sind Sie von Ihren Entführern gut behandelt worden?«, fragte ein schlaksiger Mann.

Catarina dachte kurz nach. Welches war die beste Antwort? Da sich diese nicht überprüfen ließ, setzte sie auf diejenige, die ihr am erfolgversprechendsten erschien.

»Am schlimmsten waren die Ungewissheit und die Gedanken an meine Kinder«, antwortete Catarina und musste sich für einen Augenblick gewaltig zusammenreißen, um nicht in Tränen auszubrechen. Doch hier brauchte sie sich nicht zu zieren.

»Meine Entführer trugen schwarze Sturmhauben, aus denen nur die Augen …«

Sie senkte den Kopf. Vielleicht war es dafür doch noch zu früh. Aber die Fotos werden einen starken Eindruck machen, ging es ihr durch den Kopf. Sie musste nur noch ein paar Minuten durchhalten, dann würde sie endlich nach Hause zu ihrem Mann und ihren Kindern fahren. Wenn auch nicht ganz allein, weil man der *Kvällspressen* das Exklusivrecht zugebilligt hatte, sie zu begleiten. Ihr Pressechef hatte ihr versichert, dass die Sache schnell vorüber sein würde. Es sollten nur ein paar Fotos gemacht werden, wenn sie ihre Kinder umarmte, und diese gefragt wurden, was für ein Gefühl es sei, ihre Mama wiederzuhaben. Fünf Minuten sollte das dauern, länger nicht.

Sie hob den Blick, räusperte sich und deutete mit einer Geste an, dass sie bereit war, weitere Fragen zu beantworten.

»Der Einsatzleiter Jidenius hat berichtet, dass einer der Entführer kurz davor war, sie mit einem Messer zu töten«, sagte eine Journalistin, deren Name Catarina entfallen war.

Catarina schluckte, ohne zu antworten.

»Was für ein Gefühl war das?«, wollte dieselbe Journalistin wissen.

Auch wenn die Stimmung anfangs sehr gelöst gewesen war, hatte doch niemand etwas dagegen, wenn die Ministerin am Ende vor laufenden Kameras zusammenbrach.

»Ich dachte, dass ich meine Kinder niemals wiedersehen würde.«

Der Pressechef sah zufrieden aus.

MITTWOCH, 17. SEPTEMBER
4 TAGE VOR DER WAHL

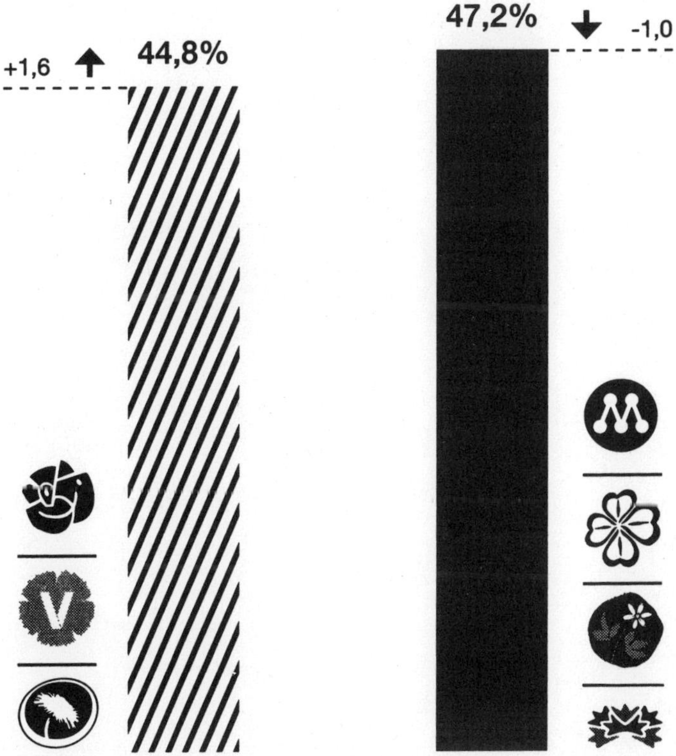

39

Gerda saß in der Schweizer Konditorei an der Västerlånggatan, nur einen Katzensprung von der Parteizentrale entfernt. Dort nahm sie in der Regel ihr Frühstück in Form eines Kaffees und eines Käsehörnchens zu sich. Sie hatte sich das angewöhnt, seit sie kein Regierungsmitglied, sondern nur noch eine Abgeordnete von vielen war. Wenn sie früher ein Restaurant besucht hatte, waren stets Sicherheitsbeamte der *Säpo* in der Nähe gewesen. Sie hatte nie den Drang beherrschen können, zu ihnen hinüberzublicken. Dann hatten sie geglaubt, sie wolle etwas von ihnen, und waren zu ihr gegangen. Diese Missverständnisse waren ihnen ebenso peinlich wie ihr gewesen. Jetzt hatte sie jedenfalls ihre Ruhe.

Die Zeitungen berichteten natürlich ausgiebig vom Ende der Entführung. Sie hatte sowohl die Morgen- als auch die Abendzeitungen gekauft. Doch alle glichen einander. Eine lächelnde Catarina Björk berichtete von ihrer Zeit in der Hand der Kidnapper. Auf seltsame Weise schien sie zu einer Heldin geworden zu sein, obwohl sie doch nur in Gefangenschaft gewesen war. Die *Kvällspressen* hatte sogar eine Homestory zu bieten, die zeigte, wie Catarina Björk zu Hause von ihren Kindern empfangen wurde. Küsse und Umarmungen ohne Ende, dachte Gerda.

Sie dachte auch an ihr Gespräch mit dem Fraktionsvorsitzenden von gestern Abend. Er hatte sie scharf dafür kritisiert, dass sie den Diskussionsbeitrag, der bei *Newsmill* erschienen war, nicht unterzeichnet hatte. »Und wer hat hier richtig gehandelt?«, sprach Gerda laut vor sich hin, sodass die Leute an den Nachbartischen verwundert aufblickten. Die halten sich ja für so schlau, dachte sie weiter. Aber wie hätte das denn ausgesehen? Die Regierung in dem Moment anzugreifen, in dem alles gut ausgegangen war? Außerdem hatte sie keine Lust mehr, sich von irgendjemandem herumkommandieren zu lassen. Sie war durchaus in der Lage, eigenständige Entscheidungen zu fällen.

Gerda las weiter. Die Justizministerin hatte in späteren Interviews am gestrigen Abend ausführlich davon berichtet, wie die Entführer sie hatten töten wollen. Ihre Rettung sei eine Frage von Sekunden gewesen. Ein Mitglied des SEK habe im letzten Moment durch das Fenster geschossen. Der Mann, der sie hatte liquidieren wollen, sei in den Kopf geschossen worden und sofort tot gewesen.

Sonst habe niemand sein Leben lassen müssen. Doch sei es natürlich eine Tragödie, dass in letzter Zeit so viele Morde geschehen seien.

Gerda trank einen Schluck Kaffee und biss nachdenklich von ihrem Hörnchen ab, ehe sie weiterblätterte.

Die *Kvällspressen* hatte sogar ein paar exklusive Fotos von den soeben festgenommenen Entführern zu bieten. Die Nahaufnahmen ihrer verbissenen Gesichter schmückten die Seiten sechs und sieben. Wie war die Zeitung nur an solche Aufnahmen herangekommen, fragte sich Gerda.

Sie aß ihr Hörnchen auf und verließ das Café. Auf der Västerlånggatan blieb sie stehen, während die Menschen in beide Richtungen an ihr vorbeieilten.

Dann fiel ihr plötzlich ein, dass sie vergessen hatte, Susanne Dahlgren darüber zu informieren, Leo Holmberg habe sie wegen der fingierten Entführung angerufen. Das war vielleicht nicht mehr brandaktuell, dennoch sollte sie Susanne davon in Kenntnis setzen, dachte sie, als sie in Richtung Reichstag spazierte. Im nächsten Moment wäre sie fast von einem Fahrradfahrer über den Haufen geradelt worden.

»Hey, hier ist Radfahren verboten!«, rief sie dem Mann nach.

Der drehte sich während des Fahrens um und zeigte ihr seinen Mittelfinger.

»Dann darf ich Ihnen zu Ihrer glücklichen Rettung gratulieren«, sagte der Chefunterhändler in EU-Angelegenheiten.

»Vielen Dank«, entgegnete Catarina matt.

Sie saß im blauen Raum und hatte einen Termin nach dem anderen. Es ging ihr darum, schnellstmöglich wieder ihren normalen Tagesablauf aufzunehmen. Ihr Mann hatte vorgeschlagen, sie solle doch für ein paar Tage zu Hause bleiben, vor allem der Kinder wegen.

Da hatte sie ihn daran erinnert, dass es nur noch vier Tage bis zur Wahl waren, worauf auch die Parteizentrale mit Nachdruck hingewiesen hatte. Falls die Wahl verloren werde, ginge es nicht um Tage oder Monate, sondern um Jahre. Und als ehemalige Politikerin einen neuen Job zu ergattern, war schwieriger, als viele sich das vorstellten. Als normaler Bürger könne man in die Wirtschaft geht, hatte sie Patrick erklärt, aber als Sozi sei das nicht so einfach. Wie auch immer – Patrick richtete sich stets nach den Wünschen seiner Frau.

Catarina fühlte sich müde, an der Grenze zur völligen Erschöpfung. Im Laufe des Tages hatte sie sich mehrmals auf ihre private Toilette zurückgezogen, die von ihrem Büro abzweigte, und dort geweint. Danach hatte sie einen Blick in den Spiegel geworfen, sich selbst die Wangen getätschelt und ein paar

Augentropfen genommen, ehe sie mit gezwungenem Lächeln in den blauen Raum zurückgekehrt war.

Nun saß sie bereits in der fünften Besprechung des Tages.

Dass sie durchhielt, verdankte sie nicht zuletzt der Unterstützung durch Leo Holmberg. Sobald sie im Laufe des Vormittags irgendwie in Bedrängnis geraten war, hatte er die Situation souverän gerettet.

Der Chef der Polizeieinheit hatte bereits darüber informiert, dass sich alle Festgenommenen inzwischen gemeinsam mit den Angeklagten des früheren Geiseldramas in U-Haft befänden. Insgesamt sieben Personen, sechs Männer und eine Frau. Hätte nicht einer von ihnen die Befreiungsaktion mit dem Leben bezahlen müssen, wären sie jetzt zu acht. Sorge bereite allein die Tatsache, dass ein Mann immer noch auf freiem Fuß sei, und zwar derjenige, der kurz vor dem Zugriff das Haus verlassen habe. Seine Identität sei weiterhin unklar, da er sich mit einem Halstuch maskiert habe, doch vermutlich würde er bald geschnappt werden.

Catarina und Leo nickten.

Der Wahlkampf war inzwischen wieder in Gang gekommen. Die Regierung hätte es freilich vorgezogen, noch ein paar Tage über das glückliche Ende der Entführung zu sprechen, doch die Opposition war zum Angriff in der Steuerpolitik übergegangen.

Am nächsten Sonntag würde die Wahl stattfinden, deshalb galt es, die jetzige Situation bestmöglich zu nutzen. Auch die Regierung konnte sich nicht ausschließlich mit dem Entführungsfall beschäftigen. Trotz allem waren zwei hochrangige Vertreter der Justiz ermordet worden.

»Wir haben unseren Rückstand halbieren können, das ist dein Verdienst«, sagte Leo.

»Dann haben wir ja noch einiges zu tun«, entgegnete Catarina.

»Das Beste, was wir tun können, ist business as usual«, sagte Leo.

»Wie meinst du das?«, fragte der EU-Unterhändler.

»Indem die Ministerin am Freitag ganz normal zum EU-Treffen nach Brüssel fliegt.«

»Aber das ist doch nur ein informelles Treffen, auf dem keine Beschlüsse gefasst werden.«

Leo Holmberg lachte freundlich.

»Wer sieht da schon genau hin? Nicht mal die Medien können das unterscheiden.«

»Aber ich wollte das eigentlich ausfallen lassen, um beim Endspurt des Wahlkampfs dabei zu sein«, sagte Catarina.

»Das sollst du auch«, erwiderte der Staatssekretär. »Du hältst am Freitag deine Wahlrede, fliegst am Abend nach Brüssel, nimmst an der Sitzung am nächsten Vormittag teil und bist noch am selben Tag zurück im Wahlkampf.«

Mehrere Mitglieder der EU-Einheit machten ein säuerliches Gesicht. Es gefiel ihnen nicht, wenn auf diesen Treffen zu viel Parteipolitik gemacht wurde.

»Wir sind doch kaum in die Wahlen involviert, hier geht es immer noch um die EU«, begann der Chefunterhändler, wurde aber sofort von Leo Holmberg unterbrochen.

»Dann vergiss nicht, dass ihr für die Regierung arbeitet, die sich an der Macht befindet«, sagte er mit Entschiedenheit.

Niemand wagte zu widersprechen.

»Aber lohnt denn das, für die paar Stunden?«

»Catarina macht es eben wie Sarkozy seinerzeit. Als der noch französischer Innenminister war, ist er immer nur für ein paar Stunden erschienen, hat ein paar wohlüberlegte Worte gesagt und mit der Presse gesprochen, bevor er wieder nach Paris zurückgeflogen ist.«

Catarina musste ihm lächelnd recht geben. In letzter Zeit hatte sie sich ebenso verhalten, allerdings stets den Wahlkampf vorgezogen.

»Dann brauchen wir das Regierungsflugzeug«, sagte einer der Beamten.

»Ja, es kann sowieso nur eine begrenzte Anzahl von Leuten mitfliegen«, entgegnete Leo Holmberg. »Ich denke, ich werde diesmal auch dabei sein.«

Mattias saß in seinem Büro und las den Brief, zu dem er vor dem Amtsgericht Stellung nehmen sollte.

»Da ich kein Vertrauen zu meinem Anwalt Mattias Berglund habe, möchte ich darum bitten, ab sofort von Erik Olivecrona vertreten zu werden.«

Der Brief trug Marcos Namen.

Ein Kollege aus der eigenen Kanzlei hatte ihm einen Fall weggenommen. Mattias hatte sich von ihm bei einer Vernehmung vertreten lassen, da er selbst mit anderen wichtigen Dingen beschäftigt gewesen war.

Er hatte dies möglich gemacht, weil er wusste, dass Erik derzeit nur wenige Fälle hatte. Und das war der Dank. Außerdem stand für ihn außer Frage, dass Erik ihm den Antrag diktiert hatte. Die meisten Kriminellen waren jedenfalls nicht in der Lage, so etwas angemessen zu formulieren.

Eigentlich hätte es ihm egal sein können. Mattias mangelte es nicht an Fällen. Da es den Anschein hatte, als gäbe es einen Mann im Hintergrund, der Catarinas Entführung geplant hatte, konnte dieser Mann nicht Marco sein, was Mattias anfangs befürchtet hatte. Einen solchen Fall hätte er Erik niemals gegönnt.

Hingegen freute er sich sehr darüber, dass die Medien ihre Angriffe auf Susanne sofort wieder eingestellt hatten. Für den glücklichen Ausgang der Geiselnahme lobte man sie jedoch auch nicht, und Mattias wusste, dass sie sich nie in den Vordergrund drängen würde.

Erneut widmete er sich dem Brief. Es schmerzte, ausgetauscht zu werden. Natürlich passierte das allen Anwälten hin und wieder, doch Mattias tat stets alles, was in seiner Macht stand, um seinen Mandanten zu helfen. Was nicht zuletzt auch für Marco galt. Jeden zweiten Tag hatte er in Kontakt mit ihm gestanden, was weit über seine Verpflichtung hinausging.

Und nun hatte dieser verdammte Erik Olivecrona diesen Fall an sich gerissen, weil Mattias so freundlich gewesen war, ihm eine Vernehmung zu überlassen, damit Erik ein bisschen Geld verdienen konnte. Den ganzen Vormittag hindurch hatte Mattias vergeblich versucht ihn zu erreichen, doch Erik war wie vom Erdboden verschluckt. Der ist natürlich untergetaucht, weil er wusste, dass ich heute den Brief bekomme, dachte Mattias. Jetzt musste er sich professionell verhalten. Obwohl er Erik gern die Leviten gelesen hätte, musste er nach außen hin korrekt bleiben. Wenige Minuten später hatte er eine kurze Stellungnahme verfasst, in der er zum Ausdruck brachte, dass er gegen einen Anwaltswechsel nichts einzuwenden habe.

Er warf das Schreiben in das Postkörbchen und stand vom Schreibtisch auf. Der Ärger steckte ihm immer noch in den Knochen, als er aus alter Gewohnheit ans Fenster trat. Draußen war herrliches Wetter mit Sonne und lauen Winden. Die Bäume am Kungsholmstorg hatten sich in den letzten Tagen rot und gelb gefärbt. Der Himmel war leuchtend blau. Er sehnte sich nach der Natur, und zum ersten Mal seit langer Zeit vermisste er die Landschaft seiner Kindheit in Örnsköldsvik.

Dennoch konnte er sich nicht vorstellen, dorthin zurückzuziehen. Er hatte sich an alles gewöhnt, was das Leben in der Großstadt ausmachte. Doch wusste er immer noch nicht, wie das mit seiner Scheidung ablaufen sollte. Am Montag hatten sie den nächsten Termin bei der Familientherapeutin. Lotta schien hin- und hergerissen. Zum einen wollte sie ihre Familie erhalten, zum anderen fühlte sie sich zu ihrer neuen Liebe hingezogen. Mattias befand sich in einer ähnlichen Gefühlsverwirrung. Er wusste, dass er mit Susanne zusammenleben wollte, doch hatte auch er ein schlechtes Gewissen den Kindern, vor allem Rebekka gegenüber.

Was ich auch tue, ist falsch, dachte er und kehrte an seinen Schreibtisch zurück. Er wusste nur eines: dass er sich endlich entscheiden musste.

DONNERSTAG, 18. SEPTEMBER
3 TAGE VOR DER WAHL

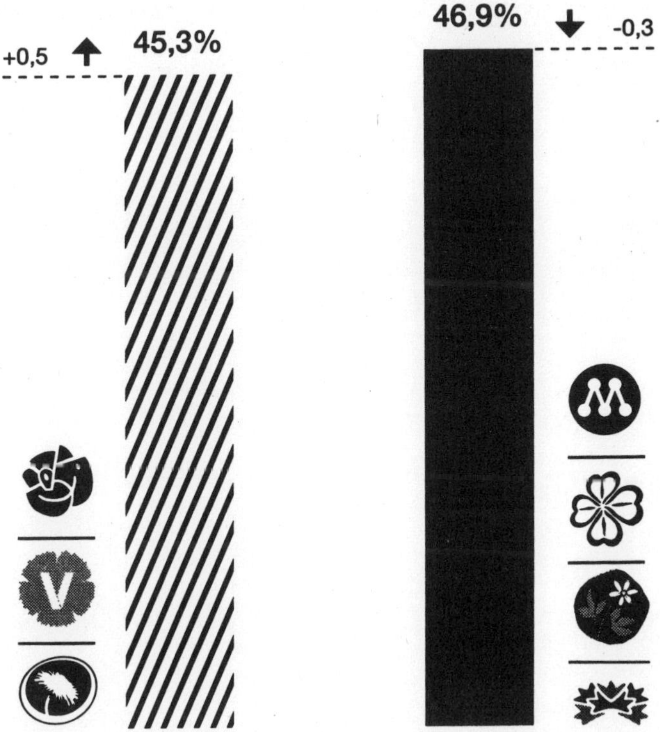

40

»Ich habe mir eigentlich niemals Sorgen gemacht, dass wir das Ganze nicht zu einem glücklichen Abschluss bringen werden«, sagte Magnus Granath, die Hände in den Hosentaschen.

Ein weiteres Mal hatte er das Kommando an sich gerissen. Diesmal war er bereits zur Morgenbesprechung der Polizei erschienen, um sich ins rechte Bild zu setzen. Aus verständlichen Gründen gab es nur ein einziges Thema.

»Wir sollten nicht vergessen, dass ein Richter und eine Staatsanwältin ermordet wurden«, gab Petra zu bedenken. Sie blickte nicht einmal auf, weil sie zugleich mit ihrem Handy beschäftigt war.

Magnus Granath schaute grimmig zu ihr hinüber.

»Ich spreche von der Befreiung der Justizministerin«, entgegnete er gereizt.

»Wie geht's jetzt weiter?«, fragte ein Polizist vom Dezernat für Gewaltverbrechen.

»Die Voruntersuchung muss so schnell wie möglich abgeschlossen werden.«

»Wir müssen die Festgenommenen doch gründlich vernehmen«, meldete sich die Frau zu Wort, die für das Personal zuständig war.

Magnus Granath machte eine abwiegelnde Geste.

»Das ist ein offenes Verfahren. Führen Sie bei jedem noch eine Vernehmung durch, dann basteln wir den Voruntersuchungsbericht später zusammen«, sagte er.

Die anwesenden Polizisten schienen von dieser Vorgehensweise nicht gerade überzeugt zu sein. Keiner von ihnen wollte die Voruntersuchung überhastet abschließen, zumal von den Anwälten vor Gericht stets Zweifel an ihrer Arbeit gesät wurden.

Susanne saß neben Petra und folgte der Diskussion schweigend. Zum ersten Mal nach langer Zeit fühlte sie sich ausgeschlafen. Petra hatte recht behalten. Die Kritik hatte im selben Moment aufgehört, als die Befreiung der Justizministerin bekannt geworden war. Dennoch war sie immer noch geschockt darüber, wie hart die Medien mit ihr ins Gericht gegangen waren. Sie hätte sich nicht im Traum vorstellen können, wie schnell so etwas passieren konnte. Für mehrere Stunden war sie die am meisten kritisierte Person im ganzen Land gewesen. Doch Petra hatte ihr versichert, dass die Leute dies ebenso schnell wieder vergessen würden.

»Außerdem gibt es da ein Problem«, sagte Susanne, nachdem im Raum Ruhe eingekehrt war.

»Und was sollte das sein?«, fragte Magnus Granath.

»Dass zumindest einer der Beteiligten weiterhin auf freiem Fuß ist.«

Magnus Granath stöhnte demonstrativ auf und verschränkte die Arme vor der Brust.

»Und woher wollen Sie das wissen?«, fragte er mit süffisanter Miene.

»Weil ein Mann observiert wurde, der unmittelbar vor dem Zugriff des SEK das Haus verlassen hat.«

»Kann ja sein, dass es am Rande der Ermittlungen noch die

eine oder andere offene Frage gibt. Aber wenn wir uns mit so etwas aufhalten, werden wir niemals fertig.«

Mehrere Polizisten rutschten unruhig hin und her.

»Woher wollen Sie wissen, dass dies die Ermittlungen nur am Rande berührt?«, fragte Susanne. »Es kann sich doch ebenso gut um eine Schlüsselperson handeln. Wir haben den Anführer immer noch nicht identifiziert. Es ist von größter Wichtigkeit, die Ermittlungen mit all unserer Kraft fortzusetzen.«

»Sieben Angeklagte, die bald verurteilt werden, reichen mir vollkommen«, erklärte Granath. »Jetzt reden wir nicht mehr davon. Schließen Sie einfach die Voruntersuchung ab, damit ich Anklage erheben kann. Die Details werden wir um neun Uhr innerhalb des Krisenstabs besprechen.«

»Der hat sie doch nicht alle!«, ereiferte sich Susanne, als sie mit Petra kurz darauf den Flur hinunterging.

Petra murmelte etwas, das sie nicht verstand.

»Du hörst mir ja gar nicht zu«, beschwerte sich Susanne und spürte, wie ihre Irritation zunahm. Wenn nicht einmal Petra ihr zuhörte, wer sollte es dann tun?

»Doch, doch«, erwiderte Petra vage, als sie Susannes Büro erreichten.

»Ich muss nur noch schnell eine Sache erledigen«, fügte sie hinzu, eilte dem Aufzug entgegen und verließ das Präsidium.

»Petra Holm.«

Sie begrüßte ihr Gegenüber, stellte die Kaffeetasse ab und legte ihr Handy auf den Tisch.

»Abbas Meysar.«

Sie befanden sich im McDonald's-Restaurant an der Kungsgatan, gegenüber des Hötorget. Susanne hatte ihr mal erzählt, dass sich dort viele Kriminelle trafen, um Geschäfte zu machen. Vor allem, wenn es sich um Personen aus dem Ausland handelte, denn McDonald's kannte natürlich jeder.

In dem länglichen Raum waren nur wenige Gäste. Die weinroten Stühle und grünen Tische machten nicht gerade einen gemütlichen Eindruck, dachte Petra. Doch war sie auch nicht gekommen, um es sich gemütlich zu machen. Sie war aus einem ganz anderen Grund hier.

»Wollen Sie nichts essen?«, fragte Petra, vor der ein Kaffeebecher und eine Apfeltasche standen.

»Es ist gerade Ramadan«, antwortete Abbas ernst und fuhr sich durch seinen dichten Schnurrbart.

»Ich verstehe«, entgegnete sie und sah sich vorsichtig um. »Sie wissen vielleicht, wer ich bin«, fuhr sie fort.

Der Mann nickte.

»Das hat mir Hjalmar erzählt. Sie sind ebenfalls Mitglied bei … wie heißt das noch gleich?«

»*Wahlallianz 2.0*. Viele Grüße von Hjalle übrigens.«

»Genau«, sagte Abbas und lachte etwas verlegen.

»Wir wollen erneut Ihre Dienste in Anspruch nehmen«, sagte Petra. »Wie lange wohnen Sie schon in Schweden?«

»Seit über zwanzig Jahren. Ich bin Royalist. Als der Schah von Khomeini gestürzt wurde, bin ich geflohen.«

»Und jetzt können Sie uns noch einmal helfen?«, fragte Petra.

Der Mann nickte.

»Ich mag weder Sozialisten noch Kommunisten. Und ich will nicht, dass sie am Sonntag die Wahl gewinnen.«

Am Nebentisch ließen sich ein paar Teenager nieder, die das Fast-Food-Restaurant vermutlich der Schulmensa vorzogen. Von ihren Tischnachbarn schienen sie keine Notiz zu nehmen. Und Petra wollte jetzt nicht den Faden verlieren.

»Wir wollen gern mit dieser Rassismussache weitermachen, das hat im Einkaufszentrum Stinsen ja auch gut geklappt. Allerdings bräuchten wir dazu eine neue Person.«

»Kein Problem, ich habe mehrere Cousins und Cousinen, von denen manche andere Nachnamen tragen.«

Petra warf einen verstohlenen Blick nach rechts.

Die Jugendlichen hatten ihre Hamburger verdrückt, auf dem Tisch war jede Menge raschelndes Papier und Pappbecher mit Strohhalmen zurückgeblieben.

»Dann sind wir uns einig. Zu den Details werde ich mich später äußern«, sagte Petra und leerte ihren Kaffeebecher.

»Warten Sie«, bat der Mann. »Ich brauche ein bisschen Geld für die Unkosten.«

Petra machte ein erstauntes Gesicht.

»Davon hat mir Hjalle nichts gesagt. Aber okay, sagen wir zehntausend?«

Der Mann sah unzufrieden aus.

»Das reicht nicht«, sagte er.

»Wie viel haben Sie von Hjalle im Einkaufszentrum bekommen?«, fragte sie und beugte sich über den Tisch.

»Fünfundzwanzigtausend.«

Petra schlug mit den Händen aus.

»Das lässt sich wohl regeln«, sagte sie. »Ich lasse morgen von mir hören.«

Sie ließ ihr Handy in der Tasche verschwinden und stand auf.

Der Mann tat dasselbe. Lächelnd nahm er Petras Hände in seine.

»Ihr gewinnt am Sonntag.«

»Natürlich gewinnen wir«, entgegnete sie und ging.

Auf der Straße blieb Petra stehen und überprüfte, ob die Handyaufnahme funktioniert hatte. Sie sah sich erneut um, während die wenigen Passanten keine Notiz von ihr nahmen. Langsam schlenderte sie der Vasagatan entgegen. Dort angekommen, blieb sie erneut stehen und wählte die Nummer der schwedischen Tageszeitung *DN Debatt*.

Leo Holmberg packte sorgsam seine Sachen für die Reise nach Brüssel. Wie üblich war alles penibel geordnet. Er war schon immer ein Pedant gewesen, als Staatssekretär war das unumgänglich. Doch auch als Chef der bewaffneten Sektion von *Gerechtigkeit ohne Grenzen* brauchte man ein großes logistisches Talent.

Vor dem Fenster brummte ein Bus vorbei. Leo Holmberg wohnte schon lange in einem Apartment in der Nytorgsgatan. An jedem Arbeitstag spazierte er zu Fuß zur Regierungskanzlei, ungeachtet des Wetters.

Leo Holmberg wohnte allein. Das hatte er sein ganzes erwachsenes Leben getan. Natürlich hatte er im Laufe der Jahre verschiedene Frauen kennengelernt, doch war nie etwas Dauerhaftes daraus geworden. Was vor allem an ihm selbst lag. Es dauerte nie lange, bis er darauf zu sprechen kam, was ihm vor vielen Jahren widerfahren war und sein Leben zerstört hatte. Wie er unschuldig im Gefängnis gelandet war, was ihm einen Strich durch seine vielversprechende politische Karriere gemacht hatte. Er konnte nichts dagegen tun, er war immer noch besessen von diesem Thema.

Anfangs war er auf viel Interesse und Empathie gestoßen, wenngleich die meisten sich nicht vorstellen konnten, dass es in Schweden möglich war, unschuldig verurteilt zu werden. Der kleinste Zweifel genügte, um ihn aus der Haut fahren zu lassen, woraufhin die Beziehung meist ein rasches Ende fand. Dabei musste man am Anfang einer Beziehung doch vorsichtig sein und durfte nicht von einem auf den anderen Moment einen

Wutanfall bekommen. Leo wusste, dass Frauen so etwas Angst machte. Dennoch war es immer wieder passiert.

Er hatte sich jedes Mal für sein Verhalten verflucht, jedoch Zufriedenheit darüber empfunden, dass er seinem Hass auf diese verdammte verlogene Gesellschaft Luft gemacht hatte. Manchmal wunderte er sich selbst darüber, diesen Hass mit seiner Arbeit in der Regierungskanzlei vereinen zu können. Doch im Grunde war dies die einzige Möglichkeit. Viel und hart zu arbeiten war Leos Rettung, sonst wäre er noch verrückt geworden.

Obwohl Leo inzwischen für eine sozialdemokratische Regierung arbeitete, war ihm der politische Erfolg vollkommen gleichgültig. Er hasste die Partei, die ihn so im Stich gelassen hatte. Nicht genug, dass Parteikollegen vor Gericht wider besseres Wissen gegen ihn ausgesagt hatten. Auch alle anderen hatten ihm den Rücken gekehrt. Er war weiterhin auf Sitzungen erschienen, hatte keine Konferenz ausgelassen und als Bevollmächtigter auf Kongressen gearbeitet. Später war er von Gnaden der Partei Ombudsmann in Uppsala geworden. Parallel hierzu hatte er ein juristisches Studium aufgenommen. Dennoch hatte man ihm stets klargemacht, dass seine Aufstiegsmöglichkeiten in der Partei begrenzt waren. Wer einmal wegen schweren Betrugs verurteilt worden war, konnte später kein Ministeramt innehaben oder eine Behörde leiten. So war er dazu verurteilt, stets für andere arbeiten zu müssen. Natürlich war auch der Titel eines Staatssekretärs mit großem Prestige verbunden, dennoch stellte er sich stets in den Dienst anderer Menschen. Gegenwärtig für eine Null, die er lässig in die Tasche steckte.

Es wäre so schön gewesen, sie endlich ein für alle Mal los zu sein. Wie sehr er gezwungen war, sich ihr anzupassen, bis an die Grenze der Demütigung. Sie selbst war nicht in der Lage, die einfachsten Beschlüsse zu fassen. Unzählige Male hatte er sie schon davor bewahrt, sich total lächerlich zu machen. Aus reinem Selbsterhaltungstrieb, da er wusste, dass auch er entlassen würde, wenn sie scheiterte. Und diese Arbeit konnte er nur in der Regierungskanzlei leisten. Hier bekam er all seine Informationen über kriminelle Netzwerke, und wer konnte sich schon vorstellen, dass ein Staatsekretär eine Organisation leitete, die es sich zum Ziel gesetzt hatte, sich am Justizapparat zu rächen.

Ein ums andere Mal hatte er dem sozialdemokratischen Jugendverband gepredigt, wie wichtig es war, saubere Bilanzen vorzulegen und vor allem die Mitgliedsbeiträge ordentlich auszuweisen. Die Ombudsmänner der betroffenen Wahlkreise hatten sich vor Beginn des Prozesses abgesprochen. Manche von ihnen hatten sogar einen Meineid geleistet, sowohl vor dem Amtsgericht als auch vor dem Oberlandesgericht. Eigentlich waren diese zwölf Personen Betrüger, und nicht er. Um einer eigenen Verurteilung zu entgehen, hatten sie mit der Polizei und der Staatsanwaltschaft zusammengearbeitet. Sie hatten eine Voruntersuchung zusammengeflickt, die dermaßen voller Lügen war, dass Leo immer noch Atemnot bekam, wenn er daran dachte. Als er eigene Ermittlungen anstellte und neue Zeugen benannte, hatte der Staatsanwalt gefordert, diese Zeugen nicht zu hören. Mit Erfolg. Das Amtsgericht befand sich mit dem Staatsanwalt auf einer Linie. Das Oberlandesgericht bestätigte das Urteil, und der Oberste Gerichtshof ließ eine erneute Prüfung des Falls nicht zu. Leo wurde in zwölf Anklagepunkten für schuldig befunden und zu einem Jahr Gefängnis verurteilt, was ihm für den Rest seines Lebens Probleme bereiten sollte.

Leider hatten sie die Ministerin nicht getötet, obwohl sein

Auftrag unmissverständlich gewesen war. Der Mann hatte einfach zu lange gebraucht und war von irgendeinem Dreckskerl des SEK erschossen worden. Angeblich nur wenige Sekunden, bevor er seinen Auftrag hatte ausführen wollen. Doch jetzt sollte dieser Fehler ausgebessert werden. Diesmal würde Catarina Björk nicht entkommen. Sie zu töten, würde seine endgültige Rache an der Gesellschaft sein.

Leo verstaute sein Necessaire in der Tasche, die auf dem Bett lag. Auch sie enthielt alles Notwendige, von der Zahnbürste bis zu den Ritalinkapseln. Die nahm Leo seit zehn Jahren, um stets hellwach zu sein. Deshalb brauchte er auch nie mehr als fünf Stunden Schlaf. Dann steckte er sein neues Handy ein, das eine Prepaidkarte hatte und nicht nachverfolgt werden konnte. Er würde es nur ein einziges Mal benutzen. Danach würde er es in Brüssel in den Bassin Vergote werfen.

Alles sollte heute Abend passieren und war bis ins Detail geplant.

Wie immer.

»Sieht nicht gut aus«, sagte Hjalle.

»Nein, ich weiß. Nur noch drei fucking Tage«, entgegnete Linus.

»Ich hab dir schon tausendmal gesagt, dass du deine bescheuerten englischen Ausdrücke weglassen sollst.«

Linus schwieg.

»Hast du gehört, dass die Justizschlampe die königliche Medaille bekommen soll?«, fuhr Hjalle fort.

»Und wofür? Weil sie sich hat entführen lassen?«, fragte Linus.

»Was das Schlimmste ist: Sie kriegt die Medaille erst am 28. Januar, aber bekannt gegeben haben sie es jetzt schon.«

»Verdammt!«

»Leider kann man sich nicht mal mehr aufs Königshaus verlassen.«

»Stimmt. Die Hochzeit von Victoria und Daniel hat uns auch keinen Vorteil verschafft.«

In der Leitung wurde es still. Linus wartete darauf, dass Hjalle fortfuhr.

»Wir liegen gerade noch mit 1,6 Prozent in Führung«, sagte dieser nach einer Weile.

»Dass man nicht weiß, ob die Schwedendemokraten und die Christdemokraten reinkommen, macht die Sache noch schwieriger. Unmöglich vorherzusagen.«

»Wir müssen uns was einfallen lassen. Eine letzte Initiative, die alles zu unseren Gunsten entscheidet. Es reicht, wenn wir damit zwei, drei Prozent der Wähler erreichen.«

Linus seufzte schwer.

»Nachdem die Sache mit der fingierten Entführung aufgeflogen ist, sind mir die Hände gebunden.«

»Dann sieh es als eine Möglichkeit zur Revanche an.«

»Ich will sehen, was ich tun kann.«

»Sehen, was ich tun kann«, äffte Hjalle ihn nach. »Für eine halbe Million im Jahr kann ich ja wohl ein bisschen mehr Fantasie erwarten.«

FREITAG, 19. SEPTEMBER
2 TAGE VOR DER WAHL

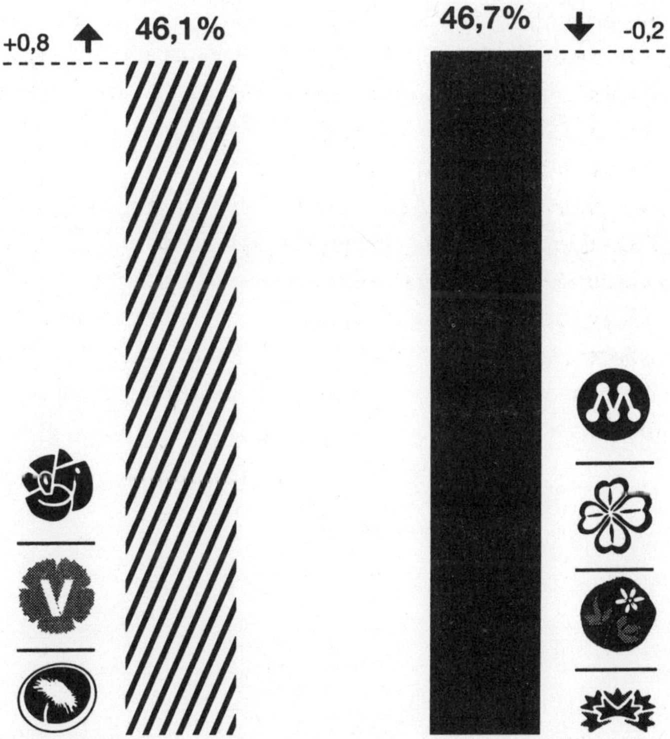

41

»Und wer wird nun die königliche Medaille bekommen?«, fragte Catarina.

Sie befand sich gemeinsam mit Leo Holmberg in Bromma, dem Teil des Flughafens, der für die Allgemeinheit nicht zugänglich war. Von hier aus starteten die Regierungsmaschinen, doch war dies auch der Ort, an dem Terrorverdächtige abgeschoben wurden.

»Wer auch immer, schließlich haben auch schon Ulf Lundell und Christer Fuglesang die Medaille erhalten.«

»Hört sich ein bisschen altmodisch an.«

»Tja, das könnte man meinen. Die Medaille wird zweimal im Jahr verliehen, einmal am Namenstag des Königs, dem 28. Januar, das zweite Mal am Nationalfeiertag, dem 6. Juni«, antwortete Leo Holmberg lächelnd. »Aber für die Umfragen ist es gut, wir liegen nur noch mit 0,6 Prozentpunkten zurück.«

Weiter kam er nicht, weil sie in diesem Moment Nachricht erhielten, dass ihr weißes Flugzeug zum Einsteigen bereit sei. Ein Minibus fuhr sie die zweihundert Meter über das Rollfeld.

Catarina wusste genau, welches Gerangel um die beiden Regierungsmaschinen stets herrschte. Zum einen gelangte man mit ihnen schneller, zum anderen sehr viel bequemer ans Ziel.

Zum Unmut der übrigen Ministerien war Leo Holmberg immer sehr schnell darin, eine dieser Maschinen zu buchen. Diesmal war es kein Problem gewesen, da alle anderen Minister im schwedischen Wahlkampf engagiert waren.

Catarina wäre gern zu Hause bei ihrer Familie geblieben, erkannte jedoch die Vorteile dieser Reise. Ein kurzer Besuch in Brüssel war ideal, um das Bild einer zuverlässigen und hart arbeitenden Ministerin zu vermitteln. Nun galt es, nach außen hin zu demonstrieren, dass das Leben trotz der traumatischen Erlebnisse am Skurusund weiterging. Ansonsten bestand das Risiko, sich nicht mehr aus ihrer Opferrolle befreien zu können. Sympathie war gut und schön, doch vor Mitleid musste man sich hüten. Denn Mitleid war die Kehrseite von persönlicher Schwäche, und wer als schwach betrachtet wurde, konnte keine Wahlen gewinnen. Das hatte sie bereits bei der Jugendorganisation ihrer Partei gelernt.

Die Zeitungen brachten ihre Bewunderung dafür zum Ausdruck, dass sie sich auch in diesen Tagen für das Wohl des Landes einsetzte, wenngleich alle dafür Verständnis gehabt hätten, wäre sie lieber bei ihrer Familie geblieben. Patrick hätte sich, wie er es ausdrückte, eine andere Prioritätensetzung gewünscht. Catarina hatte ihm erklärt, dass sie als weibliche Ministerin quasi doppelt in der Pflicht stehe. Und dass sie schon bald, nach den Wahlen, viel mehr Zeit mit ihrer Familie verbringen werde.

Sie ließ sich in den großen weißen Ledersessel sinken und klappte die Rückenlehne so weit zurück, dass sie sich fast in der Horizontalen befand. Dergestalt ließen sich die Flugsessel in bequeme Liegen verwandeln. Im Flugzeug gab es verschiedene Bereiche, sodass man stets zu viert zusammensitzen konnte. Die Minister konnten sich ihre Plätze natürlich zuerst aussuchen, und Catarina zog es vor, möglichst weit vorne zu sitzen. Ebenso selbstverständlich war es, dass sich ihr Staatssekretär zu ihr gesellte, während die anderen drei Beamten weiter hinten im Flugzeug Platz nahmen.

Die einzige Flugbegleiterin bot allen etwas zu trinken an.

Catarina meinte, sich ein Glas Wein gönnen zu dürfen. Ihre Nerven hatten sich noch immer nicht vollständig erholt. Wenn sie kurz einschlummerte, befand sie sich sogleich wieder in dem furchtbaren Raum ihrer Gefangenschaft. Die Sturmhauben verfolgten sie. Und auch ihr letztes Erlebnis ließ sie nicht los – der Mann, der mit einem Messer in der Hand zu ihr gekommen war. Dass sie zunächst geglaubt hatte, er wolle sie töten, gefolgt von der Erleichterung darüber, dass er sie freilassen wollte. Dann hatte er sich über sie gebeugt und ... In diesem Moment wurde die Erinnerung unerträglich. Zuerst war er erschossen worden, dann war sein Blut über das Bett und ihre Arme gelaufen, warm und pulsierend. O Gott, sie durfte nicht mehr daran denken.

Doch wurde sie ebenso von dem Wissen gequält, dass sie fälschlicherweise ausgesagt hatte, der Mann habe sie töten wollen. Sie stützte sogar die Version der Polizei, dass ihr der Schuss das Leben gerettet habe. Daran festzuhalten war für alle, sowohl für die Polizei als auch für sie selbst, das Beste. Für den Nachruf des erschossenen Mannes war dies natürlich anders. Die Zeitungen hatten ein altes Foto von ihm veröffentlicht und seinen Namen genannt.

Aber auch Schwerkriminelle hatten Angehörige, und nun mussten diese unschuldigen Menschen es ertragen, mit einem kaltblütigen Mörder verwandt zu sein. Catarina hatte gelesen, dass er geschieden war und einen elfjährigen Sohn hatte. Vielleicht hatte die Tatsache, dass auch er ein Kind besaß, ihn dazu bewogen, sie zu schonen. Denn so ähnlich hatte er es formuliert, erinnerte sich Catarina. Wie sehr musste dieser Junge jetzt leiden, da nicht nur sein Vater gestorben war, sondern auch noch als eiskalter Killer dastand.

»Wie geht's dir?«, fragte Leo Holmberg und lehnte sich zu ihr hinüber.

Catarina zuckte zusammen.

»Das kommt alles ständig wieder hoch«, antwortete sie.

»Seltsam, wenn es anders wäre«, entgegnete der Staatssekretär lächelnd und tätschelte ihr den Arm.

Catarina verzog gequält das Gesicht.

»Ich muss halt irgendwie bis Sonntag durchhalten.«

»Vielleicht sollten wir heute Abend irgendwo etwas essen gehen, nur wir beide.«

»Aber es gibt doch ein offizielles EU-Essen«, wandte sie ein.

Leo senkte die Stimme, damit er im hinteren Teil des Flugzeugs nicht verstanden wurde.

»Ich werde dafür sorgen, dass wir ausgezeichnet vertreten werden.«

»Das hört sich nach einer großartigen Idee an«, erwiderte Catarina.

Ihr war wirklich nicht nach dem Small Talk zumute, den man bei solchen Anlässen über sich ergehen lassen musste.

»Ich werde einen Tisch bestellen. Ich kenne da ein gemütliches kleines Lokal am Parc Léopold«, sagte Leo Holmberg.

Gerda saß im Wartezimmer des Polizeipräsidiums in der Kungsholmsgatan 37.

Sie hatte sich schließlich dazu entschieden, Susanne Dahlgren persönlich aufzusuchen.

Das Wartezimmer war klein und mit zwei Sofas ausgestattet, die im rechten Winkel zueinander standen. Hinter einer Glasscheibe saß ein Beamter, der die Mitarbeiter über etwaigen Besuch informierte.

Bei den übrigen acht Personen im Wartezimmer handelte es sich um afrikanische Flüchtlinge. Gerda hatte sich bei dem Mann hinter der Scheibe angemeldet und fand, dass sie schon recht lang auf Susanne Dahlgren warten musste. Der ehemaligen Justizministerin und Vorsitzenden des Justizausschusses sollte man eigentlich ein bisschen mehr Respekt entgegenbringen, dachte sie.

Im selben Augenblick stand Susanne Dahlgren vor ihr.

»Es tut mir leid, dass Sie ein wenig warten mussten, aber ich saß noch in einer Besprechung«, sagte sie, nachdem sie sich begrüßt hatten.

Sie schritten durch eine gläserne Drehtür und gelangten zu den Aufzügen, die in den vierten Stock führten, wo Susannes Büro war.

Gerda zog ihren leichten Sommermantel aus und legte ihre Handtasche auf den Stuhl neben sich.

»Wie schön, dass Sie kommen konnten«, sagte Susanne, die hinter dem Schreibtisch Platz nahm.

Gerda ließ ihren Blick durch den Raum schweifen.

»Als hochrangige Polizistin sollten Sie ehrlich gesagt einen größeren Raum haben«, sagte sie.

»Ach, Sie wissen ja, wie das ist bei staatlichen Behörden«, entgegnete Susanne mit einem Lachen.

»Also im Reichstag sind die Büros um einiges größer, jedenfalls für die Ausschussvorsitzenden. Bei den normalen Abgeordneten könnte das allerdings anders sein«, fügte Gerda nachdenklich hinzu, während Susanne sie freundlich anschaute, ein wenig erstaunt über diesen Gesprächsbeginn.

»Jedenfalls freue ich mich, dass Sie da sind«, wiederholte Susanne lächelnd. »Sind Sie gekommen, um mir etwas Bestimmtes mitzuteilen?«

»Ja, das bin ich«, antwortete Gerda mit Entschiedenheit.

»Hat es mit dem Geiseldrama im Reichstag zu tun? Wissen Sie eigentlich schon, wer Sie vor Gericht vertreten wird?«

»Nein, darüber habe ich mir keine Gedanken gemacht«, antwortete Gerda, die dieses Thema bisher verdrängt hatte.

»Man hätte Ihnen wirklich längst einen Anwalt zuweisen sollen. Ich kümmere mich darum.«

»Ich bin gekommen, um Sie von einem merkwürdigen Vorfall in Kenntnis zu setzen, der sich kurz vor der Entführung der … Justizministerin, also Catarina Björk, zugetragen hat.«

»Und worum handelt es sich?«

»Am Tag vor der Entführung bekam ich einen Anruf vom Justizministerium, dass die Ministerin entführt werden sollte.«

»Also am 8. September?«, fragte Susanne mit einem raschen Blick auf ihren Tischkalender.

»Ja, und ich fand diesen Anruf so merkwürdig, dass ich mich umgehend mit der *Säpo* in Verbindung gesetzt habe.«

»Die *Säpo* gibt im Vorfeld allerdings niemals solche Warnungen heraus.«

»Das stimmt«, bestätigte Gerda. »Aber wenn die Vorsitzende des Justizausschusses anruft und sich gezielt erkundigt, dann erhält sie auch eine Antwort«, entgegnete sie in leicht verändertem Ton.

»Ich verstehe«, sagte Susanne, die spürte, wie ihre Konzentration zunahm. Sie hatte Gerda stets als freundlich, aber ein bisschen zerstreut wahrgenommen. Als Justizministerin hatte sie nicht viel Vertrauen zu ihr gehabt. Sie hatte dieses Amt sicher so gut ausgeübt, wie sie es vermochte, aber das hatte nicht ausgereicht.

»Der Chef der *Säpo* hat mir klar und deutlich gesagt, dass solch eine Warnung nicht existiere.«

»War er da ganz sicher?«

»Zu hundert Prozent.«

Susanne ließ ihren Stift sinken und blickte aus dem Fenster. Dachte eine Zeit lang nach, ehe sie fragte:

»Was haben Sie dann gemacht?«

»Dann habe ich meinen Fraktionsvorsitzenden im Reichstag angerufen, der für eine Organisation arbeitet, die …«

»*Wahlallianz 2.0* heißt«, ergänzte Susanne.

Gerda zuckte zusammen.

»Woher wissen Sie das?«

»Ich habe meine Kontakte«, antwortete Susanne.

»Ach ja, meine ehemalige Pressesprecherin Petra Holm ist ja dort auch Mitglied.«

»Oder *war* es zumindest.«

»War?«

»Wie dem auch sei«, erwiderte Susanne. »Und am nächsten Tag hat die *Kvällspressen* von dieser Bedrohung berichtet.«

»Genau«, bestätigte Gerda und nickte. »Zu diesem Zeitpunkt war Hjalmar Fritzén, der Vorsitzende von *Wahlallianz 2.0*, schon von Fredrik Rosenqvist über die Sache informiert worden.«

»Wer hat aus dem Justizministerium angerufen?«, fragte Susanne.

»Staatssekretär Leo Holmberg.«

Susanne stand abrupt von ihrem Schreibtisch auf und ging zum Fenster. Dort blieb sie mehrere Minuten lang stehen, während Gerda sich fragte, was sie beschäftigte.

Dann kehrte Susanne hastig an ihren Schreibtisch zurück.

»Kann das wirklich wahr sein?«, murmelte sie vor sich hin.

42

»Von schwedischer Seite aus werden wir dem Vorschlag der Kommission unsere volle Unterstützung zukommen lassen. Außerdem möchte ich die Wichtigkeit unterstreichen, möglichst rasch eine einvernehmliche Lösung zu finden.«

Catarina schaltete das Mikrofon aus und lehnte sich auf ihrem Stuhl zurück. Sie schob die Blätter zusammen, auf denen ihre Mitarbeiter verschiedene feststehende Wendungen notiert hatten. Anfangs kam ihr diese Regelung ein wenig starr und unflexibel vor, doch je länger sie sich mit EU-Fragen beschäftigte, desto mehr sah sie ein, dass dies die übliche Vorgehensweise war. Und wer meinte, schwedische Politiker würden sich zu gewunden ausdrücken, der sollte mal erleben, wie dies auf dem Kontinent gehandhabt wurde. Wer seine »große Verwunderung« zum Ausdruck brachte, war in Wahrheit zutiefst empört. Und wer den Standpunkt eines anderes Landes »infrage stellte«, der wies diesen klar und deutlich zurück.

Im Justus-Lipsius-Gebäude, dem Sitz des Rates der Europäischen Union, waren zahlreiche Tische zu einem großen Viereck zusammengeschoben worden. Jeder Minister hatte einen Mitarbeiter an seiner Seite.

Als Nächstes war es an Tschechien, sich zu äußern. Seit der EU-Erweiterung nahm jeder Tagesordnungspunkt mindestens zwei Stunden in Anspruch, weil jedes Mitgliedsland explizit Stellung beziehen sollte.

Catarina legte ihren Stift hin und fuhr sich durch die Haare. Den Kopfhörer, auf dem sie die Übersetzung ihrer Worte in mehreren Sprachen hätte hören können, hatte sie bereits abgesetzt. Da keine Fernsehkameras im Raum waren, brauchte man nicht so sehr auf solche Dinge zu achten. Bevor eine Sitzung begann, gingen in der Regel alle Minister umher, begrüßten sich lächelnd und klopften einander freundschaftlich auf die Schultern, um den Zuschauern vor den heimischen Bildschirmen zu zeigen, wie angesehen man im Kreise seiner internationalen Kollegen doch war.

Wenn die Sitzung begann und die Kameras ausgeschaltet waren, schenkte man denselben Kollegen nicht mehr viel Beachtung.

Die meisten Delegationsteilnehmer hörten sich gar nicht zu, sondern überließen dies ihren Mitarbeitern.

»Mein Gott, bin ich müde«, seufzte Catarina.

»Ist ja auch kein Wunder, bei allem, was du durchgemacht hast«, entgegnete Leo Holmberg lächelnd.

Catarina schloss die Augen. Erneut sah sie ihre Entführer vor sich. Auch der elfjährige Sohn des erschossenen Manns ging ihr nicht aus dem Kopf. Ein Junge, der nun damit leben musste, dass man seinen Vater fälschlicherweise beschuldigte, ein kaltblütiger Mörder zu sein. Einen Entführer zum Vater zu haben, war zwar schlimm genug, doch war dies nicht zu vergleichen mit einem Papa, der einer unschuldigen Frau die Kehle hatte durchschneiden wollen.

Catarina dachte angestrengt nach. Natürlich konnte sie vor den Wahlen, die wichtiger waren als alles andere, nichts unternehmen. Das Wohl der Partei galt mehr als das Wohl eines kleinen Jungen. Doch wenn sie nach den Wahlen die Wahrheit offenbarte? Was machte das schon? Ihr frisch erworbener Ruhm wäre dann sicher zum Teufel, aber darauf kam es nicht an. Die nächsten Wahlen würden ja erst in vier Jahren stattfinden, und bis dahin war die ganze Geschichte vergessen.

Dennoch blieb ihr nicht viel Zeit, um sich zu entscheiden. Das Beste würde es sein, heute Abend Leos Rat einzuholen. Dem fiel immer eine kluge Lösung ein.

»Jetzt ist Dänemark an der Reihe«, sagte Leo und klopfte ihr leicht auf die Schulter.

Catarina setzte den Kopfhörer auf. Den beiden anderen nordischen EU-Mitgliedern gegenüber wollte man stets höflich sein. Catarina fand es wichtig, dass diese drei Länder zusammenhielten.

»Ich muss heute Abend etwas mit dir besprechen«, flüsterte sie.

»Kein Problem, ich habe schon einen Tisch für nachher reserviert. Dann können wir in Ruhe über alles reden.«

Susanne blickte in die Runde.

Die beiden Staatssekretäre sahen bedrückt aus.

Als hätten sie ein schlechtes Gewissen.

Was auch gut möglich war.

Doch hatte Susanne jetzt keine Zeit, über das Wohlbefinden ihrer Kollegen nachzudenken. Sie wollte unverzüglich informiert werden.

»Wie gut, dass wir uns so schnell treffen konnten.«

»Das ist doch selbstverständlich«, sagte der für den Staatsrat zuständige Staatssekretär.

So selbstverständlich auch wieder nicht, dachte Susanne. Normalerweise war es nahezu unmöglich, die Staatssekretäre ins Polizeipräsidium zu bekommen. Stattdessen war sie des Öfteren zu Gesprächen in Rosenbad gewesen.

»Erzählen Sie mir alles, was Sie über das damalige Gerücht wissen, die Justizministerin solle entführt werden«, forderte Susanne sie auf.

Die beiden Politiker schauten sich an wie zwei Schulkinder, die man beim Äpfelklauen erwischt hatte.

»Ich hätte gern gewusst, ob wir irgendeiner Straftat verdächtigt werden«, fragte die Staatssekretärin aus dem Sozialministerium. »In diesem Fall würde ich mir einen Anwalt nehmen.«

»Davon kann überhaupt keine Rede sein«, antwortete Susanne und verfluchte sich im nächsten Moment für diese Antwort. Stattdessen hätte sie die Staatssekretäre einfach reden lassen sollen.

»Warum dann dieses Treffen?«, fragte die Frau weiter.

Offenbar besaß sie nur eine vage Vorstellung von der Arbeit der Polizei.

»Wären Sie einer Straftat verdächtig, dann hätte ich Sie wohl kaum gemeinsam vernommen. Doch wenn Sie als Zeugen nicht die Wahrheit sagen, machen Sie sich tatsächlich strafbar.«

Susanne unterließ den Hinweis, dass man sich streng genommen nur strafbar machte, wenn man vor Gericht einen Meineid leistete. So etwas hatte sie früher noch nie getan, doch hielt sie es in diesem Fall für zweckdienlicher, nicht die ganze Wahrheit zu sagen.

»Normalerweise würde man natürlich auch Zeugen getrennt voneinander befragen. Doch haben wir keine Zeit zu verlieren, deshalb brauche ich so schnell wie möglich gewisse Informationen. Ich wäre Ihnen also äußerst dankbar, wenn Sie mir die Umstände schildern würden, wie es damals zu diesem Gerücht von der angeblich geplanten Entführung der Justizministerin gekommen ist.«

»Nach der Rassismusaffäre ging es darum, ein Gegenbild der Justizministerin zu entwerfen und ...«, begann der eine Staatssekretär, um sogleich innezuhalten und einen großen Schluck Wasser zu trinken.

»Auf welche Weise sollte das Gerücht zu diesem Gegenbild beitragen?«

Zum ersten Mal in dieser Besprechung sahen die beiden Staatssekretäre ein wenig selbstbewusster aus.

»Indem man das Interesse der Öffentlichkeit in eine andere Richtung lenkt«, antwortete die Sozialstaatssekretärin.

Susanne nickte bedächtig und ließ die Worte auf sich einwirken.

»Uns war natürlich klar, dass die Sache früher oder später ans Tageslicht kommen würde«, sagte der andere Staatssekretär. »Aber wie haben Sie davon erfahren?«

»Da wir uns im Stadium der Voruntersuchung befinden, unterliegen solche Informationen strengster Geheimhaltung«, entgegnete Susanne. »Und das wird auch noch einige Wochen so bleiben.«

»Auf jeden Fall bis nach den Wahlen«, murmelte die Sozialstaatssekretärin und wirkte sogleich ein weniger entspannter.

»Warum war es Leo Holmberg, der die Vorsitzende des Justizausschusses angerufen hat?«

Die beiden Staatssekretäre tauschten rasche Blicke.

»Weil es seine Idee war und weil es sein Ministerium betraf«, antwortete der andere Staatssekretär.

»Und wo ist er jetzt?«

»In Brüssel, zusammen mit der Justizministerin.«

Catarina stand hinter dem kleinen Rednerpult im Presseraum und hatte ihr Manuskript mit den vorformulierten Aussagen vor sich, die auf diese Pressekonferenz zugeschnitten waren. Das helle Licht sowie die weißen Wände des Saals blendeten sie fast.

»Wir haben uns heute darauf geeinigt, uns weiterhin für das allgemeine Grundrecht auf einen Anwalt einzusetzen.

Wie Sie wissen, war dies nicht Bestandteil des Stockholmer Programms, das wir während unserer Ratspräsidentschaft ausgehandelt haben. Wir wollen, dass sich alle Länder zu diesem Grundrecht bekennen, und ich bin bereit, dieses Thema innerhalb der EU voranzubringen.«

Die schwedische Journalistenschar hatte nicht das geringste Interesse an neuen EU-Diskussionen, sondern war ausschließlich wegen der Justizministerin gekommen. Dass das Stockholmer Programm seinerzeit von der bürgerlichen Regierung ausgehandelt worden war, es Catarina also gar nicht zustand, sich diesen Erfolg an die Brust zu heften, war an diesem besonderen Tag ebenfalls völlig uninteressant.

Im Presseraum herrschte ein ungewöhnliches Gedränge. Normalerweise war nur die Presseagentur *TT* anwesend, doch heute hatten sich auch *Ekot*, *SVT* und *DN* eingefunden. Die Strategie war aufgegangen. Alle wollten hören, was die Ministerin, die noch vor drei Tagen in der Hand ihrer Entführer gewesen war, zu sagen hatte. Interessant war im Grunde nicht einmal, *was* sie sagte, sondern dass sie überhaupt etwas sagte, wie Leo Holmberg im Vorfeld erklärt hatte.

»Wie kommt es, dass sie nur drei Tage, nachdem Sie fast ermordet wurden, die Arbeit schon wieder in den Mittelpunkt Ihres Lebens stellen?«, wollte ein hoch aufgeschossener Journalist von *TT* wissen.

»Weil ich der festen Überzeugung bin, dass es meine Pflicht ist, Schweden zu repräsentieren.«

»Aber sollten Sie sich an diesem Sonntag nicht lieber im schwedischen Wahlkampf engagieren?«, fragte derselbe Journalist.

Catarina schien für einen Moment zu zögern, als wäre sie von dieser Frage überrascht worden.

»Ich will nicht, dass parteipolitisches Gezänk über die langfristigen schwedischen Interessen gestellt wird«, antwortete sie nachdenklich und ließ ihre Worte auf die Journalistenschar wirken.

Leo Holmberg, der ganz hinten im Saal saß, damit die Journalisten seine Gesten nicht sehen konnten, hob den Daumen. Er selbst hatte diese Antwort formuliert.

Die Beamten konnten so etwas nicht tun, da es nicht zu ihrem Auftrag gehörte, sich für den Wahlkampf zu engagieren.

»Aber wie sind Sie überhaupt in der Lage dazu?«, wollte eine lächelnde Reporterin von *Dagens Nyheter* wissen.

Catarina lächelte matt zurück.

»Falls wir am Sonntag wider Erwarten eine neue Regierung bekommen sollten, habe ich jedenfalls alles dafür getan, damit Schweden auch in Zukunft eine wichtige Rolle bei der europäischen Zusammenarbeit spielt.«

43

»Jetzt bin ich ein bisschen schlauer«, sagte Petra und stieß den Rauch aus.

Sie standen an ihrem üblichen Platz auf dem Innenhof, doch ihre Stimmung war ungewöhnlich angespannt.

Vor einer Stunde hatten sie ein hitziges Gespräch über Petras Engagement für die *Wahlallianz 2.0* geführt. Susanne fühlte sich immer noch betrogen. Sie fand die ganze Organisation niederträchtig und konnte nicht verstehen, warum Petra dort mitmachte.

Petra hatte ihr versichert, keine Ahnung zu haben, woher Gerda ihre anfänglichen Informationen bezogen hatte. Sie hatte nur davon berichtet, dass die *Säpo* nichts von einer unmittelbaren Bedrohung der Justizministerin gewusst habe. Susanne hatte Petra vorgehalten, sie hätte weitere Erkundigungen einziehen und sie darüber informieren müssen. Sie sei schließlich ihre Auftraggeberin. Am Ende war Petra der Diskussion überdrüssig gewesen und hatte Susanne entgegnet, dass sie doch die Polizistin von ihnen beiden sei und diese Erkundigungen auch selbst hätte anstellen können. Danach war es still zwischen ihnen geworden. Sie starrten sich schweigend an, wie sie dies nie zuvor getan hatten. Schließlich hatte Petra die Stille gebrochen und gesagt, sie würde ein paar Informationen im Ministerium einholen und dann zurückkommen.

Und nun standen sie hier.

Versuchten so zu tun, als sei alles wie immer, was ihnen nicht gelang.

»Was hast du herausgefunden?«, fragte Susanne und wandte kurz den Kopf ab.

»Leo Holmberg begann als politischer Sachverständiger, als die Sozialdemokraten das letzte Mal an der Macht waren. Nach der verlorenen Wahl heuerte er bei *JKL* an.«

»*JKL*?«, fragte Susanne.

»Die Unternehmungsberatung, bei der auch Göran Persson arbeitet«, erklärte sie. »So wie viele andere Sozis auch.«

»Wie ist dieser Holmberg eigentlich persönlich?«

Petra nahm einen tiefen Zug und stieß nachdenklich den Rauch aus.

»Ich war schon lange nicht mehr in Rosenbad. Aber diejenigen, denen ich vertrauen kann, beschreiben ihn übereinstimmend als Einzelgänger. Jemand mit sozialen Fähigkeiten, dem man aber nie wirklich nahekommt. Intelligent, erfahren und kompetent, mit anderen Worten, der perfekte Staatssekretär.«

Susanne kam die ganze Sache unwirklich vor. Konnte sich ihr Verdacht wirklich bewahrheiten? Vielleicht würde das Video von dem Mann, der sich aus dem Haus am Skurusund-Kanal geschlichen hatte, mehr Klarheit bringen. Er war zwar maskiert gewesen, doch ließen sich bestimmt manche Details erkennen. Die Vernehmungen der Inhaftierten hatten hingegen nichts ergeben. Sie alle hatten sofort erklärt, keine Aussage machen zu wollen.

Susanne bat Petra, mit ihrem Bericht fortzufahren.

»Als die Sozialdemokraten erneut an die Macht kamen, wurde Leo Holmberg Staatssekretär. Es hat ihn zwanzig Jahre gekostet, so weit zu kommen. Wie ich gehört habe, hätte er eigentlich längst Minister sein sollen, doch gab es etwas, das dies unmöglich machte.«

»Was denn?«

»Er wurde zu einem Jahr Gefängnis verurteilt.«

»Das müsste doch längst verjährt sein«, sagte Susanne.

Diesmal lachte Petra kurz auf.

»Nicht in der Politik, da gibt es nur lebenslänglich.«

»Und wofür wurde er verurteilt?«

»Schwerer Betrug in zwölf Fällen.«

»Moment mal, wie viele Fälle waren es?«

»Zwölf!«

»Und ein Jahr Gefängnis sind zwölf Monate«, fügte Susanne nachdenklich hinzu und ließ langsam den Rauch entweichen.

Leo legte sich aufs Bett und atmete durch. So weit, so gut, dachte er und blickte an die Decke. So wie immer, wenn er in Brüssel war, hätte er den Escortservice des Hotels in Anspruch nehmen können, was ihn jedoch nie interessiert hatte. Als Staatssekretär konnte er sich das nicht leisten, obwohl es in Belgien legal gewesen wäre. Dessen ungeachtet fand er die Begleitumstände geschmacklos und erniedrigend.

Der Tag war gut verlaufen. Catarina hegte keinen Verdacht.

In wenigen Stunden würde es so weit sein. Niemand konnte ihn mehr daran hindern. Die Zeit war gekommen, sich ein für alle Mal an der verkommenen Gesellschaft zu rachen.

Erneut musste er daran denken, wie ungerecht man ihn behandelt hatte. Wenn Schweden ein Rechtsstaat war, wieso wurden dann Unschuldige verurteilt, fragte er sich und fühlte sich bereit.

Wer unschuldig verurteilt wurde, musste eine Wiederaufnahme seines Prozesses anstreben. Die wurde jedoch nur bewilligt, wenn sich die Beweislage verändert hatte oder während des Prozesses formelle Fehler gemacht worden waren. Es war wie in *Catch-22*. Wer fälschlicherweise verurteilt wurde, der durfte die alten Beweise nicht noch einmal ins Feld führen, auch wenn sie ihre Berechtigung hatten. Gegen ein Fehlurteil kam man nicht an, sofern alle prozessrechtlichen Regeln eingehalten worden waren.

Was blieb einem also übrig, wenn man unschuldig verurteilt worden war?

Man musste die Schnauze halten.

Man war auf ewig gestraft.

Unschuldig gestraft.

Leo setzte sich im Bett auf.

Mit entschlossenen Schritten ging er ins Badezimmer. Das Gesicht, das ihm im Spiegel begegnete, sah zur Abwechslung ziemlich müde aus. Er hatte heute noch kein Ritalin genommen.

Er nahm das Fläschchen und schüttelte eine Kapsel heraus.

Wieder in seinem Zimmer zog er die Sporttasche von Nike hervor, die seiner Anweisung gemäß im Fitnessraum gewesen war, der sich auf der obersten Etage des Hotels befand. Leo öffnete sie und nahm den Revolver zur Hand. Als Kompaniechef und Reserveoffizier war er mit den verschiedensten Waffen vertraut. Diese war eine Nagant, 7,5 mm, 11 cm Lauflänge. Er wiegte die Pistole in der Hand und betastete den hölzernen Schaft, ehe er sie in seine Tasche steckte.

Alles war in Ordnung. Leo zog sein Jackett an und verließ das Zimmer. Auf dem Flur traf er mit Catarina zusammen.

»Wir wohnen also auf derselben Etage!«, rief sie aus.

»Ja, und jetzt lass uns einen Drink an der Bar nehmen«, entgegnete Leo mit einem Lächeln und drückte auf den Fahrstuhlknopf.

Die Videoaufnahme hatte keine neuen Erkenntnisse erbracht.

Der Gang des Mannes wies keine Besonderheiten auf, und auch seine Kleidung half ihnen nicht weiter. Außerdem waren die Aufnahmen aus großer Entfernung gemacht worden, und wenn man näher heranzoomte, wurde das Bild unscharf.

Stattdessen hatte Susanne den Repräsentanten von *Kuten* einbestellt, der höchst verwundert war, welche Person unter die Lupe genommen werden sollte.

»Ein bisschen Material über den Staatssekretär liegt ja schon vor«, sagte er.

»Ich kann verstehen, dass Sie erstaunt sind«, entgegnete Susanne.

»Nicht besonders. Ich war früher bei der *Säpo*, dort haben wir sowohl Minister als auch andere Reichstagsmitglieder beobachtet …«

Der Mann hielt inne.

»Dann betrachten Sie das einfach als abschließende Maßnahme«, sagte Susanne lächelnd.

Ihr fiel die neue Selbstsicherheit auf, mit der sie sprach. Die Zeit ändert sich und ich mich mit ihr, dachte sie.

»Wie Sie bestimmt wissen, wurde er wegen schweren Betrugs zu einer einjährigen Haftstrafe verurteilt. Vorher und nachher hat er sich nichts zuschulden kommen lassen.«

»Wissen Sie, welcher Richter damals den Vorsitz hatte?«, fragte Susanne.

»Es ist zwar schon zwanzig Jahre her, aber das lässt sich rausfinden.«

Er zog sein Handy aus der Tasche und ließ sich mit der Sachbearbeiterin verbinden, die ihm geholfen hatte, die Akte über Leo Holmberg zusammenzustellen.

»Sie ruft gleich zurück«, entschuldigte er sich.

»Gut. Finden Sie es nicht ungewöhnlich, dass jemand, der bis dahin völlig unbescholten ist, wegen eines so schweren Verbrechens verurteilt wird?«, fragte sie.

»Im Grunde schon. In den meisten Fällen gibt es ja eine kriminelle Vorgeschichte. In diesem Fall scheint ihn seine Verurteilung aber nachhaltig beschäftigt zu haben.«

»Woher wissen Sie das?«

Der Mann schien ein wenig verlegen zu sein.

»Das war quasi eine Nebenerkenntnis aus anderen Ermittlungen.«

»Dann darf das hier aber keine Rolle spielen«, gab Susanne zu bedenken.

Der Mann rutschte auf seinem Stuhl hin und her.

»Es kommt schon mal vor, dass solche Informationen versehentlich nicht gelöscht werden.«

»Ich verstehe«, entgegnete Susanne säuerlich. Sie wollte lieber nicht näher auf die Sache eingehen. Manchmal war es gut, nicht zu viel zu wissen.

»Soll ich fortfahren?«, fragte der Mann.

»Gern.«

»Es gibt da noch eine Merkwürdigkeit.«

»Und die wäre?«

»In den ersten zehn Jahren nach seiner Haft hat Holmberg ganze acht Mal versucht, eine Wiederaufnahme seines Falls zu erreichen. Von der *Säpo* wissen wir, dass der Generalsekretär seiner Partei ihn eindringlich ermahnt hat, damit aufzuhören, wenn er seine Position in der Partei nicht gefährden wollte.«

»Das hört sich ja ziemlich verrückt an«, entgegnete Susanne.

»Der *Säpo* liegen auch Informationen vor, dass sich zwei Frauen über das Verhalten Leo Holmbergs beschwert haben.«

Das Handy des Mannes klingelte erneut. Er entschuldigte

sich, bevor er das Gespräch entgegennahm. Susanne sah, wie er erbleichte und das Handy langsam auf den Tisch zurücklegte.

»Wissen Sie, wer Leo Holmberg damals verurteilt hat?«, fragte er.

»Nein.«

»Peder Oskarsson, damals am Amtsgericht tätig, später Richter am Obersten Gerichtshof. Vor nicht mal sechs Wochen ermordet.«

Catarina und Leo Holmberg saßen in der Bar des Radisson Hotels an der glänzenden Theke.

»Was haben die anderen dazu gesagt, dass wir heute Abend unter uns bleiben wollen?«

»Ich habe ihnen erzählt, wir hätten über parteipolitische Interna zu diskutieren. Außerdem hatten sie nichts gegen ein gemeinsames Abendessen mit den anderen EU-Delegationen einzuwenden. So was imponiert den Schwiegereltern«, fügte Leo Holmberg lächelnd hinzu und schob sich ein paar Erdnüsse in den Mund.

Zum ersten Mal seit ihrer Entführung hatte Catarina das Gefühl, sich ein wenig entspannen zu können. Zwar wurde sie immer noch von denselben Bildern gequält, doch zuckte sie nicht mehr beim kleinsten Geräusch zusammen. Der Alkohol tat ein Übriges. Außerdem fühlte sie sich in Gesellschaft ihres Staatssekretärs ausgesprochen wohl.

»Du sollst wissen, Leo, dass ich dir für all deine Unterstützung sehr dankbar bin«, sagte sie.

Er nippte lächelnd an seinem Drink.

»Ich werde ja auch gut dafür bezahlt.«

Plötzlich kehrten ihre Gedanken zu dem elfjährigen Jungen zurück. Catarina verzog unwillkürlich das Gesicht.

»Alles in Ordnung?«, fragte Leo und legte ihr kurz die Hand auf den Arm, so wie er es bereits im Flugzeug getan hatte.

»Geht schon«, antwortete sie. »Aber wie gesagt, es gibt da etwas, das ich gerne mit dir besprechen würde.«

»Schieß los.«

»Nein, lass uns das lieber im Restaurant machen.«

Catarina trank einen Schluck von ihrem Drink und stellte das Glas klirrend auf die Theke zurück.

»Trink nicht zu viel, im Restaurant gibt's noch Wein«, sagte Leo und wedelte spaßhaft mit seinem Zeigefinger.

»Erzähl mir doch mal etwas von dir selbst«, bat sie.

»Was möchtest du wissen?«

»Ach, irgendwas. Ich weiß so wenig von dir.«

»Ich wohne allein auf Söda in einer Dreizimmerwohnung.«

»Du hast keine …?«

»Familie?«, ergänzte Leo mit einem Lächeln. »Nein.«

»Ist das nicht ein bisschen einsam?«, fragte Catarina.

»Ach, eigentlich nicht«, antwortete Leo. »Da kommt mir übrigens eine Idee.«

»Ja?«

Catarina schaute ihn erstaunt an.

»Heute Abend wollen wir uns richtig entspannen. Ich finde, du solltest dein Handy jetzt ausschalten.«

»Das traue ich mich nicht«, entgegnete Catarina. »Aber ich kann es auf stumm schalten.«

»Ich finde, nach allem, was du durchgemacht hast, kannst du es dir ruhig erlauben, zwischendurch mal nicht erreichbar zu sein.«

Catarina nahm ihr Handy aus der Tasche, stellte den Ton ab und legte es zurück.

44

Susanne spazierte langsam über die Väster-Brücke. Die Dämmerung hatte bereits eingesetzt, Neonreklamen leuchteten an Häuserwänden, und die beiden Türme der Högalidskirche ragten dunkel vor ihr auf.

Die Situation kam ihr unwirklich vor.

Ein junger Mann auf einem Moped fuhr in hohem Tempo an ihr vorbei und spritzte ihren Mantel nass. Sie wollte ihm gerade etwas nachrufen, als ihr Handy klingelte.

»Hier ist Axel Jidenius.«

»Was haben Sie herausgefunden?«, fragte Susanne sofort und spürte, wie sich ihr Herzschlag beschleunigte.

»Staatssekretär Holmberg ist an diesem Abend nicht über die Skuru-Brücke gefahren, jedenfalls nicht nach achtzehn Uhr.«

»Woher wissen Sie das?«

»Weil wir die Brücke um diese Zeit gesperrt haben. Danach haben wir nur noch unsere eigenen Fahrzeuge passieren lassen.«

Susanne spürte den Boden unter ihren Füßen schwanken.

»Vielen Dank für die Hilfe« war alles, was sie herausbrachte.

»Glauben Sie, dass Leo Holmberg in die Sache verstrickt ist?«, fragte Jidenius.

»Dafür ist es noch zu früh«, antwortete Susanne.

»Kann ich noch etwas für Sie tun?«

»Nein danke«, sagte sie und legte auf.

Die Gedanken kreisten in ihrem Kopf. Ein Staatssekretär als Chef einer bewaffneten Organisation, die sich gegen den Rechtsstaat wandte?

Susanne blieb stehen.

Jetzt musste sie in Ruhe nachdenken. Was konnte sie in diesem Moment tun? Was sollte sie tun? Catarina Björk und Leo Holmberg nahmen an einem EU-Treffen in Brüssel teil und wurden morgen zurückerwartet. Wenn sich der Verdacht erhärtete, konnten sie ihn auf dem Flugplatz festnehmen.

Was fraglos einen Riesenskandal auslösen würde. Und wenn die Beweislage nun doch nicht ausreichte?

Sie selbst konnte keine Beschlüsse fassen. Es war immer noch Magnus Granath, der die Ermittlungen leitete. Sie hatten mehrmals versucht, ihn auf dem Handy zu erreichen, doch ohne Erfolg. Sie war immer mehr davon überzeugt, dass sie noch heute Abend handeln sollten.

Sie erwog, die Ermittlungsgruppe zusammenzutrommeln, doch bei näherer Betrachtung war das keine gute Idee. Dem Staatsanwalt ging es vor allem um sein eigenes Prestige, und in einer solchen Situation wäre er sicher wenig geneigt, die eigene Meinung zu ändern. Nachdem sie sich eine Weile den Kopf zerbrochen hatte, wählte sie seine private Festnetznummer.

Diesmal ging er an den Apparat und war sehr verwundert über ihren Anruf.

»Wie kommt es, Susanne, dass Sie mich an einem Freitagabend um halb sieben anrufen?«

»Störe ich, oder haben Sie eine Minute Zeit für mich?«

»Na gut, wenn Sie 's kurz machen.«

»Ich glaube, ich weiß, wer der Chef ist.«

»Welcher Chef?«

»Der Anführer des militärischen Arms von *Gerechtigkeit ohne Grenzen*«, antwortete Susanne.

»Das wird einer von denen sein, die dank unseres entschlossenen Eingreifens jetzt in Kronoberg sitzen«, entgegnete Granath glucksend.

Er schien nicht ganz nüchtern zu sein.

»Da habe ich meine Zweifel. Aber es spricht viel dafür, dass es Leo Holmberg ist.«

»Der Staatssekretär?«, rief Magnus Granath.

»Genau der.«

Magnus Granath brauchte ein wenig Zeit, um wieder zu Atem zu kommen. Plötzlich wirkte er absolut nüchtern.

»Haben Sie den Verstand verloren, Susanne?«

»Ich weiß, dass sich das merkwürdig anhört, aber ...«

»Merkwürdig? Sie wollen mir ja wohl nicht weismachen, dass der Justizstaatssekretär eine kriminelle Vereinigung leitet, die drei Menschen auf dem Gewissen hat.«

»Dafür gibt es aber klare Beweise. Wollen Sie sie hören?«

»Nein, ich will da in nichts hineingezogen werden, das mir meine Karriere kaputt macht.«

»Wir brauchen einen internationalen Haftbefehl, um ihn in Belgien festnehmen zu lassen.«

»Wir reden am Montag darüber.«

»Nein, das müssen wir jetzt tun.«

Magnus Granath atmete schwer.

»Die Antwortet lautet Nein, und jetzt verschonen Sie mich mit diesen Dummheiten.«

Es machte klick. Susanne hielt sprachlos ihr Handy in der Hand, während die Autos an ihr vorbeisausten.

Wen sollte sie jetzt anrufen? Vielleicht Mattias? Nein, das

war der falsche Moment. In den letzten Tagen war sie nicht mal dazu gekommen, viel an ihn zu denken.

Dann fiel ihr Blick auf die Insel Långholmen, die sich rechterhand unterhalb der Brücke vor ihr ausbreitete. Es kribbelte am ganzen Körper, wenn sie daran dachte, was sie dort vor wenigen Tagen erlebt hatte. Dennoch schien das so lange her zu sein. Für einen Moment spielte sie mit dem Gedanken, den Ort aufzusuchen, an dem Mattias und sie sich geliebt hatten. Sich davon zu überzeugen, wie er bei Tageslicht aussah. Doch sie beherrschte sich. Das musste warten.

»Noch etwas Wein?«, fragte Leo und schenkte nach, ehe Catarina protestieren konnte.

Sie nickte und legte ihr Besteck ab.

»Ich glaube, dann reicht's aber«, sagte sie. »Morgen ist ja auch noch ein Tag.«

Nicht für dich, dachte Leo und lächelte. Er hasste sie von ganzem Herzen. Wie er sich das ganze Jahr hindurch hatte demütigen lassen, ihr weisgemacht hatte, dass sie selbst auf die genialen Lösungen gekommen war, obwohl sie in Wahrheit nichts dazu beigetragen hatte. Dennoch wurde sie ins Fernsehen eingeladen und durfte sich dort feiern lassen.

»Woran denkst du?«, fragte Catarina.

»Dass wir am Sonntag die Wahl gewinnen und vier weitere erfolgreiche Jahre vor uns liegen.«

»Bist du wirklich sicher, dass wir gewinnen werden?«, fragte Catarina.

Natürlich kann ich nicht sicher sein, du Idiotin, dachte Leo. Außerdem ist mir das ziemlich egal, Hauptsache, du bist dann nicht mehr da.

»Von einer Sache wollte ich dir noch erzählen«, sagte sie.

»Ich bin ganz Ohr.«

Catarina holte tief Luft, schloss kurz die Augen, schüttelte den Kopf und blickte wieder auf.

»Am Ende meiner Gefangenschaft ...«

»Ja?«

»Als ich gefesselt auf dem Bett lag«, sagte Catarina, deren Stimme immer brüchiger wurde.

Leo bat sie mit einer Geste fortzufahren.

»Da kam dieser Mann zu mir ins Zimmer ... der Mann mit dem Messer«, sagte Catarina und hielt erneut inne.

»Der Mann, der dich töten wollte?«, fragte Leo.

Catarina starrte schweigend auf ihr Weinglas.

»Sollen wir lieber über etwas anderes reden?«, fragte Leo.

»Nein, das geht schon«, antwortete Catarina kaum hörbar.

»Es muss schrecklich sein, dem Tod ins Auge zu blicken«, sagte Leo.

»Aber so war es nicht«, murmelte sie.

»Nicht? Warum ...«

»Ich habe dem Tod nicht ins Auge geblickt.«

»Meinst du, er wollte dich nicht töten?«

Catarina nickte, brach in Tränen aus und schlug die Hände vors Gesicht.

Leo sah sie argwöhnisch an.

»Versuch noch mal, alles in Ruhe zu erzählen«, bat er.

Catarina schniefte und nahm ein Taschentuch zur Hand. Sie schnäuzte sich behutsam, während ihr Tränen über die Wangen liefen.

»Er hatte gerade gesagt, dass er mich freilässt, als er plötzlich ... erschossen wurde.«

Catarina kamen erneut die Tränen.

Leo warf ihr einen finsteren Blick zu. Da sie das Gesicht in den Händen vergraben hatte, bekam sie nichts davon mit. Leo konnte kaum glauben, was er da hörte. Hatte auch er ihn im Stich gelassen? Ausgerechnet er, der versprochen hatte, seinen Befehl auszuführen und Catarina zu töten?

Catarina ging auf die Toilette. Leo hatte eine Eingebung, beugte sich vorsichtig nach vorn und nahm das Handy aus ihrer Handtasche. Er ließ seinen Blick durch das Lokal schweifen, alle Gäste waren mit ihren eigenen Dingen beschäftigt. Auf dem Handy waren zahlreiche Nachrichten eingegangen, die meisten stammten von ihrer Pressesprecherin. Er öffnete die letzte SMS, die sie vor wenigen Minuten erhalten hatte.

Susanne Dahlgren vom Landeskriminalamt will dich unbedingt sprechen. Wichtig!

Dass Susanne Dahlgren ihm auf die Schliche gekommen war, wunderte ihn nicht. Aber sie war zu spät dran. Catarina Björk hatte keine Stunde mehr zu leben, und weder Susanne Dahlgren noch irgendjemand sonst konnten etwas daran ändern.

Leo lachte in sich hinein, löschte alle Nachrichten und ließ das Handy wieder in Catarinas Handtasche verschwinden.

Susanne war zutiefst beunruhigt. Und je mehr sie die Zusammenhänge durchschaute, desto mehr wuchs ihre Besorgnis.

Leo Holmberg war gemeinsam mit Catarina Björk nach Brüssel geflogen. Wie Petra erklärt hatte, nahmen entweder die Ministerin oder ihr Staatssekretär so einen Termin wahr, doch niemals beide zusammen. Da die Anzahl der Plätze begrenzt war, hatte die Pressesprecherin zu Hause bleiben müssen.

Und als wäre das noch nicht besorgniserregend genug, hatte Susanne erfahren, dass die beiden am heutigen Abend zu zweit unterwegs waren. Die Pressesprecherin hatte berichtet, dass andere Beamte am offiziellen Abendessen mit den EU-Delegationsleitern teilnahmen.

Susanne hatte Magnus Granath ein weiteres Mal angerufen, doch war er noch schroffer gewesen als zuvor. Es sei einzig Sache des Staatsanwalts, etwaige Zwangsmaßnahmen zu ergreifen, hatte er sie angeblafft. Ohne sein Einverständnis gab es also keine Möglichkeit, Leo Holmberg festnehmen zu lassen.

Schließlich dachte sie an Mattias' Rat, als es um den Umgang mit dem inzwischen ermordeten Spitzel ging. War dies nicht ebenso eine Notsituation wie damals? Hier ging es doch darum, ein Leben zu retten, genauer gesagt, das Leben der Justizministerin. Da unmittelbare Gefahr im Verzug war, durfte sie sich über die üblichen Vorschriften hinwegsetzen.

Susanne ging auf den Balkon und rauchte eine Zigarette, während sie über die nächsten Schritte nachdachte.

Dass Catarina nicht einmal auf die Textnachrichten ihrer Pressesprecherin reagierte, war ein äußerst schlechtes Zeichen. Sie überlegte, Leo eine SMS zu schicken, aber das konnte die Situation auch verschärfen. Wenn er begriff, dass sie ihm auf der Spur waren, ließ er sich vielleicht zu einer Verzweiflungstat hinreißen.

Ein schwerwiegendes Problem bestand darin, dass sie sich im Ausland befanden. Aber die neuesten Erkenntnisse machten es völlig unmöglich, auf ihre Rückkehr am Montag zu warten. Dann konnte es schon zu spät sein. Sie war gezwungen, etwas zu unternehmen, und zwar sofort.

45

Catarina fühlte sich ein wenig besser.

Es war einfach wunderbar, für ein paar Stunden seine Ruhe zu haben und weder durch Telefonanrufe noch durch Textnachrichten gestört zu werden. Als sie und Leo auf die Straße traten, blieben sie für eine Weile vor dem Restaurant stehen. Sie bekam fast ein schlechtes Gewissen, wenn sie an alle ihre Parteikollegen dachte, die sich derzeit zur Hause im Wahlkampf abmühten, während sie in Brüssel gemütlich essen ging.

»Sollen wir ein Taxi nehmen?«, fragte sie und streckte sich.

»Ich schlage vor, dass wir zu Fuß gehen. Es sind ja nur ein paar Häuserblocks.«

Da der Sommer in Brüssel anhielt und auch die Abendtemperaturen noch sehr angenehm waren, hielt es Catarina für eine verlockende Idee, zu Fuß zum Hotel zurückzugehen. Das morgendliche Treffen würde sie vor keine großen Schwierigkeiten stellen. Im Anschluss daran würde sie unverzüglich nach Hause fliegen, um sich in Uppsala und Enköping in den Wahlkampf zu stürzen. Danach war endlich die Zeit gekommen, sich ein bisschen auszuruhen, denn am Wahltag selbst gab es keine Wahlkampfveranstaltungen mehr. Falls sie an der Macht blieben, würde es für ein paar Wochen ziemlich ruhig zugehen, bis der Ministerpräsident eine neue Regierung gebildet hatte. Im Gegensatz zu früher war sich Catarina nun absolut sicher, ihren Posten zu behalten. Und falls sie die Wahl verloren, hatte sie wirklich viel Zeit, um sich auszuruhen.

»Ich schaff's kaum bis zum Hotel«, sagte Catarina und wäre fast gestolpert.

»Wir gehen durch den Park Léopold«, entgegnete Leo und berührte sie leicht am Ärmel. Zum allerersten Mal fragte sich Catarina, ob er irgendwelche Hintergedanken hatte. Wollte er sie womöglich verführen? Er hatte sehr deutlich gemacht, dass er Single war. Catarina blickte verstohlen zu ihm hinüber, doch er schaute mit entschlossener Miene starr geradeaus. Falls er etwas von ihr wollte, war das ein ernstes Problem. Denn sie hegte keine Gefühle für ihn. Für sie war er ein loyaler Mitarbeiter und geschätzter Ratgeber, nicht mehr und nicht weniger. Zwar war er gut in Form, doch fühlte sie sich nicht zu ihm hingezogen. Einen gewissen intellektuellen Charme konnte man ihm hingegen nicht absprechen.

»Woran denkst du?«, fragte Leo plötzlich.

Catarina zuckte zusammen.

»Äh, an meine Kinder … Ich hab sie ja noch nicht viel gesehen.«

»Ab Montag wird sich das ändern.«

»Ja, natürlich.«

»Warum nimmst du deine Familie nicht einfach mit in den Urlaub, auf die Kanaren oder so was.«

»Keine so dumme Idee.«

Sie überquerten mehrere Straßen, auf denen nur noch vereinzelte Fahrzeuge zu sehen waren. Angesichts der Tatsache, dass sie sich in einer Großstadt befanden, war es auffällig ruhig. Leo bestimmte den Weg, und sie schlenderte neben ihm her. Da er lange für die EU-Kommission gearbeitet hatte, kannte er sich hier besser aus als sie.

Sie gelangten in den Park, in dem es einen künstlichen See mit einer kleinen Insel gab. Die Zweige der Weiden hingen über dem Wasser. Sie schlenderten einen Kiesweg entlang, während um sie herum erstaunlich viele Fahrradfahrer und Fußgänger waren, die einen späten Abendspaziergang machten.

Leo blickte sich missmutig um.

Sie verließen den Park und kamen in ein Viertel, dessen Backsteinhäuser einen eher heruntergekommenen Eindruck machten. Vereinzelt jagten Autos in hoher Geschwindigkeit an ihnen vorbei. Zwischen den Laternenpfählen war es stockdunkel.

»Komm«, sagte Leo, betrat eine kleine Gasse und nahm eine schmale Treppe in Angriff.

»Wo willst du hin?«, fragte Catarina und hörte, dass sie ein wenig lallte. Sie wollte gerade ihr Handy aus der Tasche ziehen, um nachzusehen, wie spät es war, als Leo sie am Arm nahm und mit sich zog.

»Das ist eine Abkürzung.«

Sie kamen zu einem verlassenen Parkplatz.

Catarina spürte, dass sie auf der Hut sein musste. Es gab für Leos Verhalten keine andere Erklärung, als dass er mit ihr allein sein wollte.

Ob er sie zu küssen versuchte? Vielleicht sollte sie ihm rechtzeitig ein klares Signal senden, damit die Situation nicht zu peinlich wurde. Er war immerhin ihr bester Mitarbeiter, und dabei sollte es bleiben.

Catarina wollte gerade ihre Stimme erheben, als sie einen Stoß in die Seite bekam. Dann ging alles sehr schnell. Leo riss einen Revolver hervor und richtete ihn auf sie.

Catarina war so perplex, dass sie laut auflachte.

»Aber Leo, was machst du denn da?«

»Halt den Mund!«, schrie er und schlug sie mit dem Revolver ins Gesicht.

Sie wusste immer noch nicht, wie ihr geschah. Vorsichtig fasste sie sich an den Mund und bemerkte, dass sie blutete.

»Leo …«

Erneut schlug er sie mit der Waffe ins Gesicht. Sie schmeckte ihr eigenes Blut. Die Angst lähmte sie.

Er zerrte sie an der niedrigen Mauer entlang, die den Parkplatz umgab. Erst jetzt begriff sie, was er vorhatte.

Sie wollte schreien, doch kein Laut kam ihr über die Lippen. Die Erinnerung an ihre Entführung und Gefangenschaft kehrte mit voller Kraft zurück. Bilder ihres Mannes und ihrer Kinder jagten an ihr vorbei. Dann wurde plötzlich alles weiß. Sie gefror zu Eis, war zu keinem Schritt mehr in der Lage.

Doch Leo brachte sie wieder zu sich.

»Tu, was ich dir sage, Catarina!«, fauchte er.

Weit und breit war kein Mensch zu sehen. Auf der anderen Seite des Parkplatzes wurde ein Baugerüst in das Licht eines Scheinwerfers getaucht. Zwischen einzelnen Wasserpfützen lagen Werkzeug und Baumaterial auf dem Kies verstreut.

Er trieb Catarina vor sich her, bis sie mit dem Rücken an einer Mauer stand.

»Setz dich!«, schrie Leo und richtete erneut den Revolver auf sie.

Catarina gehorchte und ließ sich zu Boden sinken.

Sie wagte nicht aufzublicken, sondern starrte unverwandt auf Leos schwarze Schuhe.

Leo stellte sich vor sie und richtete die Pistole auf ihre Handtasche. Sie schleuderte sie ihm auf dem Boden entgegen.

Zögerlich blickte sie zu dem Mann auf, dem sie stets vertraut hatte.

»Ich bitte dich …«, hauchte sie mit kaum hörbarer Stimme.

Leo lächelte sie schweigend an. Catarina hatte dieses Lächeln schon unzählige Male gesehen, hätte sich jedoch niemals vorstellen können, es mit so viel Abscheu zu betrachten.

Catarina schnappte nach Luft, dann brach sie in Tränen aus.

»Aber Leo, was passiert hier?«, stieß sie zwischen den Schluchzern aus.

Jetzt war sein Lächeln so höhnisch, wie sie es noch nie gesehen hatte.

»Du verstehst überhaupt nichts«, sagte er.

Catarina stand der Mund offen.

»Im Gegensatz zu dieser verdammten Susanne Dahlgren«, fuhr er fort, nahm Catarinas Handy aus der Handtasche und warf es ihr zu. Ihre Hände zitterten, als sie sah, wie viele Nachtrichten sie erhalten hatte.

»Die sind den ganzen Abend gekommen«, sagte Leo.

Umständlich öffnete sie die letzte SMS. Sie war von ihrer Pressesprecherin. *Die Polizei will, dass du dich sofort ins Hotel in Sicherheit bringst.*

Wie war das möglich? Der Einzige in der Politik, dem sie stets vertraut hatte. In ihrem politischen Leben war er der Fels in der Brandung. Hatte sie nie im Stich gelassen. Und jetzt wollte er sie töten. Das konnte sie nicht begreifen. Das überstieg ihr Fassungsvermögen.

»Warum?«, flüsterte sie schließlich.

»Weil das meine Rache an der verkommenen schwedischen Gesellschaft ist. Der habe ich es zu verdanken, dass ich unschuldig im Gefängnis saß, dass ich keine richtige Karriere machen konnte, während so eine Versagerin wie du Ministerin werden konnte …«

»Aber was willst du damit erreichen?«

»Ganz einfach. Der Staatsanwältin und dem Richter das Leben zu nehmen, weil sie meins zerstört haben. Bleiben noch die Vorsitzende des Justizausschusses und die Justizministerin.«

Catarina hatte mit dem Rücken gegen die Wand gesessen, doch jetzt konnte sie sich nicht mehr aufrecht halten. Langsam glitt sie zur Seite und blieb liegen.

»Das Problem bestand darin, dass man sich nicht mal mehr auf Kriminelle verlassen kann. Ich hatte die Sache im Reichstag so perfekt eingefädelt, hatte deinen Beschluss, die Häftlinge zu begnadigen, ins Gegenteil verkehrt, doch im entscheidenden Moment haben sie versagt. Nach deinem Tod ist nur noch Gerda Lundin übrig.«

Leo schüttelte den Kopf.

»Um die Staatsanwältin und den Richter hat sich der dritte Zug gekümmert.«

»Der dritte Zug?«

»Der bewaffnete Arm von *Gerechtigkeit ohne Grenzen*. Diesem Richter, Oskarsson, habe ich erzählt, er solle eine öffentliche Untersuchung leiten, also hat er mich zu sich bestellt. Ich habe dafür gesorgt, dass es ein Abendtermin wurde, damit ich gemeinsam mit einem Auftragskiller alles ungestört erledigen konnte. Dich sollten eigentlich die Männer am Skurusund erledigen, aber sie haben versagt.«

»Aber die Polizei …«, begann Catarina.

»Wir sind hier in Belgien. Ich habe in die belgische Justiz etwas mehr Vertrauen als in die schwedische. Und in Schweden liegen keine Beweise gegen mich vor.«

Leo schwieg für einige Sekunden, ehe er fortfuhr.

»Also muss ich die Sache jetzt selbst in die Hand nehmen«, sagte er langsam.

Catarina drehte bedächtig den Kopf. Durch ihre Haarsträhnen hindurch erkannte sie vage, wie Leo ein paar Schritte nach vorn machte und sich breitbeinig vor sie stellte. Sie sah, wie er erneut mit dem Revolver auf sie zielte. Den Hahn spannte. Ihr Körper erstarrte. Für eine Sekunde flimmerten die Bilder ihrer Kinder vorüber, dann waren sie verschwunden. Alles drehte sich im Kreis und verschwand. Das Letzte, was sie erlebte, war eine gewaltige Explosion.

46

Als Catarina erwachte, lag sie in einem Krankenhausbett.

Neben ihr, auf einem Stuhl, saß ein Mann, den sie irgendwoher kannte.

»Ich bin der schwedische Botschafter in Belgien.«

Catarina beugte sich ein wenig vor und nickte. In ihrem Kopf drehte sich alles. Sie ließ ihn in die Kissen zurücksinken und schloss die Augen. Sie erinnerte sich an Leos höhnisches Lächeln, das ihr solche Übelkeit bereitet hatte, dass sie sich fast übergeben hätte. Dann fiel ihr der Revolver ein, den er auf sie gerichtet hatte. So nah, dass sie ihn hätte berühren können. Schließlich der Knall, die ohrenbetäubende Explosion.

Sie stemmte sich mühsam auf die Ellenbogen.

»Was ist passiert?«

Der Botschafter sah sie ernst an.

»Leo Holmberg wollte sie gerade erschießen, als ein belgisches Spezialkommando eingegriffen hat. Er war sofort tot. Sie wurden in letzter Sekunde gerettet, wie es schon letzte Woche der Fall war.«

»Woher wussten Sie, wo ich war?«

»Das haben Sie der schwedischen Polizei zu verdanken. Sie hat einen Staatsanwalt von Eurojust in Haag verständigt, der daraufhin Kontakt zur belgischen Polizei aufnahm. Die konnte

Ihr Handy orten, als Sie eine SMS bekommen haben. Glücklicherweise war es die ganze Zeit eingeschaltet.«

Catarina konnte es kaum glauben. Zuerst war sie entführt und dann von ihrem eigenen Staatssekretär angegriffen worden. Doch sie war am Leben und offenbar sogar unverletzt. Als die Spezialeinheit das Feuer eröffnet hatte, war sie vor Schreck in Ohnmacht gefallen. Der Schock saß ihr immer noch in den Gliedern, doch konnte sie klar denken.

»Ich habe mit der schwedischen Delegation gesprochen. Das Regierungsflugzeug kann heute Nacht auch zu einem späteren Zeitpunkt noch abheben. Aber Sie können sich auch ausruhen und morgen Vormittag die Heimreise antreten. Ich nehme an, dass Sie das Ministertreffen nicht fortsetzen wollen.«

Catarina wollte nichts lieber als nach Hause fliegen. Doch wusste sie genau, was ihr Pressechef dazu sagen würde: Du musst nur noch sechsunddreißig Stunden durchhalten, dann kannst du dich ausruhen. Und wenn sich ihre Entführung schon so positiv auf die Umfrageergebnisse ausgewirkt hatte, dann würden sie nach dieser Geschichte noch besser werden. Sie war zur schwedischen Superwoman geworden. Sie musste sich opfern.

»Ich bleibe bis morgen und reise dann wie geplant nach Hause.«

»Wollen Sie sich das wirklich antun?«

»Absolut.«

»Nun gut, Sie wissen bestimmt, was das Beste für Sie ist«, entgegnete der Botschafter.

»Könnten Sie mir ein Telefon besorgen?«, fragte Catarina.

»Selbstverständlich«, antwortete der Botschafter und verließ den Raum.

Catarina setzte sich im Bett auf. Sie trug nichts als Hemd und

Unterhose. Auf einem Stuhl gegenüber lagen ihre übrigen Kleider. Als der Botschafter wenige Minuten später mit einem Handy zurückkam, war sie vollständig angezogen.

»Sind Sie ja schon fertig?«, fragte er erstaunt. »Hier konnte ich kein Handy auftreiben, aber Sie können gern meines benutzen ... ist zwar gegen die Dienstvorschrift, aber was soll 's«, fügte er lächelnd hinzu.

Nachdem der Botschafter den Raum verlassen hatte, rief Catarina zu Hause an. Das Gespräch mit Patrick dauerte nur ein paar Minuten. Er versuchte, die Fassung zu bewahren, obwohl er einem Zusammenbruch nahe war. Dass Staatssekretär Leo Holmberg sie hatte töten wollen, konnte er nicht begreifen.

»Der war doch hier schon zum Abendessen!«, rief er aus.

»Ich weiß, dass sich das unglaublich anhört, aber ich komme morgen wie geplant nach Hause.«

»Willst du nicht lieber gleich kommen?«, fragte Patrick mit fast flehender Stimme.

»Nein, ich muss hier noch ein paar Dinge erledigen. Aber am Montag buchen wir eine Reise in den Süden.«

»Ich vermute, dass es keinen Zweck hat, dich überreden zu wollen.«

»Stimmt«, bestätigte Catarina und versuchte, das brennende Heimweh nach ihren Lieben nicht an sich herankommen zu lassen. Am liebsten hätte sie sich im Schoß ihrer Familie verkrochen und die Welt um sie her vergessen.

Nachdem sie aufgelegt hatte, rief Catarina ihren Pressechef in Schweden an. Die Story musste so schnell wie möglich an die Öffentlichkeit gelangen. Es war nur eine Frage von Minuten, bis die ersten Online-Ausgaben der Zeitungen darüber berichteten. Jetzt galt es, daraus politisches Kapital zu schlagen. In wenigen Stunden würden die Wahllokale aufmachen.

Susanne lag in ihrem Bett und blickte in ihrem aufgeräumten Schlafzimmer an die Decke.

Sie hatte soeben von Catarinas Rettung erfahren. Dass sie überlebt hatte, war einzig und allein Susannes Verdienst. Eigentlich lag es ihr nicht, auf sich stolz zu sein. Doch dieses eine Mal genoss sie ihren Erfolg in vollen Zügen.

Es tat gut, die Ereignisse des Abends noch einmal Revue passieren zu lassen.

Nachdem Magnus Granath sich geweigert hatte, die Initiative zu ergreifen, hatte sie es selbst getan. Plötzlich war ihr eingefallen, dass sie den schwedischen Staatsanwalt von Eurojust persönlich kannte. Er war ein alter Kollege von ihr. Im Gegensatz zu Magnus Granath hatte er ihre Informationen äußerst ernst genommen, unverzüglich die belgische Polizei verständigt und den Aufenthaltsort von Catarina und Leo per Handyortung herausfinden können.

Im letzten Moment, sollte man wohl hinzufügen.

Der Schock über die Erkenntnis, dass Leo Holmberg das Gehirn der Organisation *Gerechtigkeit ohne Grenzen* gewesen war, saß tief. Doch jetzt waren alle Mosaiksteine an ihrem Platz, alles fügte sich zusammen.

Es war Leo, der sowohl hinter der erfundenen als auch der tatsächlichen Entführung gestanden hatte. Daher auch das perfekte Timing. Hingegen hatte er nicht damit gerechnet, dass Gerda die Informationen über die fingierten Entführungspläne weitergeben würde, sodass sie schließlich in der *Kvällspressen* gelandet waren.

Es störte Susanne, dass sie nicht herausgefunden hatte, dass Leo auch den Richter Peder Oskarsson auf dem Gewissen hatte. Als Staatssekretär war es ihm natürlich leichtgefallen, ein abendliches Treffen im Obersten Gerichtshof auszumachen.

Offenbar hatte er ein Handy mit Prepaidkarte benutzt, da kein Telefongespräch zwischen den beiden belegt war.

Sie erinnerte sich daran, wie erregt Leo gewesen war, als sie ihn über den Spitzel Tony Asplund informiert hatte. Er war kalkweiß im Gesicht geworden und hatte in dieser Sache sämtliche Informationen eingefordert.

Hätte sie doch nur früher einen Zusammenhang zwischen Leos Verurteilung und den Morden gesehen! Denn abgesehen davon, dass Peder Oskarsson den damaligen Prozess geleitet hatte, war es die ermordete Staatsanwältin Eva Lindgren gewesen, die Leo seinerzeit angeklagt hatte. Da der Prozess schon so lange zurücklag, hatte er keinen Eingang in die Ermittlungsunterlagen gefunden. Doch alle Spuren führten schließlich zu ein und derselben Person: Leo Holmberg. Sogar die Zahl zwölf besaß eine bestimmte Symbolik. Der Richter war mit zwölf Schlägen ermordet worden, die Ziffer war mit Blut an die Badezimmerwand von Tony Asplund geschmiert worden, das Ultimatum hatte um zwölf Uhr geendet, und der bewaffnete Arm von *Gerechtigkeit ohne Grenzen* bestand aus zwölf Personen.

Leo war in zwölf Anklagepunkten schuldig gesprochen und zu einem Jahr Gefängnis verurteilt worden. Ein Jahr, das zwölf Monaten entsprach.

Leo hatte für diese Schmach einen allumfassenden Racheplan entworfen. Hatte nicht nur die beiden Juristen getötet, die an seiner Verurteilung beteiligt gewesen waren, sondern wollte auch die politischen Repräsentanten des Justizapparats ermorden.

Schließlich war es Gerda Lundin gewesen, der als Erstes etwas Merkwürdiges an Leos Verhalten aufgefallen war.

Susanne versuchte zu schlafen, doch sie kam nicht zur Ruhe. Erst nachdem sie aufgestanden war und ein Glas Wasser getrunken hatte, konnte sie ein wenig entspannen. Als ihr gerade die Augen zufielen, klingelte ihr Handy.

Es war Mattias.

SAMSTAG, 20. SEPTEMBER
EINEN TAG VOR DER WAHL

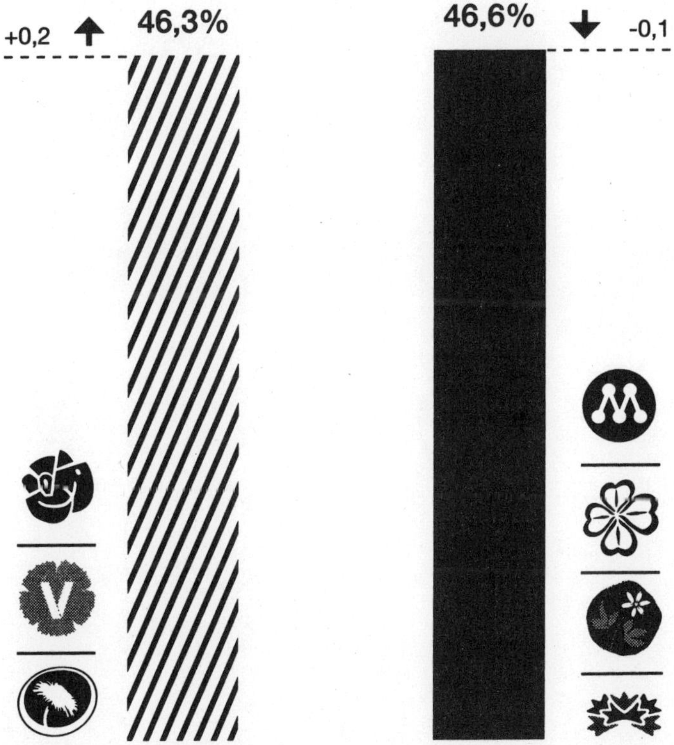

47 Gerda saß am Küchentisch und versuchte, sich einen Überblick über die Pressemeldungen zu verschaffen. Zum einen über die Ereignisse in Brüssel. Die Justizministerin war in eine lebensbedrohliche Situation geraten und hatte gerettet werden können, indem ein Mann erschossen worden war. Wie konnte ein und derselben Person so vieles widerfahren?

Fast noch merkwürdiger erschien es Gerda, dass die Ministerin noch am selben Abend eine Reihe von Interviews gegeben hatte und im Laufe des Tages an einem Treffen mit ihren Amtskollegen teilnehmen wollte. Die Zeitungen hatten verschiedene Fotos veröffentlicht, die sie beim Verlassen des Krankenhauses zeigte. Fast sahen sie arrangiert aus. Da Gerda jedoch selbst ein Geiseldrama erlebt hatte, konnte sie sich nicht vorstellen, dass man als Opfer darauf aus war, die Sache von der Presse ausschlachten zu lassen.

Eine andere Person, die im Zentrum der Berichterstattung stand, war Susanne Dahlgren. Anfangs heftig kritisiert, war sie zur Heldin des Tages geworden, die das Leben der Justizministerin gerettet und die Organisation *Gerechtigkeit ohne Grenzen* enttarnt hatte.

»Du, ich fahr zum Golfplatz, treffe die anderen dort in einer halben Stunde«, sagte ihr Mann, nachdem er den Kopf in die Küche gesteckt hatte.

Gerda hatte nichts dagegen, dass er sich für ein paar Stunden verabschiedete. Ihr war das sogar sehr recht.

Sie kehrte zu einem Zeitungsartikel zurück, in dem die Hintergründe sowie die Auflösung des Falls detailliert beschrieben wurden. Sie konnte kaum glauben, dass ausgerechnet Leo Holmberg der Anführer des kriminellen Zweigs von *Gerechtigkeit ohne Grenzen* sein sollte. Andererseits hatte sie sich doch selbst über seinen Anruf wegen dieser erfundenen Entführungsgeschichte gewundert. Nur hätte sie ihn deshalb natürlich nie für einen Mörder gehalten, sondern allenfalls für jemanden, der ein schmutziges Spiel spielte.

Gerda hielt kurz inne, ehe sie weiterlas.

Die Staatsanwältin und der Richter hatten sterben müssen, weil sie am Prozess gegen Leo Holmberg beteiligt gewesen waren, doch auch die Justizministerin sowie die Vorsitzende des Justizausschusses hätten sich im Fadenkreuz der Organisation befunden, las sie.

»Ich hab's doch gewusst«, murmelte sie vor sich hin. »Ich hab von Anfang an gesagt, dass die Sache gegen mich persönlich gerichtet war, aber man wollte mir ja nicht glauben.«

Dann wandte sie sich einem brisanten Artikel in *DN Debatt* zu, der die Überschrift trug: Wenn Politik zum dreckigen Spiel wird. Es war ihre ehemalige Pressesprecherin Petra Holm, die über eine Vereinigung namens *Wahlallianz 2.0* schrieb, der sie selbst angehört hatte. Das Aufsehenerregende an diesem Artikel war, dass sie die Intrige gegen Catarina Björk aufdeckte, der man wider besseres Wissen einen angeblichen Diebstahl sowie eine rassistische Beleidigung angehängt hatte. Petra hatte mit dem Mann gesprochen, der Catarina Björk beschuldigt hatte, und dieses Gespräch mit dem Handy aufgenommen. Der Mann war für seine Falschaussage bezahlt worden. Nun war das gesamte Gespräch von mehreren Medien und Internetblogs veröffentlicht worden.

Auch die *Kvällspressen* hatte sofort reagiert. Aus einer Pressemeldung ging deutlich hervor, dass man sich auf der Stelle von Linus Wiberg trennen würde, sollten sich die im Raum stehenden Vorwürfe gegen ihn bewahrheiten. Bis auf Weiteres sei er beurlaubt. Gegen Linus sowie den Gründer der Organisation, Hjalmar Fritzén, lägen polizeiliche Anzeigen vor. Ob dies auch für Petra galt, blieb unklar. Sie würde schon den Kopf über Wasser halten, glaubte Gerda.

Zu ihrer eigenen Initiative von gestern fand sie hingegen nur eine kleine Notiz in der *Göteborgs-Posten*. Sie hatte – der Warnung ihres Fraktionsvorsitzenden zum Trotz – bekannt gegeben, dass sie nicht wieder für den Reichstag kandidieren würde. Gerda hatte damit gerechnet, dass diese Aussage einen Riesenwirbel verursachen würde. Hatte ihr Handy extra auf den Nachttisch gelegt, da sie schon am frühen Morgen mit zahlreichen Anrufen gerechnet hatte. *Ekot* meldete sich oft schon um sechs Uhr in der Früh, daran konnte sie sich aus ihrer Ministerzeit erinnern.

Doch niemand rief an. Außer der *GP* schien niemand von ihrer Verlautbarung Notiz zu nehmen. Gerda wusste, dass jeden Tag haufenweise Pressemeldungen verschickt wurden. Offenbar konnten die Praktikanten in den Redaktionen, die die eingehende Post vorsortierten, Wichtiges von Unwichtigem nicht mehr unterscheiden, sagte sie sich. Natürlich hätte sie noch einen größeren Effekt erzielt, wenn sie sich direkt gegen die Parteiführung gestellt hätte, aber das wollte sie nicht. Ihre Loyalität gegenüber der Partei, der sie mehr als ihr halbes Leben lang gedient hatte, stand außer Frage. Selbst der arrogante Fatzke von einem Fraktionsvorsitzenden sollte seine Ruhe haben.

Gerda hatte von den taktischen Winkelzügen und ewigen Scharmützeln mit dem politischen Gegner die Nase gestrichen voll. Mit all diesen Dingen war es nun vorbei. Und auch wenn die Medien dies nicht für erwähnenswert hielten, so war es doch für sie ein großer Einschnitt.

Plötzlich hatte sie eine Idee und ging in die Küche zurück. Sie nahm eine Champagnerflasche aus dem Kühlschrank und stellte sie auf die Arbeitsplatte. Eigentlich hatte sie diese am nächsten Wochenende mit ihrem Mann teilen wollen, wenn sie ihren zweiunddreißigsten Hochzeitstag begingen. Doch im Grunde gab es da nicht viel zu feiern, dachte sie. Wahrscheinlich würde er sauer werden, aber das war ihr jetzt egal. Schließlich war er selber schuld, wenn er mal wieder nicht da war.

Entschlossen entfernte sie das Goldpapier und drehte den Korken, bis er mit einem Knall an die Decke schoss.

Im letzten Moment schnappte sie sich ein Glas, doch der Champagner schäumte sofort über.

»Prost!«, sagte sie laut und trank einen großen Schluck. »Ein Hoch auf all die Jahre und den Abschied aus der Politik!«

SONNTAG, 21. SEPTEMBER
WAHLTAG

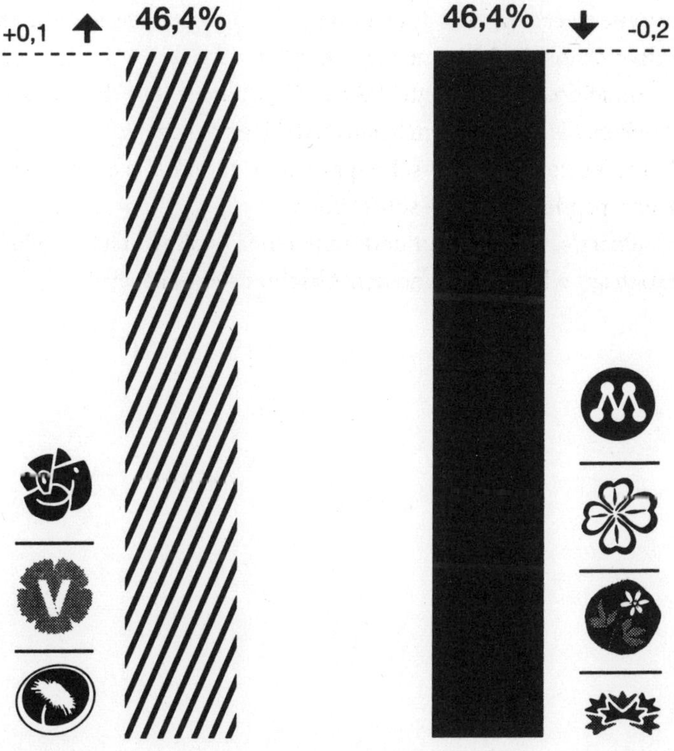

48

»Und wo willst du wohnen?«, fragte Susanne und strich Mattias sanft über den Arm.

»Ich werde mir eine Wohnung in Mälarhöjden nehmen, wir behalten das Haus und wohnen dort im zweiwöchigen Wechsel.«

»Und Lotta zieht mit ihrem Freund zusammen?«

»Ja, dem Bodybuilder.«

»Komm, sei nicht eifersüchtig«, sagte Susanne und reichte ihm sein Glas. »Probier mal den Wein, schmeckt der nicht komisch?«

Mattias nippte daran und gab ihr das Glas zurück.

»Also mir fällt nichts auf.«

»Und was ist mit den Kindern?«

»Rebekka ist natürlich traurig, aber ich hoffe, das geht mit der Zeit vorbei. Wir sind ja nicht die Ersten, die sich scheiden lassen«, fügte Mattias hinzu und blickte hinaus auf den Pool. Das schlechte Gewissen nagte immer noch an ihm, obwohl Lotta und er sich einig waren, dass diese Entscheidung für alle das Beste war. Und natürlich war da die Trauer darüber, dass es so enden musste. Als sie geheiratet hatten, war er sicher gewesen, es würde ewig halten. Aber so musste man denken. Und ohne eine Scheidung gab es keine Zukunft mit Susanne.

Sie waren im ägyptischen Hurghada. Schon am Freitagabend, sobald das glückliche Ende in Brüssel eine Tatsache war, hatte er sich zu ihr auf den Weg gemacht. In der Nacht hatten sie sich geliebt und über alles gesprochen. Am Samstagvormittag hatten sie die Last-Minute-Reise gebucht.

Sie wohnten im Grand Resort, einer großen Hotelanlage, nur wenige Hundert Meter vom Meer entfernt. Überall gab es kleine Bars und Restaurants, und man brauchte nicht einmal seinen Liegestuhl zu verlassen, da stets ein dienstbarer Geist zur Stelle war, wenn man einen Wunsch hatte. Am Morgen hatten sie eine Tauchstunde am Korallenriff gebucht. Jetzt saßen sie auf der Terrasse eines Lokals und lauschten einem Ägypter, der Sinatra-Songs sang.

»Hast du eigentlich gewählt?«, fragte Mattias.

»Ja.«

»Und wen?«

»Die Volkspartei«, antwortete Susanne. »Und du?«

»Wenn man aus Örnsköldsvik stammt, wählt man die Sozis. Etwas anderes würde mein Vater auch nie zulassen.«

»Du bist doch über vierzig. Solltest du da nicht selbst bestimmen, wen du wählst?«

»Ich nehme dich mal mit nach Örnsköldsvik, dann verstehst du, was ich meine«, entgegnete Mattias und streckte die Hand nach seinem Bier aus.

Susanne lachte. Ihre langen blonden Haare fielen ihr über die Schultern, und er fand sie attraktiver als je zuvor. Vor allem war es wunderbar, sich endlich zusammen in der Öffentlichkeit zeigen zu können, statt weiterhin an ihrer Geheimnistuerei festhalten zu müssen.

»Wollen wir ans Meer runtergehen?«, fragte Mattias.

»Nein, ich hab eine bessere Idee«, antwortete Susanne und warf einen Blick in Richtung Hotel.

Da meldete sich sein Handy. Die Rufnummer war nicht zu erkennen, und er zögerte kurz, ehe er abhob.

»Hallo?«

»Ist da Mattias Berglund?«

»Ja.«

»Ich bin Mitarbeiter der *Kvällspressen.*«

»Aha.« Matthias gab Susanne leise zu verstehen, wer am Apparat war.

»Uns liegen Informationen vor, dass Sie ein Verhältnis mit Susanne Dahlgren haben, die in derselben Strafsache, in der Sie als Verteidiger auftreten, die Ermittlungen leitet.«

»Das kann ich bestätigen.«

»Finden Sie das etwa in Ordnung?«

»Das finde ich absolut in Ordnung«, antwortete Mattias und legte auf.

»Das wird doch wohl hoffentlich keine Probleme machen?«, fragte Susanne, die verstanden hatte, worum es ging.

»Es ist einem Anwalt nicht verboten, sich in eine Polizistin zu verlieben«, antwortete er lächelnd.

Als sie aufstanden, klingelte Susannes Handy. Diesmal war es Petra, die sich direkt von der Wahlveranstaltung meldete.

»Beide Blöcke liegen haargenau gleichauf!«, rief sie. Im Hintergrund herrschte so ein Trubel, dass sie kaum zu verstehen war.

»Halt uns auf dem Laufenden«, bat Susanne. »Ansonsten schauen wir im Internet.«

»Es ist schon von einem Regierungswechsel die Rede.«

Susanne schielte zu Mattias hinüber, der an der Theke lehnte und ein wenig ungeduldig aussah.

»Du weißt doch, dass im Wahlkampf von einem zweiten Justizminister die Rede war, der nicht aus der Politik kommt.«

»Ja, das weiß ich. Aber Petra, wir wollten gerade …«

»Und weißt du, wer hier jetzt hoch gehandelt wird?«, unterbrach sie Petra.

»Keine Ahnung.«

»Du!«

»Was?«

»Fast alle setzen darauf, dass du es wirst.«

Susanne hätte fast ihr Handy fallen lassen. Sie sah sich verwirrt um und begegnete Mattias' Blick. Der gab ihr lächelnd zu verstehen, sie solle auflegen. Der ägyptische Sänger sang »Killing me softly«, sodass es über den gesamten Poolbereich schallte.

»Du machst wohl Witze«, brachte sie schließlich heraus.

»Überhaupt nicht. Das ist doch perfekt, dann kann ich deine Staatssekretärin werden.«

Susanne konnte nicht anders als über Petras nassforsche Art zu lachen.

»Aber ich bin doch gar nicht kompetent genug.«

»Ach komm, wir hatten schließlich auch schon einen ehemaligen Fußballer als Justizminister. Außerdem bist du kompetenter als die meisten anderen. Überleg doch mal, das wird großartig!«, rief Petra mit übermütigem Lachen.

»Was ist los?«, fragte Mattias, als Susanne das Gespräch beendet hatte und zu ihm an die Bar kam.

»Das erzähle ich dir später, komm jetzt«, entgegnete sie und nahm seine Hand.

DANK

Christian Agdur, Polizeipräsident
Cecilia Bodström, Journalistin
Eva Gedin, Verlegerin
Peter Gillgren, Chefarzt
Ingvar Hedlund, Journalist
Henrik Jermsten, Richter am Obersten Gerichtshof
Sonja Jidenius, Büroleiterin
Daniel Kjellgren, Büroleiter des Kronjuristen
Stig-Björn Ljunggren, Staatswissenschaftler und Chronist
Liza Marklund, Autorin
Therese Mattsson, Direktorin des Reichskriminalamts
Johan Munck, ehemaliger Präsident des Obersten Gerichtshofs
Magnus Oswald, Kriminalkommissar und Einsatzleiter beim Landeskriminalamt Stockholm
Ragnar Palmkvist, Kanzleichef am Oberlandesgericht
Johan Pehrson, Reichstagsabgeordneter (FP)
Linda Romanus, Pressesprecherin (Pressesekretarin)
Peter Schildt, Regisseur
Elin Sennerö, Redakteurin
Henrik von Sydow, Reichstagsabgeordneter (M)
Lars Werkström, Chefverhandler des Justizministeriums
Lars Westbratt, politischer Sekretär (S)
Nicht zuletzt danke ich meiner Frau Helén.